dtv
premium

LIV WINTERBERG

# *Vom anderen* ENDE *der* WELT

HISTORISCHER ROMAN

Deutscher Taschenbuch Verlag

MIX
Papier aus verantwortungsvollen Quellen
FSC® C006701

Originalausgabe 2011
3. Auflage 2011

Umschlagkonzept: Balk & Brumshagen
Umschlaggestaltung: Lisa Helm unter Verwendung
von Motiven von bridgemanart.com
Satz: Greiner & Reichel, Köln
Gesetzt aus der Arno Pro 10,75/13,75
Druck und Bindung: CPI – Ebner & Spiegel, Ulm
Gedruckt auf säurefreiem, chlorfrei gebleichtem Papier
Printed in Germany · ISBN 978-3-423-24847-1

**Wer sich nicht rührt, spürt keine Ketten.**

(Unbekannter Verfasser)

## Personenübersicht

***Plymouth***

Mary Linley, Tochter von Francis Linley, angehende Botanikerin
Francis Linley, Vater von Mary Linley, Arzt und Botaniker
Henriette Fincher, Schwester von Francis Linley
William Middleton, Bediensteter im Hause Linley
Landon Reed, Kaufmann
James Canaughy, Bankier
Ebenezer Stone, Portier des Navy Board

***London***

Sir Carl Belham, Botaniker und Mitglied der Royal Society
Sir Wellington, Philosoph, Mitglied der Royal Society
Sir Joseph Banks, Botaniker, Vorsitzender der Royal Society
Franklin Myers, Gehilfe von Sir Carl Belham

***An Bord der HMS Sailing Queen***

Kapitän Taylor
Kyle Bennetter, Bootsmann
Nathaniel Bennetter, Sohn von Kyle Bennetter, Schiffsjunge
Seth Bennetter, Sohn von Kyle Bennetter, Schiffsjunge
Doc Havenport, Schiffsarzt
Rafael Peacock, Astronom
Smutje Henry, Schiffskoch

Bartholomäus Kellington, Toppsgast
Peter Sohnrey, Vollmatrose und Backsvorsteher
Lukas Smith, Seesoldat
Toni Sellers, Zimmermann
Edison, Vollmatrose
Dan, Schiffsjunge
Randy Hall, Midshipman
John, Segelmacher

***Tahiti***
Owahiri, Vater von Tupaia
Revanui, Frau von Owahiri, Mutter von Tupaia
Tupaia, Sohn von Owahiri und Revanui

***An Bord der HMS Challenge***
Kapitän Fairbanks

Reiseroute der
Sailing Queen
Nord-
Amerika
Süd-
Amerika
Tahiti
Kap Hoorn
N
W
E
S

Asien
Europa
Afrika
Australien
Kap der guten Hoffnung

# Prolog

# *Plymouth, 14. Mai 1775*

»Schau genau hin! Siehst du die durchscheinende Haut, die aufgestellten Härchen, die Seitenrippen und das Geäst der Äderchen?

Konzentriere dich, bevor du Hand anlegst, denn sollte deine Entscheidung die falsche sein, wirst du ein weiteres Opfer bringen müssen.

Hörst du das leise Knacken beim Brechen?

Jede deiner Beobachtungen musst du nun genau notieren, denn du bist dafür verantwortlich, all denen, die dies nicht sehen können, davon zu berichten und ihnen deine Erkenntnisse weiterzugeben. Denn das, Mary, das ist das Herz der Wissenschaft: die Erkenntnis. Und du siehst es hier vor dir: Erkenntnisse sind nicht zu erringen, ohne dass Opfer erbracht werden müssen. Deshalb entscheide ruhigen und klaren Gemütes, egal, was du tust. Hast du das verstanden?«

»Ja, Vater, das habe ich.«

Sie fixierte das dem Schutz der verzweigten Hecke entrissene Blatt und begann, den Arm zurückzuziehen. Behutsam wölbte sie die Finger zur halboffenen Faust, darauf bedacht, dass das junge Grün sich in die Handfläche schmiegte, ohne zu zerknicken. Mit der anderen Hand schob sie das rankende Buschwerk zur Seite, doch die Dornen des Strauches gruben sich tief in ihre Haut.

# Teil 1

# Plymouth, 13. Juli 1785

Die Wellen rollten in die Bucht, dass man hätte glauben können, der Hafen sei über Nacht zu klein geworden. Achtlos rissen sie die Schiffe in die Höhe, ließen sie wieder in die Tiefe sinken und suchten ihren Weg zur Kaimauer, an der sie sich weißschäumend brachen.

Am Horizont erhoben sich dunkelgraue Wolkenberge, deren Ausläufer bereits die Küste erreicht hatten. Schwer trugen sie am Regen und ließen vereinzelte Tropfen fallen. Böen jagten über das Wasser und wölbten die Segel der Schiffe, dass die Masten unter dem Druck bedrohlich knackten. Die schwarze Wand, die über das Meer auf Plymouth zukam, kündete nicht nur von Regen, sie kündete von Sturm.

Mary wandte den Kopf und blickte zu einem der Schiffe hinüber, das noch zur rechten Zeit im Hafen eingelaufen war. Der Wind zerrte an den Kleidern der Passagiere, als sie die Pier betraten. Die Erleichterung, wieder festen Grund unter den Füßen zu spüren, war ihren Gesichtern anzusehen. Mit ausholenden Schritten eilten sie davon und bestiegen die Droschken. Eisenbeschlagene Wagenräder rollten über das Straßenpflaster hinweg, Peitschen zuckten und Zungen schnalzten, bis der Wind die leiser werdenden Geräusche gänzlich verschluckte.

Bald würde er erscheinen. Es war spät, und die Stadt hüllte sich bereits ins fade Licht der Dämmerung. Mary fröstelte und hob die Kapuze ihres Umhanges über die Haube. Kurz darauf trat er neben sie. William, dieser erschöpfte, alte Mann, der Tag um Tag ausgeschickt wurde, sie zu suchen, und der Abend für Abend nach der Rückkehr Geschichten erfand, wo er sie aufgelesen hatte. Im Rosengarten, auf dem Markt, in der Kirche. Nur den Hafen, wo er sie ein ums andere Mal abholte, den erwähnte er nie.

»Mary, Eure Tante ist kurz davor, Euch Ausgangsverbot zu erteilen. Sie bezweifelt, dass Eure Spaziergänge der körperlichen Ertüchtigung dienen.« Williams Stimme war sanft, fast zärtlich.

»Sie sind noch keine sieben Monate unterwegs.« Unsicher, ob er sie gehört hatte, musterte Mary Williams vertrautes Profil. Seine dunklen Augen, die gebogene Nase und den schmallippigen Mund.

»Ja«, sagte er und sein Kehlkopf machte einen Sprung, »es sind heute hundertsiebenundachtzig Tage.«

*Er zählt also auch die Tage,* dachte Mary und setzte erneut an: »Vielleicht sind sie umgekehrt und auf dem Heimweg. Nur weil das Schiff havariert ist, heißt das nicht, dass sie es nicht wieder flottmachen konnten.«

»Ihr habt die Meldung des *Town Magazine* gelesen. Das Schiff ist bei Kap Hoorn zerschellt. Die Strömungen dort sind unberechenbar, das Wetter ist oft schlecht. Umhertreibende Eisberge und im Wasser verborgene Felsen machen die Umrundung zum Wagnis. Und Ihr wisst das.« Er zögerte und atmete tief ein. »Wir haben keinen Grund mehr zu hoffen.«

»Ich kann die Hoffnung nicht aufgeben.« Mary hörte, dass ihre Antwort flehentlich klang, fast als würde sie William bitten, er möge sie noch einen Augenblick schonen und die Wahrheit für sich behalten. Doch der tat nichts dergleichen.

»Niemand hat überlebt«, sagte er leise. »Auch Euer Vater nicht. Er ist tot.«

*Wie kann er eine Handvoll gedruckter Zeilen zur Gewissheit machen? Quälen ihn nicht die gleichen Bilder wie mich?*, fragte sie sich.

*Die Woge, die Vater unter Wasser drückt. Wie er Salz schmeckt und spürt, dass Wasser in seine Lungen dringt. Das Würgen und Husten, als er wieder auftaucht, die Krämpfe in seiner Brust, die zur ehernen Zwinge werden. Eine weitere Woge, die ihn mit sich reißt. Er gleitet ins Bodenlose und sieht das gleißend helle Licht an der Wasseroberfläche über sich brechen. Es entfernt sich immer weiter, wird milchig, dann gräulich, bis ihn Dunkelheit umgibt.* Mary ließ die Arme zu beiden Seiten des Körpers schlaff herabfallen und trat einen Schritt vor. Von Neuem konzentrierte sie sich auf den Horizont: auf das Wasser, die Wolken, die Leere. Ausschau halten. Dieses Ritual, das Trost gab und das William inzwischen mit ihr teilte. Sie wusste, er würde seufzen und an ihrer Seite ausharren, wenn es sein musste auch den ganzen Abend.

Eine Welle übersprang die Kaimauer, langte mit nassen Fingern nach Marys Rock und hinterließ eine Spur wässriger Perlen auf dem Wollstoff. Vor ihr erstreckte sich nur noch eine Handbreit schwarzglänzender Steine, die, mit Tang und Miesmuscheln besetzt, steil ins Wasser abfielen. Keine Brüstung, kein Geländer. Nur die offene See.

William fasste sie am Arm und zog sie zurück. »Lasst uns gehen. Dies ist kein Ort für Euch. Und Ihr werdet bereits erwartet.«

Mary wandte sich um. Die Dämmerung hatte der Stadt ihre Farben genommen. Plymouths Dächer drängten sich düster aneinander, die sonst sattgrünen Hügel des Hinterlandes duckten sich in der Farbe von Holzruß unter den tiefhängenden Wolken. Die Wälder, in Schwarz gehüllt, begrenzten die tags goldgelben Felder, die nur noch als gräuliche Flecken auszumachen waren. Hier, hinter der Kaimauer, konnte sie alles abschreiten. Die Stadt mit ihren engen Gassen, sogar die gesamte Insel, wenn sie es wollte. Doch das Leben jenseits dieser Mauer konnte sie nicht erreichen. Die unebene, steinige Kante, an der sich beide Welten berührten, war die Grenze. *Nein,* schien sie zu sagen, *auf ein Schiff, dort hinaus in die Weite der Weltmeere und den Spuren deines Vaters folgen, um sein Werk fortzuführen, das darfst du nicht! Für heute hast du genug geträumt. Ein Forscher kannst du nicht sein. Denn du bist eine Frau.*

* * *

Die silberne Klinge des Messers senkte sich ins Fleisch und trennte es in zwei Hälften, die weich und rosig auseinanderfielen. *Sollte ich nichts erreicht haben, bis ich gehe, so werde ich wenigstens gut gegessen haben,* dachte Landon Reed, als er die Gabel zum Mund führte.

James Canaughy, ein Mann mit sonorer Stimme, saß neben der Gastgeberin Henriette Fincher und sprach in einer Lautstärke, die jede weitere Konversation am Tisch unterband. Mit Messer und Gabel in den Händen gestikulierte er in der Luft herum und bebilderte eine Venedig-Reise, indem er italienische Begriffe in seine Rede einfügte, als wäre ihm die englische Sprache auf dem Weg zwischen Plymouth und der Adria abhandengekommen.

Die Frau an seiner Seite schien von dem Vortrag verzückt. Immer wieder lachte sie auf, immer wieder legte sie die Hand auf seinen Arm und beugte sich vor, um etwas zu erwidern. Monatelang hatte sie, erzählte man sich, ihren Mann, der gut zwanzig Jahre älter gewesen war, gepflegt. Kaum ein halbes Jahr, nachdem sie Witwe geworden war, hatte das Schicksal ihr nun den Bruder genommen. Und die Verantwortung für die Nichte aufgebürdet. Mrs. Fincher konnte nicht älter als dreißig Jahre sein, schätzte Landon, doch die Schattenseiten des Lebens begannen, sich in ihrem Gesicht in ersten feinen Linien abzuzeichnen. Alles in ihrem Gesicht war schmal, selbst die Augen, denen nichts zu entgehen schien. Wie konnte sie diesen Mann für ihre Nichte in die engere Wahl ziehen?

Canaughy hatte bekanntermaßen ein beachtliches Vermögen hinter sich, denn die Bank seines Vaters florierte. Landon hatte angenommen, es sei stadtbekannt, dass Canaughy seinem alten

Herrn noch im Ruhestand die Arbeit überließ, während er allenthalben den schönsten und vor allem jüngsten Frauen der Gegend nachstellte. Offensichtlich hatte Mrs. Fincher den Nachhall seiner amourösen Abenteuer bisher nicht vernommen. Der Platz links neben ihr, ihm direkt gegenüber, war frei geblieben. Dort hätte Mrs. Finchers Nichte sitzen sollen, die Arme auf die gedrechselten Lehnen gelegt, den Rücken entspannt ans gelb gestreifte Rückenpolster gelehnt.

Mary Linley.

Ihretwegen war er erschienen. Nun musste er auf den leeren Stuhl starren, der, dicht an den Tisch geschoben, die Lücke in der Runde betonte, und war gezwungen, dem Schwätzer Canaughy zu lauschen.

»Mr. Reed, wie läuft der Handel?«

Landon schaute zu Peter Wallis hinüber, einem Anwalt, der mit seiner Frau geladen worden war.

»Wenn ich recht informiert bin, importiert Ihr tropische Hölzer? Oder war es der Teehandel?«

Canaughy, der sein Lammfleisch noch immer nicht angerührt hatte, überprüfte, während er von einer Jagd erzählte, sein Konterfei in der glänzenden Gabel. Mit einem gezielten Griff schob er den Kragen seines Hemdes zurecht und beschrieb wortreich, wie er zwei Füchse erlegt hatte.

Landon verspürte kein Bedürfnis, sich über geschäftliche Dinge auszulassen, doch kam er nicht umhin, kurz auf Peter Wallis' Frage einzugehen. Als er zu einer Antwort ansetzen wollte, öffnete sich die Tür. *Mary! Endlich! Da bist du,* dachte er, ließ das Besteck sinken und erhob sich.

Der Rock ihres bodenlangen Kleides wippte auffordernd bei jedem Schritt. »Gott zum Gruße«, sagte sie und nickte in die Runde. »Ich hoffe, die werten Gäste sehen mir mein spätes Erscheinen nach, aber ich fühle mich derzeit nicht wohl. Doch ich möchte nicht die Gelegenheit verpassen, einen kleinen Moment gemeinsam zu genießen.« Mit einer Handbewegung bat sie darum, dass die Gäste wieder Platz nahmen, und ließ sich nieder.

Zuletzt hatte Landon Mary im Theater getroffen, damals war sie noch in Begleitung ihres Vaters gekommen. Von jeher war sie selten bei gesellschaftlichen Anlässen erschienen, und nach dem Tod des Vaters hatte sie sich vollkommen zurückgezogen. Aufgeweckt und unbekümmert hatte er sie in Erinnerung, doch heute lag auf ihrem ovalen Gesicht etwas Kränkliches. Auch der Puder und das Cochenille auf ihren Wangen konnten es nicht verbergen.

James Canaughy taxierte sie. Ein fünfarmiger Kandelaber, der in der Tischmitte stand, nahm ihm den Blick. Er beugte sich vor. Sein starrer Blick wanderte Marys Hals herab, tastete über Brüste, Schultern und Arme.

*Ich bin nicht besser,* fuhr es Landon durch den Kopf, *ich starre sie ebenfalls an.* Abermals zog er sein Messer durch das Fleisch und betrachtete die dunkle Sauce, die sämig von der Klinge tropfte.

Das Dienstmädchen fasste nach dem Blasebalg, um das Feuer zu entfachen. Die braunrote Wandtäfelung ließ den weißgetünchten Kaminsims leuchten. Die Flammen flackerten auf und warfen Schatten, die auf Marys Schultern tanzten.

Landons Blick verlor sich auf einem schwarzglühenden Holzscheit, das knisternd zerfiel. Zu gern hätte er Mary in ein Gespräch verwickelt, sie erheitert, ein wenig abgelenkt, aber kein Wort wollte ihm einfallen, mit dem er sich an sie wenden konnte. Wie sprach man eine kluge Frau an?

Bei einer Kunstausstellung war er mit ihr bekannt gemacht worden. Erstaunt hatte es ihn, dass sie sich so exzellent auf Malerei verstand. Schon zuvor hatte er davon gehört, dass sie ihrem Vater bei seiner Arbeit zur Seite gestanden hatte. Die Gemüter hatten sich daran erhitzt, dass eine Frau den Arzt begleitete, doch ob der Erfolge, die er in seinen Behandlungen erzielt hatte, waren auch die letzten Schandmäuler irgendwann verstummt. Ja, da war er sicher, sie war sehr klug. Er lächelte.

Die Wangen von Peter Wallis' Frau waren vom Wein gerötet. Mittlerweile war sie mit Mary ins Gespräch vertieft. Das Dienstmädchen stakste an den Tisch und trug die Teller ab. Landon beugte sich vor, um der Unterhaltung der Frauen zu folgen. Vielleicht ergab sich die Gelegenheit, etwas einzubringen, um für einen Moment ihren Blick für sich zu haben.

»Das ist nicht Euer Ernst«, sagte Mrs. Wallis just und schlug die Hand vor den Mund.

Mary nickte. »Doch, die fadenspinnende Gespinstmotte ruiniert die Obstbäume. Und so ist es, nicht nur zum Schutz der Ernte, wichtig, sich den Befall und die Größe der Populationen genauer anzuschauen.«

»Ihr fasst dieses Tierzeugs an?« Mrs. Wallis schaute erheitert zu ihm hinüber. »Was sagt Ihr dazu, Mr. Reed?«

»Oh, ich hörte von Miss Linleys Furchtlosigkeit. Und von ihrer Vorliebe für die heimische Gespinstmotte.«

Amüsiert ergriff Mrs. Wallis ihr Glas, und Mary sah ihn an. Kurz nur, aber sie lachte. Ihm wurde warm.

Obgleich Canaughy immer noch ohne Unterlass auf Mrs. Fincher einsprach, versuchte diese, der Unterhaltung ihrer Nichte zu folgen. Auf dem Gesicht und am Hals der Gastgeberin hatten sich rote Flecken gebildet. Sie klatschte in die Hände, und das Mädchen trug ein Tablett mit Kristallkelchen herein. Als sie Mary eines der Gläser mit weißlichem Sorbet reichte, schüttelte die dankend den Kopf, schob den Stuhl zurück und erhob sich. »Meine Damen, meine Herren. Das Essen hat mich erschöpft. Gern würde ich mich, wenn ich darf, jetzt zurückziehen.« Sie schaute Mrs. Fincher abwartend an, die sich die Serviette vor den Mund presste, sie sinken ließ und nickte.

»Natürlich, mein Kind, wenn du unpässlich bist, möchten wir deine Gesellschaft nicht über Gebühr beanspruchen. Gern werde ich dich auf dein Zimmer geleiten.«

Mrs. Wallis warf ihm einen Blick zu. Landon schluckte und erwiderte den Blick. *Ja, Mary kann doch jetzt noch nicht gehen. Können wir sie nicht aufhalten? Ich habe fast kein Wort mit ihr gewechselt.*

Doch Mrs. Wallis rührte sich nicht, und auch er blieb stumm.

Noch einmal drehte Mary sich um. Kurz hoffte Landon, sie möge es sich überlegt haben, doch sie wünschte den Gästen nur eine gute Nacht und verschwand.

Als die beiden Frauen das Zimmer verließen, hörte er Mrs. Fincher zischen: »So geht das nicht weiter. Du zwingst mich geradezu, andere Saiten aufzuziehen.«

Dann erst wurde die Tür geschlossen. Alle schauten aneinander vorbei, und selbst James Canaughy schwieg.

***

Vor Wut schienen Henriette die Worte zu fehlen. Den Rücken in kerzengerader Haltung, begleitete sie Mary den Flur hinab. Plötzlich hielt sie inne. »Darüber werden wir morgen noch zu sprechen haben«, stieß sie hervor und kehrte zu den Gästen zurück.

Dass diese beherrschte Frau die Schwester ihres Vaters sein sollte, verwunderte Mary immer wieder. Nichts hatte sie von seinem Temperament, nichts von seiner Wärme. Stur, wie nur er es gewesen war, konnte sie sein, aber damit waren die Gemeinsamkeiten auch schon aufgezählt.

Der Gedanke an den Vater weckte die Sehnsucht. Rasch griff sie in ihre Röcke, und die Stoffe bis über die Knie gerafft, huschte sie zum Behandlungsraum hinüber. Hier hatte der Vater einst, sobald keine Patienten mehr zugegen gewesen waren, seine Journale und Manuskripte geordnet. Hier konnte sie ihm immer noch nahe sein. Ein Vorhang verbarg die Tür, die in das Naturalienkabinett führte. Noch einmal lauschte sie auf den Flur hinaus, drehte den Schlüssel im Schloss und zündete die Öllampe an. Die Flamme loderte kurz auf, und die Schatten schwankten durch das große Zimmer.

Der vertraute Geruch aus Staub und Farben schlug ihr entgegen. Die Schränke und Regale quollen über, Sammlungsstücke, wohin sie blickte. Selbst auf dem Boden stapelten sich noch Kisten mit Sammlungsstücken, die keinen Platz mehr gefunden hatten. Auf dem Tisch waren die Schichten papierner Bögen mit gepressten Pflanzen inzwischen ellenhoch gewachsen und lockten, sich in die Arbeit der Katalogisierung zu vertiefen.

Mary zögerte. Womit sollte sie beginnen? Zuerst den schwarzen Hirschhornkäfer mit den glänzenden Zangen in die Vitrine einfügen? Oder das Herbarium sortieren? Nein, sie wollte nicht denken und öffnete den Schrank, in dem Aquarellfarben, Tusche, Rötel- und Pastellstifte, Tinten und Zeichenblätter aufbewahrt wurden. Neben das Papier legte sie die Kielfedern mit den geschwungenen Griffen aus Nussbaumholz. Mit ihnen wollte sie der Bleistiftskizze des gelben Enzians die Konturen verleihen und erst, wenn die Hände warm waren, die Details zeichnen.

Ein Klopfen an der Tür. Leise und zaghaft. Das konnte nicht Henriette sein. Sie hätte an der Klinke gerüttelt und mit spitzen Fingerknöcheln aufs Holz geschlagen, dass man es noch zwei Zimmer entfernt hätte hören können.

Mary öffnete die Tür einen Spalt. Vor ihr, im Dunkel, stand Landon Reed. Sie waren allein. Eine Pause entstand. Eine peinliche Stille, die sie nicht zu überbrücken wusste.

»Darf ich eintreten?«, fragte Landon. Seine Stimme war leise, und eine Spur Unsicherheit schwang in ihr. »Bitte, sorgt Euch nicht«, fügte er an. »Ich habe mich verabschiedet und das Haus verlassen. Über den Hintereingang bin ich …«

Sie ließ ihn eintreten und schloss hinter ihm die Tür. Während er sich umsah, musterte sie ihn. Ein hochgewachsener Mann von mindestens sechs Fuß. Dunkles, volles Haar, in einen kurzen Zopf gebunden. Ein klarer, wacher Blick, der alles flugs zu erfassen schien. Nein, sie wollte sich nicht vorstellen, dass dieser Mann nächtens wie ein streunender Hund ums Haus geschlichen war.

Landon räusperte sich. »Und das ist also Plymouths berühmtes Naturalienkabinett?«

*Natürlich,* dachte Mary, *er kennt nur den Salon und das Rauchzimmer. Die Sammlung hat er noch nie gesehen. Aber er ist nicht hier erschienen, um mit mir über die Naturwissenschaften zu reden. Er weiß genauso gut wie ich, dass wir gerade jede Regel des Anstands übertreten.*

»Es würde mich freuen, mehr über die Sammlung zu erfahren.«

*Zeit will er gewinnen. Und jede Minute birgt die Gefahr, entdeckt zu werden.* »Nichts lieber als das«, sagte Mary, überrascht von ihrem gleichmütigen Ton. *Du klingst, als würdest du jede Nacht Besucher durch das Kabinett führen,* hielt sie sich vor und zeigte auf die Vitrinen. »In diesen Schränken wird die Insektensammlung ausgestellt. Jede der Schrankvitrinen birgt andere Arten: Eine zeigt Hautflügler. Seht hier, das sind beispielsweise Hummeln und Bienen. Daneben sind die Deckflügler einsortiert, das bedeutet Käfer aller Art.«

Und jetzt, als Landon so dicht bei ihr stand, hörte sie das Rascheln der Seide seines Mantelrocks und roch die herbe Sandelholznote seines Parfums. Die Einsamkeit war seit der Abreise des Vaters ihre Begleiterin geworden. Sie war bei ihr schon morgens, wenn sie aufstand, während sie im Kabinett arbeitete, erst recht beim Mittagessen mit Henriette oder an den Abenden, die sie, über Handarbeiten gebeugt, zusammensaßen. Und während Landon die Insekten betrachtete, entbrannte in Mary der Wunsch, von ihm in den Arm genommen zu werden. Sie wollte festgehalten werden, sich anlehnen und den Kopf auf seine Schulter legen, um für einen Moment dem Alleinsein zu entkommen.

Sie trat einen Schritt zurück. Ob die Einsamkeit sie verrückt gemacht hatte? Zweifelsfrei: Er sah gut aus, war geschmackvoll gekleidet, und immer wieder fiel ihm diese eine Locke in die Stirn. Er schob sie beständig beiseite, und sie war sicher, er bemerkte es nicht einmal. Aber egal, wie anziehend dieser Mann war, ihr war bewusst, dass sie nicht mitten in der Nacht allein mit ihm in einem Zimmer Zeit verbringen und darauf hoffen konnte, dass er ihre Suche nach Nähe nicht falsch verstehen würde.

»Hier sind«, fuhr sie fort, »die Spinnentiere ausgestellt. Mittig platziert seht Ihr den italienischen Hausskorpion. Um ihn herum sitzen verschiedene Kreuzspinnen.«

Vor der Wandnische neben dem Fenster blieb sie stehen und merkte, dass sie wieder zur Ruhe kam. Sie öffnete zwei große Holztüren, und vor ihnen schwebten hinter einer Glasfront zahlreiche Schmetterlinge. Das war ihr der liebste Teil des Kabinetts, und auch Landon schien beeindruckt.

»Habt Ihr zu dieser Sammlung beigetragen?«

»An allen Arbeiten, die Ihr hier seht, habe ich Anteil gehabt. Ich habe meinen Vater auf seinen Exkursionen ins Umland begleitet, und auch an der Auswertung der Sammlungsstücke war ich beteiligt.«

Landons Blick wanderte immer noch über die Schmetterlinge. »Habt Ihr die Nadeln durch die … Körper gestoßen?«

Mary nickte.

Er schaute sie an. Einen Augenblick nur, aber sichtlich irritiert.

»So ist Wissenschaft eben. Wissenschaft kann nicht anders funktionieren. Die Zeichnung reicht nie an das Original heran, deshalb wollen wir es auf diesem Weg der Nachwelt erhalten.« *Ja,* dachte sie, *wenn du dich darauf einlässt, ist es viel, was hier auf dich einstürzt. Wissen, jahrelang gesammelt und dokumentiert. Es ist die Mischung aus Vergänglichkeit und Aufbewahrung, Tod und Schönheit, von Akribie und Abenteuer. Wenn du ehrlich bist, fasziniert es dich, und gleichermaßen stößt es dich ab. Aber irgendwann spürst du nur noch die Faszination, dann treibt dich die Neugier an, mehr zu erfahren.* »Wir sehen oft nur nicht genau genug hin. Die Natur ist voller Wunder, und wir sammeln sie hier. In unserer Wunderkammer.«

Nochmals schaute Landon sie an, und abermals war er sichtlich irritiert. Dann drehte er den Kopf beiseite und beugte sich vor, um sich die Schmetterlinge genauer anzusehen.

*Er hat recht,* dachte sie. *Es ist die falsche Formulierung: Es gibt kein »wir« mehr.* Sie schluckte gegen den Druck in ihrer Kehle an, und ihr Blick hielt sich an Landon fest, der zwei Schritte weitergegangen war und mit der rechten Hand über das dunkle Holz der Kommoden strich. Mary öffnete eine der Schubladen. Der unverwechselbare Duft getrockneter Pflanzen stieg auf. »Das ist das Herbarium«, sagte sie und hörte den weichen Klang ihrer Stimme. »Die einzelnen Bögen, auf denen man gepresste Pflanzen aufbewahrt und sie nach ihren Familien und Herkunftsorten sortiert, nennt man Belege. Hier unten in der Ecke notieren wir stets den Fundort, das Funddatum und den Sammler. Ob Schmetterlinge oder Pflanzen – dahinter steht der gleiche Gedanke: Diese Sammlungen sind Dokumentations- und Vergleichsinstrumente. Sie sind die Grundlage unserer Arbeit.«

»Was seid Ihr für eine Frau«, lachte Landon auf. »Ein Leben an Eurer Seite wäre sicher kurzweilig.«

Jetzt waren sie angekommen, jetzt war er beim Thema. Deshalb war er hier erschienen. Mary schätzte ihn, seine umfassende Bildung und die überlegten Worte. Sie hatte seine Blicke am Tisch bemerkt und erahnte die Gefühle, die er offensichtlich für sie hegte. Gefühle, die sie nicht erwidern konnte. Die sie nicht kannte. Flugs zeigte sie auf das Kuriositätenregal und stellte die Öllampe so, dass das, was zuvor im Dunkeln gelegen hatte, ins Licht gerückt wurde. Ohne nachzudenken, senkte sie die Stimme: »Das sind Mitbringsel meines Vaters. Er hat sie von den Ausflügen in die Umgebung, von den Reisen durch Europa und der ersten Forschungsfahrt, die er als Arzt und Sammler begleitet hat, mitgebracht.«

»Darf ich sie berühren?«, fragte Landon. Kaum, dass Mary genickt hatte, ließ er die Finger über die poröse Oberfläche der feuerroten Korallen gleiten. In tönernen Schalen lagen Muscheln.

Er hob sie an und ließ das silbrige Perlmutt im Licht schimmern. Mattgraue Schneckenhäuser verbargen ihre Schönheit dem ersten Blick.

Mary nahm eines heraus. Drehte es um. Nun konnte er den warmen Ton der lachsfarbenen Innenwände sehen. Einige der Gehäuse waren faustgroß und schwarz-weiß gemustert, andere fingerdick in die Länge gedreht, mit zinnoberfarbenen Flecken versehen.

Für jedes Sammlungsstück nahm Landon sich Zeit, jedes hob er an, befühlte die Oberflächen und stellte es wieder an seinen Platz. Im obersten Regalfach thronte ein menschlicher Schädel neben fremdartigen Holzwaffen mit aufwendigen Schnitzereien.

Mary zog den Schemel heran, ließ sich nieder und sah zu, wie Landon die silbernen Pokale und hölzernen Trinkgefäße berührte und sich über Zeichnungen weit entfernter Länder beugte.

»Es ist schön, wirklich schön.«

»Ja, das finde ich auch. Der ganze Raum ist gefüllt mit Erinnerungen. Und wirklich zu allem wusste mein Vater Lehrreiches zu berichten.«

Landon zog eine Teakschatulle hervor. »Was ist das? Welche Geschichte erzählt dieses Holzkistchen?«

Sie nahm die Schatulle und öffnete den Deckel. *Der Schmetterling. Vaters Schmetterling.*

»Es ist eine lange Geschichte, die mein Vater mir nach seiner Weltreise erzählte. Er konnte weit ausholen.«

»Bitte nehmt Euch die Zeit.«

Mary betrachtete die Flügel des Schmetterlings. Schwarze Spitzen, die ein orangefarbener Farbstreifen vom samtigen Blau der schmaler zulaufenden Enden trennte.

»Ich weiß nicht mehr, auf welcher Insel sich die Geschichte mit dem Schmetterling zutrug. Aber irgendwo unterwegs tauschte einer der Seesoldaten sein Halstuch gegen einen Blattschmetterling. Diesen hier. Es gibt farbenprächtigere Falter, werdet Ihr denken, doch das Faszinierende sind die schlammig-braunen Unterseiten der Flügel.«

Mary hob die Glasplatte, auf der der Schmetterling befestigt war, an einer kleinen Schlaufe in die Höhe und drehte sie um.

»Wenn der Schmetterling die Flügel schließt, gleicht er einem vertrockneten Blatt. Perfekt in seiner Nachahmung und Anpassung. Mein Vater bat den Seesoldaten, das Stück für die Sammlung herzugeben. Doch der Kerl schlug vor, dass mein Vater ihm für einen Monat seine Rum-Ration abtreten solle. Das war ein unverschämter Preis, und so lehnte mein Vater ab. Stattdessen versuchte er, den Eingeborenen klarzumachen, dass sie ihm ein solches Prachtexemplar besorgen sollten. Sie brachten kleinere Falter dieser Art und andere Insekten, und er gab die Hoffnung auf, jemals einen zu erstehen.

Das Schiff blieb für einige Tage in der Bucht vor Anker, und ein lebhafter Handel entstand. Die Wilden kamen an Bord. Alles wollten sie sehen, alles wollten sie anfassen und ausprobieren. Die Seeleute und Wissenschaftler besichtigten wiederum die Insel, nicht weniger neugierig. Und eines Morgens hörte man den Seesoldaten fluchen, sein Kleinod sei ihm gestohlen worden. Wenig später kamen wieder Eingeborene mit ihren Kanus an das Schiff herangefahren. Sie brachten neue Handelsware, und dort lag – eben jener Blattschmetterling. Meinem Vater liefen die Tränen über die Wangen, so musste er lachen. Diese Burschen der Insel boten der Mannschaft allerlei Gegenstände, die bereits getauscht worden waren, erneut an. Sie hatten sie an Bord entwendet.

Der Seesoldat hatte inzwischen alles, was er besaß, getauscht. Vor seinen Augen erwarb mein Vater nun den Falter und übergab ihn dem Mann. Der bekam einen hochroten Kopf, doch mein Vater bestand darauf, dass er den Schmetterling wieder an sich nehmen solle. Schließlich, so meinte er, sei dieses Kleinod unrechtmäßig in seinen Besitz gelangt.

Abends stießen die beiden Männer gemeinsam an. Jeder mit

seiner Rum-Ration. Dem Seesoldaten war die Geschichte derart arg, dass er den Schmetterling letztlich spendete und nun meinem Vater als Ausgleich für den geleisteten Tauschwert seine Rum-Ration anbot. Zwar nur für drei Tage, aber es ist ja auch der Wille, der zählt.«

Mary schwieg. Sie sah ihren Vater, der sie, den Kopf zur Seite geneigt, anschaute, um sich dann zum Tisch vorzubeugen und die Pfeife auszuklopfen.

»Stets fragte mein Vater, was seine Geschichte lehre. Es war albern, aber er mochte dieses Spiel. Und diese sollte mich lehren, offenen Herzens durch die Welt zu gehen. Denn jede Hinterlist und jede Anmaßung, sagte er, die ich beginge, würde irgendwann auf mich zurückfallen. Stets beschwor er mich, ehrlich und bescheiden zu bleiben. Er war ein Idealist.«

»Ihr seid ganz seine Tochter«, sagte Landon, griff nach ihren Händen und umschloss sie. Glatt fühlte seine Haut sich an. »Ihr seid so sanft. So klug. Wie lange wollt Ihr mich noch warten lassen?«

Mary schloss die Augen. *Ich muss ehrlich zu ihm sein. Eben habe ich darüber gesprochen.*

»Ich möchte Euch nicht warten lassen, es ist mir unmöglich. Noch fühle ich mich nicht reif für den Bund des Lebens«, flüsterte sie und sah das Zucken seiner Mundwinkel. Sah, dass die weichen Gesichtszüge sich anspannten.

»Ihr seid neunzehn Jahre alt, im besten Alter für die Ehe. Das findet auch Eure Tante. Bitte, erlaubt mir, Euch zu helfen, erlaubt mir ...« Er zögerte.

Mary hob die Brauen. Was sollten die großen Worte? »Habt Dank für Eure Fürsorge, aber ich weiß mir sehr wohl selbst zu helfen.« Sie fühlte, dass es besser war, nicht genauer auf seine Gründe einzugehen. Nichts wollte sie aufrühren, nichts aufbauschen.

»Ihr wisst nichts! Gar nichts!«, stieß Landon plötzlich hervor.

Seine Erwiderung war derart heftig, dass Mary zurückwich.

Wie lange war er schon hier? Wie lange ließ sie schon zu, dass sie die Grenzen des Anstands überschritten? Das konnte nicht gutgehen, er musste sich ja Hoffnungen machen. Sie wollte ihm keinen Schmerz zufügen, doch er war schon wie im Fieber, lief wie ein gehetztes Tier vor ihr auf und ab. Er musste gehen. Sofort.

Die Augen geschlossen, presste er die Finger auf die Nasenwurzel. Als er sich an sie wandte, wirkte er kraftlos. »Im Vertrauen, Eure Tante gestand mir, dass sie auf ihr Anwesen zurückkehren will. Sie wird den Hausstand in Kürze auflösen und …«

Mary lachte auf. Die Situation wurde immer absurder, seine Rede immer verzweifelter.

»Bitte, lasst mich aussprechen. Mrs. Fincher wird den Hausstand auflösen und beabsichtigt, Eure Verlobung bekannt zu geben.«

»Kein Wort glaube ich Euch.« Ihr Brustkorb schien kaum noch Luft fassen zu können.

»Habt Ihr sie diesen Abend beobachtet? Was denkt Ihr, wer wird der Mann sein, den sie für Euch auswählt?«

»Nein, nein! Schweigt!« Das Schreien minderte den Druck ihrer Lunge, ein wohltuendes Gefühl.

Einen Moment warteten sie, ob sie gehört worden waren, ob die Tür sich öffnen und der Skandal seinen Anfang nehmen würde. Doch es blieb still.

Landon packte ihre Hände und verfiel in einen Flüsterton: »Von dem Geld, das sie für den Verkauf bekommt, wird die Mitgift gestellt. Sie will einen Mann auswählen. Sie will, dass Ihr Canaughy heiratet. Den Mann, der auf die Rechte und die damit verbundenen Einnahmen der Reisebücher Eures Vaters aus ist. Bitte, lasst mich um Eure Hand anhalten. Ihr werdet es gut bei mir haben. Ihr dürft zeichnen, Ihr dürft auch gern …«

»Es geht nicht ums Zeichnen. Ich bin nicht zur Ehefrau geboren. Ich bin … Ich bin Botaniker. Ich will forschen, ich will reisen und nicht einem Haushalt vorstehen.«

»Ihr würdet eine gescheite Ehefrau und reizende Mutter abgeben. Euren Söhnen könntet Ihr all das beibringen, was Ihr mir heute gezeigt habt. All diese wundersamen Dinge, die in Eurem Kopf und Herzen sind.«

Mary löste die Hände aus seinem Griff.

»Nein, das werde ich nicht! Ich weiß, dass Ihr es gut mit mir meint, aber ich muss Euch auffordern, jetzt zu gehen.«

Für einen Augenblick erinnerte er sie an einen Leutnant auf See, der begriff, dass die Schlacht verloren war. Der einsah, dass er kapitulieren musste. Bevor er die Wunderkammer verließ, drehte er sich noch einmal um: »Überlegt es Euch und denkt daran: Ich werde da sein.«

Wieder fiel die Strähne in seine Stirn. Er strich sie nicht weg.

Die Tür klappte ins Schloss, und zurück blieb Stille. Sie war nicht ehrlich gewesen. Sie wusste genau, was sie wollte. Zum Heiraten war sie nicht geboren. Diesem Joch wollte sie sich nicht beugen. Nicht einmal an der Seite dieses Mannes. *Auch wenn ich eine Frau bin, muss es einen Weg geben. Nicht aufgeben. Nur nicht aufgeben. Beweg dich,* beschwor sie sich. *Du musst handeln. Jetzt.*

Mary begann, die Schubladen der Kommoden aufzuziehen. Sie zerrte zahllose Zeichnungen hervor, hielt sie ins Licht und musterte sie kritisch, um eine Mappe mit den aufwendigsten Stücken zu schnüren. Hinzu fügte sie einige der Belege des Herbariums und ergriff das schwerste der Bücher, in denen sie mit dem Vater die Studien dokumentiert hatte. Die Auswahl der Arbeitsmaterialien trug sie in ihr Zimmer und schob sie unters Bett, weit nach hinten, in den Schutz der Dunkelheit. Noch auf dem Boden kniend, hielt sie inne. Ihre Worte zerschnitten die Stille: »Ja, Henriette, es reicht jetzt wirklich! Du zwingst mich geradezu, andere Saiten aufzuziehen.«

# Plymouth, 14. Juli 1785

Sie musste sich beeilen. William war zum Markt gefahren, um einige Besorgungen zu machen, bald würde er wieder zurück sein.

In der Früh hatte Mary ihn gebeten, sie mit in die Stadt zu nehmen. Sofort hatte er nachgefragt, ob diese Ausfahrt mit Henriette abgesprochen sei, und nur widerstrebend war er ihrer Lüge gefolgt.

Vor dem Tor des Navy Board ließ sie ihn anhalten. Williams Blick wanderte zu ihr und dem Haus, zu der Mappe und ihrem Gesicht. »Was wollt Ihr hier?«, fragte er.

»Hier hat das Navy Board seinen Sitz. Es stattet die Schiffe der Navy mit allem aus, was für die langen Reisen vonnöten ist.«

»Das ist mir bekannt, aber was wollt Ihr hier? Beim Navy Board?«

»Hier ist auch Sir Carl Belham, der Leiter des naturwissenschaftlichen Stabes der kommenden Expedition, untergebracht.«

William wurde blass. »Es ist nicht, was ich befürchte, oder?«

»Doch, das ist es. Ich werde mit Sir Belham sprechen, denn ich bin gut ausgebildet. Warum sollte ich nicht einen Versuch wagen?«

»Frauen machen so etwas nicht. Auf Schiffen mitfahren. Frauen können das nicht«, sagte William und schnalzte mit der Zunge. Die Pferde trabten wieder an.

Mary hatte in die Zügel gegriffen und die Kutsche zum Stehen gebracht. Sie war vom Bock gesprungen und energisch, ohne sich umzuwenden, auf das Holzportal zugeschritten. Der schwere Rock hatte das Zittern ihrer Beine verborgen.

Hinter einem der Fenster musste er sitzen. Sir Carl Belham. Vielleicht in ein Gespräch vertieft, vielleicht über Listen gebeugt, in denen er notierte, was für die Fahrt benötigt wurde. Kennengelernt hatte sie ihn nie, aber der Vater hatte ihn in London getroffen. Begeistert hatte er berichtet, dass Sir Belham, wie er selbst, auf Insekten und auch auf Völkerkunde spezialisiert sei. Ein reger Briefwechsel war zwischen den Männern entstanden, in dem sie sich über die zukünftigen Aufgaben in der Erforschung der Lebensgewohnheiten der Südsee-Eingeborenen ausgetauscht hatten. Sir Belham galt als fortschrittlicher Forscher, der sich der Linnéschen Systematisierung verschrieben hatte, die der Vater ebenfalls bei seinen Niederschriften angewandt hatte. Ob sie ihm erzählen sollte, dass sie den Briefwechsel stets mitverfolgt hatte?

Mary verlangsamte ihren Schritt und beobachtete, wie der Regen den Wollmantel silbrig benetzte. Hineingehen und vorsprechen, so schwer konnte es nicht sein.

In der Mitte der Halle, die sich kuppelförmig in die Höhe wölbte, saß der Portier. Überall glänzte grauweißer Marmor, und zwei im Rundbogen geschwungene Treppen führten hinauf in das obere Stockwerk. Sie straffte die Schultern und steuerte auf den Portier zu, der durch ein messingfarbenes Namensschild als Ebenezer Stone vorgestellt wurde. *Der Name Ebenezer Water hätte besser gepasst,* befand sie und musterte die Schweißperlen auf der Stirn des Mannes, den milchigen Blick wie auch die Mundwinkel mit den weißen Speichelrändern.

»Entschuldigt bitte die Störung, ich möchte bei Sir Belham vorsprechen.«

»Der Sir ist außer Haus.«

Wie konnte sie auf die einfältige Idee kommen, dass ein derart beschäftigter Mann auf sie warten würde? Nicht einen Gedanken hatte sie daran verschwendet, doch aufgeben wollte sie nicht. Sie konnte jetzt nicht nach nur einer Frage alles hinwerfen.

»Würdet Ihr mir sagen, wann er wieder anzutreffen ist?«

Der Wässrige lehnte sich zurück und verschränkte die Arme.

»Wenn Ihr etwas abgeben möchtet«, er nickte in Richtung der Mappe, die Mary auf dem Tisch abgelegt hatte, »könnt Ihr es mir anvertrauen. Ich leite es weiter.«

»Nein, danke, ich möchte die Mappe gern selbst vorzeigen.«

»Was, sagtet Ihr, ist das?«

Sie rang sich ein Lächeln ab. »Das ist meine Arbeitsmappe, die möchte ich Sir Belham persönlich vorstellen und erläutern.«

Inzwischen hatte sich hinter ihr eine Traube Männer gebildet, und jeder von ihnen lauschte. Unauffällig stützte sie sich mit der freien Hand auf dem Tisch ab und fühlte die grobe Maserung des Holzes. *Nicht die Nerven verlieren,* beschwor sie sich, *verliere nur nicht die Nerven!*

»Warum wollt Ihr«, Ebenezer Stone zog das letzte Wort in die Länge, »Sir Belham diese Mappe zeigen?«

»Ich möchte mich als botanischer Mitarbeiter für die Forschungsfahrt der *Sailing Queen* vorstellen.«

Es war ausgesprochen. Laut und deutlich.

»Was wollt Ihr denn da? Blümchen pflücken?«

Die wartenden Männer stimmten in Ebenezer Stones Gelächter mit ein.

Sie musste hier weg. Doch sie blieb stehen, schwitzte und presste die Hände gegen ihren Körper. Beißend stieg ihr der Geruch der eigenen Angst in die Nase.

Ebenezer Stone erhob sich. »Ihr seht wohl selbst, dass Ihr nicht recht bei Trost seid?«, brüllte er, während sie anfing, rückwärts zur Tür zu gehen. Langsam, Schritt für Schritt. Dann drehte sie sich abrupt um und lief, während sein Gebrüll ihr nachjagte, jedes Wort ein Schlag: »Ein Weibsbild, das an Bord eines Forschungsschiffes will? Eine Unverschämtheit ist das! Geht nach Hause zu

Eurem Stickrahmen! Oder ich muss an Eurem Geisteszustand zweifeln! Abführen lass ich Euch, und das schwöre ich bei Gott, wenn Ihr noch einmal hier auftaucht! Ihr vergeudet die wertvolle Zeit des Navy Board. Raus hier!«

Als die Tür hinter ihr zuschlug, lehnte sie sich für einen Augenblick erschöpft gegen das vom Regen nasse Holz.

William kam bereits mit der Kutsche die Straße entlanggefahren. Sofort richtete Mary sich auf und straffte die Schultern, er sollte nicht ahnen, wie erbärmlich ihr Auftritt gewesen war.

»Wie war es? Wie war es?«, rief er schon von Weitem.

*Was soll ich ihm antworten? Dass man mich ausgelacht und verhöhnt hat? Dass es keinen Platz auf der Welt für mich gibt? Dass mein Wunsch nach Wissen ein Fluch ist? Dass die Wunderkammer der einzige Ort ist, an dem ich im Verborgenen das sein darf, was ich bin?* Sie kletterte neben William auf den Kutschbock.

Regungslos blieb er sitzen und schaute sie an.

»Du hast recht, sie brauchen keine Frauen.«

»Ach, das erleichtert mich sehr«, sagte er. »Das wäre auch viel zu gefährlich für Euch. Frauen an Bord eines Schiffes bringen zudem Unglück. Auf Euch wartet hier eine solide Zukunft.«

»Ja, ich weiß. Ich kann irgendwen heiraten und meinen Söhnen mein Wissen weitergeben.«

»Genau«, erwiderte William. Gutgelaunt trieb er die Pferde mit der Peitsche an.

# London, 14. Juli 1785

Carl Belham betrat das Arbeitszimmer und atmete ein. Sein Brustkorb weitete sich, und der Druck unter seinen Rippenbögen ließ nach. Journale, Skizzen und Karten stapelten sich auf dem Schreibtisch, obenauf lag das *Town Magazine*. Mit ihrer Erwähnung hatte Sir Wellington die heutige Versammlung der Royal Society eröffnet. Seit über hundert Jahren kamen in dieser Gelehrtengesellschaft ehrwürdige Männer zusammen. Männer, deren Ziel es war, die Wissenschaft zu fördern. Und womit hatten sie heute Geist und Zeit verschwendet? Mit einem jüngst erschienenen Artikel zur anstehenden Forschungsfahrt. Ereifert hatten sie sich wie die Waschweiber, allen voran Sir Wellington. Eindrucksvoll hatte er wieder seine Augenbrauen zusammengezogen, dass die Stirnfalte sich zur Furche vertieft hatte.

Carls Blick fiel aus dem Fenster. Die tiefhängenden Wolken tauchten den Tag in ein trübes Dämmerlicht. Er zündete die Kerzen an, griff sich die Zeitung und blätterte, bis er die Schlagzeile fand. »Neuerliche Expedition in den Pazifik« verkündeten die großen Lettern. Flüchtig überflog er die Zeilen, in denen seine Verhaftung vor einigen Jahren mehr Raum einnahm als die geplante Reise. Als emsigen Naturwissenschaftler betitelte man ihn. An den Ufern des Wassergrabens bei Hounslow hatten sie ihn seinerzeit an den Beinen aus der Hecke gezogen. Einer Buchsbaumhecke, las Carl erstaunt. Daran konnte er sich nicht mehr erinnern. An den Vorwurf, kurz zuvor eine Postkutsche überfallen zu haben, erinnerte er sich jedoch genau. Erst als er dem Richter in der Bow Street vorgeführt worden war, hatte er erklären können, dass er im Geäst und Dreck herumgekrochen war, um Insektenlarven einzusammeln.

Er warf die Zeitung auf die Unterlagen, die er am Morgen mit seiner Mutter durchgegangen war. Er hatte sie und seine Schwester zu Beginn der Woche nach Chelsea holen lassen. Eine mühsame Reise, doch unerlässlich. Die Mutter musste während seiner Abwesenheit die Geschäfte weiterführen. Buch um Buch hatten sie die Einnahmen geprüft. Seite um Seite Notizen hinzugefügt. Gemeinsam hatten sie errechnet, dass allein aus den zweihundertsiebzig Pachtfarmen ein Jahreseinkommen von gut fünftausend Pfund zu erwarten war. Zufrieden war er zu der Feststellung gelangt, dass die beiden Frauen in seinem Leben versorgt waren. Er konnte die Reise antreten. Alles war sorgsam vorbereitet, und nun das: ein Schlag ins Gesicht. Aus den eigenen Reihen. Den Emporkömmling Abraham Miller wollte man ihm als Schiffskommandanten vorsetzen. Abraham Miller, diesen schmächtigen Hänfling, der ein-, zweimal auf Schiffen der Ostindischen Kompanie mitgereist war. Der nicht einen Tag seines Lebens in der Navy gedient hatte.

Carl registrierte ein rhythmisches Anklopfen. Die Tür öffnete sich einen Spalt, und Franklin Myers schob sich in das Zimmer. Wortlos kam er auf den Schreibtisch zu.

»Wolltet Ihr nicht künftig warten, bis ich Euch auffordere, einzutreten?«, fragte Carl und schaute auf.

Franklin Myers nahm im schweren Sessel vor dem Schreibtisch Platz, lehnte sich zurück und faltete die Hände. Das feuchte Wetter hatte sein rotblondes Haar stärker gekraust als sonst. Wirr hatte es sich aus dem Zopfband gelöst und stand am Hinterkopf ab. Schon als Carl die Royal Society verlassen hatte, war er sich sicher gewesen, seinen Gehilfen heute nochmals anzutreffen. Berechnen konnten sie einander, als wäre ihr Umgang die einfache Addition alltäglicher Gewohnheiten. Eine Rechenoperation, zielgerichtet und im Ergebnis logisch.

»Da wir nun beieinandersitzen, möchte ich Euch bitten, mir eine Einschätzung der heutigen Versammlung zu geben«, sagte er.

Franklin lächelte. »Abraham Miller ist eine geistreiche Erscheinung. Als Hydrograph bringt er doch jene Qualifikationen mit, eine Entdeckungsfahrt dieser Größenordnung zu befehligen. Er ist in der Lage, das Messer zu führen, um Stifte zu spitzen. Er öffnet seine Tintenfässer selbstständig und –«

Carl fuhr von seinem Stuhl auf und stützte sich auf die Platte seines Schreibtisches. Die Bücher gerieten ins Rutschen, und zwei von ihnen fielen zu Boden. Es war ihm gleichgültig. Er wandte seinen Blick erneut Franklin zu. Nein, zum Scherzen war er nicht aufgelegt. »Sir Wellington ist – und bitte korrigiert mich, sofern ich mich irre – ein Philosoph. Wie kommt ein Philosoph dazu, der Admiralität der Royal Navy diesen Nichtsnutz Miller als Kommandanten einer Forschungsreise vorzuschlagen?« Seine Stimme wurde lauter, er konnte es nicht verhindern. »Seit Wochen wird Zeit mit diesem Unsinn vertändelt. Wie kommen die Gentlemen jetzt darauf, eine Petition an die Admiralität zu formulieren, ohne diese mit mir abzustimmen?«

Franklin strich sich übers Haar, er schien zu spüren, dass es in die Höhe ragte. Mehrfach drückte er die Locken flach. »Ihr habt die Sitzung zu früh verlassen, Sir«, sagte er, während die Strähnen sich wieder aufrichteten. »Sir Wellington führte aus, dass immer noch zu viele Unstimmigkeiten in den Karten zu finden seien. Er sprach sogar von den ›wandernden Inseln des Pazifiks‹ und legte höchsten Wert darauf, Kapitän Cooks Aufzeichnungen weiterführen zu lassen.«

»Abraham Miller soll Cooks Aufzeichnungen weiterführen?« Carl sah die Mannschaft schon im Hafen von Plymouth die Arbeit verweigern. Derbes Pack, das mit verschränkten Armen an

Bord stand und den Hänfling beobachtete, der Befehle um sich schleuderte, die nicht einmal die Schiffsjungen befolgten. Kapitän Taylor, das war ihr Mann! Ein Offizier der Navy. Erfahren, fleißig, zuverlässig, mit hervorragenden Navigationsfähigkeiten. Wie sollte irgendwer an Bord, fragte er sich, wissenschaftlich arbeiten, wenn niemand in der Lage war, die Mannschaft im Zaum zu halten?

Franklins Stimme unterbrach ihn in seinem Gedankengang. »Mr. Miller hat noch einmal betont, dass er es ablehnt, als Wissenschaftler an Bord zu gehen. Entweder bekommt er die Leitung des Schiffes anvertraut, oder er reist nicht mit.«

Immer noch stand Carl auf den Schreibtisch gestützt. In den Wandleuchtern waren die ersten Kerzen erloschen und mussten gewechselt werden. Das dunkle Holz der Wände schien das letzte Licht zu schlucken. Er bückte sich, hob die Bücher vom Boden auf und legte sie auf den Tisch zurück.

»Es freut mich, zu hören, dass er zur Besinnung kommt.« Der faltige Wellington, der widerwärtige Miller, die gesamte Royal Society: Erschöpft hatten sie ihn. Allesamt. Mühselige Wortschlachten, eilig geschmiedete Allianzen, und all dies, um persönliche Befindlichkeiten zu befriedigen. So viel verschwendete Energie so kurz vor der Abreise.

Franklin trat auf die Kommode zu und griff nach der Kristallflasche mit dem Sherry. Er goss ein Glas ein.

*Wenn Franklin mir Sherry hinstellt, ist das noch nicht alles gewesen,* durchfuhr es Carl. *Das ist das Zuckerstückchen, mit dem er mir die bittere Medizin verpassen wird.* Forschend betrachtete er seinen Gehilfen. »Die Petition wird erst morgen zugestellt. Bislang ist das Gesuch der Admiralität nicht angetragen worden. Vielleicht lässt sich Wellingtons Ansinnen noch unterbinden?«, fragte er und spürte, wie sich die Müdigkeit in seine Glieder senkte.

Franklins Gesichtszüge blieben ausdruckslos. »Theoretisch bestünde die Möglichkeit, denn man will die Petition, wie Ihr sagt, erst morgen zustellen. Aber die Gentlemen waren sich einig: Man erwartet, dass Ihr Euch hinter das Anliegen der Royal Society stellt.«

Carls Nacken verspannte sich. Der Sherry glänzte honigfarben. Er ergriff das Glas, leerte es und spürte die samtige Wärme im Hals. »So, so, was man alles von mir erwartet«, sagte er und wischte sich den Mund mit dem Handrücken ab. »Morgen werde ich wohl klar Schiff machen müssen. Die Herren werden mich noch kennenlernen!«

Rußend erlosch eine der letzten brennenden Kerzen.

# Plymouth, 14. Juli 1785

Der Wind strich über die Weizenfelder und drückte die Ähren in wogenden Bewegungen in die Tiefe, um sie dann wieder auferstehen zu lassen. *Wie mit den Wellen. Auch mit den Wellen spielt der Wind, hebt, wirft und liebkost sie dabei,* dachte Mary.

Müde blickte sie vom Kutschbock aus zum Haus hinüber. Schon aus der Ferne erkannte sie, dass Wagen davor standen. Acht oder neun zählte sie, und vor jeden von ihnen waren jeweils mehrere Pferde gespannt. Ohne darüber nachzudenken, sprang sie vom Bock und geriet mit dem rechten Fuß fast in die Speiche des Rades.

William bremste und fluchte.

Sie rappelte sich auf, raffte die Röcke und rannte den Pfad entlang. Dabei hielt sie Ausschau nach Henriette und entdeckte sie in der Tür, von wo aus sie die Männer, die Kisten trugen, zu der jeweiligen Kutsche delegierte. Ihre Befehle hallten über den Hof: »Die Bücher gehen zu Lord Sufferton. Die Kommoden sind, aber nur wenn sie leer sind, für Doktor Goodwin. Nein, die kommen auf den Wagen da hinten. Und deckt sie gegen den Regen ab.«

»Henriette, was tust du?«

Der panische Schrei fror den Lärm für einen Moment ein und ließ die Kistenträger aufschauen. Doch jeder von ihnen schien sofort zu erkennen, dass es keinen Grund gab, die Arbeit einzustellen. Und während Mary an ihnen vorbeirannte, wünschte sie, ein Mann zu sein. Sich breitbeinig vor ihnen aufzubauen und sie des Hofes zu verweisen. Und jeden, der sich weigerte, würde sie schlagen, jetzt und hier, sofort. Jetzt, wo die Worte nicht mehr halfen. Doch sie schlug niemanden und spürte vielmehr die Blicke der Männer auf ihren wogenden Brüsten. Sie lief schneller, den verschwommenen Konturen Henriettes entgegen, die ihre Arme verschränkte und das Kinn in die Höhe reckte.

Mary schob sie beiseite und stürzte den Flur zur Wunderkammer entlang.

Dieses Mal ließ sich Henriette nicht abhalten. Sie folgte ihr und packte sie hart am Arm.

Mary konnte sie nicht anschauen, sie war unfähig, den Blick vom Chaos im Arbeitszimmer ihres Vaters abzuwenden. Der Behandlungstisch war beiseitegeschoben, die Schränke waren geöffnet. Ein junger Mann untersuchte die zahlreichen Tinkturen, Pülverchen und Instrumente.

Im Kabinett waren die Bücher, die Vitrinen und die Kommoden verschwunden, die Belege des Herbariums lagen in einer Ecke, achtlos übereinandergeworfen. Der Kuriositätenschrank war ein heilloses Durcheinander. Ein Seeigel lag zertreten auf dem Boden.

»Warum die Wunderkammer?« Marys Kehle brannte, die Worte waren nurmehr ein Krächzen.

»Das ist wertloser Plunder, ekelhaftes Teufelsgetier, entstanden aus der Urzeugung faulenden Schlammes. Dein Vater hat dir Dinge gewährt, die sich nicht für ein Mädchen gehören. Und ich muss es jetzt richten. In deinem Alter stand ich bereits einem Haushalt vor und war meinem Mann, Gott hab ihn selig, eine treue Gefährtin. Nähen, flicken, putzen und kochen, das ist die Bestimmung einer Frau. Kinder zu bekommen, sie aufzuziehen. Und was machst du?«

Henriettes Stimme schrillte, dass Mary glaubte, ihr Kopf müsse zerspringen. Sie legte die Hände auf die Ohren, doch die Tante riss ihre Arme beiseite. »Du hörst mir jetzt zu. Du liest Bücher und malst Spinnen, grundlos verlässt du alleine das Haus, und niemand weiß, wo du dich aufhältst. Ich sage dir das nur einmal:

Wenn du mir nicht bis Ende der Woche mitteilst, welcher der Herren, die ich in den letzten Wochen eingeladen habe, als Ehemann für dich in Frage kommt, werde ich das für dich entscheiden. Es ist vorbei! Dieser ganze Unfug hier ist vorbei!«

Mary hatte keine Kraft mehr, etwas zu entgegnen, und hörte, dass Henriette sich umdrehte und in Richtung Hof lief. Sicherlich würde sie wieder Stellung beziehen, um die Arbeit voranzutreiben. Jedes entsorgte Möbelstück brachte sie ein Stück weiter. Weiter nach Hause. Weg von ihr.

Teilnahmslos musterte sie den Mann im Behandlungsraum. Es war der junge Doktor aus der St. Jones Street. Sicherlich war er gekommen, um für seine neugegründete Praxis Instrumente günstig zu erstehen. Sollte er!

Einer der Packer verließ, einen Arzneischrank auf dem Rücken, das Durcheinander.

Mary stand vor einem Stapel hölzerner Kisten. Langsam fiel sie auf die Knie und gab dem Gewicht nach, das auf ihren Schultern lag und aus ihrer Lunge einen Laut presste, der dem eines waidwunden Tieres ähnelte. Sie zog die obere Lage des Rockes hoch und verbarg ihr Gesicht darin. Und während die Tränen in den Stoff tropften, war sie erstaunt, dass ihre Gedanken zu dem schmächtigen Arzt flüchteten. Jetzt konnte er den weißen Unterrock sehen und den Saum aus feiner Stickerei. Er musste unruhig werden. Denn was sollte man denken, wenn man ihn hier fand, auf ihren Unterrock starrend? Den Unterrock einer Fremden. Er war jung, und er war nett. Und er tat ihr fast ein wenig leid, wie er inmitten der Flaschen, Tiegel und Apparaturen einer greinenden Frau gegenüberstand. Blass, fast unsichtbar.

Unsichtbar?

Unsichtbar!

Nach Luft ringend, sprang Mary auf und fixierte den Schreibtisch. Auch hier hatten die Männer ganze Arbeit geleistet. Die Türen standen offen, die Unterlagen waren aus den Fächern herausgenommen und auf die Schreibtischplatte geworfen worden. Ihre Finger wühlten sich durch das Papier, entdeckten die Teakschatulle mit dem Schmetterling und schoben sie unter den Umhang. Flugs ergriff sie noch einen Kohlestift und verschwand. Erst im Flur hielt sie kurz inne, wandte sich um und sah, dass der junge Arzt einen Augenblick zögerte und mit den Schultern zuckte.

Reglos saß sie den Nachmittag unter der Birke und sah dem Treiben zu. Das Wetter klarte auf. Die Sonne brach aus den Wolken hervor und verlieh jedem Gegenstand, der aus dem Haus getragen wurde, scharf umrissene Schatten.

Weitere Interessenten erschienen, um den Ausverkauf in Augenschein zu nehmen. Die Erd- und Himmelsgloben verschwanden. An ihnen hatte ihr der Vater die Kontinente und die Gestirne erklärt. Das Holz glänzte. Ob Henriette sie noch einmal poliert hatte? Die Sessel des Herrenzimmers und auch die Einrichtung des Behandlungsraumes hatten einen neuen Besitzer gefunden. Den jungen Arzt aus der St. Jones Street. Mary seufzte. Ob er die Wunderkammer schon inspiziert hatte? Ihr Magen zog sich zusammen. *Denk nicht darüber nach,* beschwor sie sich. *Du kannst den Lauf der Dinge ohnehin nicht mehr aufhalten.*

Irgendwann verließ Henriette ihren Posten und kam auf sie zu. Redlich bemühte sie sich um einen sachlichen Tonfall, aber Mary sah die Flecken. Sah die roten Inseln, die sich auf der weißen Haut am Hals der Tante abzeichneten, während diese sie aufforderte, noch Möbelstücke, die ihr wichtig waren, auszusuchen. Sie schwieg und zählte dreizehn Flecken, bis Henriette aufgab und sich zurückzog.

Mary wandte den Kopf ab. *Nur den Apothekergarten, den lassen sie,* dachte sie. *Nutzloses Grünzeug, das reißen sie nicht aus. Das wird erst der nächste Besitzer machen.* Wehmütig betrachtete sie das farbenprächtige Pflanzenmeer, das im hinteren Teil des Grundstücks angelegt worden war. Sechs Felder, umsäumt von kniehohen Buchsbäumchen, durch drei Kreuzwege voneinander getrennt. Sechs Felder, die nach der Indikation der Heilpflanzen bestellt waren. Aber nicht nur die Sammelleidenschaft des Vaters hatte zum Artenreichtum des Gartens beigetragen. Häufig hatten die Bauern unter den Patienten dem Arzt, der die beschwerliche Fahrt in die Dörfer auf sich genommen hatte, aus Dank Ringelblumen, Johanniskraut, Rübengewächse, Kamille, Minze oder auch ausgefallenere Pflanzen mitgegeben.

Später saßen sie, erinnerte Mary sich, gemeinsam über den Zweigen, rochen an den Blüten und zerrieben die Blätter zwischen den Fingern. Jede Beobachtung notierten sie sich, und gelegentlich diktierte der Vater Mary noch ergänzende Aussagen der Bauern. Abschließend nahm er die Wurzeln, auch die kleinsten, und setzte sie im Garten wieder in die Erde.

Und so kannte ihr Vater für beinahe jede Krankheit eine Arznei und verabreichte sie den Patienten. Arzneien, die er eigenhändig im Garten geerntet hatte. Kranke, die von Ärzten mit terpentinversetzten Einläufen und nicht enden wollendem Aderlass geschunden worden waren, Gutgläubige, die den lamentierenden Quacksalbern auf den Märkten ihre Gesundheit anvertraut hatten – sie alle wandten sich ratsuchend an ihn.

Der eine sollte Bettruhe halten und sich nur von Brühe und Tee ernähren, ein anderer sich mehr an der frischen Luft bewegen und kräftig beim roten Fleisch zulangen. Warme Umschläge, bittere Tees, kleine, süßliche Pillen, vom Apotheker nach genauen Rezepten gestochen, Pülverchen in Wasser aufgelöst, all das kannten die wenigsten, die das Behandlungszimmer betraten. Doch sie begriffen, dass der Doktor mit der modernen Medizin zu helfen verstand. An der Harnschau, an der hielt er jedoch fest. Stets hob er den Körpersaft im gläsernen Kolben gegen das Licht, betrachtete die Farbe, suchte nach kleinsten Partikeln und roch am Flaschenhals, um abschließend seine Diagnose zu stellen. Und Mary ging dem Vater bei seinen Arbeiten zur Hand.

Doch auf eines legte er Wert: Sobald einer der Kranken, sei es Mann oder Frau, mehr als den Brustkorb entblößen musste, hatte sie das Zimmer zu verlassen. Ihre Abwesenheit hinderte ihn jedoch nicht daran, ihr hernach jedes Detail zu schildern und es hin und wieder sogar auf dem Papier zu skizzieren.

So war es immer gewesen. Zuschauen. Zuhören. Begreifen. Bei den Malven erntete man die Blüten, beim Fenchel die Früchte, und beides kam bei Halsentzündungen und Husten zum Einsatz. Sie wusste es noch. Alles. Wahrscheinlich konnte sie es gar nicht mehr vergessen. Es war ihr in Fleisch und Blut übergegangen.

Umsonst.

Alles umsonst.

Es war niemand da, der dieses Erbe weiterführen würde.

Der wunderschöne Baldrian, gegen die flatternden Nerven, hatte in diesem Jahr seine Blätter aus reinem Selbstzweck der Sonne entgegengestreckt. Im Herbst mussten seine Wurzeln ausgegraben werden, und Mary wusste, dass sie nicht mehr hier sein würde, um die Schaufel in die Hand zu nehmen.

Der Abend brach an, und mit der Dunkelheit kam die Kühle. Jetzt erst erhob sie sich, trat an das Kräuterbeet und griff mit einer Hand zwischen Thymian und Liebstöckel. Prüfend schaute sie sich um und zog, als sie sich ungestört wähnte, die obere Schicht des Rockes zur Hüfte hoch. In die entstandene Wölbung ließ sie sandige Erde rieseln. Kleine Steine landeten im Rock, die sie flink heraussortierte.

Durch die Verandatür betrat sie ihr Zimmer. Rechts an der Wand stand das Toilettentischchen, ein weißes, mit geschwungenen, feinen Beinen, mit einem großen Spiegel und Schubladen für Kämme, Schleifen, Puder und Pinselchen. Sie ließ die Erde auf die Ablage rieseln und klopfte die dunklen Flecken aus dem Rock. Die Kerzenleuchter brannten bereits. Sorgfältig sperrte sie die Fensterläden zu und riegelte die Türen ab.

Ihr Blick glitt über das sorgfältig gemachte Bett und blieb dann an den Türen des Schrankes hängen, die offenstanden. Sie griff nach dem Knauf und sah das schwarze Loch: Eines der Fächer war gänzlich ausgeräumt. Die Kleidung für die Exkursionen fehlte. Die Röcke, die Oberbekleidung, die Tücher, die Umhänge, die Hauben und Mützen, die Taschen. Doch am schlimmsten wog der Verlust der Hosen. Ihrer eigenen Hosen. Die sie bei Exkursionen, die in unwegsame und einsame Gegenden geführt hatten, oft getragen hatte. Verborgen unter dem Rock, den sie erst im Schutz der Wildnis abgelegt hatte. Woher hatte Henriette von den Hosen gewusst? Sie musste im Schrank gewühlt haben.

Mary schluckte, und die Wut brannte heiß auf ihren Wangen. Sie brauchte ihre Hosen, irgendwelche Hosen, anders war der Plan nicht in die Tat umzusetzen. Sie atmete tief durch, trat zum Schrank und fasste ins obere Fach, hinter das feste Mieder für den Winter. Henriette hatte nicht alles entdeckt. Eilig öffnete sie das Kleid, zerrte an dem Stoff und hörte Nähte knacken. Es fiel auf den Boden. Sie entledigte sich des Mieders, legte den Unterrock ab und schlüpfte in die lange Unterhose. Die restliche Kleidung würde sie sich später besorgen, vorerst standen dringlichere Veränderungen an.

Der Blattschmetterling. Dieses kleine Wunderwerk der vollendeten Anpassung an äußere Gegebenheiten hatte es ihr vorgemacht. Wohl verwahrt im Schreibtisch des Vaters, hatte er sie aufgefordert, es ihm gleichzutun.

*Der Hocker des Toilettentischchens. Ich muss nur Platz nehmen und beginnen. Gar nichts, wirklich gar nichts mehr habe ich zu verlieren,* sprach sie sich Mut zu. *Doch ich muss anfangen, bevor die Angst mich lähmt. Schnell, schneller.*

Mary griff nach der Schere, schnitt ihre Fingernägel ab und hielt die Hand gegen das Licht. Doch die Haut war sauber und glatt. Sie fasste in den Sand und rieb ihre Hände ein, bis die Haut brannte.

Nun fixierte sie ihr Gesicht im Spiegel. Auch hier war alles zu sauber und zu weich. Nochmals fasste sie in den Sand. Ließ ihn in die Waschschüssel rieseln und benetzte ihn mit Wasser aus der

Karaffe, die vom Dienstmädchen für die morgendliche Pflege bereitgestellt worden war. Sorgsam vermengte sie beides zu einem schmierigen Brei. Er tropfte ihr auf die Unterhose, als sie ihn auf Wangen, Stirn und Kinn verteilte. Sie ließ die Hände auf den Boden der Schüssel sinken und starrte auf den Schmutz, der langsam herabrutschte, sich seinen Weg suchte und auf der rechten Seite bereits kalt und kitzelnd den Hals erreichte. Was machte sie hier? Sie rieb den Dreck tiefer in die Poren. Dann griff sie nach dem Leintuch und reinigte das Gesicht nur so weit, dass ein feiner, dunkler Schatten aus Schmutz zurückblieb.

Sie öffnete die Schublade des Tischchens, holte den Kohlestift heraus, schwärzte die Augenbrauen, wischte dunkle Schatten auf Oberlippe und Kinnpartie, nahm den herabrieselnden Staub mit den Fingern auf und drückte ihn in die Nagelbetten. Dann ließ sie die Hände sinken und traute sich nicht mehr, in den Spiegel zu schauen.

Gern hätte sie einen Wein gegen das Zittern getrunken, denn der nächste Schritt war entscheidend. Wenn sie es sich anders überlegte, konnte sie diese Tat kaum verbergen. Jeder würde es sehen, nicht einmal die Haube könnte es verdecken. Ihre Hand bebte, als sie nochmals nach der Schere langte und gleichzeitig eine der halblangen Haarsträhnen anhob.

Die erste Locke sank zu Boden.

Dann die zweite.

Die dritte.

Vielleicht sollte sie doch aufhören? Aber es war zu spät, es gab kein Zurück. Die linke Kopfhälfte hatte kurzes, die rechte langes Haar. Das Aufeinanderschlagen der Schneiden wurde zum Stakkato im Takt ihres Herzschlages. Hart und schnell und laut.

Mary strich über das daumenlange Stoppelfeld. Es war ihr Haar, das sich mit einem Mal so borstig und fest anfühlte. Eine Fremde schaute ihr aus dem Spiegel entgegen. Das gespaltene Kinn, ein Grübchen, vom Vater vererbt, trat jetzt deutlich hervor.

Vor ihr lag der zweite entscheidende Teil der Anpassung. Im Spiegel musterte sie ihre Brüste, nahm sie in die Hände, hob sie an und drückte sie flach. *Ich muss sie wegschnüren,* dachte sie, *und gegen den Brustkorb pressen, um ihnen jede Möglichkeit der Bewegung zu nehmen.*

Sie stellte den Kerzenleuchter vor den Schrank und begann, ihre Kleider herauszureißen. Sorgsam prüfte sie jedes Teil, ob es in Frage kam, für einen Brustwickel aufgetrennt zu werden. Aber letztlich warf sie Stück für Stück achtlos auf den Boden. Bei einem der Kleider hielt sie inne. Es war aus leichtem Baumwollstoff, in dunklem Grün. Wo war die Schere? Hastig schob sie die Schneide unter die Nahtkante, trennte sie auf und riss eine Bahn der Länge nach ab. Dann ließ sie Kleid und Schere fallen und legte den Streifen um den Rücken. Vor der Brust sperrte er auf. Ob sie einen weiteren Streifen abtrennen und darannähen sollte? Sie wusste, dass sie dafür jetzt keine Geduld aufbrachte. Verzweifelt setzte sie sich auf den Boden und lehnte sich gegen das Bett.

Das war es.

Sofort sprang sie auf, zerrte das Laken von der Unterlage und zerschnitt es in schmale Streifen.

Wie sollte sie es binden? Den Stoff um den Rücken gelegt, presste sie ihn unter ihre Arme, bis fast in die Achselhöhlen hinein, und drückte ihn gegen den Oberkörper. Das eine Ende hielt sie mit der linken Hand vor das Brustbein. Mit der rechten Hand legte sie das lange Ende über beide Brüste und wickelte die zweite Lage um den Rücken. Mit zitternden Fingern klemmte sie die Enden in die Stoffbahnen, beugte sich vor, fasste nach dem Laken und riss einen dünnen Streifen ab. Um die Stofflagen zu fixieren, band sie den Streifen mehrmals um das Schnürleibchen, zog es enger und enger, bis es ihr den letzten Rest Weiblichkeit nahm.

Zufrieden zog Mary ihr Nachthemd über das Schnürleibchen, betrat den Flur und lief zum Schlafzimmer des Vaters hinüber. Es war unberührt. Ob Henriette Skrupel hatte, es aufzulösen?

Langsam öffnete sie die in den Angeln knarrenden Türen des alten Schrankes und sah die Wäsche durch. Als sie nach dem blauen Oberhemd griff, zögerte sie und roch daran. Die Zeit hatte den frischen, seifigen Geruch des Vaters verschwinden lassen. Mary streifte das Hemd über den Kopf und kontrollierte den Anblick im Spiegel. Der Kragen betonte den Hals und damit das Fehlen eines Adamsapfels. Eines der Halstücher ließ den Mangel verschwinden. Hernach streifte sie die grobe Hose über, krempelte die Hosenbeine um, zurrte den Gürtel fest, stopfte Taschentücher in die Schuhe und schlüpfte hinein. Diese Schuhe hatte ihr Vater stets getragen, wenn er zu seinen Exkursionen ins Umland aufgebrochen war. *Nun werde ich darin aufbrechen,* dachte sie. *Zu einer weitaus größeren Exkursion.*

Was benötigte sie noch? Den Seesack. Die leichte Garnitur für die Südsee. Wollenes Zeug für die kalten Regionen und das Regenzeug gegen die Stürme. Selbst einen Südwester aus ölgetränkter Leinwand mit breitem Nackenschirm und eine Mütze entdeckte sie. Hastig drückte sie alles in den leinenen Seesack.

In ihrem Zimmer schob sie die Teakschatulle mit dem Schmetterling sowie das bisher unter dem Bett versteckte Studienbuch zwischen die Wäsche. Zum Schluss steckte sie ein ledernes Beutelchen mit Münzen in die Hosentasche, befestigte die Mappe mit ihren Zeichnungen am Riemen des Leinensacks und griff sich Jacke und Mütze.

Noch einmal sah sie sich um. Die Haare auf dem Boden, die Schüssel mit dem Schlamm, der zerwühlte Schrank, das Laken und das zerschnittene Kleid. Erschrocken ließ sie den Leinenbeutel sinken. *Ich kann noch nicht gehen, ich muss meine Spuren beseitigen,* dachte sie und trat an den Schrank, um die Kleidungsstücke wieder an ihren Platz zu sortieren. Dann ergriff sie Kleid und Laken, wand sie zu einem Stoffballen und ging vor dem Bett auf die Knie.

*Selbst wenn ich alles in die hinterste Ecke schiebe, wird William es finden. Das geht nicht.* Sie umklammerte das Knäuel. *Er wird zu*

*Tode erschrecken, wenn er das zerrissene Kleid entdeckt. Das kann ich ihm nicht antun. Wie seinen Augapfel hat er mich behütet. Vom ersten Tag an. Vom Tag meiner Geburt an.*

Nein! Nicht daran denken! Sie durfte jetzt nicht daran denken! Dass er es gewesen war, der in der Küche das heiße Wasser über der Feuerstelle zum Kochen gebracht und in Schüsseln gefüllt hatte. Alles hatte er ihr beschrieben. Seine Freude, dass es Nachwuchs geben würde. Wie er sich die Finger verbrüht hatte, als er das Wasser in eine Schüssel füllte. Dass er sich jeden Fluch verkniffen hatte, weil er nicht riskieren wollte, dass das Kind als Erstes unflätige Worte zu hören bekam.

Mary legte den Stoffballen aufs Bett. Mit steifen Beinen erhob sie sich und nahm die Schüssel und die Wasserkaraffe vom Toilettentischchen. Sie schluckte, als sie sich William über der Feuerstelle vorstellte. Leise betrat sie den Garten und kippte den Schlamm in eines der Beete. Spülte die Schüssel mit dem Rest Wasser aus und rieb mit ihrem Hemdsärmel die Schmutzränder weg.

Sie sah zum Haus, doch alles war dunkel. »Eine der dunkelsten Nächte meines Lebens«, hatte William geflüstert, »der letztlich doch ein heller Stern entsprang.« Sein Blick war glasig geworden, und Mary hatte sich gewünscht, die Bilder zu sehen, die in seinem Kopf Form annahmen. Vergeblich hatte er damals nach der Köchin gesucht. Also hatte er die Zähne zusammengebissen und die Schüssel zum Schlafzimmer gebracht. Die Hebamme nahm sie ihm ab und schob die Tür mit dem Fuß zu. Er hörte das Wehklagen ihrer Mutter und die Hebamme, die forderte, sie solle pressen, pressen, pressen. Als endlich der Schrei ertönte, ganz dünn und brüchig, wusste er, dass sie geboren worden war. Er hatte es nicht gesagt, aber Mary hatte seinem Gesicht angesehen, dass ihn die Erinnerung an diesen kurzen Moment glücklich machte.

Doch mit dem Gedanken an die Hebamme war der Schatten auf sein Gesicht zurückgekehrt. Sie riss die Tür auf und rief durch den Flur, dass sie frische Tücher brauche. Selbst auf die Entfernung konnte er erkennen, dass Hände und Rock blutverschmiert waren. Er hatte den Stoffberg ins Zimmer gereicht, und wieder hatte er Blut gesehen. Überall. Auf dem Laken und in den Tüchern am Boden.

Mary betrat ihr Zimmer und stellte die Schüssel samt der Karaffe an ihren Platz zurück. Dann nahm sie Kleid und Laken vom Bett. Weich lagen die Stoffe in ihrer Hand. Sie schaute auf ihre Finger. Hatten so auch die Hände der Mutter ausgesehen, die der Vater in dieser Nacht nicht mehr losgelassen hatte? William hatte in der Tür gestanden. Das Stöhnen der Mutter hing mit dem Geruch von warmem Blut in der Luft. Der bleiche Vater sah die Hebamme an, die beste der Gegend, doch sie schüttelte den Kopf. Weitere Ärzte erschienen in dieser Nacht. William ließ sie eintreten, wie auch die Quacksalber und Kräuterfrauen, die kurz darauf eintrafen. Als sie gingen, verstand er die sorgenvollen Mienen zu lesen. Wenig später kam die Amme, und er wusste nicht einmal, wer sie schickte. Aber er war dankbar, dass sie da war. Nach dem Stillen hatte sie ihm das Kind in die Arme gelegt, und er hatte, als er den Kopf senkte, den Duft wahrgenommen. Diesen ganz eigenen Geruch, den nur Neugeborene haben. Er hatte nicht aufhören können, ihn einzuatmen, im Haus war es darüber still geworden.

*Kaum auf der Welt,* dachte Mary, *lag ich in Williams Armen, und er traute sich kaum, sich zu bewegen. Was mache ich hier bloß? Wie kann ich so grausam gegen ihn sein?* Sie beugte sich vor, wischte die auf dem Boden verstreuten Haarsträhnen zusammen und schob sie in das Stoffknäuel. *Wohin soll ich die Sachen verschwinden lassen? Soll ich sie mitnehmen? Himmel, ich verliere so viel Zeit. Das Bett! Zuerst sollte ich das Bett richten.*

Mary zog ein Laken aus dem Schrank und legte es über ihre Schlafmatte. Konnte sie den alten Mann zurücklassen, ohne noch einmal das Wort an ihn zu richten? Aber er würde um jeden Preis versuchen, ihren Plan zu verhindern.

Der Stoffballen lag zu ihren Füßen, ihn konnte sie auf keinen

Fall mitnehmen, er würde hinderlich bei ihrer Flucht sein. Sie hob ihn auf und öffnete die Verandatür in den Garten.

Geduckt huschte sie wieder an der Hausmauer entlang zum Beet hinüber, doch dieses Mal lief sie weiter bis zum Baldrianstrauch. Mit den Händen bog sie die Zweige beiseite und hob eine Mulde aus, in die sie das Stoffknäuel legte. Mehrfach drückte sie es zusammen, doch es ragte immer noch zu weit aus dem Boden heraus. Tiefer musste sie graben. Sie schob das Knäuel beiseite und griff nochmals in die kalte Erde. Ihr Ringfinger schrammte über einen Stein. Erde und Blut vermischten sich in der Wunde. Mary grub weiter, drückte den Stoff nochmals flach und schob Erde darüber, die sie festklopfte. Dann zog sie die Zweige des Baldrians darüber.

*William wird vergehen vor Angst um mich,* hielt sie sich vor, während sie zum Haus zurücklief.

Der hintere Trakt war bereits halb geräumt, und sie konnte nur spekulieren, wer Henriettes Favorit als künftiger Ehemann für die Nichte war. James Canaughy oder doch Landon Reed? Selbst wenn sie nicht gehen, sondern sich ins Bett legen und den morgigen Tag wie jeden anderen beginnen würde – das Haar war kurz. Wie sollte sie das erklären?

»Als die Beerdigung hinter uns lag, Mary, hoffte ich, dass Ruhe einkehren würde«, klang Williams Stimme ihr im Ohr. »Doch Euer Vater hatte nicht nur seine Frau verloren. Er hatte auch jede Kraft, den Glauben an sich und die Medizin verloren. Tagelang saß er im Sessel. Er ging nicht in die Kirche, nicht zu Bett, nicht in sein Behandlungszimmer. Sogar die Patienten musste ich nach Hause schicken.«

*Geh weg, William. Geh aus meinem Kopf.* Mary ließ sich aufs Bett fallen.

Doch die Stimme des alten Mannes verstummte nicht: »Und wenn man Euren Vater ansprach, nickte er nur. Das Essen, das ihm die Köchin hinstellte, rührte er nicht an. So beschloss ich, Euch zu ihm zu bringen. Ich dachte, wenn er Eure Wärme spürt, Euren

Duft riecht, dann würde alles gut werden. Er sah Euch an. Ja, er hielt Euch. Aber seine Arme blieben steif und sein Blick leer. Und mit einem Mal fürchteten wir, auch ihn zu verlieren. An diesem Abend beobachtete ich die Köchin dabei, wie sie die Messer versteckte. Ich habe nichts dazu gesagt und bin zum Waffenschrank gegangen. Dort nahm ich alles, wirklich alles heraus, selbst das Schießpulver und die Putztücher, und brachte es in meine Kammer. Von diesem Tag an traute ich mich nicht mehr, Euren Vater aus den Augen zu lassen. Und so war ich immer in seiner Nähe, während er regungslos aus dem Fenster blickte. Die Köchin brachte mir Getränke, in die sie Pülverchen ihrer Kräuterfrau mischte, damit ich nicht einschlief. Einmal nickte ich doch ein, und als ich erwachte, saß sie neben mir, den Blick auf Euren Vater gerichtet.

Das Leben im Haus war zum Stillstand gekommen. Nur die Besuche der Amme zeigten uns, dass außerhalb das Leben weiterging. Eines Tages stand Euer Vater dann auf und ging ins Behandlungszimmer. Heimlich folgte ich ihm und sah, dass er eines der medizinischen Bücher ergriff. Er zerriss es. Er nahm ein zweites Buch und riss auch das in Fetzen. Dann rannte er mit den Blättern zum Kamin. Er schleuderte sie ins Feuer. Dabei brüllte und weinte er. Mary, so etwas habe ich nie wieder gehört. Von diesem Tag an hasste er, zumindest glaube ich das, die Medizin, die er bisher angewandt hatte. Aber mir war es gleich, ob er neue oder herkömmliche Methoden praktizierte. Er war wieder da, Mary. Bei uns.«

*William,* dachte sie, *du hast geahnt, dass der Vater nicht von der Reise zurückkommen würde. Nun werde auch ich aus deinem Leben verschwinden. Wieder ein Abschied, ohne Lebewohl sagen zu können.*

Mit verquollenen Augen verließ sie das Haus. Holte eines der Pferde aus dem Stall und führte es den Pfad entlang, damit man in der Stille nicht den Hufschlag ihrer Flucht vernehmen konnte. In einiger Entfernung wandte sie sich um. *Verzeih mir,* dachte sie, atmete ein letztes Mal den Geruch der Weizenfelder ein, saß auf und trieb das Pferd an, um im Galopp dem Schmerz zu entkommen.

## London, 15. Juli 1785

Während Carl auf das Somerset House zulief, schüttelte er den Kopf. Seit die Royal Society in den Osttrakt dieses Gebäudes gezogen war, hatte es nichts als Ärger gegeben. Die Räume waren zu klein, vor allem fand sich kaum Platz für das naturwissenschaftliche Museum. Anfangs hatte ihn der Gedanke begeistert, ein Haus der Wissenschaften zu schaffen. Doch gleich bei der Besichtigung hatte er gewusst, dass das Beste an dem Haus die prächtige Fassade und der wunderbare Blick auf die Themse waren, die sich heute nicht silberfarben, sondern schlammbraun durch die Stadt zog.

Plötzlich sah Carl den Mann die Eingangstreppe herunterkommen, für den er die auf seinem Schreibtisch wartende Arbeit verschoben hatte. Er hatte richtig geschlussfolgert, dass Sir Wellington heute hier auftauchen würde. Unter dem Rundbogen, am Fuß der Treppe, verharrte der Philosoph und schaute missmutig zum Himmel auf.

*Ja, du hast recht, es ist widerliches Wetter,* dachte Carl, *und ich bin mir sicher, dass der Tag für dich gleich noch unangenehmer werden wird.* »Sir Wellington, wenn das nicht ein Zufall ist, dass wir uns begegnen. Zu gern wollte ich mit Euch noch einige Worte wechseln.«

Wellingtons Gesicht verzog sich für einen Augenblick, und wieder wurde die tiefe Falte auf seiner Stirn sichtbar.

»Sir Belham. Gott zum Gruße. Wie ich hörte, habt Ihr mit dem First Lord der Admiralität gesprochen?«

Carl nickte und sah sich mit Richard Howe beim Angeln an der Themse. Wie sie, es musste am Sonntag gewesen sein, im Sonnenschein die Beine ins kalte Wasser gehalten und darüber diskutiert hatten, ob es Lachse in der Themse gab. Howe hatte darauf bestanden, selbst vor Jahren einen aus dem Wasser gezogen zu haben. Carl hatte gelacht. Wenn man überhaupt jemals einen Lachs aus dieser Brühe gezogen hatte, musste es mindestens hundert Jahre her sein. Sie hatten geschworen, diese Frage zu klären, und Wetten abgeschlossen. Über die neuesten Entwicklungen in der Royal Society hatten sie nicht gesprochen. Keiner von ihnen hatte diesen Plänen Bedeutung beigemessen.

»Durchaus, das habe ich, und der First Lord sicherte mir zu, dass die Navy meiner Meinung sei.«

Wellington streckte das Kinn vor, dass die faltige Haut sich spannte. »Ich denke, dass dies uns nicht abhalten wird, der Royal Navy unseren Vorschlag zu unterbreiten.«

*Bleib geduldig. Wiederhole deine Argumentation noch einmal.* »Kapitän Taylor –«, begann er, doch Wellington fiel ihm sofort ins Wort.

»Der Mann ist nicht einmal ein richtiger Kapitän, er ist ein Leutnant, der aus einfachsten Verhältnissen stammt.«

Carl ignorierte den Einwurf und setzte erneut an. »Kapitän Taylor hat die bisherigen Vorbereitungen getroffen. Er hat die Mannschaft zusammengestellt und ohne Mühen die Sollstärke erreicht. Großteile der Mannschaft sind bereits unter diesem Mann gereist, sodass wir auf eine eingespielte Zusammenarbeit hoffen können. Auch bei der Wahl des Schiffes hat er auf Bewährtes zurückgegriffen. Für eine Kohlenbark aus Whitby hat er sich entschieden, einen soliden Dreimaster. Ein Schiffstyp, der auch schon Kapitän Cook auf seinen Reisen aufgrund seines geringen Tiefgangs und großen Laderaums gute Dienste erwiesen hat. Gewissenhaft hat er sich um die Ausstattung und den Ausbau des Schiffes gekümmert. Was spricht gegen ihn?«

»Nichts. Aber es spricht auch nichts gegen Abraham Miller.«

So verbohrt konnte man doch nicht sein, seufzte Carl innerlich auf. Hatten sie als Wissenschaftler nicht analytisch zu denken und der Logik zu folgen? Wellington war Philosoph, offensichtlich machte das einen Unterschied. »Und was, denkt Ihr, wird Sir Banks dazu sagen?«, fragte er und spürte, dass die feuchte Luft ihn frösteln ließ.

»Was soll er dazu sagen? Als Vorsitzender der Gesellschaft kann es nur in seinem Sinne sein, wenn eine Expedition dieser Größenordnung von einem Mitglied der Royal Society geführt wird.« Wellington trat einen Schritt vor in den Regen. Er legte den Kopf auf den gerüschten Kragen seines Hemdes, und ein feistes Doppelkinn trat hervor. Kurz nickte er, dann drehte er Carl den Rücken zu und schritt aus.

»Bitte, helft meinem Gedächtnis auf die Sprünge«, rief Carl ihm nach. »Wie viel Pfund hat König George für die Fahrt zur Verfügung gestellt?«

Wellington verharrte, sicherlich auf der Suche nach dem Sinn der Frage, denn jedes Mitglied der Royal Society wusste, dass der König viertausend Pfund zur Verfügung gestellt und dass die Royal Navy Schiff und Mannschaft aufgeboten hatte. Er wandte sich um. »Warum fragt Ihr?«

»Ach, wisst Ihr, es gibt einen Punkt, an dem bin ich mit Abraham Miller einer Meinung: Es gibt Bedingungen, die nicht akzeptabel sind. Sollte man sich nicht für Kapitän Taylor als Kommandanten entscheiden, werde ich es wie Abraham Miller halten: Ich werde die Reise nicht antreten.«

Sir Wellingtons Nasenflügel bebten. Die Mitglieder der Royal Society wussten nicht nur, was der König investiert hatte, ebenso wusste jeder, dass er, Sir Carl Belham, fünftausend Pfund aus seinem Privatbesitz zu dieser Reise beisteuerte.

»Wenn Ihr so kurz vor der Abreise absagt, wird die Fahrt nicht zustande kommen oder sich um Monate verzögern.«

Der Regen wurde heftiger. Carl sah zum Himmel auf, der inzwischen noch dunkler zugezogen war. Zufrieden nahm er zur Kenntnis, dass ihm wärmer wurde. Angenehm warm. »Das könnte sein. Aber sicherlich findet die Royal Society noch andere Möglichkeiten der Finanzierung.«

»Warum macht Ihr das?« Wellington umklammerte seinen Gehstock und hob ihn ein Stück an.

»Weil Ihr Euch über die Sicherheit der Mannschaft hinwegsetzt und damit eine fünfundneunzigköpfige Besatzung gefährdet.« Dieses Mal war er es, der seinem Gegenüber den Rücken zuwandte und ausschritt, die Stufen des ehrwürdigen Somerset House hinauf. Carl gönnte sich ein Lächeln. *Entweder werde ich morgen erneut nach Plymouth reisen, um die Abfahrt abschließend vorzubereiten, oder ich werde in der Stadt bleiben und am nächsten Sonntag mit Richard Howe wieder angeln gehen.*

# Plymouth, 15. Juli 1785

Das Hoy Inn war schmutzig. Splitterig aufgerissene Dielen, vom Rauch geschwärzte Decken und Wände, die Tische aus rohen Brettern zusammengehauen.

»Hier wird's kalt, komm rein!«, brüllte eine Stimme aus dem Halbdunkel.

Erschrocken ließ Mary die Tür zufallen und stand einen Augenblick unschlüssig herum. Dann setzte sie sich an einen der Tische und schaute den Wirt an, der zu ihr herüberkam. Eine Gänsehaut lief ihr über den Rücken. Sie musste jetzt sprechen, sich in dieser heruntergekommenen Hafenkneipe als Mann artikulieren. Was war, wenn ihre Stimmbänder versagten?

»Willste 'nen Tee mit Schuss?«, fragte der Wirt.

Sie nickte nur, damit er verschwand. Grobe Balken unterteilten den Raum in kleine Nischen. Mary musterte die Handvoll Gäste, die sich in die schummrigen Ecken zurückgezogen hatten. Das waren genau die verwegenen Gestalten, die sie sich auf Schiffen vorgestellt hatte. Der Vater hatte ihr die Salzbuckel, wie sich seiner Aussage nach die Seeleute gern selbst nannten, ausführlich beschrieben. Manche von ihnen, und hier hatte der Vater die Stimme zu einem Flüstern gesenkt, wurden sogar im Rausch unfreiwillig an Bord geschleppt und mussten beim Erwachen entdecken, dass sie sich längst auf hoher See befanden. Er hatte dann wieder den Kopf in die Höhe gereckt und stolz angemerkt, dass bei den Forschungsfahrten die Kapitäne mit strengem Blick die Auswahl der gesamten Mannschaft trafen. Diesen strengen Blick kannte sie, den beherrschte selbst der Portier Ebenezer Stone.

Der Wirt knallte den Teepott auf den Tisch, und Mary nahm einen Schluck. Der Rum brannte in ihrer Kehle und ließ sie husten. Die Augenbraue des Wirtes hob sich fragend. *Wie gering eine Geste sein muss,* dachte sie, *dass man sich von ihr bedroht fühlt.*

»Geht schon.« Sie räusperte sich nicht, um die belegten Stimmbänder dunkel klingen zu lassen. »Ich hab noch nichts zwischen die Zähne bekommen. Das haut mir dann schnell auf den Magen.«

Der Wirt schlurfte davon. Mit einer dampfenden Kartoffelsuppe kehrte er zurück und stellte sie ihr hin. Sofort nahm sie einen Löffel und fragte mit vollem Mund nach einem Zimmer.

Der Wirt zog einen Schlüssel aus dem Beutel, der an seinem Gürtel befestigt war, und forderte Vorauszahlung.

Mary legte ihm die Münzen hin und ergriff den Schlüssel.

»Halt«, sagte er.

Ihr wurde heiß.

»Wie heißten?«

»Ma… Marc. Marc Middleton«, antwortete sie und kam sich verwegen vor. Intuitiv hatte sie entschieden, dass sie Marc Middleton heißen wollte. Middleton, Williams Nachname, würde sie auf ihrer Reise begleiten. Ein Allerweltsname, nichtssagend. Perfekt.

# Plymouth, 16. Juli 1785

Auch am heutigen Tag hatte Ebenezer Stone Stellung hinter seinem Tisch bezogen. Mary trat dem bleichen Portier unter die Augen und bat darum, zu Sir Belham vorgelassen zu werden. Und es geschah – nichts. Marc Middleton wurde die marmorne Treppe hinaufgeschickt.

Vor der dritten Flügeltür im ersten Stock blieb sie stehen, atmete tief ein und hob die zitternde Hand, um anzuklopfen. Der Mann, der ihr öffnete, sah sie erstaunt an.

»Entschuldigt mich, man schickt mich zu Euch. Mein Name ist Marc Middleton. Ich wollte mich gern als botanischer Gehilfe vorstellen. Für die Expedition«, sagte Mary.

»Oh, sehr erfreut. Ich bin Franklin Myers, der botanische Gehilfe von Sir Belham. Tretet ein. Darf ich Euch einen Tee anbieten?«

Myers führte sie am Schreibtisch vorbei zu einem runden Tisch, auf dem ein Teeservice stand.

Mary nahm Platz. Ihre Hände wurden feucht, während Myers Tee in ein Porzellantässchen goss.

»Um es kurz zu machen«, begann er, »der Leiter der naturwissenschaftlichen Abteilung bestellt seine Mitarbeiter selbst. Und die Posten sind längst vergeben, auch die Mannschaft ist inzwischen vollständig. Unser Portier hat Euch dennoch zu uns verwiesen. Aber nicht, weil wir einen Gehilfen benötigen, vielmehr weil uns just der Zeichner ausgefallen ist. Er hat sich den Daumen gebrochen, und wir könnten fähigen Ersatz gebrauchen. Das bedeutet, Mr. Middleton, wenn Ihr Interesse an dieser Position hättet, würde ich gern Eure Mappe anschauen.«

Der Puls rauschte in Marys Ohren, und sie hatte Mühe, sich auf ihre Worte zu konzentrieren. »Oh, gern würde ich auch als Zeichner der Forschungsreise zu Diensten sein.« *Ich würde auch als Gepäckträger mitreisen,* überlegte sie, während sie die erste Zeichnung hervorholte. *Das ist meine Chance, Franklin Myers davon zu überzeugen, dass ich qualifiziert bin.*

»Das ist die Protea cynaroides. Hier könnt Ihr die fleischfarbenen Hochblätter der Blütenstände sehen. Dort sind die blassrosa Staubgefäße. Diese Protea-Art ist in Francis Massons Treibhaus in Kews Garden zu sehen, dem Treibhaus, in dem die Pflanzen vom Kap der Guten Hoffnung ausgestellt sind. Dort gibt es weitere Proteae. Oder seht hier: Dies ist eine der hundertvierzig Erica-Arten, die dort kultiviert werden. Oder die Pelargonien, es gibt fünfzig Arten im Treibhaus. Wartet, ich zeige Euch …«, sagte sie und blätterte in den Unterlagen herum, bis Myers sie unterbrach.

»Mr. Middleton, ich verstehe, dass Ihr nervös seid, aber ich kann Euch versichern, dass es keinen Grund zur Beunruhigung gibt.«

*Er hat recht,* bemerkte sie, *ich benehme mich wie ein überspanntes Weib*. Sie griff nach der Tasse und trank einen Schluck Tee, der inzwischen lauwarm war. Schweigend saß sie auf ihrem Stuhl, und ihr Blick folgte Myers' Hand, die eine Zeichnung ergriff und sie hervorzog.

»Ah, eine Amaryllis belladonna. Sehr gut getroffen«, hörte sie ihn sagen und neigte den Kopf zur Seite, um das Bild noch einmal genauer zu betrachten. Tatsächlich, es war ihr gut gelungen.

»Ihr wart schon auf Exkursionen?«, fragte Myers, während er nun einen der Belege hervorzog.

»Ja, Sir. Francis Linley hat mich ausgebildet und mehrere Exkursionen in das Umland mit mir unternommen. Mit dem botanischen Arbeiten und dem Anlegen eines Herbariums bin ich vertraut.«

Konzentriert musterte Myers ein gepresstes Geißblatt.

Mary stellte die Tasse ab und nahm weitere Blätter aus der Mappe. »Diese Zeichnungen entstanden ebenfalls bei den Exkursionen. Eine Rose ohne Dornen, die Christrose. Und hier seht Ihr einen Admiral, einen Wanderfalter.«

»Wenn ich das recht beurteile«, Franklin Myers lächelte einen Moment, »kennt Ihr Euch in vielen Bereichen gut aus. Es würde mich freuen, Euch als Zeichner gewinnen zu können. Ich weiß nicht, ob Ihr mit den Tätigkeiten an Bord vertraut seid, aber es gibt immer die Möglichkeit, einander zur Hand zu gehen.« Er sprang auf und wühlte in den Unterlagen, die sich auf seinem Schreibtisch türmten, wobei er ununterbrochen weitersprach: »In zwei Tagen werdet Ihr Euch bitte, spätestens gegen Mittag, auf der *Sailing Queen* melden. Wendet Euch an den Bootsmann Kyle Bennetter, er wird Euch das Achterdeck zeigen. Dort werden wir uns eine Kajüte teilen. Ihr müsst Euch nicht mehr um die Besorgung von Materialien und Arbeitsgeräten kümmern. Diese Dinge sind bereits von unserer Seite organisiert. Also, wenn Ihr dabei seid – ich bin Franklin!« Er hielt ihr die Hand entgegen, die Mary wortlos ergriff und, ohne zu verstehen, wie ihr geschah, schüttelte.

So einfach war das? So einfach, an Bord eines Forschungsschiffes zu kommen? An einer Entdeckungsreise teilzunehmen? Zu den Auserwählten zu gehören, die die Welt entdeckten?

Wie sie die Formalitäten geklärt, den Raum verlassen und Ebenezer Stone für immer hinter sich gelassen hatte oder wie sie in ihr Zimmer gekommen war, das konnte Mary nicht mehr mit Bestimmtheit sagen. In ihrem Kopf gab es nur einen Gedanken: Sie war dabei. Sie würde auf Forschungsreise gehen und ihrem Vater und der Wissenschaft in den Weiten der Welt überall näher sein als hier in Plymouth.

Erschöpft lehnte sie ihre Stirn an die kühle Scheibe des Fensters und betrachtete die Bark, die, ihres Namens würdig, stolz im Hafen lag. In zwei Tagen würde sie, Mary Linley, Sir Carl Belhams Zeichner werden. In zwei Tagen würde sie als Marc Middleton den Dienst auf der *Sailing Queen* antreten.

Der Schmetterling hatte die Flügel geschlossen und seinen Platz gefunden.

# Teil 2

# Plymouth, 18. Juli 1785

Zu gern hätte er mit Steinen nach ihnen geworfen. Seit er sich erinnern konnte, suchten Nat und er Steine. Zumeist waren es graue Kiesel, vom Wasser rund gewaschen, die sie auswählten. Sie nahmen sie hoch, befühlten die glatte Oberfläche, prüften, wie das Gewicht in der Hand lag. Dann suchten sie den Himmel ab, hoben den Arm, kniffen ein Auge zu, zielten und warfen die Steine nach den Möwen. Pfeilschnell schossen sie durch die Luft, doch bisher hatten sie nie einen Vogel erwischen können. Nur das eine Mal, kurz vor der Abreise, da hatte Nat eine Möwe am Hals getroffen. Sie war ins Trudeln geraten und in die Tiefe gestürzt. Ins schwarze Wasser, das beim Aufschlag des Körpers aufgespritzt war. Noch ein, zwei Zuckungen, dann war der Vogel mit ausgebreiteten Flügeln über die Wellen getrieben. Geschrien hatten sie vor Freude, bis ihre Stimmen brachen, und sich gegenseitig in die Hände geklatscht. *Nat, der Möwenbezwinger,* hatte Seth seinen Bruder an diesem Tag genannt.

Er schaute zu ihm hinüber. Ob ihn das Schreien der Möwen ebenso zermürbte? Mit dem Lappen wischte Nat über die Reling, setzte ab und trat einen Schritt zurück, um dann an einer Stelle das Messing sorgsam nachzupolieren. Seth wandte den Blick in die Höhe, vorbei an den Masten, bis er nur noch das Blau des Himmels und die kreisenden Vögel sah. Er schrak zusammen, als er einen Schlag im Rücken spürte, und fuhr herum.

Es war nicht der Vater, es war Dan, der dritte Schiffsjunge an Bord, der vor ihm stand. Er wusste sich lautlos zu bewegen und plötzlich aus dem Nichts aufzutauchen, dass es einem unheimlich werden konnte. Die Hände in die Seiten gestemmt, schob Dan den Kopf vor. Durch eine Lücke zwischen den schiefstehenden Zähnen sog er zischend Luft ein. »Ey, du sollst arbeiten«, sagte er. Dann hob er das rechte Bein. Langsam trat er gegen Seths Eimer, der mit einem lauten Poltern umkippte. Das Wasser ergoss sich über die Planken, die sich kreisförmig dunkel färbten.

*Vater darf nicht merken, dass wir herumstehen, anstatt zu arbeiten,* durchfuhr es Seth. Hastig schaute er an Dan vorbei über das Deck. Sein Vater stand nur wenige Meter entfernt und kehrte ihnen den Rücken zu.

Nat kam herüber und hob den Eimer auf. »Du Hundesohn, lass ihn in Ruhe!« Freundlich legte er Dan den Arm um die Schultern und grub seine Finger in dessen Oberarm. Sie maßen einander, stumm, ohne einen Wimpernschlag. Als Nat seinen Griff lockerte, kehrte Dan zu seinem Eimer zurück.

»Lass uns weitermachen, bevor Vater herüberschaut«, sagte Nat. Er klang ruhig und unbekümmert, als schiene er nicht zu wissen, dass das Herz des Bruders wie eine Trommel schlug.

Seth griff nach dem Lappen und drückte ihn wieder in den Topf mit der schmierigen Paste, die er über das Messing zog.

Ein kleiner Mann kam den Landungssteg herauf, verharrte und blickte sich um. Dabei stellte er seinen weißen Leinensack ab, direkt in die Wasserlache, die nur langsam im blankpolierten Holz versickerte. *Geh weiter, mach schon,* dachte Seth. *Als ich an Bord kam und kurz herumstand, gab's gleich 'ne Schelle.*

Eilends sah er zu seinem Vater hinüber. Über seine Holzkladde mit den Listen gebeugt, stand er vor einem Matrosen, der ihn um gut einen Kopf überragte.

»Toppsgast Bartholomäus Kellington aus Bournemouth, Sir«, hörte er den Matrosen sagen.

Seth sah ihn sich genauer an. Das war also einer von den Toppsgasten, den Königen der Masten, den Männern, die die obersten Segel beherrschten. Der Mann hatte auch ein wenig Ähnlichkeit mit einem König. Gut sah er aus, so groß und stark.

»Habe ich Euch aufgefordert zu sprechen?«, brüllte der Vater und warf seine Holzkladde auf die Planken.

Seth, aber auch der Mann, der vor seinem Vater stand, zuckten zusammen.

»Dann haltet Euer Maul, bis ich Euch das Wort erteile.«

Sofort senkte der Matrose den Blick und zog die Schultern vor.

»Hebt das auf.«

Der Toppsgast rührte sich nicht. Seth wusste, der Vater würde ihn grün und blau prügeln, wenn er sich seinem Befehl widersetzte. Ein jeder an Bord beobachtete derweil die beiden. Dann ging der Matrose auf die Knie, suchte die Papiere zusammen, erhob sich mit noch immer gesenktem Kopf und gab sie dem Vater.

Ein flaues Gefühl breitete sich in Seths Bauch aus. Jeder der Neuankömmlinge hatte sich beim Dienstantritt an seinen Vater zu wenden. Und jeder an Bord wusste von diesem Augenblick an, dass der Bootsmann Kyle Bennetter hieß. *Hoffentlich fragt mich hier nie jemand nach meinem vollen Namen. Alle werden mich hassen, wenn sie wissen, dass er mein Vater ist. Und an mir werden sie's dann auslassen.* Schnell nahm Seth seinen Lappen und drückte ihn in den Eimer. Gut, dass niemand sehen konnte, dass kein Wasser mehr darin war. Nat und Dan arbeiteten geschäftig und hatten seine Trödelei nicht bemerkt.

Bartholomäus Kellington verschwand.

Der kleine Mann, der hinter dem König der Matrosen gewartet hatte, verlangte nun, aufs Achterdeck gelassen zu werden. *Das ist also einer von den feinen Pinkeln, die es sich in den Kajüten gutgehen lassen. Die ordentliches Essen bekommen und nicht im engen Mannschaftsdeck hausen müssen.*

In der ersten Nacht hatte Seth darauf gewartet, dass der Vater vor seiner Hängematte erscheinen und ihn mitnehmen würde. Dass er Nat und ihn in seine Kajüte holen würde und dass sie zu dritt in der engen Koje schlafen könnten. Doch der Vater war nicht gekommen, und Seth hatte in seiner Hängematte gelegen und den Bruder vermisst, der zur Wachschicht eingeteilt worden war.

»... das könnt Ihr vergessen!«, schrie sein Vater und begann wieder, einem Stier gleich zu toben. »Ich lasse kein Gesinde aufs Achterdeck, solange die Gentlemen nicht an Bord sind. Und jetzt verschwindet ins Mannschaftsdeck. Da geht's lang!« Er zeigte zum Hauptmast, und der kleine Mann schlich zum Niedergang hinüber. Seth grinste. Sein Vater schickte den feinen Pinkel tatsächlich in das Mannschaftsdeck. *Ja, dem wird's so gehen wie mir.*

Und jetzt, als der Vater schwieg, vernahm er sie wieder: die schrillen Möwenschreie. Es waren sechs Vögel, die um das Krähennest ihre Bahnen zogen. Oder waren es sieben? Er trat einen Schritt zurück, um sie besser sehen zu können, und spürte, dass sein Fuß sich verfing. Bevor er begriff, was geschah, stürzte er. Mit den Rippen krachte er auf die Kante des Holzeimers, dass es ihm die Luft nahm. Als er zu atmen versuchte, hörte er nicht viel mehr als ein pfeifendes Geräusch, das seinem Mund entwich. Bevor er noch einmal nach Luft schnappen konnte, sah er das Gesicht seines Vaters. Direkt über sich. Rot und wutverzerrt. Die Hand des Vaters schoss auf ihn zu, und er spürte die Finger, die sein Ohr packten. Sein Kopf wurde vorgerissen, bis seine Nase ein Tau berührte, das auf Knöchelhöhe verlief. Nichts als die feinen Fasern des gewundenen Taus konnte er noch sehen. *Vaters Finger sind so kalt. Ob er mir mein Ohr abreißt? Wie das wohl aussieht? Ich spür meinen Fuß nicht mehr, vielleicht ist der ja schon abgerissen.*

Das Brüllen seines Vaters erreichte ihn aus weiter Ferne: »Schau, wohin du trittst und was du machst, ansonsten stelle ich dich eigenhändig in die Taurolle und lass dich an den Füßen ins Rigg hochziehen.«

Seth versuchte zu nicken, was ihm unter dem eisenharten Griff kaum gelang. Den Kopf immer noch kurz über den Planken, bemerkte er in einiger Entfernung den kleinen Mann. Er war noch nicht ins Mannschaftsdeck hinabgestiegen, sondern starrte ihn an.

Dann schoben sich Beine vor sein Gesicht. Nats Beine, wie Seth am Stoff der Hose und den nackten Füßen erkennen konnte.

»Vater, bitte, sei nicht so …«, hörte er den Bruder sagen. Doch bevor der den Satz beenden konnte, ließ der Vater Seths Ohr los, sodass sein Kopf auf den Boden schlug. Dann hörte er die schallende Ohrfeige.

Besorgt blickte er zu Nat auf, der sich die Wange hielt. Also hatte der Vater ihn nur halb so arg erwischt. Beim letzten Mal hatte Nats Nase so lange geblutet, dass es die Mutter mit der Angst bekommen und ein fürchterliches Gezänk mit dem Vater begonnen hatte.

Erneut schob sich ein Schatten über ihn. Seth legte den Arm über seinen Kopf, bevor er hinaufschaute. Doch der Vater maß mit seinem Blick den Bruder: »Wenn du mich an Bord noch einmal Vater nennst, kannst du was erleben, Nathaniel. Ihr seid jetzt Seeleute. Hier gibt's keinen Vater mehr.«

*Bleib liegen und beweg dich nicht. Irgendwann ist's vorbei, dann geht er wieder.* Seth schloss die Augen.

»Merkt euch eines: Hier wird jeder gleich hart rangenommen, und ihr beide werdet mir keine Schande machen!« Die Stimme des Vaters war jetzt ruhig.

Dann hörte Seth Schritte und das Knirschen von Absätzen. Der Vater ließ von ihnen ab. Er öffnete die Augen und atmete auf. Da war kein Pfeifen mehr, die Luft strömte wieder in seinen Hals. Mit einem Schlag spürte er, wie sein Herz trommelte. Das Ohr war noch am Kopf, aber taub vor Schmerz. Er zog das rechte Bein heran und tastete nach seinem Fuß, durch den das Blut floss, als würde es kochen.

Nat beugte sich vor, und Seth konnte die roten Abdrücke der einzelnen Finger des Vaters auf seiner Wange erkennen. Er ließ sich aufhelfen, und als ihm der Bruder über die Schulter strich, begannen seine Augen zu brennen. Wortlos setzte Seth seine Arbeit fort. *Dieses Mal lass ich mich nicht ablenken. Ich mach meine Arbeit. Nie wieder lass ich mich ablenken, und wenn ich 'nen Stein finde, dann schmeiß ich ihn nach einer Möwe. Und die fällt dann tot vom Himmel.*

***

Sie konnte dort nicht hinunter.

In die Vorhölle des Schiffes.

In die Enge.

In die Finsternis.

Was war, wenn man sie nicht mehr auf das Achterdeck ließ? Wenn dort nicht mehr genügend Platz vorhanden war? Die Kajüte, zu zweit geteilt, die eigene Schlafkoje – auf diese Sicherheit hatte sie gesetzt.

Mit der linken Hand suchte sie an der Holzwand Halt und schritt die Stufen in das Mannschaftsdeck hinab. Das Schiff war überholt worden, doch die Stufen hatte man belassen, wie sie waren. Ausgetreten vom Gewicht unzähliger Männer, die sie hinauf- und hinabgelaufen waren, knarrte das Holz unter ihren Füßen. Mit dem rechten Arm presste sie den Leinensack an sich und spürte, dass er nass geworden war. *Die Blätter des Buches werden sich vollsaugen,* dachte sie flüchtig, als sie ins Halbdunkel schaute.

Der Raum maß nicht mehr als fünfeinhalb Fuß Höhe, und selbst sie, eine Frau mittlerer Statur, musste den Kopf einziehen. Hier konnten nur noch die Schiffsjungen aufrecht stehen, wenn überhaupt. In einer Ecke thronte ein schwarzglänzender Eisenofen, und die Tische hingen von der Decke, in Seilschlaufen festgezurrt. Kaum ein Geräusch war zu vernehmen, als würde der Lärm an Deck vom ausgetretenen Niedergang verschluckt. Zwei

Männer saßen auf Seekisten und beobachteten einen Dritten, der seine Hängematte zusammenrollte.

»Könntet Ihr mir sagen, wo ich Backsvorsteher Sohnrey finde?«

Die drei starrten sie an.

»Ich wurde aufgefordert, bei ihm vorstellig zu werden«, fügte Mary hinzu. Niemand reagierte. Das Blut stieg ihr in den Kopf. Sie hastete an den schweigenden Männern vorbei und fühlte, dass ihr die Blicke folgten.

Im hinteren Teil des Decks konnte sie einen älteren Matrosen und Bartholomäus Kellington ausmachen.

»Ihr müsst mir helfen«, sagte sie, und ihre Stimme klang hell und nervös. »Ich soll mich beim Backsvorsteher Sohnrey melden. Gehe ich recht in der Annahme«, sie wandte sich dem Älteren zu, »dass Ihr das seid?«

»Ja, das bin ich. Und wer bist du?«

»Marc Middleton ist mein Name, und ich bin der Zeichner von Sir Carl Belham. Der Bootsmann verkennt meine Position und verweist mich an Euch. Ihr sollt einen Platz für mich finden, bis die Gentlemen an Bord sind.«

Bartholomäus schien amüsiert. »Du warst noch nie an Bord eines Schiffes, oder?«, fragte er.

Was verriet sie? Noch fester drückte sie den Leinensack an ihre Brust und grub die verräterisch schmalen Finger in die Falten des Stoffs.

»Erste Regel: Red nicht so geschwollen im Mannschaftsdeck daher!«, dröhnte Sohnreys Stimme in die Stille hinein.

Fast zuckte sie zusammen vor dem scharfen Ton, mit dem er sie ansprach. Mary schluckte. Wie töricht sie war: Ihre Ausdrucksweise hatte für das Schweigen der Männer gesorgt. Erleichtert lockerte sie den Griff, mit dem sie den Leinensack hielt.

»Ich muss dich warnen. Spar dir dein feines Mundwerk auf, bis du auf das Achterdeck kommst. Das verträgt hier keiner. Zu deiner Frage: Unser Quartier ist beengt. Hier gibt es keinen Platz mehr.«

Bartholomäus fiel ihm ins Wort: »Sohnrey, komm! Wir finden eine Lösung, dessen bin ich sicher. Den Ärger, den Kyle Bennetter zu erwarten hat, ist es wert.« Er grinste Mary an.

Sie sah seine dunkelblauen Augen, die von schwarzen Wimpern umrahmt waren. Außergewöhnlich langen Wimpern. *Er sieht sympathisch aus,* stellte sie fest. *Wenigstens ein Mensch, vor dem ich mich nicht ängstigen muss.*

»Vor Bennetter musst du dich in Acht nehmen«, sagte Bartholomäus, und Mary befürchtete, sie wäre ein offenes Buch, in dem er mit Leichtigkeit ihre Gedanken lesen konnte. »Er ist so etwas wie die rechte Hand des Kapitäns. Zu Beginn jeder Fahrt führt er sich auf wie ein Berserker, zweimal habe ich das jetzt erlebt. Manchmal wird er ruhiger, wenn er merkt, dass die Dinge laufen, aber wenn er jemanden auf dem Kieker hat, dann ...«

»Genug jetzt!«

Bartholomäus schwieg sofort.

»Kennst du dich mit Seemannstätigkeiten aus?«, fragte Sohnrey.

Mary registrierte den Überdruss in seiner Stimme. Sie musste lügen, ihr blieb keine Wahl.

Doch der Matrose schien ihr Zögern bemerkt zu haben, denn bevor sie auch nur den Mund öffnen konnte, beantwortete er sich seine Frage selbst: »Das habe ich mir gedacht. Einen Mann deines Schlages können wir hier nicht gebrauchen.«

»Aber wo soll ich hin?« Sie hatte die Reise noch nicht einmal angetreten, und alles schien sich gegen sie verschworen zu haben.

»Ich kann deine Probleme nicht lösen.« Sohnreys Blick blieb ungerührt.

»Aber ich könnte vielleicht Eure Hängematte nutzen, wenn Ihr auf Wache seid«, wagte sie einen verzweifelten Vorstoß.

Doch dieses Mal schüttelte selbst Bartholomäus den Kopf. »Das geht nicht. Die Wachmannschaften schlafen im Schichtsystem. Es gibt die Backbord- und die Steuerbordwache. Alle vier Stunden wechseln sie sich ab und ... «

Sohnreys drohender Blick ließ ihn erneut stocken. »Lass uns später darüber sprechen«, sagte er nur noch, und für einen Moment schwiegen sie alle. Plötzlich erhellte sich Bartholomäus' Miene: »Eine Möglichkeit gäbe es allerdings noch ... «

Smutje Henry drehte sich um und wies mit den Armen durch das Ladedeck. Seine Augen leuchteten vor Stolz. Mary hatte mehrfach gehört, dass die Navy Krüppel für die Kombüse einstellte und sie mit lächerlichem Salär bezahlte. Doch sie konnte bei diesem Mann kein Gebrechen erkennen. Flink war er mit ihr durch die Gänge bis hinunter in das Ladedeck geeilt. Das Wasser schlug mit sanftem Murmeln gegen die Bordwände und verriet, dass sie nunmehr unter dem Wasserspiegel sein mussten. Das Schiff war kalfatert worden, in der feuchten Kühle hing noch der Geruch teergetränkten Wergs.

»Also, pass auf«, sagte Henry, »du sorgst dich um die Viecher, die im Zwischendeck stehen. Es ist ein Kreuz mit ihnen. Stellt man sie aufs Wetterdeck, fegt sie der nächste Sturm davon. Oder sie sterben am Zug und ewig nassen Fell. Bringst du sie unter Deck, hört man überall ihr Gebrüll. Vor allem nachts. Wir brauchen aber das Frischfleisch. Drei Kühe, zwanzig Schafe, mehrere Dutzend Hühner, eine Ziege, fünf Schweine und drei Katzen haben wir dabei. Unterwegs werden wir immer wieder lebende Viecher mit an Bord nehmen.«

Mary lachte auf. »Katzen stehen auch auf dem Speiseplan?«

»Nur in Notfällen«, er griente. »Sie sollen ja eigentlich die Ratten im Griff behalten. Aber beide sind gegrillt recht bekömmlich.«

Mary nickte und musterte die zahllosen Fässer, Säcke und Kisten, die wohlsortiert verladen worden waren. Eine eigene kleine Welt auf engstem Raum.

»Das ist beeindruckend, oder? Da wir weniger Waffen und Munition haben als ein herkömmliches Linienschiff, können wir für ein Jahr Proviant laden. Für hundert Mann. Tausend Pfund Schiffszwieback, gepökeltes Rind- und Schweinefleisch. Drei Tage die Woche gibt es Hafergrütze, Brot und Käse. Wir nennen sie die Feigentage. Die restlichen vier Tage der Woche gibt es Fleisch. Das gibt Kraft für die Arbeit. Na, und dann werden wir wie bei Kapitän Cook Sauerkraut gegen den Skorbut auftischen. Weißt du, wie er die Mannschaft dazu bekommen hat, dass sie es überhaupt aß?«

Mary schüttelte den Kopf.

»Die Matrosen wollten das Zeug nicht anrühren. Also ließ er es den Offizieren servieren. Und als die Matrosen sahen, dass die beim Kraut zulangten, da konnte es ja nicht zu ihrem Schaden gereichen, auch davon zu kosten. Ein kluger Mann war das, der Cook.«

Er blieb stehen und wies auf mehrere Fässer: »Dort ist das Wasser. Auf dieser Seite ist des Seemanns bester Freund untergebracht: das Bier. Zwölfhundert Gallonen Bier, stell dir das vor. Und links daneben stehen sechzehnhundert Gallonen Hochprozentiges, alles feinster Fusel. Branntwein, Arrak und Rum. Der Kapitän versteht es, die Männer bei Laune zu halten.«

Der Smutje lachte: »Das ist mein Reich. Und pass auf dich auf, es ist gefährlich, die Suppenkelle auf einem Schiff zu schwingen.«

Mary mochte seine offene Art. Und wenn er so viel arbeitete, wie er redete, konnte es für die Mannschaft nur von Vorteil sein.

»Was findest du daran so lustig?«, fragte er. »Ich sehe doch dein Feixen. Aber glaube es mir: Wenn's der Meute nicht schmeckt, kann es schon vorkommen, dass sie den Smutje abstechen. Verstehen kann ich es ja. Die haben dann wahrscheinlich Hunger auf zartes Fleisch …«

Verwundert blickte sie Henry nach. Freundlich war er, aber sein Humor erschien ihr etwas abwegig.

Gemeinsam rollten sie wenig später zwei Holzfässer aus der Vorratskammer und trugen sie hinauf an Deck. Die Sonne stand inzwischen im Zenit. Sofort umringten erste Männer die Fässer, jeder von ihnen hatte zwei Holzbecher bei sich. Doch bevor Henry mit dem Ausschenken beginnen konnte, betrat Kapitän Taylor das Achterdeck und ließ die Glocke schlagen.

Die Matrosen teilten sich vor den Augen des Kapitäns in kleine Gruppen auf. Die Seesoldaten in ihren roten Jacken schulterten die Musketen. Ein Bild militärischer Disziplin mit blank gewienerten Messingknöpfen. Ungefähr ein Dutzend Männer, in Zweierreihen akkurat formiert. Sie schienen den Seeleuten ihre nachlässige Aufstellung vorhalten zu wollen.

Der Kapitän erhob die Stimme: »Wir sind hier, um gemeinsam in den Pazifik aufzubrechen. Heute werde ich die sechsunddreißig Kriegsartikel verlesen.«

Jeder Mann der Besatzung ergriff seine Kopfbedeckung, zog sie ab und presste sie vor die Brust. Mary zuckte zusammen, tat es ihnen gleich und blickte zu Boden.

Der Kapitän räusperte sich. »Fangen wir an. Artikel 1: Der Kapitän und die Offiziere zeichnen dafür verantwortlich, dass die Lobpreisung Gottes würdig und während der gesamten Reise durchgeführt wird. Gleichermaßen wird der Tag des Herrn eingehalten und …«

Mary lauschte konzentriert. Hier war nicht vom Zusammentreffen mit einem gegnerischen Schiff die Rede. Vielmehr befassten sich die Artikel mit dem Verhalten der eigenen Mannschaft. Man schien in der Royal Navy davon auszugehen, dass der Seemann gemeinhin ein zuchtloser Mensch war. Und dementsprechend wurde kein Verbrechen ausgelassen: Flüche, Gotteslästerungen, Spionage, Streit, Streik, Meuterei, Raub, Diebstahl von Kleidung,

Raufereien, Erpressung, Verschwendung, Unterschlagung von Proviant oder auch Brandstiftung. Selbst Mord, Sodomie und das Desertieren oder die Aufnahme von Deserteuren anderer Schiffe wurden aufgeführt.

Als der Kapitän die Litanei beendet hatte, donnerte er los: »Und für den Fall, dass das für irgendwen zu hoch war, kann ich euch sagen, dass ich fuchsteufelswild werde, wenn einer von euch bei der Wache einschläft, Befehle verweigert oder sich unsauber verhält. Erwische ich einen, der innenbords pisst oder scheißt, den lass ich's auslöffeln. Ich gehe davon aus, dass wir uns verstanden haben! Und, meine Herren, wir werden mit ein oder zwei Tagen Verspätung ablegen, da wir noch die Ankunft der Gentlemen erwarten. Sollte irgendjemand das Schiff ohne Anweisung verlassen, werden wir dies entsprechend ahnden. Und jetzt zurück an die Arbeit.«

Er machte auf dem Absatz kehrt, und die Mannschaft stellte sich wieder für den Ausschank an.

Henry stand neben Mary und goss, als wäre nichts geschehen, den ersten Viertelliter Rum in einen Becher.

Sie beugte sich zu ihm. »Mindestens die Hälfte der Artikel droht mit Hinrichtung.«

»Neunzehn«, antwortete Henry. »Neunzehn Artikel sind es, um genau zu sein. Der Rest wird mit Peitschenschlägen oder leichteren Strafen wie Arrest vergolten.«

*Es wird immer schlimmer,* dachte Mary. *Selbst Taylor ist ein Widerling.* »Und wie der Kapitän gesprochen hat!«, begann sie und schrak auf, als Henry seine Kelle auf den Fassrand schlug.

»Halt's Maul!«, zischte er. »Das sind die Gesetze der Royal Navy. Wenn dir das zu viel ist, dann hau ab.«

Mary schwieg. Um sie herum stand eine Traube Männer. Riesige Kerle, gedrungene Muskelpakete, dickleibige Packer. Mit einem Mal spürte sie es am gesamten Leib: Sie war ein kleines Licht inmitten dieser Mannschaft. Ein ganz kleines Licht. Hier wurde nicht geredet, hier hatte man eine Aufgabe, und die galt es zu erfüllen. Zügig öffnete sie das zweite Fass und ergriff die Kelle, um Wasser in die Becher zu schöpfen, die ihr entgegengehalten wurden.

Den Nachmittag über blieb Henry verstockt und wortkarg. Hafersäcke und Kohlen mussten aus dem Ladedeck in die Kombüse geschleppt, Brote aus der Vorratskammer geholt, Zwiebeln geschnitten und Töpfe geschrubbt werden. Befehl um Befehl nahm Mary entgegen und eilte sich zusehends, ohne dass seine Laune sich änderte. Wie konnte sie ihn wieder milde stimmen? Wenn er ihr keinen Unterschlupf mehr gewährte, würde sie dem großen Reinschiffmachen zugeteilt, das man ausgerufen hatte, um die Mannschaft bis zur Abfahrt beschäftigt zu halten. Und damit wäre sie Bennetter ausgesetzt, seinem scharfen, alles kontrollierenden Blick.

Als Henry einen großen Topf mit Wasser auf die Kochstelle setzte und ihn, obwohl kein Seegang zu erwarten war, an zwei Ringen festzurrte, die in den Wänden eingelassen waren, fand er seine Sprache wieder. Fast zärtlich erklärte er: »Das hier ist ein feines Schiff. Wir haben eine Kombüse mit Feuerstelle und Rauchabzug. Ich habe schon auf Schiffen gearbeitet, da wurde nur auf Deck gefeuert. Es ist eine Schinderei, in Hitze, Wind oder Dauerregen das Feuer am Brennen zu halten, damit das Essen rechtzeitig aufgetischt werden kann.«

Mit kreisenden Bewegungen rührte er Hafer in das Wasser.

»Vorhin, als du so über den Kapitän gesprochen hast, hätte ich dir gern eins auf die Fresse gegeben«, setzte er nach und drehte sich zu ihr um. Sofort starrte sie auf das Messer in ihrer Hand, mit dem sie Zwiebeln in kleine Würfel zerlegte.

»Du hast keine Ahnung, über wen du da sprichst, oder?«

Mary schüttelte den Kopf.

»Gott hält seine schützende Hand über unsere Reise. Und so

wichtig wie dieser Schutz ist für uns der Kapitän, der gleich neben Gott steht. Dann kommt erst einmal lange, lange niemand mehr, der auch nur annähernd von Bedeutung hier ist. Und du, du zählst zu den kleinen Würstchen.«

Sie legte das Messer auf den Tisch und wischte die verstreuten Würfel zusammen.

»Und sprich ihn nicht an. Niemals.«

Fragend blickte sie auf.

»Niemand aus der Mannschaft spricht den Kapitän von sich aus an. Er muss das Wort an dich wenden, also wage es nicht.«

Marys Schultern sackten herab, und die Arme baumelten neben ihrem Körper.

»Bevor du das nächste Mal die Schnauze aufreißt, denke daran, dass hier an Bord viele rechtschaffene Männer sind, die es als Ehre betrachten, unter Kapitän Taylor zu dienen. Und die zögern nicht, die hauen dir eine runter. Und jetzt ist gut.«

Henry langte nach einer Holzschüssel, füllte sie mit grauem Brei und reichte sie ihr. »Beeile dich. Gleich kommen die ersten Messdiener, um das Essen für sich und ihre Back abzuholen.«

»Messdiener?«

»Das sind die Jungs, die das Essen für ihren Tisch holen. Sie wechseln wöchentlich.«

Mary nahm einen Löffel. Das Porridge schmeckte nach nichts, aber es war warm.

Es dämmerte, als Mary die letzten Holzschüsseln spülte. Henry reichte ihr das Tablett mit dem Porzellangeschirr der Offiziere. »Wenn du das gespült hast«, sagte er, »kannst du dich aufs Ohr hauen. Der Kapitän hat verfügt, dass die Kombüse nicht am morgendlichen Reinschiffmachen teilnehmen muss. Dennoch beginnt auch unser Tag um vier Uhr.«

Dann zerrte er unter einem der Schränke einen Strohsack hervor und verschwand in der Vorratskammer, um sich schlafen zu legen. Stille kehrte auf dem Schiff ein, denn die Nachtruhe war ausgerufen worden. Nachdem sie das Geschirr gespült, getrocknet und gestapelt hatte, löschte sie das Feuer, drehte die Öllampe aus und verließ die Kombüse.

Leise begab sie sich in das Mannschaftsdeck, in dem es nach verdreckter Wäsche und Schweiß stank. Sohnrey hatte veranlasst, dass der Schmied ein Hakenpaar an den Holzbalken anbrachte, damit sie die Hängematte aufspannen konnte. Die Haken waren direkt neben der Wand befestigt, weit entfernt vom Niedergang und der Luke. Weit entfernt von Tageslicht und frischer Luft.

Mary fürchtete, in der Enge den Matrosen zu wecken, der mit offenem Mund neben ihr schlief. Sie hatte ihn beim Rumausschank gesehen. Er trug immer noch die Kleidung, die er tagsüber am Leib gehabt hatte. Sie stellte sich auf Zehenspitzen und betrachtete die Schlafenden: Jeder der Männer ruhte in seiner Arbeitskleidung.

Vorsichtig schob sie sich in die Hängematte, die nachgab, sich drehte und sie schwungvoll auf den Boden krachen ließ. Beklommen harrte sie dort aus und lauschte, ob jemand sich rührte. Es blieb ruhig, sodass sie nach einiger Zeit einen zweiten Anlauf wagte. Dieses Mal sank sie tief in den Stoff der Hängematte, deren Seitenteile sich über ihr fast wieder schlossen. Es konnte nicht mehr sein als ein Fußbreit, der ihr zum Schlafen zustand. Die Arme musste sie auf dem Bauch verschränken, da sie sonst auf dem Nebenmann zu liegen gekommen wären. Durch das Segeltuch hindurch spürte sie sein rechtes Bein, das gegen das ihre drückte.

Jetzt nahm sie das erste Mal an diesem Tag das Schwanken des Schiffes und das Knacken des Holzes wahr. Das Schnarchen der Männer, von denen einer in regelmäßigen Abständen von einem trockenen Husten geschüttelt wurde, erschien ihr plötzlich übernatürlich laut. Ihr Mund war trocken. Die Blase drückte. Doch daran, sich zu bewegen oder gar aufzustehen, um einen Schluck Wasser zu nehmen oder welches zu lassen, wagte sie nicht einmal zu denken. Die Zeit schien sich zu dehnen, und sie bemerkte nicht, dass sie einschlief.

Unvermittelt brüllte die Stimme der Nachtwache in die Stille: »Und jetzt umgewendet!«

Mary riss den Kopf in die Höhe und erkannte schemenhaft, dass die Männer sich auf die Seite drehten. Der Arm des Nachbarn landete auf ihr, gefährlich nahe der verschnürten Brust, und drückte auf ihre Lungen. Sie blickte ihn an, doch seine Augen waren geschlossen. *Ich kriege keine Luft. Meine Brust. Sein Arm muss da weg,* dachte sie und versuchte, ihn anzuheben. *Wie schwer so ein Arm sein kann. Wenn ich ihn bewege, wird der Kerl wach. Er wird mich anglotzen und dann anfahren, was ich an ihm herumgreife. Ich muss ihn schieben, ganz langsam auf meine Hüfte schieben, das ist ungefährlicher.* Sie platzierte den Arm auf ihrem Beckenknochen. Behutsam legte sie sich wieder nieder und spürte den Atem des Mannes, den er ihr in den Nacken blies.

* * *

Es war spät geworden. Henriette Fincher saß aufrecht, ein Kissen in den Rücken geschoben, vor ihm. Sie hielt die Hände ineinandergeschlungen und schaute ihm direkt ins Gesicht. »Ich bin mir sicher, dass sich meine Nichte meinem Wunsch widersetzen wollte, demnächst in den Stand der Ehe zu treten. Kaum, dass wir darüber sprachen, verschwand sie. Ihr werdet verstehen, Mr. Reed, dass wir uns keinen Skandal leisten können. Dass wir verkünden werden, Mary sei Verwandte an der Südküste besuchen.«

Landon nickte. *Dort auf dem Stuhl, dort hat sie gesessen und mich angelächelt, den Schein des Kaminfeuers im Rücken. Warum ist es in diesem Jahr so kalt? Es ist Sommer, und beständig müssen wir einheizen, um uns zu wärmen.*

»Ich bin Euch sehr dankbar, dass Ihr meiner Bitte entsprecht, uns bei der Suche zu unterstützen. Bitte geht so diskret wie möglich dabei vor. Gern stelle ich Euch unseren Bediensteten William Middleton zur Seite. Er kennt das Mädchen besser als irgendwer in diesem Haus. Nun entschuldigt mich bitte, die ganze Angelegenheit hat mich sehr mitgenommen.«

*Warum fragt sie nicht Canaughy? Fürchtet sie sein loses Mundwerk? Fürchtet sie, er könnte aller Welt erzählen, was sich zugetragen hat?* Landon begleitete Mrs. Fincher zur Tür und verabschiedete sich von ihr. Als sie im Flur verschwand, fröstelte es ihn erneut, und die Leere in seinem Kopf ließ nicht nach. Kein klarer Gedanke wollte sich formen. Nur der eine, der unfassbare, blieb fassbar: Sie war weg.

Der Bedienstete kam ihm entgegen und brachte ihn in das Zimmer zurück. Er nahm ihm gegenüber Platz. Landon schaute den alten Mann an: das verhärmte Gesicht und die zusammengepressten Lippen. *Endlich etwas, das wärmt,* dachte er jedoch, als er in die wachen Augen blickte.

»Mrs. Fincher und ich hatten vereinbart, dass sie Euch meine Hilfe anbietet. Mein Name ist William Middleton, und seit knapp vierundzwanzig Jahren bin ich in diesem Hause tätig«, sagte der Alte. »Bitte verzeiht, dass ich mich erdreiste, Eure wertvolle Zeit in Anspruch zu nehmen, aber vielleicht kann ich zu der Suche meinen Teil beitragen.«

*Nimm dir so viel Zeit, wie du willst, und erzähle mir von ihr. Alles, was du weißt. Lass sie für einen Moment wieder bei uns sein.* Landon räusperte sich. »Gern möchte ich die Suche nach Miss Linley unterstützen. Aber wie kann ich dabei behilflich sein?«

William erhob sich, fasste nach dem Schürhaken und stocherte in den Flammen herum. Funken sprühten auf und verglühten in der Luft. »Ich glaube zu wissen, was sie vorhat. Es erscheint undenkbar, aber wenn man Miss Linley kennt, könnte man in Betracht ziehen, dass sie sich zu diesem Schritt entschlossen hat. Mir liegt es fern, Mrs. Fincher zu beunruhigen, und deshalb möchte ich Euch um eine Einschätzung meiner Überlegungen bitten.«

Landon nickte. Das Blut pumpte durch seine Halsschlagadern, die sich unangenehm spannten.

»Um Mary zu verstehen, solltet Ihr ein wenig über dieses Haus, über Francis Linleys Erbe erfahren. Ihr müsst wissen, dass er ein großartiger Arzt und kundiger Naturforscher war. Sein Leben kreiste um seine Arbeit. Was lag da näher, als seine Tochter in die Arbeit mit einzubeziehen? In diesem Haus gab es keine weibliche Hand, die das Kind aufzog. Also stellte er sich dieser Aufgabe, eben auf seine Weise. Kaum, dass Mary laufen konnte, brachte er sie auf die Felder, las ihr aus seinen Büchern vor und nahm sie zu ersten Hausbesuchen mit.

All das war ihr schon im Kindesalter so vertraut wie die Fremden, die über die Jahre dieses Haus betraten. Gelehrte Männer waren das, die nach Plymouth kamen, hier hinaus zu uns. Ihr hättet es sehen sollen: Mr. Linley begrüßte die Gäste stets auf das Herzlichste, sobald sie die Eingangshalle betraten. Mary jedoch hielt sich im Schatten des Flures verborgen und musterte die Gelehrten eingehend, es war fast, als studiere sie jeden einzelnen, seine Haltung, seine Gesten. Ihre Erinnerungen an die Gäste waren im Nachhinein stets exakt. Nie hat sie den einen mit dem anderen verwechselt, und wir hatten wahrhaftig viele Gäste.

Sie alle nahmen an den Gesprächsrunden teil, dem illustren Zirkel, der stets im Herrenzimmer diskutierte. Da war zum Beispiel Dr. Solander, der mit Sir Joseph Banks unter Kapitän Cook gereist war. Sicher habt Ihr von ihm gehört. Ein untersetzter, beleibter Mann mit einem schwedischen Akzent. Mary mochte ihn gern. Immer wieder schloss er das Mädchen in seine Arme und drückte es gegen seine Brust. Wobei er lachte, während sie kichernd versuchte, sich seinem Griff zu entwinden.

Den vor Kraft strotzenden Sir Joseph Banks fürchtete sie ein wenig. Wobei ich mir nicht sicher bin, ob sie mehr Angst vor seiner

Stimme, einem lauten Bass, oder seiner rechten Hand hatte, die er gern im Gespräch flach auf den Tisch knallen ließ. Sie war so zart, und sie erschrak jedes Mal aufs Neue. Ich habe es genau bemerkt, wie sie bald einen Bogen um ihn und diese Hand machte.

Carl von Linné gab uns bei einem seiner Englandbesuche die Ehre. Er war bescheiden und wollte keine Umstände machen. Immer musste er auf seine Arbeit angesprochen werden, ehe er davon erzählte.

Und selbst Johann Forster erschien. Wenn er nicht über sich selbst sprach, kommandierte er seinen Sohn herum. Derart grob, dass Mary Mitleid mit ihm bekam, und so versuchte sie, ihm gegenüber besonders aufmerksam zu sein. Mehrfach lief sie zur Köchin und erbat sich kleine Naschereien. Die brachte sie dem Forster-Sohn, wenn er wieder eine Arbeit übersetzte, um das Geld für seinen Vater und sich zu verdienen. Der junge Mann war sehr ernst für sein Alter, aber wenn er die Kleine sah, dann lächelte er manchmal.

Und auch James Cook reiste eines Tages an. Er war groß und hager, müsst Ihr wissen. Ständig hielt er den Kopf ein wenig vorgebeugt, als würde er jeden Moment eine Kajüte mit niedriger Deckenhöhe betreten. Mir ging es wie Mary. Neugierig beobachteten wir ihn und wurden nicht schlau aus ihm. Wir rätselten, wie er es schaffte, eine ganze Mannschaft zu befehligen, wo er doch nur selten und leise sprach.

So ging es hier über die Jahre zu: Mathematiker trafen auf Botaniker, Kapitäne auf Wundärzte, Geologen auf Kunstmaler. Ein Kommen und Gehen der Gelehrten. Und nie hat sich jemand daran gestört, dass die Tochter von Francis Linley an den Gesprächsrunden mit glänzendem Blick teilnahm. Dass sie schweigend dabeisaß und begierig das geballte Wissen in sich aufsog. Versteht Ihr? Nachts saß sie in ihrem Bettchen und schrieb sich auf, was sie gehört hatte. Sie füllte Heft um Heft damit. Dieses Mädchen wurde von klein auf mit den Gedanken dieser Gelehrten … ja, sie wurde regelrecht damit vollgestopft.«

Landon nickte. Er schluckte und spürte seinen Adamsapfel springen. *Sie hat mir ihr Leben gezeigt. Die Zeichnungen, die Pflanzen und die Schmetterlinge. Ich habe sie nicht erkannt, ich habe all das für eine versponnene Leidenschaft gehalten und dabei nur gehofft, die Wärme ihrer Stimme würde mir gelten.*

Der Alte stieß nochmals mit dem Schürhaken ins Feuer. Abrupt drehte er sich um und schaute Landon prüfend an. »Daher kommt ihre Begeisterung für die Wissenschaft. Aus dem Mädchen konnte hier nichts anderes werden. Deshalb habe ich von Mr. Linleys Erbe gesprochen.«

Nass und kalt klebte Landon das Hemd in den Achselhöhlen. Er musste etwas sagen, um William Middleton die Angst zu nehmen, er könnte an Mary zweifeln. »Ja, ich kann Euch folgen. Aber sagt mir, was, denkt Ihr, hat sie vor?« Gern hätte er noch einmal angesetzt und dabei weniger spröde geklungen, doch der Alte schien beruhigt.

Er legte den Schürhaken beiseite und setzte sich wieder an den Tisch. Mit den Fingern strich er Falten aus dem Überwurf. »Ich befürchte«, sagte er so leise, dass Landon sich vorbeugen musste, »ich befürchte, dass es ihr gelungen ist, an Bord des Forschungsschiffes zu kommen, das im Hafen liegt.«

»Aber man wird keine Frau an Bord nehmen, das ist strengstens untersagt«, entgegnete Landon vorsichtig. Er wollte William Middleton nicht zu nahetreten, aber das musste ihm doch klar sein.

Der alte Mann sah mit einem Schlag eingefallen aus und schloss die Augen. »Bitte erschreckt nicht, denn der Gedanke mag abwegig erscheinen. Aber letzthin ließ Mary sich von mir beim Navy Board absetzen. Dort bereiten sich auch dieses Mal die Wissenschaftler auf ihre nächste Expedition vor.« Er flüsterte, als würde die gesenkte Stimme die Ungeheuerlichkeit seiner Vermutung schmälern. »Eine Mappe hatte sie geschnürt und wollte sich vorstellen. Als Mitarbeiter der Wissenschaftler. Versteht Ihr?«

Landon schüttelte den Kopf. Keine Expedition der Welt würde eine Frau verpflichten. Und Mary, sie hatte ihren Vater genau durch solch eine Reise verloren, sie wusste um die Risiken. Nur wer zu dumm war, sich einen Platz im Gefängnis zu sichern, ging an Bord eines Schiffes. Dort war es wie im Gefängnis, nur hatte man noch die Möglichkeit, dabei zu ertrinken.

William Middleton schien das Schweigen zu verstehen, seinen Zweifel zu spüren. »Sie wägt nicht ab«, sagte er sanft. »Nie. Sie handelt. Ohne lange nachzudenken. Wenn sie einem Schmetterling nachjagt, sieht sie nicht den Abgrund, auf den sie erhobenen Hauptes zustürmt.«

Ein Knacken im Feuer ließ Landon zum Kamin hinüberschauen. Worauf hatte er sich eingelassen? Eine verstockte junge Dame heimzuholen, die das Elternhaus aus Wut verlassen hatte und bei einer Verwandten oder Freundin Zuflucht suchte, das war eine Sache. Worüber jedoch sprachen sie hier? Über eine Frau, die auf einem Schiff angeheuert haben sollte?

»Was denkt Ihr, Mr. Reed? Haltet Ihr es für möglich, dass sie an Bord des Schiffes ist?« Die Stimme des Alten zerfiel.

*Nein,* dachte Landon, *ich halte es nicht für sonderlich wahrscheinlich, aber wir müssen jede Möglichkeit in Erwägung ziehen.*

# Plymouth, 19. Juli 1785

Als Mary im Morgengrauen die Kombüse betrat, griff Henry augenblicklich nach einem Leinensack. »Morgen, Marc. Du bleibst hier, kniest dich vor die Feuerstelle und passt auf. Ich gehe, bevor wir wieder anfeuern, prüfen, ob der Abzug frei ist.«

Müde hockte Mary sich auf den Boden und betrachtete in den kupfernen Wandbeschlägen der Kochnische ihr Gesicht. Sie bemerkte die tiefen Augenringe und das kurzgeschnittene Haar, das ungekämmt unter der Mütze hervorschaute. Noch immer hatte sie sich nicht an den Anblick gewöhnt.

Nach einer halben Ewigkeit ertönte Henrys Stimme: »Marc, bist du so weit?«

Die Antwort ging in einem schrillen Gegackere unter, und bevor Mary sich versah, schoss aus dem Abzug ein schwarzverstaubtes Huhn, das flügelschlagend in der Asche landete. Panisch ergriff es die Flucht. Erschrocken warf Mary sich auf das Tier. Es presste sich unter ihrem Arm durch und sprang gegen die Wände der Kochstelle. Sie bekam den dünnen Hals zu packen. Still verharrte das Huhn und gab ihr die Gelegenheit, sich nochmals in den Kupferplatten anzuschauen. Das Gesicht war von schwarzen Aschestreifen überzogen, die die Flügelschläge hinterlassen hatten.

»Na, solange wir noch lebendes Federvieh haben, muss ich es nutzen«, sagte Henry, als er in die Kombüse zurückkehrte. »Jetzt wissen wir, dass der Abzug frei ist. Du kannst die Asche zusammenfegen. Gib mir das Vieh, das kommt in den Topf.«

Sie reichte ihm das flatternde Huhn und begann, die Küche zu kehren.

Mit einem Schlag trennte Henry dem Huhn den Kopf ab und knüpfte es zum Ausbluten über eine Schüssel. Dann begann er, Möhren zu schälen und zu zerkleinern.

»Sag mal, also, wenn ich«, sie zögerte, »na ja, halt mal pissen muss, wo mache ich das?«

»Du verdammte Landratte«, erwiderte er, während er die Schalen auf den Boden fallen ließ. »Vorne am Bug, bei der Galion, kannst du scheißen. Beeile dich, wir haben zu tun.«

Mary verließ die Kombüse. So schnell sie konnte, rannte sie das Zwischendeck entlang. *Ein öffentlicher Ort an Deck des Schiffes für die Notdurft,* dachte sie. *Sich vor aller Augen entblößen. Ausgeschlossen. Es gibt nur eine Lösung, auch auf die Gefahr hin, dass ich das Ergebnis auslöffeln muss!*

Kaum hatte sie die Stallungen erreicht, ging sie das Gatter aufmerksam ab. Sie war allein.

Ungeschickt kletterte sie über die Umzäunung, woraufhin die Schafe blökend auseinanderstoben. In die hinterste Ecke hockte sie sich und lauschte, ob jemand durch die Unruhe der Tiere aufmerksam geworden war.

Es blieb still.

Eilig ließ sie die Hosen herunter, und die Erleichterung trieb ihr das erste Lächeln seit Stunden ins Gesicht.

In die Kombüse zurückgekehrt, musste sie Tee für die Offiziere brühen, die Vorratskammer füllen und Wasser holen. Zum Frühstück gab es Porridge. Just als Mary einen Löffel zu sich nahm, hieß es wieder spülen, und vom Grogausschank ging es ohne Pause an die Zubereitung des Abendessens. Wie am Tag zuvor stand sie bis in die tiefe Nacht über dem Abwasch.

Nachdem sie ihre Arbeit beendet hatte, schlich sie zum Mannschaftsdeck hinüber. Doch zu ihrem Entsetzen hörte sie Stimmen. Die Männer waren noch wach!

Kaum jemand nahm von ihr Notiz, als sie sich durch die ersten aufgespannten Hängematten schob, nur ein dunkelhaariger, drahtiger Kerl gab Mary den knappen Befehl: »Zieh schon mal die Back hoch.«

Sie schaute sich um, und ihr wurde heiß. Sohnrey nannte sich Backsvorsteher. Aber was um Himmels Willen war das?

Der Dunkelhaarige bemerkte ihr Zögern und fuhr sie an: »Die Back! Du sollst den Tisch hochziehen. Hörst du schlecht?«

Eilfertig knüpfte sie das Seil auf, das in einem Ring an der Seitenwand verknotet war, und hievte den Tisch unter die Decke. Er hatte ein stolzes Gewicht, und sie merkte, wie ihre Arme zu zittern begannen und ihr das Blut in den Kopf stieg. Schnell drehte sie sich zur Wand, um ihre Anstrengung zu verbergen. Erleichtert, dass sie den Tisch hatte bewegen können, schlang sie einen Doppelknoten in den Strick. Noch während sie sich umwandte, sah sie den Tisch auch schon von der Decke herabrasen. Mit Gebrüll sprangen einige der Männer zur Seite, doch der Dunkelhaarige bemerkte das Unglück zu spät. Mit einem dumpfen Knall krachte die Holzplatte in seinen Rücken. Eine der Randleisten, die das Geschirr bei Seegang vor dem Fallen bewahren sollte, zersplitterte. Der Tisch fing sich in den Seilen und schwang durch den Raum.

Marys Blick hing an dem Mann, der sich langsam aufrichtete und brüllte vor Schmerz und Wut.

Ein anderer Matrose schubste sie beiseite und ergriff das Seil: »Was war das für ein Knoten? Du bist doch kein Seemann, du bist ’n Arschloch.«

Mary taxierte die Entfernung zum Niedergang. Es gab kein Entkommen. Zu viele aufgebrachte Männer waren im Weg. *Hören Sohnrey und Bartholomäus den Aufruhr nebenan nicht? Warum hilft mir niemand? Ich darf nicht kotzen, ich darf nicht heulen,* dachte sie noch, als sie aus den Augenwinkeln einen Schatten wahrnahm und fast zeitgleich den Faustschlag spürte. Ihr Kopf flog nach hinten und krachte an die Bordwand. Sie taumelte und schlug die Hände vor das Gesicht. Durch die Finger konnte sie erkennen, dass der Dunkelhaarige vor ihr stand. Sie hatte ihn nicht kommen sehen.

»Sollte ich auch nur eine angeknackste Rippe haben, breche ich dir dafür zwei«, sagte er und rieb sich die Faust. Dann tastete er seinen Brustkorb ab und schob im Wechsel die Schultern vor. Plötzlich hielt er inne und stöhnte.

Mary duckte sich tiefer und vergrub das Gesicht in ihren Armen, als endlich die erlösende Stimme erklang: »Verdammt, was ist hier los?«

Die Matrosen wichen zur Seite, um Sohnrey Platz zu machen. *Alle schweigen, also schweig du auch. Hier haben Männer etwas untereinander ausgetragen, worüber du kein Wort verlieren darfst.*

Der Backsvorsteher riss ihre Arme beiseite und betrachtete das Auge. Dann zerrte er sie zum Niedergang. »Geh das kühlen. Und du, Edison«, sagte er zu dem Drahtigen, »beruhigst dich wieder. Hier ist jetzt Schluss für heute, die Nachtruhe hat längst begonnen!«

Damit wandte er sich ab. Das Thema war erledigt.

Mary kletterte die Stufen hinauf und lauschte, ob die Männer ihr folgen würden. Zitternd stieß sie die Klappe auf und ließ sich auf das Deck fallen. Als der kühlende Wind ihre Haut berührte, spürte sie den pulsierenden Schmerz und rang nach Atem. Mit den Fingerspitzen betastete sie ihr Auge, das halb zugeschwollen war.

Erschöpft setzte sie sich an das Beiboot und rutschte immer weiter unter den Bug, um nicht von der Nachtwache entdeckt zu werden. Legte die Arme um die Beine und stützte das Kinn auf die Knie. Leise schlugen die Wellen an die Bordwände.

Plymouth schien von der Nacht verschluckt worden zu sein.

Hin und wieder trug der Wind Geräuschfetzen herüber, die ihr das tröstliche Gefühl gaben, dass die Welt noch existierte.

Ihr Blick folgte dem Lichtstrahl des Leuchtturms, der über die Wellen tanzte und den Schaumkronen einen silbernen Streifen verlieh, der sich dann und wann aufkräuselte und im Schwarz des Wassers verschwand.

Vielleicht würde die Nachtwache irgendwann ermüden, und vielleicht würde es ihr gelingen, das Schiff zu verlassen. Zum Hoy Inn zu laufen, um dort die Nacht zu verbringen. Wenn man am Morgen ihr Verschwinden bemerken würde, wäre sie schon längst auf dem Weg nach Hause. Sie würde Henriettes anklagendes Weinen überstehen. Für den Moment der Umarmung Williams Wärme spüren und dann das leergeräumte Haus in Augenschein nehmen. Sie würde Landon heiraten, egal, wen die Tante für sie ausgewählt hatte. Und sie würde schweigen, für immer darüber schweigen, was sie in den Tagen ihres Verschwindens erlebt hatte. Doch noch während sie der Wärme nachfühlte, die sie bei dem Gedanken an Williams Umarmung zu spüren glaubte, wusste sie, dass sie bleiben würde. Hier, an Bord der *Sailing Queen*.

* * *

Es war kalt, und nur das Klappern seiner Zähne hielt Seth wach. Immer wieder tastete er nach dem Seil, das er sich um den Bauch geschlungen und am Mast verknotet hatte. Sicher würde kein Sturm aufkommen, doch er fürchtete einzuschlafen und aus dem Krähennest zu stürzen, hinab auf das Deck. Die Nachtwache zog dort unten ihre Kontrollrunden. Er konnte die schlurfenden Schritte hören, wagte aber nicht, hinunterzuschauen. Das Schwanken des Schiffes war auf der kleinen Plattform deutlich zu spüren und verursachte ihm Übelkeit. Er kroch ein Stück näher an den Mast und legte seine Arme um den Stamm. Er atmete den holzigen Geruch ein und meinte sogar, ein wenig klebriges Harz an seinen Fingern spüren zu können.

Ein Pfiff ertönte.

Hatte er richtig gehört? Lauschend setzte Seth sich auf. Wieder vernahm er einen leisen Pfiff. Er hielt die Luft an und spähte über den Rand der Plattform.

Nat stand an Deck und winkte ihn zu sich.

Seth löste den Knoten des Seils und rollte es um den Mast. Dann drehte er sich auf den Bauch und suchte mit den Füßen Halt in den Wanten. Langsam tastete er sich an den Tauen, die rau durch seine Hände glitten, hinab. Als er auf die Decksplanken sprang, schlotterten seine Beine. »Was ist, wenn uns die Wache hört?« Er flüsterte, und seine Zähne schlugen dabei noch immer aufeinander.

»Alles in Ordnung. Ich habe gewartet, bis er eingenickt ist. Verschwinde in das Kabelgatt. Schlafe ein wenig.«

Zögernd blieb Seth stehen. Der Bruder hatte schon den Nachmittag im Krähennest verbracht, er musste müde sein. Als hätte er seine Gedanken erahnt, zischte Nat: »Nun mach schon. Ich schaff das. Hau ab. Schnell!«

Sofort verschwand Seth im Niedergang. Leise atmend blieb er stehen. Ins Kabelgatt solle er gehen, hatte Nat gesagt. Aber was war das, das Kabelgatt? Ins Mannschaftsdeck wollte er nicht zurück. Die Männer ängstigten ihn. Und wie sollte er jetzt seine Kiste öffnen, um die Hängematte herauszunehmen, ohne jemanden dabei zu wecken?

*Die Schafe,* dachte er. *Dort gehe ich hin, dort ist es schön. Bei ihnen ist es warm.* Am Tage hatte er die Tiere gesehen. Wie sie breitbeinig und blökend im Stroh gestanden und versucht hatten, das Schwanken des Bootes auszugleichen.

Unter Deck war es stockfinster. Er lauschte. Langsam tastete er sich an den Kisten und Säcken entlang und schob Fuß um Fuß voran, um nicht zu stolpern. Wenige Schritte weiter stieß er gegen das hölzerne Gatter und riss sich einen Splitter in die Handfläche.

Die Schafe, die ihn witterten, drängten sich als hellgrauer Schatten in der gegenüberliegenden Ecke des Geheges aneinander.

Seth kniete im Stroh nieder und tastete sich mit den Händen voran. Es war ihm gleichgültig, ob er sich in Schafköttel oder in feuchtes Stroh legte. Er wollte schlafen. Als er sich einrollte, berührte er etwas Warmes. Etwas Warmes, Glattes, das sofort verschwand. Er fuhr hoch.

»Wer ist da?«, flüsterte er in die Dunkelheit.

»Ich bin's. Marc.«

*Marc? Welcher Marc?* Seth hörte das Blut in seinen Ohren rauschen, so laut wie das Meer, wenn ein Sturm das Wasser aufwühlte. *Ach, der Kleine,* versuchte er sich zu beruhigen. *Der feine Pinkel.* Lauernd fragte er: »Was machst du hier?«

»Ich will hier schlafen. Die Männer schnarchen so laut.«

Seth seufzte erleichtert auf. »Ja, furchtbar, oder? Weißt du, der Kerl neben mir furzt immer. Da konnte ich auch nicht schlafen.«

Marc lachte auf. Ein helles Lachen, das freundlich klang. Nicht so derb wie das der anderen Männer.

»Ich verspreche dir, dass ich meine Darmwinde im Zaum halte.«

»Verrätst du mich auch nicht?« Vor seinen Augen sah Seth den Vater und wie der in Rage geraten würde, wenn er mitbekäme, dass Nat seinen Dienst übernommen hatte.

»Um Himmels willen. Dann würde ich ja auch meinen geheimen Schlafplatz verraten.«

»Stimmt.« Er nahm die Mütze ab und ließ den Kopf auf die Arme sinken. Das knisternde Geräusch der trockenen Halme erinnerte ihn an den Stall zu Hause. »Wir hatten auch Schafe. Und manchmal haben mein Bruder und ich im Stall übernachtet. Meine Mutter kam uns morgens wecken. Sie hat uns dann gleich in die Regentonne gesteckt, weil wir so gestunken haben.«

»Das klingt schön. Wenn du heimkehrst, könnt ihr das bestimmt wieder machen. Im Stall schlafen.«

*Vielleicht ist Marc gar nicht so ein feiner Pinkel. Eigentlich ist er ja ganz nett.* »Ja, das war schön. Aber wenn wir zurückkommen, will der Vater meinen Bruder und mich auf die Marineschule schicken. Die Schafe sind weg. Meine Mutter ist nämlich tot. Und jetzt müssen wir mit meinem Vater auf das Schiff.«

Kurz spürte Seth das kalte Wasser der Regentonne und das raue Tuch, mit dem ihn die Mutter trockenrieb. Und ihre warmen Hände, die ihm einen Klaps gaben, dass er zum Haus hinüberlaufen sollte. Er schluckte. »Hast du noch eine Mutter?«

»Nein, sie ist bei meiner Geburt gestorben.«

»Dann haben wir was gemeinsam. Wir haben keine Mütter mehr, und wir schlafen beide gern im Stroh.«

Wieder lachte Marc auf. »Das ist doch schon ein Anfang. Aber jetzt mach die Augen zu. Wenn wir morgen beide übermüdet sind, dann ist das keine gute Gemeinsamkeit.«

»Ja, schlaf gut.« *Jetzt kenne ich auf dem Schiff schon meinen Vater, Nat, den Schiffsjungen Dan und den kleinen Marc,* dachte er und schlief ein.

# Plymouth, 20. Juli 1785

»Marc?«

Mary blickte in den Kessel und rührte das Blasen schlagende Porridge.

»Marc Middleton?«

Noch immer hatte sie sich nicht daran gewöhnt: Marc! Marc! Marc! Sie hatte zu reagieren, wenn dieser Name fiel. Er musste ihr ins Blut übergehen, selbst aus dem Schlaf musste sie auffahren, wenn jemand sie so rief. Jede Verzögerung würde ihr als Tagträumerei ausgelegt werden. Sie durfte keinen Verdruss auf sich ziehen, zu funktionieren hatte sie – immer und sofort.

Vor ihr stand Seth. Am Morgen waren sie aus dem Stroh gekrochen und hatten einander die Halme aus den Kleidern gezogen. Sein blondes Haar, das ihm bis auf die Schultern fiel, war im Nacken feuchtgeschwitzt gewesen. Die helle Haut, mit Sommersprossen bedeckt, hatte noch von der Wärme des Schlafes geglüht. Wortlos waren sie auseinandergegangen, um ihr Tagewerk zu beginnen.

»Mr. Myers lässt nach Euch schicken«, sagte der Kleine, und nichts in seiner Haltung deutete darauf hin, dass sie vor Kurzem Rücken an Rücken erwacht waren. Die nassen Hosenbeine in die Knie gekrempelt, trat er barfuß im Wechsel von einem Bein aufs andere.

*Wo sind seine Schuhe? Er wird sich verkühlen,* dachte Mary. *Er ist noch ein Knabe, zu weich für dieses Leben. Wie alt mag er sein? Neun Jahre? Vielleicht zehn?*

Sein Blick hing an ihr.

Was hatte er gesagt?

Mr. Myers ließ nach ihr schicken?

Es war, als würde aus ihr Luft entweichen. Der Druck ließ nach, und sie fühlte sich leicht. Die Wissenschaftler waren an Bord gekommen.

»Lass den Topf stehen. Die sollen mir einen der Schiffsjungen zuteilen«, sagte Henry, ohne sich umzudrehen.

Gern hätte sie noch ein Wort an ihn gerichtet, einen kleinen Dank vielleicht, doch Seth packte sie am Arm und zog sie mit sich.

Aus der Unterwelt hinausgespuckt fühlte sie sich, als sie den Kopf aus der Luke hob. Am liebsten wäre sie in der Sonne stehengeblieben und hätte sich an Licht und Wärme betrunken. Wie konnte es unter Deck nur fortwährend so kalt und dunkel sein?

Die Männer zogen an Eisenketten gebundene flache Steine über die Planken und schrubbten mit Sand das Holz. Am Bug, wo das Holz schon blank gerieben war, wurden gerade die Sandreste weggespült. Eimer um Eimer wurde mit Wasser gefüllt und an einer Leine an Bord gezogen. Auch Seths Bruder war unter ihnen. Sein Gesicht war gerötet, und der Schweiß lief ihm die Stirn herab. In den Wanten sprangen die Matrosen. Sehnige Männer, die weder Höhe noch Wind fürchteten, Männer, deren Muskeln bei jeder Bewegung hervortraten. An den Masten knatterten die weißen Segel, irgendwer sang. Die Arbeit, das Meer, der Wind, alles war schön und friedlich.

Seth führte Mary über Deck und zeigte auf seinen Vater, der abseits stand, mit zwei Männern ins Gespräch vertieft. Der stattlichere der beiden strich sich eine Locke aus der Stirn. Schwarzes Haar, das im Sonnenlicht glänzte.

Ihr stockte das Blut. Landon. Er war hier, an Bord! Er suchte sie. Sie spürte ihr Herz einem Hammer gleich an ihre Rippen krachen. William musste sich eine Erklärung zusammengereimt haben. *Wie konnte ich so töricht sein, mich von ihm beim Navy Board absetzen zu lassen? Sie wissen jetzt, dass ich hier bin.* Ihre Hände zitterten, als sie die Mütze tiefer ins Gesicht zog und den Schritt beschleunigte.

Seth verfiel in einen Laufschritt und flüsterte: »Ich glaub, die suchen einen Matrosen. Ich weiß nicht, was er angestellt hat, aber vielleicht ist ein Dieb unter uns. Oder sogar ein Mörder.« Seine Augen leuchteten.

Kurz war sie versucht, den Jungen wegzuschicken, um sich seines Geplappers zu entledigen. Was war, wenn man sie entdeckte, bevor das Schiff ablegte? Wenn Landon sie an der Mannschaft, an Kapitän Taylor, an Kyle Bennetter und an Sir Belham vorbei abführte?

Endlich erreichten sie das Achterdeck. Mary packte Seths Schulter und schob ihn hastig durch die niedrige Tür, hinein in den Kajütengang. Sie hörte sich aufatmen, doch in ihrem Kopf irrlichterten die Gedanken. Einen Matrosen suchten sie, hatte der Junge gesagt. Solange man nur im Mannschaftsdeck Ausschau nach ihr hielt, hatte sie eine Chance. Oder hatte Landon nach einer Frau gefragt? Einer Frau im Gewand eines Mannes? Selbst wenn sie an Bord aus Plymouth herauskäme, würde die verderbte Mannschaft dann nicht genauer hinschauen? Gierig, ein Weib zu entdecken, das ihnen ausgeliefert war?

Der Junge ließ die Arme hängen, doch er wandte den Kopf und sah erst auf ihre Hand, die seine Schulter umklammert hielt, dann hinauf in ihr Gesicht. Sofort ließ sie ihn los, und Seth geriet ins Stolpern. Er wäre gefallen, wenn nicht Franklin Myers nach ihm gegriffen hätte. Waren ihre Augen blind geworden? Sie hatte Franklin nicht bemerkt.

Einen Moment starrten sie einander an, dann fragte er: »Marc, geht es dir gut? Und wo ist dein Gepäck? Als ich die leere Kajüte sah, fürchtete ich, du wärst nicht erschienen.«

Ihr Herz schlug immer noch zu schnell und zu laut. »Nein, doch, ich meine, dass mein Leinensack im Mannschaftsdeck ist.«

Franklin zog die Brauen zusammen. »Warum ist dein Gepäck im Mannschaftsdeck?« Er wandte sich zu Seth, der neugierig lauschte. »Geh und bring alles her.«

Das Klatschen der nackten Füße entfernte sich und ließ sie mit Franklin in völliger Stille zurück. Sie musste sich konzentrieren, er durfte ihr nichts anmerken.

Und er schien ihr nichts anzumerken, denn er öffnete die Tür zu einer der Kajüten und wies hinein. »Marc, erfrisch dich erst einmal. Du erweckst den Eindruck, als könntest du einen Augenblick der Ruhe vertragen.«

Sieben mal fünf Fuß, ein Bullauge, zwei Schwingkojen aus rauem Holz, eine zur Rechten, eine zur Linken, der schmale Gang durch Franklins Seekiste zugestellt. Kaum Platz, um sich aneinander vorbeizuschieben, und doch war die Kajüte für Mary in ihrer Prächtigkeit kaum zu übertreffen. Die Angeln der Tür knarrten, als Franklin sie zuschob.

Der winzige Raum schenkte Trost. Ein Gefühl der Geborgenheit, das jedoch trügerisch war, solange Landon noch über Bord strich. Sie sah sich um. Zu ihren Füßen stand das weiße Emaillegeschirr für die Notdurft, auf die Koje linkerhand hatte Franklin nachlässig seinen Mantel geworfen. Eines der silbernen Tabletts, die sie aus der Kombüse kannte, war auf der Seekiste bereitgestellt worden. Dünner schwarzer Tee, von ihr am Morgen selbst gekocht, daneben zwei Tassen und ein Kännchen Milch. Eine Schüssel mit Wasser lud zur Erfrischung ein, säuberlich gefaltet lag für jeden ein Leintuch bereit.

Ihr Puls verlangsamte sich. Sie merkte, dass sie nach Schafdung, Schweiß und Küchendünsten stank. Vorsichtig stellte Mary die Tassen auf die Kiste und warf einen Blick in das polierte Silber des Tabletts. Um das rechte Auge leuchtete ein Veilchen. Wie ein bläulich-violetter Halbmond rahmte es den Augapfel, dessen

Weiß von geplatzten Äderchen durchzogen war. Als sie das Tablett niedersinken ließ, wurde die Tür aufgerissen.

*Jetzt haben sie mich. Es ist vorbei. Sie werden mich abführen,* dachte sie und hörte das Tablett zu Boden fallen. Ohne sich rühren zu können, starrte sie zur Tür hinüber. Das Haar war nicht schwarz, keine Locke tanzte über die Stirn. Der Mann trug keinen Mantel, nur ein Hemd und Kniebundhosen.

»Myers …«, sagte er, wurde ihrer gewahr und brach ab. Sein Blick wanderte an ihr hinab und wieder hinauf. »Wo ist Franklin Myers? Und was macht Ihr in seiner Kajüte?« Die Arme in die Seiten gestemmt, trat er einen Schritt vor. Der Brustkorb, die Arme, das Kreuz, alles an ihm verriet seine Kraft. Ein Riese von einem Mann, der die Kajüte scheinbar komplett ausfüllte.

Mager und knochig kam sie sich neben ihm vor. Sie wölbte den Rücken und schob die Arme vor ihren Leib. »Leider hatte ich noch nicht die Ehre, mit Euch bekannt gemacht zu werden. Mein Name ist Marc Middleton, und ich bin der Zeichner.«

»Oh, sehr erfreut, ich bin Carl Belham. Carl – wir verzichten hier auf die Formalitäten. Aber bitte, wer hat dich denn so zugerichtet?«

Er war es!

Sir Carl Belham!

Direkt vor ihr, so nah, dass sie jede Pore seiner Haut und jedes Haar der dichten Bartstoppeln erkennen konnte. Unfähig, ihm länger in die Augen zu schauen, blieb ihr Blick am gerüschten Kragen seines Hemdes hängen. Einer der größten Wissenschaftler stand vor ihr, und sie war verdreckt, hatte ein Veilchen und stank, dass man durch den Mund atmen musste. Mary schüttelte den Kopf und bemühte sich, ihre Gedanken zu fassen, die wie Lämmer herumsprangen. »Niemand. Ein Unfall, Sir. Ich meine, Carl. Ich wollte, ich bin … und jetzt wollte ich mich gerade frisch machen und …« Sie verstummte, da sie das eigene Gestammel nicht mehr ertrug.

»Lass dich nicht abhalten«, sagte er und schlug ihr mit der Hand auf die Schulter. »Aber beeile dich, wir legen gleich ab. Das willst du sicher nicht versäumen, oder?«

Ein Lächeln, eine Drehung, dann fiel die Tür zu.

*Wie konntest du dich so närrisch verhalten,* schalt Mary sich. *Stotternd und stinkend stehst du vor einem der herausragendsten Köpfe unserer Zeit.* Sie sog die Luft ein.

*Was für ein Mann!*

*Was hat er zum Abschied gesagt?*

*Das Schiff ist dabei, abzulegen?*

Mary wandte sich zum Bullauge um, das auf das Wasser hinauszeigte.

*Er hat es gesagt. Er hat gesagt, dass wir ablegen. Gleich.*

*Und ich bin an Bord.*

*Ich habe es geschafft.*

*Ich werde die Welt bereisen.*

# Atlantischer Ozean, 21. Juli 1785

Sie würgte, obwohl ihr Magen längst leer war. Die Kehle brannte, und der Wind zerriss die feinen Speichelfäden.

Matrosen, Seesoldaten, Wissenschaftler – die Gesichter der Männer, die neben ihr auftauchten, wechselten beständig. Einige blieben länger. Entkräftet hingen sie über der Reling, während andere sich die Seele aus dem Leib spien und dann aufrechten Ganges verschwanden. Selbst Carl Belham, die Haut aschfahl, erschien. Er nickte ihr zu, bevor er ein kehliges Gurgeln von sich gab.

Der allgegenwärtige Geruch von Erbrochenem hatte Marys Übelkeit verstärkt. Vor ihren Augen tanzten Stunde um Stunde die dunklen Wellen unter dem blassblauen Himmel dahin. Die schweißfeuchten Hände verbrannten in der Sonne, doch sie konnte den Griff nicht vom Messing lösen. Sie hörte die Wellen über das Deck brechen. Die Hühnerställe wurden überschwemmt, und wer konnte, rettete das letzte nicht ersoffene Federvieh.

Irgendwann spürte Mary, dass sich jemand an ihrer Jacke zu schaffen machte. Sie hob den Kopf. Seth. Er lächelte und lief weiter. Als sie die Finger in die Tasche schob, ertastete sie eine Scheibe Zwieback.

Ein weiteres Rollen erfasste das Schiff und ließ den Bug in die Tiefe absacken. Der Magen sprang ihr erneut zur Kehle hoch. Eine Welle schlug ihr ins Gesicht, und noch während sie Wasser aus

Mund und Nase hustete, nahm Mary sich den Schwur ab, beim ersten Landgang das Schiff zu verlassen. Eher wollte sie zu Fuß nach Hause laufen, als weiter auf den schwankenden Bohlen zu stehen. Und kaum war der Entschluss gefasst, besserte sich ihr Zustand. Sie hockte sich nieder, lehnte den Rücken gegen die hölzerne Wand und bröselte Krumen vom Zwieback, die sie sich in den Mund schob. Entkräftet schloss sie die Augen.

»Ihr müsst in die Kajüte. Hier wird es zu kalt.«

Mary hob den Kopf. Der Abend senkte sich über das Meer. Aus der fordernden Windsbraut war ein schwacher Luftzug geworden, der unschuldig über Deck spielte. Nur vereinzelte Seekranke waren hie und da noch an der Reling auszumachen.

»Meint Ihr, Ihr könnt die Nacht in der Koje verbringen? Dort lässt es sich besser ruhen als in der Kälte.«

Nat ging vor ihr in die Knie, sein Gesicht tauchte vor ihrem auf. »Wird es gehen?« Er umfasste ihr Kinn, drückte es in die Höhe und blickte ihr fragend in die Augen.

Die Nähe und die kurze Berührung weckten ihre Sinne. Erschrocken schüttelte sie ihn ab. Wie lange saß sie schon auf diesen Planken? »Wie lange … wann sind wir in See gestochen?«, fragte sie. Die Zunge klebte trocken in ihrem Mund.

»Gestern, mein Herr.«

Mary nickte. Kurz nachdem Carl die Kajüte verlassen hatte, es musste gegen Mittag gewesen sein, hatte das Schiff den Anker eingeholt. Halb Plymouth war zugegen, der Hafen von Abschiedsrufen erfüllt gewesen. Ein Gewirr aus Männer-, Frauen- und Kinderstimmen. In ihrer Koje zusammengerollt, von Myers Seekiste verdeckt, lauschte sie dem ausgelassenen Trubel. Die Ankerwinde ächzte, ein Zittern durchlief den Rumpf, und Wellen schlugen gegen die Bordwände. Das Schiff wendete, um Wind in die Segel zu bekommen, und die Reise begann.

Die Augen geschlossen, stellte sie sich die gereckten Hälse und das Winken unzähliger Hände vor. Doch immer wieder tauchten zwei Gesichter auf. Gesichter, die von der Kaimauer aus prüfend die Mannschaft musterten. Landon Reed und William Middleton. Schnell öffnete sie die Augen und tastete mit ihrem Blick die Maserung der Holzwand ab. Die Kapelle der Marineschule spielte. Lange noch trug der Wind ihnen letzte Fetzen der Musik nach. Erst als diese ausgeblieben war, hatte sie sich ausgestreckt, dagelegen und an nichts mehr gedacht. Bis die Übelkeit gekommen war und sie an Deck getrieben hatte. Wie lange war das alles her?

»Seid Ihr wach?«

»Entschuldige bitte, es geht schon«, flüsterte sie. Nat ergriff ihren Arm, legte ihn um seine Schulter und stützte sie. »Ich bringe Euch zur Kajüte«, sagte er und schob sie vorwärts.

Sie spürte seiner Hand nach, die unterhalb ihrer Achselhöhle lag, doch die Finger waren zu weit von ihrer Brust entfernt. Dankbar ließ sie sich helfen.

»Lass diese Laus los, diesen unnötigen Ballast!«

Auch der Junge zuckte zusammen, als die Stimme ertönte. Es war die Stimme seines Vaters. Nats Arm und stützende Schulter verschwanden.

Mary knickten die Knie ein, haltsuchend lehnte sie sich gegen den Hauptmast.

»Doc Havenport hat darum gebeten, dass wir ein Auge auf die Seekranken haben, Sir«, sagte Nat.

»Aber nicht auf den, auf den habe ich ein Auge.« Bennetter deutete seinem Sohn mit einer Handbewegung an, er solle verschwinden.

*Nat, bleib hier. Lass uns nicht alleine. Lass mich nicht allein. Du weißt, wie er ist,* flehte sie in Gedanken, doch der Rücken des Jungen verschwand vor Marys Augen im Niedergang.

Der Schiffsjunge Dan eilte an ihnen vorbei. Konzentriert schaute er auf seine Hände, die er wie eine Muschel geschlossen hielt.

»Was hast du da?« fuhr Bennetter ihn an.

Dankbar für diesen kurzen Moment der Ablenkung atmete Mary auf.

Dan jedoch erstarrte. »Es ist ein Wunder! Eine Schwalbe, Sir. Sie ist von einer Welle an Bord gespült worden.«

*Eine gewöhnliche Hausschwalbe,* dachte Mary. *Das ist kein Wunder, Junge. Die Vögel folgen den Schiffen. Und je weiter sie sich dabei vom Lande entfernen, desto eher halten sie sich an die Masten, sind sie doch der einzig feste Bezugspunkt im unruhigen Meer.*

»Gib her«, sagte Bennetter.

»Sie ist sehr schwach. Aber vielleicht kann Mr. Myers ...«, stotterte der Junge und öffnete die Hände.

*Verirrt hast du dich, kleiner Vogel. Wir haben anscheinend etwas gemeinsam: Wir haben uns an einen Ort verirrt, an dem wir nichts verloren haben.*

Schwarz glänzten die Augen des Vogels. Er begann mit den nassen Flügeln zu schlagen und hieb den Schnabel in Dans Finger. Der Junge reagierte nicht.

Bennetter packte den Vogel und hielt ihn wie einen nassen Lappen in seiner Rechten.

Dan trottete davon, sich mehrfach umdrehend.

Bennetter fixierte Mary, derweil der Kopf des Vogels und ein zappelndes Beinchen aus seiner Hand herausschauten. »Entschuldigt die kurze Störung«, sagte er freundlich, »doch ich wollte Euch noch erzählen, dass mir der Kapitän persönlich heute einen Einlauf verpasst hat. Sir Belham hat sich beschwert, dass ich Euch ins Mannschaftsdeck gesteckt habe. Ich kann Euch versichern, dass wir miteinander noch nicht fertig sind, mein Freund.« Er lachte auf und stieg die Stufen zum Achterdeck hinauf.

Die Katze kam ihm entgegen. Bennetter ging in die Knie und lockte sie mit einem zirpenden Geräusch. Dann öffnete er die Hand und ließ den Vogel auf die Planken fallen. Kurz schnupperte die Katze, einen Augenblick zitterten ihre Barthaare, dann schlugen die Zähne in das schwarze Gefieder.

# Plymouth, 28. Juli 1785

Kein Wind wollte heute die Luft teilen, dick und nach Fisch stinkend machte sie das Atmen schwer. *Den Geruch werde ich heute in der Kleidung mit nach Hause nehmen,* dachte Landon und rieb sich über die Augen. Müde blickte er hinüber zu seinem Schiff, dessen Ladung endlich gelöscht wurde. Vier Stunden hatte er im Hafen verbracht, um Schwierigkeiten zu lösen, die es wegen der Frachtbriefe gegeben hatte. Vier Stunden nichts als Gestank, Gezänk und Lärm.

An seinen Schreibtisch sehnte er sich zurück, in die Ruhe seines Arbeitszimmers. Er beschloss, ins Kontor zu fahren, und dort erst eine Tasse des Bing-Tees zu genießen, den er sich aus China hatte mitbringen lassen. Für einen Moment glaubte er, den Duft des Tees zu riechen, sah die Tasse neben den Korrespondenzen auf seinem Schreibtisch stehen und spürte die Schreibfeder in seiner Hand über das Papier gleiten.

Er hielt inne.

Ein Stimmengewirr schwoll an.

Menschen eilten an das letzte Ende der Kaimauer, ein Mann winkte mit den Armen und zeigte immer wieder hinaus aufs Wasser. *Was kümmert es mich,* fragte er sich, als eine Frau mit gerafften Röcken schreiend an ihm vorbeilief und in die nächstbeste Gasse verschwand. *Nein, hier ist mehr als ein außergewöhnlich großer Fisch ins Netz gegangen, hier ist mehr als ein von Treibholz gerissenes*

*Fischernetz zu beklagen.* Seine Nackenhaare stellten sich auf. Wie von Fäden gezogen, drehte er sich um und verfiel mit den anderen in einen Laufschritt, den Rufern entgegen.

»Seht, dort hinten, da treibt sie«, hörte er den Mann, der ohne Unterlass mit den Armen umherwinkte, rufen.

Landon blieb stehen und schirmte seine Augen gegen das Licht ab. Ein weißer Fleck, der auf den Wellen tanzte. Ein rund gewölbter Rücken, der aus dem Wasser ragte.

»Wer ist es?«, vernahm er eine andere Stimme.

»Man weiß es noch nicht, aber es ist wohl eine Frau.«

Ein kleines Boot mit zwei Männern war auf dem Weg zur dahintreibenden Leiche. Der eine erhob sich, nahm sein Paddel und stupste gegen den weißen Rücken. Nichts geschah. Langsam drehten die beiden Männer das Boot bei. Der erste legte sein Paddel beiseite, ging in die Knie und warf ein Netz aus. Mit dem Paddel schob er den Körper hinein, einer der Arme schwappte dabei in die Höhe, und für einen kurzen Moment tauchte der Hinterkopf mit dunklem Haar auf.

*Eine Frau mit dunklem Haar treibt im Hafen von Plymouth.* Landon verspürte das Bedürfnis, sich anzulehnen, sich irgendwo festzuhalten, wenn es sein musste, sich zu setzen, hier, auf das dreckverschmierte Straßenpflaster. Doch er blieb stehen, leicht schwankend, und sah zu, wie das Boot näherkam, seine grausige Beute im Netz hinter sich herziehend. Kurz durchzuckte Landon der Gedanke, wie quälend langsam Boote sich zuweilen fortbewegten, die Minuten schienen sich zu dehnen.

Als das Boot die Kaimauer erreichte, griffen mehrere Männerhände in die Tiefe und zogen das Netz in die Höhe. Der Kopf der Frau war nach vorne gebeugt, wirr verdeckte das lange, nasse Haar das Gesicht. Wächserne Haut schimmerte zwischen den Strähnen hindurch; einstmals weiß, war sie vom Wasser aufgedunsen und gräulich verfärbt. Wasser troff aus dem Rock und der Bluse, beides einfache wie auch zweckmäßige Kleidung.

Zwei Frauen unter den Schaulustigen sanken bei dem Anblick der Leiche zusammen. Ein älterer Mann drehte sich beiseite und traf, als er sich erbrach, die Holzpantine seines Nachbarn. Doch niemand reagierte.

Angewidert schloss Landon die Augen. *Ich kann nicht hinsehen, ich kann nicht hinsehen,* hämmerte es in seinem Kopf. *Was ist, wenn sie es ist?*

»Sie ist es nicht.«

Landon riss die Augen auf und schaute William Middleton geradewegs ins Gesicht. *Danke für diese wunderbare Nachricht, alter Mann. Aber darf ich mich über den Tod eines anderen Menschen derart freuen,* fragte er sich und genoss das warme Gefühl der Erleichterung, das sich in ihm ausbreitete.

»Wie ein Lauffeuer ist es durch die Gassen gegangen. Ich war in der Nähe und bin sofort hergeeilt. Nichts lag mir ferner, als Euch zu erschrecken, aber ich sah …«

»Es ist alles gut, selten habe ich mich so gefreut, eine vertraute Stimme zu vernehmen.«

Gemeinsam versuchten sie, einen Blick auf die Frau zu erhaschen, die nun auf dem Straßenpflaster lag und, umringt von Menschen, kaum auszumachen war.

»Wir werden noch erfahren, wer sie ist. Aber nun muss ich nach Hause«, sagte Landon und fühlte sich matt. »Entschuldigt den eiligen Aufbruch, aber es wartet noch Arbeit auf mich.«

Gemeinsam schritten sie aus, den Menschen entgegen, die zur Unglücksstelle liefen, um sich das Ereignis nicht entgehen zu lassen.

»Und ich habe geahnt, dass sie es nicht ist. Sie ist auf der *Sailing Queen,* da bin ich mir sicher«, sagte William Middleton unvermittelt und blickte auf das Meer hinaus, das als tiefgraue und mattschimmernde Scheibe vor ihnen lag.

Landon seufzte. Vielleicht war es der Altersstarrsinn, der ihn so sicher machte. Er blieb stehen und wandte sich William Middleton zu. »Ich wünschte, ich könnte Euren Optimismus teilen. Der Bootsmann Bennetter hat mir unmissverständlich klargemacht, dass keine Frau an der Reise teilnehmen würde.« *Willst du es nicht verstehen?*, fügte er in Gedanken an und wagte es nicht, die Frage auszusprechen.

Die knochigen Schultern zogen sich in die Höhe, als würde der alte Mann frösteln. »Es ist ein Gefühl, mehr nicht.«

*Wie sehr wünschte ich mir, dass du ein besseres Argument als dein Gefühl vorbringen kannst. Mit aller Inbrunst nähren wir das letzte Fünkchen Hoffnung, halten es uns mühselig am Leben, weil wir die Wahrheit nicht sehen wollen.*

»Es gab damals Gerüchte, dass Sir Joseph Banks sich eine seiner Gespielinnen nach Afrika bestellt hat. Afrika, ja, ich glaube, es war Afrika. Dort wollte er sich mit ihr treffen. Ihr erinnert Euch?«

Landon schüttelte den Kopf. »Nein, daran erinnere ich mich nicht.«

»Vielleicht war es auch ein anderer Forscher, doch darum geht es nicht. Ich will damit nur andeuten, dass es noch andere Möglichkeiten gibt. Vielleicht ist sie ja wirklich nicht an Bord, aber es könnte sein, dass sie Kontakt zu einem der Wissenschaftler hat, die diese Reise begleiten.« William Middleton nickte heftig mit dem Kopf, als wollte er vor sich sein eigenes Wort bestätigen. »Ja! Ja, das ist es – sie reist ihm hinterher und geht später an Bord.«

*Er versteigt sich immer mehr in seine Theorien und bemerkt es nicht. Ich muss behutsam vorgehen.* »Gehen wir davon aus, dass es so wäre – wir können mitnichten der Expedition hinterherreisen.« Aus den Augenwinkeln beobachtete Landon den alten Mann, der nun zügiger ausschritt.

»Nein, das nicht, aber ich bin mir wirklich sicher, dass ihr Verschwinden mit der *Sailing Queen* verbunden ist. Sie lebt! Sie wird uns nicht irgendwann im Hafen treibend begegnen.« Seine Stimme hatte einen trotzigen Unterton angenommen.

»Ich hoffe inständig, dass Ihr recht behaltet.« Aber was war, wenn sie weggelaufen war, blind in ihrem Schmerz und ohne Ziel? Was war, wenn die Antwort eine profane, aber grausame war, die sich immer wieder abspielte? Dass sie überfallen worden oder einem Frauenschänder in die Hände gefallen war? »Wie geht es Mrs. Fincher?«, fragte Landon hastig, vergeblich darum bemüht, das Bild des Körpers mit den verdrehten Gliedern und das verzerrte Gesicht aus seinem Kopf zu verdrängen.

Der alte Mann nickte bedächtig. »Es geht ihr den Umständen entsprechend. Es ist so still geworden, seitdem sie uns verlassen hat. Ich denke, die Stille ist es, sie macht das Leben schwer.«

Abrupt hielt Landon inne und zwang William Middleton damit, ebenfalls stehen zu bleiben. »Bitte verschont Mrs. Fincher. Berichtet ihr nicht von den heutigen Ereignissen. Macht ihr das Leben nicht noch schwerer. Richtet ihr bitte lediglich meinen ergebensten Gruß aus. Es gibt keine Neuigkeiten. Sie ist und bleibt verschwunden.«

Noch immer lag die Luft dick und stinkend über dem Hafen.

# Madeira, 7. August 1785

Die rechte Hand griff in das rohe Fleisch, während die linke nach dem Lorbeerzweig fasste und ein Blatt herauszupfte. Die Finger zerknickten es, und der austretende Saft wurde flink über das Fleisch gerieben. Die Frau mochte nicht älter als sechzehn oder siebzehn Jahre sein. Das dunkle Haar hatte sie in einen festen Zopf geflochten, der ihr bei der Arbeit über die Schulter fiel, wo er mit jeder Bewegung zwischen ihren Brüsten hin und her wippte. Carl nickte innerlich. Der Gastgeber hatte gut gewählt. Es war augenfällig, dass diese mauretanische Schöne das Essen zubereitete, weil den Offizieren und Gentlemen der *Sailing Queen* mehr als kulinarische Leckerbissen feilgeboten werden sollten. Er schaute sich die Männer an. Welcher von ihnen würde im Verlauf des Abends versuchen, mit ihr in eines der kühlen Zimmer zu verschwinden? Bereitwillig würde der Gastgeber jeden von ihnen gewähren lassen, denn satt, betrunken und befriedigt würden seine Kunden ihm noch mehr Wein abkaufen. Auch die Frau schien zu ahnen, dass den Gästen beim Anblick so viel prallen Fleisches das Wasser im Munde zusammenlief. Sie hielt den Blick gesenkt und stieß den langen Holzspieß in die Filets, um sie über dem Feuer zu wenden.

Der Hof wurde von Weinranken überdacht, die sich unter den reifen Trauben durchbogen. Vor den gekalkten Wänden des Hauses lagen Holzfässer. Rittlings hockte ein dunkelhäutiger Bursche darauf, der lustlos auf den Saiten einer Braguinha herumklimperte.

»Auf die schwarze Samtige, die süßeste Frucht Madeiras«, sagte der Gastgeber und erhob das Glas. Niemand schaute auf die Gläser, die klirrend zusammengestoßen wurden. Alle Augen richteten sich auf die Schöne, und Kyle Bennetter ergänzte den Trinkspruch: »Ja, auf den schwarzen Samt der glücklichen Inseln.«

Carl lehnte sich zurück und nahm einen Schluck vom Wein. Dann blickte er auf die Mauer, die die Stirn des Hofes bildete. Eine Eidechse saß auf den vom Sonnenlicht beschienenen Steinen. Im Hinterland erhoben sich die Berge. An ihren Hängen konnte er großzügig angelegte Felder ausmachen, die von in Reih und Glied stehenden Weinstöcken durchzogen wurden. Arbeiter, die an ihrer Hautfarbe selbst auf die Entfernung als Afrikaner erkennbar waren, durchstreiften die schmalen Gänge zwischen den Reben.

Auch wenn der Sklavenhandel vor Jahren auf dieser Insel abgeschafft worden war, hatte sich kaum etwas geändert. Immer noch vollzogen die gleichen Männer die gleichen Arbeiten. Gleichmäßig ernteten sie die Trauben, um sie in die Körbe zu werfen, die sie auf ihren Rücken trugen. Später würden die Früchte von ihnen gemaischt und gekeltert werden, damit die Engländer in ferner Zukunft den gereiften Rebsaft in alle Welt verschiffen konnten. Von dem Vermögen, das die Weinhändler einstrichen, frönten sie dem Müßiggang, sich selbst oft die besten Kunden. Carl nahm einen weiteren Schluck. Bennetter hatte recht. Seit die Portugiesen den Weinhandel an die Engländer abgetreten und findige Kaufleute den Export unter sich aufgeteilt hatten, ließen sie es sich in dem milden Klima gut ergehen. Sie hatten ihr Glück gefunden.

Kapitän Taylor saß neben dem Gastgeber, der schnell trank, ohne ein Anzeichen, dass ihm der Alkohol zu Kopfe stieg. Freundlich und reserviert diskutierte Taylor mit seinem Gegenüber, welche Weinsorten an Bord verladen werden sollten. Immer wieder drückte er die genannten Preise zu seinen Gunsten, was der Weinhändler mit lautstarken Seufzern kommentierte.

Unverhohlen musterte Carl ihn. *Du Ärmster. Wir werden dich ruinieren, aber deine Selbstlosigkeit kennt ja keine Grenzen. Ein Parasit bist du! Wie du hier schacherst und dich anbiederst, uns auch noch Zwiebeln, Fenchel und Ziegen zu besorgen. Du wirst schon deinen Profit machen, sorge dich nicht.* Er beugte sich vor und berührte Franklin Myers' Arm. »Lass uns hernach so schnell wie möglich aufbrechen, ich möchte noch in die Nebelwälder hinauf.«

Unwillig löste Franklin den Blick von seinem Teller, auf dem der erste Fleischspieß lag. Der Schatten einer Enttäuschung huschte über sein Gesicht. »Es ist ein gutes Stück Weg in den Norden, und wir werden auf dieser Insel kaum noch relevante Entdeckungen machen können.« Franklin war ein Gourmet, und nach den vergangenen Wochen karger Schiffsspeisung lag ein Nachmittag kulinarischer Völlerei vor ihm.

Doch heute, entschied Carl, würde er ihm die Gelegenheit nehmen. Denn heute waren es seine Sinne, die ihrer Bestimmung folgen wollten, deren Befriedigung sie nachkommen würden. Den Ruf der Silberhalstaube zu vernehmen. Den Geruch feuchter Erde einzuatmen. Im Unterholz die Berührung des Farns auf der Haut zu spüren. Wilde Beeren im Mund zergehen zu lassen. Sich am Lichtspiel des Waldes sattzusehen. Er musste aufbrechen, und Franklin hatte ihn zu begleiten. »Wir bekommen einen Wagen zur Verfügung gestellt. Nach dem Essen brechen wir auf.« Seine Stimme schloss jeden Widerspruch aus.

*Der Lorbeerwald. Laurisilva. Schöner kann kein Frauenname klingen.* Bei diesem Gedanken hörte Carl sein eigenes Lachen, tief und zufrieden verlief es sich im Dickicht der eng stehenden Bäume. Er legte Zeige- und Mittelfinger unter sein Handgelenk und spürte das heftige Pulsieren. Ob er zum Essen doch zu viel getrunken hatte?

Oder hatten ihm die Erlebnisse der letzten Wochen zugesetzt? Es hatte sich doch alles in seinem Sinne entwickelt. Den Machtkampf um Abraham Miller hatte er für sich entschieden, denn er hatte gewusst, welche Hebel er bedienen musste, und wie so oft war das Geld das Zünglein an der Waage gewesen. Kein schönes Mittel, sich durchzusetzen, doch seit knapp zwanzig Tagen war er auf See unter Kapitän Taylors Kommando.

Was hatte ihn derart aus dem Gleichgewicht gebracht?

Wie lange hatte er an der Seekrankheit gelitten? Vielleicht zwei, drei Tage? Hatte ihn das geschwächt? Es war unwichtig, das zu ergründen.

Er war hier.

Zufriedenheit durchspülte ihn mit schweren Wellen. Und Franklin spürte, dass er ungestört sein wollte. Dass der würzige Geruch der Lorbeerbäume sich einem Mantel gleich um ihn legte und sich für diesen Moment zwischen ihn und die Welt schob. Zu schnell würden ihn die Verpflichtungen wieder einholen. Empfänge beim Konsul und Gouverneur standen noch an sowie der Besuch bei Thomas Heberden, dem ortsansässigen Fachmann in Fragen der Naturgeschichte. Es würde keine Zeit bleiben, die Insel genauer in Augenschein zu nehmen. Er musste den Moment auskosten.

Ein Madeiraveilchen blühte zu seinen Füßen. Er beugte sich vor. Vorsichtig legte er mit den Fingern die Wurzeln frei, zog die Pflanze aus dem Boden, strich über den zarten Blütenkopf und roch daran. Dann öffnete er seine Botanisiertrommel und legte sie zu den anderen Sammlungsstücken. Das war sein Leben: jagen und sammeln. Er war Jäger und Sammler zugleich, immer auf der Suche nach neuer Beute, die er sich zu eigen machen wollte, auf dass sie ihm ihre Geheimnisse preisgab.

* * *

»Sie spielen um Geld, Nat.«

Eine Falte bildete sich auf der Stirn des Bruders. »Ja, ich weiß, du Schlaumeier.«

Seth schaute auf die Karten, die vor den Männern in der Runde lagen. Bild um Bild wurden sie übereinandergelegt.

Nats Augen glitzerten. Er schien zu verstehen, was vor sich ging, denn er klatschte in die Hände, als Bartholomäus den Kartenfächer vor sich auf die Planken legte.

»Warum darf Barth jetzt die Münzen nehmen?«, fragte Seth.

»Schht, sei still.« Nat legte den Finger auf die Lippen und schaute ihn nicht einmal an.

»Das ist verboten. Die dürfen nicht um Geld spielen.«

Nats Ellbogen traf ihn am Oberarm. Seth schluckte. *Das werde ich dem Vater erzählen,* schwor er sich. *Dass die Männer machen, was sie wollen, sobald er nicht an Bord ist. Dass sie um Geld spielen, dass sie gotteslästerlich fluchen und dass Nat dabeisitzt. Und Vater ist so schlechter Laune, seitdem wir abgelegt haben, der wartet nur auf einen Grund, irgendwen in der Luft zu zerreißen.* Einen Moment hoffte er, dass Nat aufblicken würde. Doch nichts geschah, und Seth sprang auf.

Um die Bank des Segelmachers saßen mehrere Matrosen. Er schlenderte hinüber, wiegte sich dabei in den Knien und setzte die Schritte in die Breite. Seitdem das Schiff Plymouth verlassen hatte, liefen die Männer federnd und breitbeinig über Bord, um das beständige Schwanken auszugleichen. In nichts wollte Seth ihnen nachstehen, vielleicht würde ja auch aus ihm einmal ein weltgereister Teufelskerl werden.

Segelmacher-Johns Welt reichte bis zu seinen Fingerspitzen. Wahrscheinlich konnte er nicht einmal die eigenen Zehen sehen, so schlecht waren seine Augen. Doch seine Arbeiten verrichtete er wie kein Zweiter an Bord. Seth hatte ihn beobachtet, wie er Schlaufen und Ösen nähte, wie er Risse flickte und die Größe jedes Segels berechnete, wenn man ihm die Länge der Masten nannte.

Es erschien Seth selbstverständlich, dass jemand, der so schlecht sah, gut hören konnte. Und Segelmacher-John hörte alles. Anscheinend lösten seine trüben Augen die Zunge anderer, und sie erzählten ihm, was an Bord geschah, was sie zu Hause oder auf Reisen erlebt hatten, und die, die nichts aus ihrem Leben berichten konnten, erfanden Geschichten. Der Segelmacher vergaß kein Wort. Er wusste alles, da war Seth sich sicher. Und so schienen die Geschichten wie Unkraut in seinem Kopf zu wuchern. Die Männer saßen um ihn herum und brüllten erfreut dazwischen, wenn dieses oder jenes aus ihren Erzählungen stammte. So lauschten sie allesamt und ließen sich in fremde Welten von Piraten, Seeungeheuern, Hellsehern, Zauberern und schönen Frauen entführen.

Seth hielt kurz am Wasserfass inne. Er knüpfte seinen Becher von der Kordel, die er um seine Hüfte geschlungen hatte, damit die Hose ihm beim Laufen nicht in die Knie rutschte. Während er Wasser schöpfte, versuchte er zu verstehen, worüber die Männer an der Segelmacherbank sprachen. Wenn sie wieder über Frauen redeten, entschied er, wollte er lieber weitergehen. Segelmacher-John benutzte in seinen Geschichten oft Wörter, für die Nat und er vom Vater gewaltig eine verpasst bekommen hätten. Kurz glaubte Seth den Lappen zu schmecken, den seine Mutter bei der Verwendung schmutziger Wörter benutzt hatte, um ihnen die Münder zu waschen. Gut, dass sie nicht hören konnte, was die Männer hier auf dem Schiff einander gelegentlich zutrugen. Ekelhafte Beschreibungen, und die ließen ihn rote Ohren bekommen. Am schlimmsten war jedoch das Lachen der Männer, das noch kehliger wurde, wenn sie über springende Brüste, gespreizte Schenkel und nasse Löcher sprachen.

Ein junger Mann in Uniform mit einem Dudelsack trat an die Segelmacherbank. Überrascht schaute Seth ihn an. Er hatte bisher nicht gewusst, dass irgendwer an Bord ein Instrument spielte.

»Darf ich euch Lukas vorstellen, den Mann mit den wahrhaft

flinken Fingern hier an Bord?«, rief Segelmacher-John in die Runde und klatschte in die Hände. »Setzt euch alle, und lauscht unserem Wunderkind.«

Schnell lief Seth zur Bank hinüber und schob sich zwischen die Männer. Links neben ihm hockte der Zimmermann, dem zwei Schneidezähne fehlten. Noch während Seth ein wenig beiseiterutschte, erklangen die ersten Töne. Fasziniert beobachtete er die Finger, die über die Löcher der Pfeifen flogen. Lukas war wirklich einer der Seesoldaten?, fragte er sich erstaunt. Immer saßen sie ein Stück abseits und hielten sich für etwas Besseres. Doch der, der schien anders zu sein. Er gesellte sich zu ihnen und machte Musik. Laute und traurige Lieder, die über Deck tanzten.

Seths Blick wanderte über Johns hölzerne Arbeitsbank. An den Längsseiten waren Schlaufen mit Nägeln angeschlagen, in denen verschiedene Hämmer, Garnrollen und Beitel verstaut waren. Das Horn einer Kuh hing neben den Werkzeugschlaufen, in ihm steckten Nadeln, dicke, lange Nadeln. *Hoffentlich wird Dan nie eine davon in die Finger bekommen. Sicher wird er sie mir in den Oberschenkel rammen oder in den Arm. Wo ist Dan überhaupt?* Zufrieden bemerkte er, dass er ihn an Deck nicht entdecken konnte.

Die Kartenrunde hatte sich aufgelöst, und einige der Spieler kamen herüber. Auch Nat war unter ihnen. Er blieb neben Seth stehen und kniff ihn in den Arm. Genau an der Stelle, an der er ihn zuvor mit dem Ellbogen getroffen hatte. »Na, Kleiner«, sagte er grinsend.

Seths Bauch fühlte sich warm an, als sich Nat neben ihn setzte, die Beine kreuzte und der Musik lauschte. *Eigentlich ist es ja ganz schön hier, wenn Vater zu seinem Essen ist,* stellte er fest. *Hoffentlich bleibt er noch ein Weilchen weg.*

* * *

Vierundzwanzig Schritte in die eine Richtung, vierundzwanzig Schritte in die andere. Vom Bug bis zum Heck und zurück. Mary lief das Deck auf und ab, immer wieder mit der Insel liebäugelnd, die mit ihrer Schönheit lockte und rief. Wie ein Tuch, das großzügig um den Hafen geworfen worden war, lag Funchal vor ihnen. Die Ausläufer der Stadt zogen sich bis in die Berge hinein und ließen an ein Amphitheater denken. Die Hänge schienen sich in der Mitte der Insel zu einem einzigen Berg zusammenzudrängen. Ein Berg, der sich weithin sichtbar aus dem Meer erhob, greifbar nahe, und den sie nicht betreten durften. Weiß schimmerten die ein- bis zweistöckigen Häuser in der flirrenden Mittagssonne.

Rechter Hand lag vertäut die Marinefregatte *Rose*, die die *Sailing Queen* bei ihrer Ankunft im Hafen mit Salutschüssen begrüßt hatte. Nun schien das Schiff verwaist, sanft schwankte es auf den Wellen. Hier und da konnte sie vereinzelte Seesoldaten ausmachen, die als Wachen zurückgelassen worden waren.

Im Hafen dagegen herrschte geschäftiges Treiben. Hier mischten sich die verschiedensten Hautfarben, so wie sie der Vater Mary immer beschrieben, die sie aber noch nie mit eigenen Augen gesehen hatte: erdschwarz, olivbraun, sand- und elfenbeinfarben. Stundenlang hatte sie an der Reling gestanden und sich nicht sattsehen, sich am Stimmgewirr nicht satthören können. Es war ihr unmöglich gewesen, zu unterscheiden, wie viele Sprachen hier gesprochen wurden, wie viele Menschen aus aller Herren Länder an diesem arkadischen Ort aufeinandertrafen.

Die Männer kleideten sich überwiegend mit Hosen aus Leinenstoffen und groben Hemden, die Köpfe bedeckten sie mit großen Hüten. Die Frauen ließen ihr Haar unbedeckt, manche von ihnen hatten es zu einem Knoten zusammengesteckt. Die langen Röcke und kurzen, engen Leibchen kombinierten sie mit kleinen Mänteln und waren hübsch darin anzusehen. Manche Frauen waren groß, hatten lange, ebenmäßige Gesichter und dunkles Haar, bei anderen war der Wuchs kleiner, das Haar gekraust.

»Die Ilhas Desertas. Schön, oder?« Bartholomäus schaute auf ihre Beine, passte sich ihren Schritten an und lief mit ihr zum Bug vor.

Mary nickte. »Ja, aber warum man diese Inselgruppe die Wüsteninseln nennt, verstehe ich nicht. Sie sind so grün.«

»Das versteht keiner.« Bartholomäus lachte. »Die Männer deuten den Namen auf ihre Weise und nennen die Inselgruppe schlicht die Deserteure. Die erstbeste Gelegenheit und vielleicht auch die letztbeste, sich abzusetzen, wenn man festgestellt hat, dass man für die Seefahrt nicht taugt.«

»Bekommt die Mannschaft deshalb keinen Landgang?«

Bartholomäus zuckte die Schultern.

»Meinst du, wir werden noch an Land gelassen?«

»Ich denke, nicht. Taylor kennt seine Jungs, und da er keine Zeit damit verlieren will, trunkene, liebestolle oder melancholische Männer, die sich nach zu Hause sehnen, auf der Insel suchen zu lassen, gibt's wahrscheinlich keinen Ausgang mehr.«

Mary musterte die Mannschaft. Die Männer der Freiwache vertrieben sich die Zeit sinnlos an Deck. Hingen immer wieder an der Reling und beobachteten die Insel oder liefen unruhig auf und ab. Einige saßen in kleineren Gruppen beieinander und schwiegen. An der Segelmacherbank begann einer, den Dudelsack zu spielen. Ein klagendes Lied, das die Wehmut verstärkte. *Alle Anekdoten unserer nichtssagenden Leben sind in den letzten Tagen erzählt worden. Dort draußen liegt neuer Gesprächsstoff. Großartige Eindrücke, andere Gerüche, fremde Menschen, unbekannte Sitten und Bräuche. Wie viele von den Männern haben wie ich das erste Mal die Heimat verlassen? Wie viele von ihnen sehen das erste Mal ein fremdes Land vor sich und dürfen es nicht betreten?*

»Macht Euch nichts daraus«, sagte Bartholomäus. Sie drehten am Bug um und liefen zum Heck zurück. Sie mussten dem Astronomen, der ihnen entgegenkam und selbst am helllichten Tag den Kopf gen Himmel gerichtet hielt, ausweichen. »Es wird noch viele Landgänge geben, und der Anblick dieser Stadt verspricht mehr, als er hält. In den Gassen ist es wie bei uns zu Hause: eng, schmutzig und stinkend.«

Er hatte die Insel immerhin schon einmal gesehen.

Mit dem Arm wies Bartholomäus auf den Hafen. »Sieh, sie bringen die Vorräte. Bald werden wir ausschiffen.«

In langen Reihen trugen dunkelhäutige Männer Weinschläuche über ihren Köpfen an Deck hinauf.

Eilfertig sprangen ihnen die Matrosen entgegen. Dankbar, eine Aufgabe übernehmen zu können, ergriffen sie die wertvolle Fracht und brachten sie in den Laderaum. Zwiebeln, Fenchel, Weintrauben und Kastanien konnte Mary unter den Waren, die verstaut wurden, erkennen.

Plötzlich entdeckte sie Carl Belham und Franklin Myers, die an Bord zurückkehrten. Franklin hob die Hand und bedeutete ihr, zu ihnen hinüberzukommen.

Sie nickte Bartholomäus kurz zu und folgte den Männern auf das Achterdeck. Geschäftig eilten die beiden den Gang hinunter zur Offiziersmesse, und Mary wurde unruhig. *Sie haben Netze bei sich und ihre Botanisiertrommeln. Ich dachte, dass die Zeit für eine Expedition zu knapp bemessen war. Wo waren die beiden?*

Franklin verschwand wortlos in ihrer gemeinsamen Kajüte, während Carl am Kopf des Flures mit dem Fuß die Tür zur Offiziersmesse aufstieß. Mary hielt sie auf, damit er eintreten konnte.

Mehr als zwei Wochen war sie nun bereits an Bord und hatte den Aufenthaltsraum der Gentlemen noch nicht betreten dürfen. Durch die fünf großflächigen Sprossenfenster, die man eigens in das Heck des Schiffes eingelassen hatte, bot sich ein berückender Anblick: das türkisfarbene Meer, auf dessen Wellen kleine Schaumkronen tanzten, und im Hintergrund lag die Insel, die immer noch lockte und rief.

Der Raum war sonnendurchflutet, und das Licht verlieh dem Holzfußboden einen warmen Braunton. *Das ist etwas anderes als die verdreckten und vollgepissten Bohlen des Matrosendecks. Eine andere Welt, eine Holzlänge entfernt.*

Die Türen des Schrankes waren geöffnet, Buch an Buch reihte sich auf den Brettern, die sich unter dem Gewicht sanft bogen. Anhand der Titel auf den Buchrücken konnte Mary erkennen, dass sie dem Astronomen Peacock gehören mussten. Dazwischen standen Abschriften von Cooks Logbüchern und Wallis' Reiseaufzeichnungen. Hinter dem weißen Schrank glänzten rotgelackte Wände. Am meisten überraschte sie jedoch der Kamin, der den Rußspuren zufolge schon mehrfach befeuert worden war.

»Nimm Platz«, sagte Carl und wies auf den großen Tisch, der mitten im Raum stand. Dabei legte er seine Botanisiertrommel auf die Holzplatte, ließ den Deckel aufspringen und begann, vorsichtig erste Pflanzen hervorzuziehen. »Jetzt beginnt die Arbeit. Erst zum Abend, wenn das Essen ansteht, wird der Tisch wieder gebraucht. So lange kannst du hier arbeiten. Also spute dich, nicht dass uns die Pflanzen noch stärker verwelken.« Er grinste.

Mary schluckte und setzte sich auf den erstbesten Stuhl. Sie konnte sich nicht zur Holzplatte vorbeugen und die Arme ablegen, zu weit stand der Tisch entfernt. Um Carl nicht in seiner Geschäftigkeit zu stören oder gar unaufmerksam zu wirken, griff sie langsam nach dem Stuhl und versuchte, ihn ein Stück vorzuziehen. Als er sich nicht bewegen ließ, schaute sie an ihrem Arm vorbei zu Boden. Tisch und Stühle waren mit den Planken verschraubt. Den Rücken durchdrückend, blieb sie stocksteif sitzen.

Carl reihte die letzten Pflanzen nebeneinander auf. Vielleicht war das ja die Gelegenheit, mehr zu erfahren.

»Sehr schöne Exemplare«, sagte sie und hasste den gefälligen Ton in ihrer Stimme. »Ihr wart auf Exkursion? Wohin hat sie euch denn geführt?«

Franklin betrat den Raum und trug allerlei Arbeitsmaterialien auf dem Arm. Eine Kiste, Papiere, mehrere Blütenpressen.

Carl schaute zu ihm hinüber und rieb sich die Hände. »Sehr

schön, sehr schön. Dann fang an, Marc, ich möchte heute Abend erste Ergebnisse sehen. Franklin wird dich mit meinen Anforderungen an die Arbeit des wissenschaftlichen Stabes vertraut machen.« Ohne sie eines weiteren Blickes zu würdigen, verließ er die Offiziersmesse.

Franklin öffnete die Kiste und packte ein Fässchen Sepia-Tinte und Gänsekielfedern aus.

»Ihr wart auf Exkursion? Wo wart ihr denn?« Wenigstens er musste ihr antworten.

»In den Nebelwäldern waren wir, ziemlich weit oben, im Lorbeerwald. Aber das war keine Exkursion im eigentlichen Sinne. Carl«, er senkte verschwörerisch die Stimme, »brauchte ein wenig Auslauf.«

Mary nahm das Veilchen, dessen gelber Kopf schon bedrohlich abknickte. »Wäre es denn nicht sinnvoll, ich würde euch bei den Exkursionen oder Ausflügen begleiten? Als Teil des wissenschaftlichen Stabes?«

»Ach, das ist eigentlich nicht vonnöten. Es ist sinnvoller, wenn du hierbleibst. Hier sind die Arbeitsbedingungen besser, es ist kühler und windgeschützt. Da halten sich die Pflanzen länger. Uns ist ja an der Qualität der Zeichnungen gelegen. Die restliche Arbeit vor Ort, die bekommen wir schon hin.« Er lächelte arglos und zeigte auf die Pflanzen. »Was denkst du, mit welcher sollte man beginnen?«

Mary fror. Sie sollte hier in dieser Messe sitzen, an diesem Tisch, und nichts von der Welt, die sie bereisten, sehen? Nur in ihrer freien Zeit könnte sie vielleicht das Schiff verlassen, um ein wenig an der Küste herumzutändeln? Was hatte Bartholomäus gesagt? Wie nannte die Mannschaft die Inseln? Die Deserteure? Jetzt wusste sie, warum, und sie sollte darüber nachdenken, ihrem Namen Ehre zu machen. Vielleicht war es an der Zeit für sie, das Schiff zu verlassen.

# Madeira, 8. August 1785

»Ich werde nicht umhinkommen«, sagte Kapitän Taylor, »ansonsten riskieren wir eine Meuterei. Die Männer müssen sich abreagieren, ihren Druck loswerden. Vor ihnen liegt eine lange Strecke, auf der sie kein Weib zu Gesicht bekommen werden.«

»Himmel, das sind erwachsene Männer«, entgegnete Carl und schüttelte unwillig den Kopf.

»Das ist ja das Problem«, ein feines Lächeln zog über Taylors Gesicht. »Erinnert Euch bitte daran, wie sich selbst unsere Gentlemen beim Weinhändler verhalten haben.«

»Ich habe das Gelage frühzeitig verlassen.« Er nahm einen Schluck des Madeira-Weines, den der Kapitän zu ihrer Unterredung geöffnet hatte, und sah sich um. Die Kapitänskajüte war geräumig, aber nicht mit den Palästen anderer Kapitäne vergleichbar, von denen man sich berichtete. Zweckmäßig war sie und sachlich, keine Spielereien, kein üppiger Aufwand.

Der Kapitän erhob die Hand und winkte ab. »Ihr wisst sehr wohl, was ich meine. Darum geht es auch nicht. Wir müssen die Schiffsjungen für eine Nacht aus dem Mannschafts- und Ladedeck fernhalten.«

Carl nickte. Der Gedanke war naheliegend. Er hatte einfach recht daran getan, sich für diesen Mann, auch wenn er kein Kapitän war, einzusetzen. Taylor bedachte alles: den Notstand seiner Männer, den es zu lindern galt, und selbst dabei übersah er nicht die Kinder, die vor der anstehenden Orgie geschützt werden mussten.

»Ich bin das Alter der Midshipmen durchgegangen. Bei ihnen sehe ich keine Handhabe. Sie sind alt genug, für sich zu entscheiden, wie sie die Nacht verbringen möchten.«

»Was plant Ihr? Wo sollen die Kinder die Nacht verbringen?«

»Das Schiff ist beengt, kleiner als viele Linien- oder Handelsschiffe. Deshalb würde ich dafür plädieren, die Jungen für eine Nacht in der Offiziersmesse unterzubringen.«

Das war eine ungewöhnliche Entscheidung. Sicherlich würde sie für Unmut unter den Offizieren sorgen.

»Man könnte in Erwägung ziehen, die Kinder für eine Nacht im Ladedeck unterzubringen. Aber wer gibt uns die Sicherheit, dass sich nicht auch liebestolle Paare ein ruhigeres Plätzchen suchen und sich genau dorthin zurückziehen werden?« Taylor seufzte und rieb sich die Stirn. »Ich hasse das. Viele der Männer holen sich die widerwärtigsten Erkrankungen, sie wissen darum und lassen es doch nicht sein.«

»Wir können eine Untersuchung anordnen, wenige Tage nach der Abfahrt.«

»Das wird nicht vonnöten sein. Sie werden ohnehin irgendwann mit ihren Beschwerden bei Doc Havenport auftauchen.« Müde sah Taylor auf. »Es gab auch schon eine Fahrt, bei der hat sich keiner der Männer infiziert. Vielleicht nützt es, wenn wir Stoßgebete gen Himmel senden.«

Für einen Moment schwiegen sie. Der Kapitän schwenkte sein Glas und sah dem auf- und abgleitenden Weinspiegel zu. »Aber nicht nur, dass die Männer ihr Geld vergeuden«, fuhr er fort, »um sich an billigen Hafenhuren zu erfreuen. Auch für uns bedeutet das einen immensen Aufwand: Am Tag darauf müssen die Decks gründlichst gesäubert und geschwefelt, die Hängematten gewaschen werden. Und das Schiff muss bis in den letzten Winkel durchsucht werden, dass sich nicht noch vorwitzige Weiber irgendwo versteckt halten, um sich auf der Weiterreise eine goldene Nase zu verdienen.«

»Gut«, Carl leerte sein Glas, »dann lasst uns zur Tat schreiten. Ihr werdet das Eurige veranlassen, und ich werde, wenn es Eure Zustimmung findet, meinen Gehilfen bitten, die Nacht mit den Kindern an Deck zu verbringen. Wir können die Kinder nicht unbeaufsichtigt lassen.«

***

Seth sah sich um und schob sich noch tiefer unter das Beiboot. Wenn nur einer der Seesoldaten, die ringsum an der Reling postiert waren, genauer hinsah, würde man Nat und ihn sofort entdecken. Doch die Aufmerksamkeit der Männer galt den Booten voll kreischender und winkender Weiber, die die *Sailing Queen* umkreisten.

Einträchtig hing die Mannschaft an der Reling und musterte die Frauen, die von den Fährmännern im Hafen ausgewählt worden waren.

Edison zeigte in die Tiefe und warf einem der Fährmänner einen Beutel mit Münzen zu.

Kurz darauf betrat das erste Weib das Deck. Hübsch sah sie aus, stellte Seth erstaunt fest, nicht halb so verlottert wie manche der Huren, die er in Plymouths Hafen gesehen hatte. Ihr dunkles Haar war lockig, die Haut hellbraun und glatt. Sie beugte sich vor und küsste Edison, wobei sie ihre Zunge in seinen Mund schob.

Seth schluckte.

Grob ließ Edison seine Hand auf das runde Hinterteil fallen, und das Weib lachte schrill auf. *Ihr Kleid hat Schmutzflecke und ist am unteren Saum schon recht verschlissen. So schön ist sie doch nicht,* dachte Seth und bemerkte den Seesoldaten Lukas, der das Weib umkreiste.

»Siehst du«, flüsterte Nat, »er kontrolliert sie, aber er darf sie nicht anfassen.«

»Warum kontrolliert er sie?«

»Die Frauen dürfen keinen Alkohol an Bord bringen, doch oft verstecken sie ihn unter ihren Röcken. Die Seesoldaten sollen den Schmuggel verbieten. Sie dürfen die Frauen aber nicht anfassen, um nachzuschauen.«

»Woher weißt du das alles?«

Die Antwort war ein Grinsen. Nicht mehr. Einen Moment überlegte Seth, ob er beleidigt sein sollte, dass sein Bruder so viele Dinge vor ihm geheimhielt. Doch dafür blieb jetzt keine Zeit. Neugierig ließ er seinen Blick am Rock der Frau hinabgleiten, konnte aber keine Ausbuchtungen oder Auffälligkeiten entdecken.

Dunkelhaarige und blonde Weiber jeder Hautfarbe folgten. Viele von ihnen waren geschminkt, viel zu dick hatten sie die rote Farbe auf Wangen und Lippen geschmiert. Die Brüste trugen sie hochgeschnürt, und wenn sie mit den Männern zum Niedergang verschwanden, wackelten sie mit dem Hinterteil, als wäre es ein in Seenot geratenes Schiff, das über die Wellen schlingerte. Der Gedanke ließ Seth kichern, und sofort erntete er eine Kopfnuss von Nat. Die Hand vor den Mund gepresst, unterdrückte er das Kichern, das in seinem Bauch kribbelte. Wie albern sie sich alle benahmen, die gierigen Männer und die dick bemalten Frauen. So würde er nie werden, schwor er sich und spürte, dass das Kribbeln inzwischen seinen Hals erreicht hatte. Erleichtert lachte er auf, als die Glocke zur Nachtruhe rief, schob sich unter dem Beiboot hervor und lief dem Achterdeck entgegen.

* * *

Drei Jungen hatte Kapitän Taylor ausgewählt. Drei Jungen hatte er für zu jung befunden, um die Nacht unter Deck zu verbringen.

Dan, Nat und Seth. Die Hände hinter dem Rücken verschränkt, standen sie vor Mary und starrten sie erwartungsvoll an. Was machte man jetzt mit drei Jungen? Sagte man ihnen einfach, dass sie sich hinlegen und still sein sollten? Mary griff nach den wollenen Decken. »Wir müssen auf dem Boden schlafen. Wenn irgendwer von euch heute Nacht Wachdienst hat, muss er trotzdem antreten.«

Die Jungen nickten, breiteten die Decken auf dem Boden aus, setzten sich darauf und beobachteten, wie Mary die Lampe löschte.

Angestrengt lauschte sie ins Dunkel und hörte, dass die Jungen sich ausstreckten. Erleichtert atmete sie ein. Dass Carl sie nach dem Abendessen beiseitegenommen und ihr die Aufgabe übertragen hatte, die Kinder zu beaufsichtigen, erschien ihr immer noch widersinnig. Nichts hatte sie in ihrem Leben bisher mit Kindern zu schaffen gehabt, und ausgerechnet ihr fiel diese Aufgabe zu.

Wo Carl wohl steckte? Sie warf sich auf die Seite. Immer wieder drang aus dem Mannschaftsdeck Gelächter herüber. Gelegentlich wurden Lieder geschmettert, und dem Gesang nach zu urteilen, waren Männer wie Frauen erheblich angetrunken. Sie schloss die Augen und sah erneut die Bilder des frühen Abends vor sich. Niemand hatte ihr mitgeteilt, dass Frauen, dass Dirnen an Bord kommen würden. Es waren nicht die ersten Dirnen gewesen, die ihr in ihrem Leben begegnet waren. Eine hatte, als sie an ihr vorbeiflanierte, die Lippen gespitzt und ihr sanft das Kinn gekitzelt. Abgestoßen hatte sie die Berührung. Und abstoßend war die Anwesenheit dieser Frauen an Bord.

*Was ärgert dich so daran,* schalt sie sich in Gedanken.

*Die Krankheiten, die eingeschleppt werden,* entgegnete eine zweite Stimme.

Die erste Stimme lachte hell auf und erwiderte nichts darauf.

»Nat?«, flüsterte Seth in die Stille.

»Ja?«

»Wo ist Vater?«

Mary schluckte. Die Kinder. Ihr stieg das Blut in den Kopf.

In der Ferne erklang ein Stöhnen, gedämpft, aber immer noch deutlich in seinem Rhythmus herauszuhören, Fleisch klatschte auf Fleisch, eine Frau schrie verzückt.

Nat schwieg.

Erst als die Frau verstummte, das Stöhnen verebbte und das Aufeinanderklatschen des nackten Fleisches endete, flüsterte er leise zurück: »Vater hat die erste Wache.«

»Bist du dir sicher?«

»Ja, so etwas würde er nie tun. Mach dir keine Sorgen.«

»Nat, darf ich zu dir rüberrutschen?«

»Los, komm her.«

Ein Rascheln, dann wurde es still. Kurz darauf vernahm Mary den gleichmäßigen Atem schlafender Kinder.

# Atlantischer Ozean, 10. August 1785

In Ketten zogen sie am Schiff vorbei. Spiralförmig gewundene Ketten, die schillernd unter der Oberfläche des Wassers mit den Bewegungen der Wellen wogten. Bläulich schimmernde Salpen, deren Färbung je nach Lichteinfall bis ins Violette changierte.

Einer der Schiffsjungen, ein blondes Bürschchen mit unzähligen Sommersprossen, stellte den Eimer vor ihm auf die Planken. Carl ging in die Knie, tauchte die Hand ins Wasser und hob eines der daumenlangen Geschöpfe in der gewölbten Handfläche heraus. »Sehen sie nicht aus wie Feen, ganz und gar unwirklich?« Er streckte dem Jungen die Hand entgegen, wobei er spürte, dass sich auch einige der Seeleute näherdrängten und ihm über die Schulter schauten.

Der Junge kniete sich ebenfalls nieder und betrachtete den glasklaren Körper mit seinen feinen Farbreflexen. »Sind das Quallen?«, fragte er und hob den Kopf. Helle, blaue Augen, die ihn aufmerksam anschauten.

»Nein, das sind Salpen. Sie haben hufeisenförmige Muskelbänder. Hier außen. Kannst du sie sehen?«

Das kinnlange Haar wippte beim Nicken.

»Manchmal sind diese Bänder auch ringförmig. Die Salpen ziehen sie zusammen, und durch diese rhythmische Bewegung schwimmen sie. Mal formieren sie sich als Kette, mal als großer, leuchtender Teppich, der sich über die Wellen legt.«

»Wie lang war die Kette, die wir eben gesehen haben?«

»Ich schätze, hundertdreißig Fuß.«

»Das sah aus wie eine Haarlocke«, sagte der Junge bedächtig.

Carl ließ die Salpe in den Eimer zurückgleiten. »Wie heißt du?«

Erschrocken schaute der Junge ihn an, blickte dann in die Runde der umstehenden Männer.

»Du darfst mir deinen Namen verraten.« Carl lächelte, als er sich aufrichtete.

Immer noch hockte der Junge auf dem Boden. Der aufmerksame Blick war verschwunden, vielmehr sah er aus, als sei er gerade aus einer weit zurückliegenden Erinnerung wieder an Bord angelangt.

»Seth. Aber verzeiht, ich muss wieder arbeiten«, flüsterte er, sprang auf und wollte sich durch die Männer hindurchdrängen.

Carl packte ihn am Kragen und zog ihn zurück. »Ja, ja, aber bevor du deiner Arbeit nachgehst, bringst du noch den Eimer in die Offiziersmesse. Dort sitzt unser Zeichner, Mr. Middleton. Er soll auch hiervon einige Exemplare auf Papier festhalten. Sagst du ihm das?«

»Jawohl, Sir.«

Der Junge streckte sich, winkelte die Arme an und führte seine Handflächen zu den Schläfen, dass Carl fast aufgelacht hätte. Er hatte diese Haltung bei den exerzierenden Seesoldaten gesehen. An diesem schmächtigen Körper wirkte sie grotesk, fast anrührend. *Seth, Kleiner. Du bist ein erfrischendes und helles Bürschchen. Lass das Ballett, das brauchen wir nicht.* »Und jetzt troll dich!«

Der Junge ergriff den Eimer und verschwand.

Die Männer wandten sich ab. Die meisten traten erneut an die Reling, um das dahingleitende Lichtspiel zu beobachten.

Auch Carl schaute noch einmal aufs Wasser hinaus. Der Atlantik, Kurs Südsüdwest. Er atmete zufrieden durch, drehte sich um und prallte fast mit Kapitän Taylor zusammen.

*Er hat so klare Züge. Doch irgendetwas ist immer abwartend und distanziert in seinem Blick,* bemerkte Carl. *Wie ist es wohl, ihn in ausgelassener Heiterkeit zu erleben? Wahrscheinlich würde er das als Blöße empfinden, als Übertreibung.*

Taylor grüßte ihn und zeigte auf den Astronomen Rafael Peacock, der neben ihnen stand.

*Bitte nicht,* flehte Carl innerlich. *Jetzt wird es wieder um den Nautischen Almanach gehen, die Bestimmung des Standortes unseres Schiffes auf See. So wie gestern Abend beim Essen und vorgestern und den Abend zuvor.*

»Sir, wir haben Euch gesucht. Wir hätten da eine Bitte.«

Carl fiel auf, dass Peacock an seinem Mantel herumzupfte. Irgendetwas suchte dieser Mann immer. Messgeräte, Bücher, Taschentücher. Mehrfach hatte er das Bedürfnis verspürt, ihn an die Hand zu nehmen, um ihm die Welt zu erklären. Sicher, er war eine Koryphäe auf seinem Gebiet, aber wenn Peacock eine Bitte äußern wollte, dabei an seinem Mantel herumzupfte und den Kapitän zur Begleitung auffuhr, konnte das nichts Gutes bedeuten.

»Wie ich ja bereits erläuterte, müssen wir die Distanzen vom Zentrum des Mondes bis zur Sonne und zu neun ausgewählten hellen Sternen bestimmen. Diese Positionen sind im Almanach im Abstand von drei Stunden angegeben, samt Anweisungen, wie man die Brechung durch die Erdatmosphäre und die Parallaxe in die Berechnung mit einbezieht.«

*Komm auf den Punkt.* Carl schaute Taylor an, der, die Hände auf dem Rücken verschränkt, regungslos neben Peacock verharrte.

»Wir benötigen für die Vermessung vier Beobachter, und einer der Männer ist ausgefallen. Er ist erkrankt.«

»Ja, ich hörte davon. Genauer gesagt, war es ein bisschen viel Rum, und er ist in der Nacht gestürzt«, sagte Carl und bemühte sich um einen scherzenden Ton.

Peacock machte ein Gesicht, als hätte man ihn dabei ertappt, den Rum selbst getrunken zu haben.

»Also gut, was kann ich für Euch tun?«

»Ich, also wir wollten uns erkundigen, ob es möglich wäre, dass wir Euren Zeichner, Mr. Middleton, kurzfristig zur Arbeit heranziehen?«

Carl zog die Augenbrauen in die Höhe und hob den Kopf. Jetzt überragte er Peacock um eine Fußlänge. Hastig fuhr dessen Hand in die Manteltasche und zappelte in ihr herum.

»Oh, Mr. Peacock, ich würde Euch gern aushelfen, aber Mr. Middleton ist ein mir bisher unbekannter Zeichner, den wir erst im letzten Moment für die Reise gewinnen konnten. Wir müssen ihn jetzt einarbeiten und können ihn keineswegs entbehren.«

Peacock nickte heftig. »Ja, Sir, vielen Dank, Sir. Trotzdem. Das hatte ich befürchtet, aber ...«

Kapitän Taylor hob die Hand, legte sie dem Astronomen auf die Schulter und schob ihn weiter. »Mr. Peacock, wir werden eine Lösung finden. Seid gewiss.«

Carl sah den beiden hinterher. Erst steckte der Bootsmann seinen Gehilfen in das Mannschaftsdeck. Den hatte er ordentlich zurechtgestutzt, aber nun kam auch Peacock an und wollte den Kerl abziehen. Was hatten die alle mit diesem Marc Middleton?

* * *

Mary setzte den Pinsel auf das Papier und trug die gelbe Gouache in der Skizze des Blütenkopfes flächig auf. Sie lehnte sich zurück und verglich die Proportionen der Zeichnung mit der vor ihr liegenden Pflanze. Das Ergebnis war stimmig. Diese Arbeit konnte sie Carl präsentieren. Sie stellte den Pinsel ins Wasser, beugte sich über das Veilchen und bog die Blütenblätter auseinander. Es zu pressen würde mit der hölzernen Presse einfach werden. Hier waren keine Schwierigkeiten vorauszusehen, die Wahrscheinlichkeit, dass sich Schimmel bilden würde, war gering.

Die Tür wurde geöffnet, und Seth schob sich, vor seinen Beinen einen Eimer balancierend, in die Messe. Seine Augen weiteten sich, als das Schiff ruckartig ins Krängen kam.

Mary griff nach der Tischkante und sah aus dem Fenster. Sie hatten an Fahrt gewonnen, und Madeiras Umriss war auf Apfelgröße zusammengeschrumpft. Durch die heftige Bewegung des Schiffes schien die Insel in die Höhe zu schießen. Für einen Moment verschwand sie aus ihrem Blickfeld, und nur tiefes Blau war zu sehen. Wasser klatschte auf den Boden, und Mary hörte den Jungen fluchen. Ein kratzendes Geräusch ließ sie auf den Tisch zurückblicken. Die Farbtiegel rutschten und kamen knapp vor der Kante zum Stehen. Das Schiff hob sich wieder in seine ursprüngliche Position, und die Tiegel schlitterten erneut – dieses Mal in entgegengesetzter Richtung – davon. *Himmel, wenn mir gleich am ersten Arbeitstag die Farben zu Boden gestürzt wären, welch Einstand wäre das geworden.* Sie griff nach den Tiegeln und zog sie wieder neben sich.

Seth hockte inzwischen auf dem Boden und sammelte aus der Wasserlache kleine, gallertartige Klümpchen, die er in den Eimer warf.

Konnte sie aufstehen, den Tisch verlassen und ihm helfen? Was auch immer er da tat? Die Insel, die sich zu einem schwarzen Fleck in Pflaumengröße verkleinert hatte, lag wieder an ihrem Platz. Die Wellen schwappten träge auf und ab.

Sie schob die Tiegel zwischen die Holzpresse und die Zeichenblätter, stand auf und ging zu Seth hinüber. Er wischte mit den Händen den Wasserfleck in die Breite.

»Das trocknet hier schnell«, sagte Mary.

»Das sind Salpen.« Der Junge trocknete seine Hände an der Hose ab. »Sie sind fast wie Feen, oder?«

Mary starrte in den Eimer. Sie hatte solche zierlichen und zart schimmernden Lebewesen noch nie gesehen.

»Sie schwimmen als Teppich durchs Wasser, aber eben haben

wir eine Kette gesehen. Die schwammen wie eine Kette am Schiff vorbei und …«

»Sind sie noch da, die Salpen?« Marys Stimme klang angespannt, doch Seth schien es nicht zu bemerken.

»Nö, die sind schon weg.«

Die Insel.

Sie drehte sich um, der Fleck am Horizont war zu einem winzigen Punkt zusammengeschmolzen.

*Warum habe ich es nicht gemacht? Warum bin ich nicht verschwunden? Ich habe doch schon geahnt, wie das hier werden wird. Das Malen hat mein Gemüt beruhigt, aber …*

»… und die atmen mit einem Muskel, der sich als Ring um ihren Körper zieht.«

Hörte dieser Junge niemals auf zu reden? Und woher wusste er um diese Details? Wohl kaum von den Matrosen.

Seth wuchtete den Eimer auf den Tisch. »Der Sir sagt, du sollst die Salpen festhalten.«

»Er meint wohl, ich solle die Salpen zeichnen?«

Der Junge zuckte die Schultern. »Du zeichnest?«

»Ja, ich bin der Zeichner der Naturwissenschaftler.« *Und ich bin der, dem man die Welt in der Botanisiertrommel und im Holzeimer in die Messe bringt.*

»Was zeichnest du denn?«

»Ich zeichne die Pflanzen und die Tiere, auch Landschaften, damit die Forscher sich später bei ihrer Arbeit erinnern können, wie alles auf der Reise ausgesehen hat.«

Seth reckte den Kopf. »Ma-dei-ra-veil-chen«, formten seine Lippen.

»Du kannst lesen? Das finde ich ja großartig.« Erstaunt schaute Mary auf das Papier. Der Junge hatte ihre Schrift entziffern können.

Er nickte, genierte sich ein wenig und lächelte dann doch. »Meine Mutter hat es mir beigebracht.« Er senkte die Stimme. »Und ich kann besser lesen als mein Bruder. Und viel besser schreiben, obwohl er älter ist.« Wieder ließ er seinen Blick über das Stillleben auf dem Tisch streichen: die Pflanzen, die Farbtiegel, die Pinsel, die Blütenpresse, die Zeichnung. Er runzelte die Stirn, beugte sich vor, schaute kurz zu ihr herüber und dann wieder auf das Papier.

Was starrte der Junge so?

Sie nahm die halbfertige Blütenskizze zur Hand. Aus der geschwungenen Farblinie hatte sich ein Tropfen gelöst und war, der Seitwärtsneigung des Schiffes folgend, über die Zeichnung gelaufen. Das nasse Gelb hatte sich seinen Weg ins noch feuchte Grün des Blattes gebahnt und war dort zu einem lindfarbenen Fleck verschmolzen.

Seth verschränkte die Hände auf dem Rücken, trat zurück und musterte sie.

»Wenn du magst, zeige ich dir, was man in solchen Fällen unternimmt«, sagte Mary, setzte sich an den Tisch, ergriff den Pinsel und strich das Wasser ab. Der Junge trat näher und schaute über ihre Schulter, während sie den lindgrünen Fleck in die Breite ausstrich. Einen hellen, gebogenen Streifen ließ sie entstehen, der sich spitz zulaufend durch das Blatt zog.

»Die Gouache ist wasserlöslich, sodass man Korrekturen vornehmen kann, indem man Farbverläufe ausdünnt. Die Farben lassen sich gut miteinander mischen. Wenn man jetzt einen Farbübergang schafft, der vom Lindgrün in ein Grün übergeht, das ein wenig der Farbe von Gras ähnelt, und die Ränder zum Schluss mit einem tiefen Grün nachzieht, erweckt das den Eindruck, dass sich Licht auf dem Blatt bricht.«

Die Borsten wischten über das Papier, schoben und strichen die Farbe und setzten den dunkelgrünen Bogen am Rand des Blattes.

»Siehst du? Der neue Farbverlauf ähnelt einem Lichtspiel.«

»Und was machst du mit dem gelben Strich?«

»Hier haben wir mehrere Möglichkeiten. Man könnte einen Vogel daraus entstehen lassen. Einen, der flügelschlagend vor der Blüte schwebt. Ein Schmetterling wäre auch denkbar. Da wir aber kein Original dieser Art haben, und das bräuchten wir, um originalgetreu zu arbeiten, werde ich einen zweiten Blütenkopf zeichnen.« Mary zog das Veilchen näher an sich heran und fächerte erneut die hauchdünnen Blütenblätter auseinander.

»Schade ist, dass wir keine Knospe an diesem Veilchen haben, dann könnten wir uns auch damit behelfen. Du siehst, es gibt viele Möglichkeiten, die Zeichnung zu retten.«

Inzwischen stand der Junge so nah bei ihr, dass sie seine Wärme spüren konnte. *Es interessiert ihn, was ich hier mache. Er ist aufmerksam, fast gebannt.* Augenblicklich gab sie ihm den Pinsel mit der grünen Farbe in die Hand.

»Den kannst du säubern, wenn du magst. Drück ihn vorsichtig im Wasser aus, und nimm dir das Tuch. Damit kannst du ihn trocknen. Die Werkzeuge zu pflegen ist bei jeder Arbeit wichtig, auch in der Malerei.«

Während sie die gelbe Farbe anrührte, ließ der Junge behutsam die Spitze des Pinsels über seinen Arm gleiten. Ein grüner Strich entstand. Dann fuhr er mit dem Finger über die Borsten. »Die sind so weich«, sagte er und hielt den Pinsel in den Wassernapf, spülte ihn aus und ergriff das Tuch. Er tupfte ihn derart sorgfältig ab, dass Mary fast aufgelacht und ihm erklärt hätte, er müsse nicht jedes einzelne Haar trocknen.

Eine zweite Blüte entstand, die das Unglück in sich aufnahm und Strich um Strich verschwinden ließ. Als sie den Kopf hob, um ihren Pinsel wieder in die Farbe zu tauchen, fiel ihr Blick aus dem Fenster.

Die Insel war verschwunden.

Sie lächelte und machte aus dem zarten Gelb einen fetten, satten Ton.

»Hast du noch mehr Bilder, die ich sehen darf?«, fragte Seth, als die Tür zur Messe aufgestoßen wurde. Sofort trat der Junge an die Wand zurück, senkte den Kopf und verschränkte wieder die Arme auf dem Rücken.

Carl betrat den Raum, das Haar war nachlässig im Zopf gebunden, und sein Spitzenjabot hatte sich im Ausschnitt der Weste verheddert. Das glänzende Grau der Weste, die mit weißen Stickereien durchwirkt war, betonte die inzwischen sonnengebräunte Haut. *Er hat ein schönes Gesicht. Ein wirklich schönes Gesicht, mit seiner hohen Stirn und den geschwungenen Augenbrauen. Seine Lippen sind voll, fast weich, und sie geben seinem Gesicht einen sinnlichen Ausdruck,* dachte Mary.

Mit wenigen Schritten war er neben ihr. Wo zuvor noch Seth gestanden hatte, schaute nun er ihr über die Schulter. Hatte der Junge einen leicht säuerlichen Dunst verbreitet, eine Mischung aus ungewaschener Kleidung, Fisch und Salzwasser, so roch Carl, als hätte er just seine Kleidung wind- und sonnengetrocknet von der Wäscheleine genommen.

*Was machst du dir für Gedanken? Er will deine Arbeiten sehen. Reiß dich zusammen!*

»Sehr gut, sehr gut. Das entspricht dem, was mir Franklin Myers über deine Fähigkeiten berichtet hat. Ein gewisses Risiko sind wir ja eingegangen, als wir dich so knapp vor der Abreise eingestellt haben, aber ich sehe, du verstehst dich sogar darauf, die Unbill der See auszugleichen.«

Sofort blickte Mary auf ihre Zeichnung. Der zweite Blütenkopf war fertig, nichts ließ mehr den gelben Strich erahnen, der sich über das Blatt gezogen hatte. Was meinte er? Fragend schaute sie zu ihm auf und hörte, dass Seth unentwegt von einem Fuß auf den anderen trat. Leise klatschte die nackte Haut auf den Holzboden.

Carl schmunzelte. »Na, das Sammlungsstück hat nur einen Blütenkopf, warum solltest du dir mehr Arbeit machen als nötig? Zudem sind die Lavierungen der zweiten Blüte, wenn man genau hinschaut, nicht nach links gestrichen wie im Rest der Arbeit. Ihr Auftrag ist zudem kräftiger, fast pastös. Die hellere Blüte ist getrocknet, du hast sie zuerst gezeichnet, und als das Schiff vorhin leewärts abfiel, ist dir die nasse Farbe sicher über das Blatt gelaufen. Der Blütenkopf jedenfalls neigt sich in diese Richtung, und das helle Farbspiel im Blatt, das ebenfalls noch feucht ist, zeigt mir an, dass du auf geschickte Weise ein Problem gelöst hast.«

Mary zog die Augenbrauen in die Höhe. Der Mann verfügte über eine außergewöhnliche Beobachtungsgabe.

»Ich kenne doch die Tricks der Gewerke, mit denen ich arbeite«, sagte Carl und rieb sich zufrieden die Hände.

Erneut blieb Marys Blick an seinen Lippen hängen. Ihre Hand umklammerte einen der Tiegel mit den Farbpigmenten. Sie nahm den Deckel und schloss ihn.

»Und du bist immer noch hier?« Carl wandte sich zu Seth. »Das ist eine interessante Tätigkeit, das Zeichnen, oder?«

Der Junge nickte nur und trat einen Schritt zurück, sodass sein Rücken den Schrank berührte.

Carl klopfte mit den Fingerknöcheln auf den Tisch. »Dann werde ich mal wieder gehen, unser guter Mr. Peacock möchte noch einen Spaziergang über Deck mit mir zurücklegen. Vorausgesetzt, er findet es. Und du«, er warf Seth einen verschwörerischen Blick zu, »lass dich nicht erwischen, wenn du hier herumtrödelst.« Dann verschwand er.

Kaum schlug die Tür hinter ihm zu, schauten Mary und Seth sich an. Schwiegen kurz und begannen dann gleichzeitig zu lachen.

Seth sprang an den Tischrand. »Das hast du gut gemacht«, rief er, und wieder erklang sein glockenhelles Lachen.

»Und du hast mir geholfen, danke!«

Schlagartig legte der Junge den Kopf schräg und zog die Stirn in Falten. Seine meerblauen Augen tasteten über ihr Gesicht und versuchten offensichtlich zu ergründen, ob sie mit ihm scherzte.

»Ich meine das ernst, und wenn du magst, kannst du gern noch den letzten Pinsel abspülen, die Tiegel verschließen und mir helfen, alles in die Kajüte zu bringen. Der Tisch muss geräumt werden, da es bald Essen gibt. Und die Salpen sollten ebenfalls weggeschafft werden. Ich könnte deine Hilfe wahrlich noch einen Moment gebrauchen.«

Seths Hand fuhr über den Tisch, packte den Pinsel und tunkte ihn in den Wassernapf. Die grüne Farbe auf der weißen Haut seines Armes war inzwischen getrocknet.

# Tahiti, 15. August 1785

Die Sonne brannte. Glatt gestrichen lag das Wasser und rührte sich nicht. Die zerklüfteten Felsformationen der Berge warfen dunkle Schatten, die zu einem Spaziergang einluden, um der Hitze in der Ebene zu entkommen.

Selbst Tupaia war vom Spielen am Strand zur Hütte zurückgekehrt. Owahiri lächelte und strich ihm zur Begrüßung über den Rücken. Die Haut des Kleinen war sandig und verschwitzt. Dann nahm er eines der Bananenblätter und legte es vor sich. Mit einem Blick prüfte er die Steine, die im Feuer lagen. Sie begannen, an einigen Stellen weiß zu glühen. Ein Zeichen, dass er sich beeilen musste. Sofort legte er mehrere Streifen des Schweinefleisches auf das Bananenblatt und schloss es zu einem kleinen Paket.

Tupaia schmiegte sich gegen seinen Arm. »Kann ich dir helfen, Vater?«, fragte er.

»Gern. Nimm dir doch den scharfen Stein und zertrenne das restliche Fleisch in drei Teile.«

Die Steine glühten. Owahiri löschte die Flammen mit Sand und hob neben der Feuerstelle eine Mulde aus. Er langte nach der kleinen Axt und schob mit dem Keil die Steine hinein, bis sie den Boden bedeckten.

»Vater, darf ich die Axt haben? Bitte!«

Der zaghafte Ton in der Stimme seines Sohnes ließ ihn erneut lächeln. »Du siehst doch, dass ich sie gerade benutze«, sagte er.

»Ich will nicht den scharfen Stein nehmen.« Tupaias Tonfall ließ ihn aufschauen. Die Unterlippe des Kleinen schob sich vor.

Owahiri bedeckte die Steine mit einem Bananenblatt und schichtete Yamswurzeln, Bananenscheiben und Brotbaumfrucht darauf. »Warum willst du nicht den scharfen Stein nehmen?« In seiner Stimme klang ein erster Hauch Verärgerung durch, und er fühlte, dass seine Augenbrauen sich zusammenzogen.

»Ich will die Axt nehmen. Die ist gut. Sie ist besser, viel besser als der Stein.«

Wurzeln und Früchte bedeckten das Bananenblatt. »Schau her, ich muss weitere Steine in den Erdofen schieben. Sie sind sehr heiß, und der lange Schaft der Axt macht es mir leichter, sie zu bewegen, als der scharfe Stein. Die Gefahr, sich zu verbrennen, ist geringer. Das heißt, ich brauche sie gerade.«

Er sah seinen Sohn an, der vor ihm stand und den scharfen Stein nicht anrühren wollte. Ein schwarzer Stein, mit einer schmalen Kante, die er eigenhändig geschlagen hatte. »Was stört dich an dem Stein?«

Tupaia verschränkte die Arme hinter dem Rücken und schob seine Lippe noch weiter hervor. Er schwieg.

»Dann pack dich, dann kann ich deine Hilfe nicht gebrauchen«, fuhr Owahiri ihn an.

Sofort drehte der Kleine sich um und lief davon.

Einen Augenblick sah Owahiri ihm nach, sah die nackten kleinen Füße, die weit ausholten, um so schnell wie möglich von ihm wegzukommen. Das konnte später geklärt werden, beschloss er, erst musste er hier, solange die Steine noch Hitze in sich trugen, fertig werden. Mit der Axt schlug Owahiri in das Fleisch, doch die Stücke gerieten kleiner, als er es sich vorgenommen hatte. Zügig verteilte er sie auf weitere Bananenblätter, die er zu Päckchen zusammenband und im Erdofen stapelte. Dann schob er eine letzte Schicht Steine darüber und schloss ihn mit Bananenblättern und Sand.

Revanui, die sich zum Wasserholen aufgemacht hatte, kam den Hang zur Hütte herauf. Sie hatte das Wasser in ausgehöhlte Kokosnussschalen gefüllt, die sie nun in zwei Netzen mit sich trug. Bei jedem Schritt schwangen die Netze auf und ab, sodass Wasser aus den schmalen Öffnungen der Kopfseite schwappte.

»Worüber habt ihr gestritten?«, fragte sie grußlos und setzte die beiden Netze ab. Eine Nuss fiel um, und das Wasser ergoss sich über ihre Füße. Sie schien es nicht zu bemerken. »Tupaia kam mir entgegen, er war in Tränen aufgelöst. Er wollte mich nicht nach Hause begleiten und stammelte, du würdest ihm nur den scharfen Stein überlassen, um selbst die schönen Sachen zu nutzen. Was meint er damit?«

»Ich habe ihn gebeten, das Fleisch zu zerteilen. Dazu wollte er den scharfen Stein nicht nehmen, vielmehr verlangte er nach der Axt.«

»Ja, und warum konntest du ihm die Axt nicht geben?«

Am Keil der Axt hing noch ein Fleischfetzen. Owahiri zupfte ihn ab und rieb ihn zwischen den Fingern. Es war sinnlos, jetzt darüber zu sprechen, obgleich es ihn drängte, sich zu erklären. Doch Revanui würde in ihrer Wut keines seiner Argumente gelten lassen, sobald sie ihren Sohn in Tränen sah, wusste sie sich meist kaum zu fassen. Er entschied, die Werkzeuge in die Hütte zu bringen und dann zum Strand hinabzulaufen. Es blieb ihm genug Zeit, bis das Essen fertig gegart war. Vielleicht würde er Tupaia treffen, und vielleicht könnten sie noch einmal über ihren Streit sprechen. Langsam erhob er sich.

»Du bleibst hier und lässt mich nicht einfach allein zurück.« Breitbeinig stellte sich Revanui ihm in den Weg. Alles Milde und Weichherzige war aus ihren Gesichtszügen gewischt. Schwarz brannten ihre Augen, und die hohe Stirn lag in Falten zerfurcht. »Was denkst du denn?«, schrie sie. »Der Junge sieht, dass immer mehr von uns die eigenen Werkzeuge nicht mehr nutzen, Steine, Holzspitzen, Muscheln. All das ist nichts mehr wert. Wer kann, benutzt eine der Äxte, einen Nagel oder hat sogar eine Schere zur Hand. Ich habe dir gesagt, dass es Ärger um diese Sachen geben wird.«

Wütend stieß sie mit dem Finger auf seine Brust ein. »Gestern, als der Wind aufkam, sind die Kinder zum Wasser gelaufen. Ich dachte, sie wollten mit den Wellen gleiten. Also habe ich Tupaia gefragt, ob er nicht sein Brett mitnehmen wolle. Weißt du, was er geantwortet hat? Er brauche das Brett nicht, sie wollten lieber Eisen suchen. Die Kinder hofften, der Wind würde wieder Eisen an den Strand spülen. Hat hier niemand mehr etwas anderes im Kopf als dieses von den Göttern verdammte Eisen?«

Ihr Finger ließ von seiner Brust ab und strich eine Strähne aus ihrem Gesicht. Sie atmete tief ein, und ihre Stimme war vor Trauer flach, als sie weitersprach. »Ich entgegnete, dass lange kein Schiff der Fremden mehr in der Gegend gesehen worden ist und dass er kaum finden wird, wonach er sucht. Tupaia hat mich mit einem mitleidigen Blick stehen lassen und ist mit seinen Freunden ans Wasser gelaufen. Und was haben sie getan? Sie haben Eisen gesucht, anstatt sich auf den Wellen treiben zu lassen.«

Owahiri ließ die Axt in den Sand fallen. Er zog Revanui an sich und schlang die Arme um sie. *Was soll ich dir erwidern?*, fragte er sich. *Manchmal bin ich mir selbst unsicher, ob du nicht doch recht hast. Vielleicht hat der Besuch der Männer mit den eckigen Köpfen und den hellen Augen letztlich mehr Leid als Freude gebracht. Ich weiß es nicht, ich finde keine Antwort auf diese Frage.*

Revanui legte ihre Wange auf seine Schulter. Ihm wurde leicht ums Herz, und er schwieg, um sie nicht mit einem unbedachten Wort weiter zu erzürnen. Sein Blick fiel auf die Axt, den hölzernen Schaft und den grauen Keil. Ja, es war sinnvoller, zu schweigen. Denn wenn er ehrlich sein wollte, musste auch er zugeben, dass das Werkzeug der Fremden tatsächlich besser war. Besser als seine Steine und Muscheln.

## Atlantischer Ozean, 20. August 1785

*Menschen stinken. Sobald sie den Mund öffnen, die Arme heben, die Mütze abnehmen, die Schuhe ausziehen, wenn sie beim Essen rülpsen, im Schlaf furzen oder bei Seegang kotzen – alles an ihnen stinkt. Und jetzt beginnt auch das Schiff zu stinken.* Seth seufzte. Nicht nur, dass die Menschen stanken, das Brot nach Schimmel schmeckte, die Stoffe Stockflecken bekamen, Eisenteile verrosteten und das Holz aufquoll, jetzt verreckten auch die Viecher an Bord. Sie stanken dabei nicht minder.

Es musste eine Ratte gewesen sein, die unter dem Beiboot verendet war. Eine Ratte, deren Gestank nun im Holz festhing. Ihr Schwanz war noch auszumachen, der Körper glich jedoch inzwischen einer breiigen Masse.

Ein Würgen überkam Seth, und er schaute schnell auf seine Hand, die den Scheuerstein über die Decksplanken schob. Er spürte, dass der Schorf, der seine Knie überzog, wieder aufweichte. Mit jedem Voranschieben der Knie drückte sich der Stoff der Hose tiefer in die Kruste aus Blut, Eiter und Dreckswasser. Der immer gleiche Ablauf, bis er aufstehen und den Stoff mit einem Ruck aus den faustgroßen Wunden ziehen und aufkrempeln konnte. Schon jetzt freute er sich darauf, den aufgeweichten Schorf mit den Fingern abzukratzen.

Die Segel hingen schlaff an den Masten. Ein weiterer Tag widerlicher Windstille würde sich an den nächsten reihen. Wieder brannte die Sonne aufs Deck und machte die Männer träge. Seth hörte, dass vom Ausguck eine Sandbank gemeldet wurde. Aus den Augenwinkeln sah er, dass Senkbleie ausgeworfen wurden, um die Tiefe des Wassers zu bestimmen.

Der moderige Geruch der Ratte schob sich wieder in seine Nase. *Denk an fliegende Fische. Denk daran, wie sie über die Schaumkronen springen.* Vor seinen Augen tauchten die Fischleiber auf. In geraden und geschwungenen Linien flogen sie über das Wasser, und wenn sie die Spitze einer Welle im Fluge trafen, verschwanden sie und schossen kurz darauf aus der Schaumkrone wieder empor. Der Gedanke machte die Arbeit nicht leichter. Er veränderte die Hitze nicht und lenkte nicht von den schmerzenden Knien ab. Und: Die Ratte war immer noch da. Immer noch lag sie unter dem Beiboot. Seth hatte keine Wahl. Er schob die Hand vor und zog am Schwanz, der sich kalt und schmierig anfühlte. Inzwischen wurden die Senkbleie wieder eingeholt, irgendwer rief etwas von fünfzig Faden Tiefe.

*Denk an was anderes. Vielleicht laufen wir ja auf eine Sandbank auf. Das wäre ein Abenteuer! Wir müssten Wasser pumpen und Ballast abwerfen. Und das Leck, ich würde es stopfen, weil kein anderer an die Stelle herankäme. Da würde niemand nach einer Ratte fragen.*

Der Knall war dumpf und laut. Seth schlug mit dem Kopf an den Rumpf des Beibootes und spürte das Zittern, das den Schiffsleib durchlief. Er ließ sich bäuchlings auf das nasse Holz fallen und sah nun die Ratte direkt vor sich liegen. Männerstimmen brüllten durcheinander, jemand lief an ihm vorbei. Sofort sprang Seth auf. *Lieber Gott, hilf mir. Ich habe das nicht so gemeint. Ich wollte nicht, dass wir auf eine Sandbank auflaufen. Ich räume die Ratte weg, wirklich,* flehte er und hob den Kopf gen Himmel. *Was ist, wenn wir ertrinken?* Rasch warf er einen Blick aufs Wasser hinaus. Die Sandbank, wo war sie? Er suchte weiß schimmerndes Wasser, das einlud, über Bord zu springen, weil man meinte, es sei nur knöcheltief und man könne festen Grund unter den Füßen spüren. Er sah nichts dergleichen. Das Schiff lag in schwarzblauem Wasser.

Dan riss Seth an der Schulter und zeigte vor zum Fockmast. »Komm schon, du Hosenscheißer. Es ist die Bierwürze.«

»Was? Bier-was?«

»Die Bier-w-ü-r-z-e, du Idiot. Ein Fass mit eingekochter Bierwürze ist vergoren und explodiert. Die Fässer wurden zum Kühlen an Deck gebracht.«

Erleichtert atmete Seth auf. *Ein Fass ist explodiert. Danke, lieber Gott, danke, dass du mich erhört hast.*

Im Laufen entdeckte er Segelmacher-John, der auf den Planken saß und den Hauptmast umschlungen hielt. »Das haben wir jetzt davon, dass wir ohne Begleitschiff reisen. Wir laden die Piraten ja ein, uns zu überfallen«, brüllte er.

Seth trat hinter ihn und schaute auf das verfilzte Haar des Hinterkopfes, das vor ihm auf und ab wippte.

»Hau ab, Kleiner. Solange du noch kannst.«

Für einen Moment überlegte Seth, wie dieser Halbblinde das machte: Menschen erkennen, ohne sie zu sehen. Konnte er den Schritt eines jeden heraushören? Roch er, wer vor ihm stand? Vielleicht ging ja auch von ihm ein ganz eigener Gestank aus, den Segelmacher-John wahrnahm. »Es sind keine Piraten«, sagte er sanft. »Eines der Fässer mit der Bierwürze ist in der Sonne explodiert.«

Segelmacher-John ließ den Hauptmast los und drehte sich zu Seth um. Das rechte Auge hatte keine wirkliche Farbe mehr, grau getrübt starrte es ihn an. Die Pupille war dunkel und weit. Das andere Auge schielte linkerhand an ihm vorbei. »Die Bierwürze? Was macht die an Deck?«

»Einige der Fässer sind vergoren, und die restlichen sollten im Fahrtwind gekühlt werden.«

Segelmacher-John lachte auf. »Du meinst, unser gutes Bier fließt gerade in Strömen übers Deck?«

Eine erneute Explosion auf der Höhe des Fockmastes ließ beide zusammenzucken. Dieses Mal mischten sich in das Gebrüll der Männer Schmerzensschreie, irgendwer rief um Hilfe.

Segelmacher-John kniff die Augen zu und schlug das Kreuz über seiner Brust: »Heilige Maria, steh uns bei. Es sind doch Piraten! Verschwinde, Junge, schnell!«

Seth duckte sich hinter Segelmacher-Johns Rücken und klammerte sich an dessen Hemd fest.

*Was mache ich jetzt? Segelmacher-John weiß immer alles. Dan muss sich irren, es sind doch Piraten. Wenn ich zum Fockmast laufe, töten sie mich. Ich habe nicht einmal eine Waffe. Und wenn ich über Deck springe, ersaufe ich. Es ist wie bei den fliegenden Fischen. Sie retten sich vor Feinden mit einem Sprung aus dem Wasser und werden in der Luft von Vögeln abgefangen.*

Er duckte sich noch tiefer und spannte die Arme an. *Ich bin aber kein Fisch,* schrie es in ihm, und er stieß sich von Segelmacher-Johns Rücken ab. Um sich Mut zu machen, riss er die Fäuste in die Höhe, ließ ein Brüllen erklingen und rannte über das Schiff. Den Männern entgegen, die sich über andere bückten, die sich gekrümmt am Boden wanden. Piraten konnte er keine entdecken, sie mussten wohl aus dem Hinterhalt angreifen. Er drehte sich im Kreis. Hilferufe, Befehle und Schmerzensschreie ließen sich nicht mehr entwirren. Fast taub vor Angst, riss er die Fäuste umso höher und stürzte vor in das Knäuel aus Menschen und Geräuschen.

Die nächste Explosion ließ das Schiff erbeben.

Seth hob schützend den Arm vor sein Gesicht, und gleichzeitig spürte er einen Druck, ähnlich einem Windstoß, der über ihn hinwegzog.

Im selben Augenblick wusste er, dass er getroffen worden war.

Er packte an sein Bein.

Warm und feucht war der Stoff seiner Hose.

Gleichzeitig wurde ihm schlecht. Der Länge nach sackte er in sich zusammen und landete unsanft in der aufspritzenden Bierwürze. Ihm war kalt, und sein Körper begann zu zittern. Er konnte kaum die Hand heben, so schwer fühlte sie sich an, dann sah er die blutverschmierten Finger. Sein Mund stand offen, das spürte Seth, ein offener Mund, um aufzuschreien. Doch die Angst umklammerte seine Kehle und schnürte die Laute ab. Dann erst kam der Schmerz. Mit voller Wucht griff er in den Oberschenkel.

*Ich blute! Ich blute wie ein Schwein. Was ist hier los? Helft mir, bitte, helft mir …*

* * *

*Es gilt, den Kopf zu bewahren. Eine Analyse der Situation vorzunehmen, um zu einem Ergebnis zu kommen, das es ermöglicht, die nächsten Schritte einzuleiten.* Noch während Carl zum Fockmast rannte, ließ er den Blick über die Unglücksstelle wandern.

Kapitän Taylor stand an der Reling und suchte mit dem Fernrohr den Horizont ab. Kyle Bennetter, Peter Sohnrey und Randy Hall, ein angehender Offizier mit schiefer Nase, liefen über das Deck und brüllten den Männern, die unverletzt waren, Befehle zu. Jagten sie die Masten hinauf, die Segel backzubrassen, um dem Schiff die Fahrt zu nehmen. Eine Sandbank musste umschifft werden, so viel konnte Carl ihren Befehlen entnehmen. Senkbleie wurden ausgeworfen, und die Ansagen zur Tiefe des Wassers, die immer wieder ausgerufen wurden, gingen im Tumult beinahe unter. Der Kapitän und seine Offiziere waren unverletzt und hatten das Geschick des Schiffes im Griff. *Wenn wir jetzt noch auf eine Sandbank auflaufen, wird es kritisch,* dachte Carl, als er das Ausmaß des Unglücks am Fockmast überblickte. *Zehn Verletzte, vielleicht fünfzehn. Das sind bis zu dreißig Hände, die fehlen, um zu pumpen und Ballast abzuwerfen, wenn das Schiff leckschlägt. Die Hände derjenigen, die noch Verletzte versorgen können, nicht einmal eingerechnet.*

Er beugte sich zum ersten Verletzten hinab. Eine Schramme

im Gesicht, die blutete, aber zweifelsfrei mit der Behandlung noch warten konnte. Die überwiegende Zahl der Männer war offensichtlich von herumfliegenden Splittern der explodierenden Holzfässer getroffen worden. Die vergorene Bierwürze hatte sich dicksämig über die Planken verteilt. Ein Seesoldat und zwei Matrosen versuchten, die Verletzten aus dem Sud zu ziehen. Ohne mit den Füßen stabilen Stand und Halt zu finden, glitten sie auf den schmierigen Planken hin und her.

Toni, der Zimmermann, rutschte vier, fünf Fuß von Carl entfernt auf Knien über das Deck. Mit der linken Hand presste er den rechten Arm an den Oberkörper. *Der Arm ist ausgerenkt oder gebrochen, jede Bewegung muss höllisch schmerzen,* überlegte Carl und sah, wie der Hüne vor Seth innehielt. Behutsam legte Toni den rechten Arm auf seinem Oberschenkel ab, dann fuhr die linke Hand vor. Er zog am blutdurchtränkten Stoff der Hose des Jungen, dann presste er die Handfläche auf die Wunde.

Seth schrie auf, doch der Druck stoppte die massive Blutung.

Carl machte es Toni nach und ging auf die Knie. Er fühlte, als er die Tasche öffnete und die Schere ergriff, dass die Flüssigkeit durch den Stoff seiner Strümpfe und Hose drang. Er nickte dem Zimmermann zu, die Wunde weiter unter Druck zu halten, und begann, den Stoff des Hosenbeines aufzuschneiden.

Carl legte die Schere aus der Hand und nahm das Nähzeug aus seiner Tasche. Kurz sah er sich um. Ob es die richtige Entscheidung war, den Jungen zuerst zu verarzten? Mit pumpender Bewegung war das Blut aus seinem Bein geschossen, innerhalb weniger Minuten wäre er verblutet. Doch war hier nicht überall Blut? Waren hier nicht überall offene Wunden? Die Panik war das Hauptproblem. Die Wucht der Explosionen, das Chaos und das Gebrüll konfrontierte die Männer mit ihrem ärgsten Gegner: der Angst. Der Seegang konnte das Schiff noch so arg beuteln, es mit Wasser volllaufen lassen, Hitze ihnen die Haut in Blasen werfen, Eiseskälte die Finger und Zehen abfrieren, das waren Seiten der

Seefahrt, die sie kannten. Sobald aber die schiere Angst sie packte, dann weinten und greinten sie, riefen nach Frauen, Kindern und Müttern. *Ich muss durchgreifen,* entschied Carl und setzte zum ersten Stich an. *Ich muss die Versorgung der Verletzten organisieren.*

Aus den Augenwinkeln bemerkte er Doc Havenport, wahrscheinlich hatte er von den Explosionen, vergraben in seiner Kajüte, erst jetzt Nachricht erhalten – anders ließ sein spätes Erscheinen sich nicht erklären. Die braune Ledertasche unter den Arm geklemmt, hielt er kurz neben Franklin inne, der einen Matrosen zur Reling zog.

Carl winkte Doc Havenport zu. Nie war ihm aufgefallen, wie alt der Schiffsarzt war. Wie sollten sie diesen gebrechlich wirkenden Mann wohlbehalten nach Hause bekommen? »Was haltet Ihr davon, Euch um die Schnittwunden zu kümmern«, rief er ihm zu, als er den Faden an der Wunde des Jungen verknotete und den verbleibenden Rest abschnitt. »Nehmt Myers mit. Ich werde«, er packte Marc Middleton, der an ihm vorbeieilte, am Arm, »mit ihm in der Offiziersmesse die Brüche und weiteren Wunden behandeln.«

Marc verharrte, und Carl spürte, dass sich der Körper seines Gehilfen versteifte. *Manche brüllen vor Angst, die anderen haben einfach keine Worte mehr. Doc Havenport nicht, Marc nicht, und selbst Franklin sind seine Kommentare ausgegangen. Es ist, als würde ich mit mir selbst reden.* »In meiner Kajüte steht linkerhand eine weitere Tasche mit allerlei medizinischen Gerätschaften, hole sie und bereite in der Offiziersmesse alles vor. Wir werden den Tisch zur Behandlung der Verwundeten brauchen«, wies er Marc an. Ohne eine Antwort zu erwarten, beugte er sich über den nächsten Verletzten.

»Wie kommt Ihr dazu, das Gesinde in die Offiziersmesse zu lassen?«

Carl sah auf und verspürte den Drang, seine Faust in Kyle Bennetters Fratze zu versenken. Dieser Unheilstifter zettelte eine Diskussion an! Jetzt. Hier in diesem Chaos. Er atmete noch einmal tief durch. »Wir haben schätzungsweise zehn bis fünfzehn Verletzte, die schnellstmöglich behandelt werden müssen. Wir haben keine Wahl, wir müssen die Messe kurzfristig zum Lazarett umfunktionieren. Und darüber werde ich nicht mit Euch diskutieren. Gern können wir die Frage aber wieder mit dem Kapitän besprechen.«

Bennetter schnaufte, drehte sich um und verschwand.

Carl grinste. »Lasst lieber das Deck zügig reinigen, damit wir weitere Stürze vermeiden«, rief er dem Bootsmann hinterher.

* * *

Er spürte, wie die Nadel in seine Haut stach und dass der Faden hindurchgezogen wurde. Es schmerzte nicht, aber die Angst ließ ihn schreien. Er schrie und schrie und erinnerte sich, als Kind stets gekotzt zu haben, sobald ihn die Angst gepackt hatte. Nach dem Kotzen war es ihm besser gegangen, müde und ausgelaugt hatte er dann seine Ruhe gefunden. Doch er konnte nicht kotzen. Den Kopf zur Seite gedreht, presste er das Gesicht gegen Tonis Hose. Sie war nass, stank nach Bierwürze und kratzte.

»Du hast es geschafft«, sagte Toni plötzlich. Er hatte sich vorgebeugt und lächelte, seine Zahnlücke sah so noch größer aus.

Seth wischte seine Nase an Tonis Hosenbein ab und ließ den Kopf auf die Planken sinken. Er spürte, dass die Bierwürze an seinen Ohren kitzelte.

Sir Belham half Toni, sich zu erheben. Er war ein Gentleman, alles an ihm war vornehm und schön, ob es die feinen Schuhe, die weißen Strümpfe oder der Kragen seines weichen Hemdes waren. Doch jetzt war alles verklebt und verdreckt.

»Wie geht es dir?«

Seth wendete den Kopf und sah Franklin Myers vor sich. Mehrfach hatte er ihn beobachtet, und er mochte ihn. Obwohl er der

Gehilfe von Sir Belham und damit ein wichtiger Mann war, lachte er viel und war überhaupt nicht eingebildet. Außerdem standen seine Haare lustig in der Luft herum. »Müde«, flüsterte er, und seine Stimme kratzte vom Schreien.

Mr. Myers hob ihn hoch. »Ich bringe dich jetzt in die Kajüte von Doc Havenport, damit wir dich noch einmal in Ruhe untersuchen.«

Der Schiffsarzt hatte einen Tisch in der Mitte seiner Kajüte stehen. Darauf saß einer der Seesoldaten. Mit schmerzverzerrtem Gesicht ließ er die Behandlung über sich ergehen. Seth musterte Doc Havenport, oft hatte er ihn noch nicht gesehen. Selten entdeckte man ihn an Deck, und auch in der Offiziersmesse schien er selten die Gesellschaft der Gentlemen zu suchen. Letzthin hatte Smutje Henry erzählt, dass sich Doc Havenport das Essen gern in seiner Kajüte servieren ließ. Er hatte sich daran erfreut, dass der Schiffsarzt seine Kajüte reinlich hielt, dass alles stets geordnet und aufgeräumt war. Neugierig sah Seth sich um. Der Smutje hatte recht. An den Wänden waren kleine Borde angebracht. Sie waren mit Tiegeln, Gläsern, Büchern und allerlei Gerätschaften gefüllt, die Seth nicht kannte. Eine schmale Leiste vor jedem Bord verhinderte, dass die Sachen bei Seegang auf den Boden fielen und zu Bruch gingen.

Plötzlich brüllte der Seesoldat auf und schlug Doc Havenport derart vor die Brust, dass dieser zurücktaumelte. Mr. Myers, der Bartholomäus' Wunde auswusch, sprang auf und eilte ihm zu Hilfe. Als er neben den Doc trat, fiel Seth auf, dass der junge Gentleman zögerte. »Ihr arbeitet mit Haarseilen?«

Der Seesoldat hatte sich vom Schiffsarzt abgewandt und beantwortete die Frage. »Ja, das macht er. Er hat mir diese verlumpten Teile durch das schiere Fleisch gezogen.«

Doc Havenport nickte. »Natürlich, das muss ich, um die Wunde zu reinigen. Wenn Ihr nicht stillhaltet, kann ich nichts für Euch tun.«

Franklins Augenbraue sprang in die Höhe. »Wollen wir die Wunde nicht mit einem Tuch und Wasser reinigen, um sie dann vielleicht einfach zu nähen?« Er nahm sich den Arm des Seesoldaten und musterte die Verletzung.

»Warum sollten wir hier nähen?«, fragte Doc Havenport und bemühte sich nicht, die Wut in seiner Stimme zu unterdrücken.

»Die Wundränder sind nicht sonderlich ausgefranst. Wenn man den Splitter entfernt und die Wunde näht, haben wir die besten Wundheilungsvoraussetzungen.«

*Wovon reden die da?* Seth fasste nach seinem Bein. *Wenn die beiden sich nicht einig sind, will ich lieber nicht untersucht werden.*

Doc Havenport öffnete einen der Schränke, holte Verbandszeug heraus und legte es neben dem Seesoldaten auf den Tisch. »Man kann die Wunde ausweiten und mit Scharpie füllen, Verbände und Kompressen anlegen, bis sich – plus bonum et laudabile – der heilsame Saft des Eiters bildet, der für die Auffüllung der Wunde mit Fleisch sorgt.«

Mr. Myers' Stimme wurde lauter. »Das sind Methoden, die sind …«

Doc Havenport fiel ihm ins Wort. »Junger Mann, das sind traditionelle Methoden, und ich vertraue auf die bewährten Behandlungen.«

In der Kajüte saßen noch vier weitere Patienten, die verarztet werden mussten. Seth sah zur Tür und dann noch einmal auf sein Bein. *Meine Wunde ist genäht,* dachte er. *Ob das gut ist? Wer hat denn nun recht?* Wieder wurde ihm übel. Im Sitzen rutschte er langsam zur angelehnten Tür und schob sich hindurch. Sein Bein schmerzte, als er die ersten Schritte machte, aber er war erleichtert, den Streithähnen entkommen zu sein.

* * *

Die Männer hockten in einer Reihe auf dem Boden und warteten schweigend darauf, behandelt zu werden.

Rafael Peacock reichte einem Seesoldaten, dessen Handgelenk bereits mit Gittertüll verbunden worden war, einen Becher mit Wasser. Dann ging er weiter und spülte den Stofflappen eines Matrosen aus, der sich die aufgesprungene Lippe kühlte.

Marc hatte mit den Behandlungen bereits begonnen. Blechhülsen und Klammern zum Schienen der Brüche, leinene Scharpien und Netze aus Baumwolle zum Bedecken von Wunden lagen in Griffweite. Die Tiegel mit dem Beinwell und der Johanniskrautsalbe waren angebrochen.

Auf der Tischkante saß Toni, der Zimmermann. Er hatte den Oberkörper entblößt, und Carl zog die Augenbrauen in die Höhe. Eine derart ausgeprägte Muskulatur hatte er seit seiner Studienzeit nicht mehr gesehen. Ausgeprägter Musculus deltoideus, pectoralis und trapezius, konstatierte er. Wie jung und schmächtig sein Gehilfe daneben wirkte.

»Wie heißt du?«, hörte er Marc fragen.

»Toni. Toni Sellers.« Luft zischte beim Sprechen durch die Lücke seiner fehlenden Schneidezähne. »Und wer bist du?« Der Zimmermann maß den Gehilfen mit skeptischem Blick.

»Ich bin Marc Middleton, der botanische Zeichner. Doch ich verstehe mich auch ein wenig auf medizinische Behandlungen. Toni, welche Arbeit verrichtest du an Bord?«

»Ich bin Zimmermann.«

»Du brauchst deinen Arm also so schnell wie möglich, um wieder arbeiten zu können.«

Jetzt spiegelte sich die Angst auf Tonis Gesicht. »Das wird doch wieder, oder?«, fragte er.

»Dein Arm ist ausgekugelt, doch das kann man richten.«

»Wird's wehtun?«

»Sehr sogar. Dann kannst du den Arm aber bald wieder bewegen.«

Toni biss sich auf die Lippen und nickte, als wolle er das Zeichen geben. Einer der Matrosen, der auf dem Boden saß, schloss die Augen und hielt sich die Ohren zu.

*Er wird ihm doch nicht den Arm einrenken wollen,* dachte Carl und runzelte die Stirn.

»Leg dich bitte auf den Boden.«

Wortlos kam der Zimmermann der Bitte nach.

Behutsam hob Marc den ausgekugelten Arm aufrecht in die Höhe und stellte seinen linken Fuß in die Achselhöhle des Hünen, der stöhnend den Kopf beiseitedrehte.

»Ich fange jetzt an, Toni«, sagte er, zog den Arm mit Spannung in die Länge und führte ihn von rechts dem Körper entgegen. Eine schnelle Bewegung, ein durchdringender Schrei. Der Zimmermann fuhr auf, die linke Faust erhoben, um sie dann ziellos auf die Planken rasen zu lassen.

Marc zuckte zusammen, wich aber nicht zur Seite. Er ließ sich von Peacock einen feuchten Lappen reichen, den er an Toni weiterreichte. Der biss in den nassen Stoff und knurrte vor sich hin.

»Schone den Arm einige Tage. Es ist wichtig, ihn mit nassen Umschlägen zu kühlen. Nimm diesen Lappen mit. Tauche ihn einfach in kaltes Wasser, und wasche ihn nach der Anwendung immer wieder aus. Und die Wunde am Schlüsselbein – lass den Schorf darauf. Kratze ihn nicht herunter, und versuche ihn nicht mit Wasser aufzuweichen. Lass der Heilung ihren Lauf.« Marcs Stimme war sanft, fast betörend. Geschickt legte er den Arm des Zimmermanns in eine Schlinge und fixierte sie am Körper.

Stöhnend erhob Toni sich. Ein deutliches »Danke« erklang.

Carls Augen weiteten sich: Ein Hüne ohne Zähne, ein Kerl, breit wie ein Schrank mit kindskopfgroßen Fäusten bedankte sich bei dem Hänfling, der ihn eben Höllenqualen hatte leiden lassen. Immer noch blass, ein wenig wankend, lehnte der Zimmermann sich an die Wand und rutschte an ihr entlang auf den Boden.

Sofort war Peacock zur Stelle. »Soll ich dich ins Mannschaftsdeck begleiten?«, fragte er in besorgtem Ton.

Der Zimmermann schaute ihn mit glasigem Blick an, hob wortlos den linken Arm und ließ sich auf die Beine helfen. Als die beiden Männer an Carl vorbeiliefen, fühlte er sich an Paracelsus erinnert: *Nicht Titel und Beredsamkeit, nicht Sprachkenntnisse, nicht die Lektüre zahlreicher Bücher sind die Erfordernisse des Arztes, sondern die tiefste Kenntnis der Naturdinge.* Er musterte seinen Gehilfen genauer.

Inzwischen kniete Marc auf dem Boden und schnitt mit einer Schere durch das Hosenbein eines Seesoldaten, der ihn willenlos gewähren ließ. Als das Knie freigelegt war, begann er, es vorsichtig zu drehen und zu wenden. Dabei wanderte sein Blick hoch zum Gesicht seines Patienten, um sicherzugehen, dass die Schmerzen bei der Untersuchung erträglich blieben.

*Etwas Besseres als dieser Mann konnte uns gar nicht passieren,* erkannte Carl und hockte sich neben seinen Gehilfen.

Der schaute kurz auf und lächelte. »Gut, dass du kommst, ich könnte hier deine Einschätzung gebrauchen.«

# Nordatlantik, Kapverdische Inseln, 21. August 1785

Morgen für Morgen war es das gleiche Ritual. Ein Sprung aus der Koje, schlurfende Schritte zum Nachttopf, ein Gähnen, dann das Pinkeln. Im Anschluss daran wurde Wasser in die Waschschüssel gefüllt und die morgendliche Reinigung samt Rasur erledigt. Morgen für Morgen blieb Mary liegen, rührte sich nicht und hielt die Augen geschlossen, bis Franklin zumindest seine Hose übergezogen hatte.

Doch heute blieb Franklin mit einem Rundrücken auf der Kante der Koje sitzen. »Was war das für ein Abend«, seufzte er und fuhr sich mit dem Handrücken über die Augen.

Mary rollte sich auf die Seite und schaute ihn an. Tief in der Nacht war er in der Kajüte erschienen und in voller Montur in die Koje gefallen. »Gab es Schwierigkeiten?«, fragte sie.

»Schwierigkeiten sind kein Ausdruck.« Franklins Stimme bebte vor Empörung. »Doc Havenport arbeitet mit Methoden, die grauen Vorzeiten entstammen. Die Entwicklungen der modernen Wundbehandlung sind offenbar spurlos an ihm vorübergegangen.« Er stieß sich von der Koje hoch und knöpfte sein Hemd auf. Dann stieß er mit dem Fuß den Nachttopf an und nestelte an seiner Hose herum.

Mary drehte sich auf den Rücken, verschränkte die Arme hinter dem Kopf und schloss die Augen. Ihr Abend war großartig gewesen, soweit man das bei solch einer Katastrophe denken durfte. Sie hatten sieben Patienten versorgt: ein ausgekugelter Arm, eine Quetschung, zwei Stauchungen und drei Frakturen. Drei der Männer waren durch die Explosionen von den Beinen gerissen worden, die anderen hatten sich in der darauffolgenden Panik oder beim Versuch, Hilfe zu leisten, verletzt. Zwei Patienten hatten zudem Schnittwunden durch umherfliegende Splitter aufgewiesen. Noch immer war Mary von Carls Souveränität und Fachwissen beeindruckt.

Gemeinsam hatten sie die Patienten behandelt und anschließend die Offiziersmesse wieder hergerichtet. Seine Hände waren groß, die Finger jedoch feingliederig und geschickt in ihren Ausführungen. Unentwegt hatte sie auf diese Hände schauen müssen.

Mary blinzelte. Aus den Augenwinkeln sah sie, dass Franklin aus seiner Hose stieg und sie auf den Boden fallen ließ. Warum musste dieser Mann so reinlich sein? Jeden Morgen die gleiche Prozedur. Sie presste die Augen zusammen und hörte ihn pinkeln.

Über das Plätschern hinweg sprach Franklin weiter: »Doc Havenport bedauerte, keine kleingeschnittenen Hasenhaare und Eiweiß zur Hand zu haben, um die Blutung zu stillen. Stattdessen goss er die Wunden mit warmem Öl aus.«

Mary riss die Augen wieder auf und starrte auf Franklins weißen Hintern. »Das darf nicht wahr sein!«

»Oh, doch. Wir diskutierten alles, wirklich alles. Ja, wir standen vor den Patienten und diskutierten den Sinn oder Unsinn von Wundnähten und Wein zum Kühlen und Reinigen. Es war unfassbar. Wir haben im Urschleim der Medizingeschichte angefangen.«

Franklin machte eine Schüttelbewegung und tauchte die Hände in die Schüssel. Er schöpfte Wasser und spritzte es sich über den Leib, bis eine Gänsehaut seinen Rücken bedeckte.

»Und der Grog, der ist überhaupt das beste Heilmittel, das wir haben. Neunzig Prozent aller Leiden bekommen wir damit kuriert. Arzt bin ich nicht, wahrhaftig nicht. Aber ertragen habe ich diesen Schwachsinn dennoch kaum. Der Kleine, wie heißt er? Na, der Sohn vom Bennetter, der hat's richtig gemacht. Irgendwann drehe ich mich um, und er war weg, hatte das Weite gesucht. Ich kann's sogar verstehen. Ich werde mir die Naht heute noch einmal anschauen, aber ohne unseren Doc.«

Die Haut wurde rot, so heftig rieb Franklin sie mit dem Leintuch trocken. »Weiß der Himmel, wer den für diese Reise vorgeschlagen hat. Der Mann ist gefährlich.« Er stieß gegen die Waschschüssel, und das Wasser ergoss sich über seine Hose. Franklin wischte beiläufig mit der Hand über den nassen Stoff und fluchte weiter: »Sauberkeit ist das oberste Gebot. Sie ist in den kommenden Tagen entscheidend. Wir können von Glück sprechen, dass der Kapitän in den letzten Tagen das Mannschaftsdeck hat ausschwefeln und mit Weinessig säubern lassen. Das alles nützt uns in dieser Situation mehr als der anwesende Arzt. Und wenn wir endlich San Jago erreichen würden, könnte die Mannschaft an Land gehen, um sich zu erholen.«

San Jago. Ein Kribbeln durchlief Mary. Windstille hatte die geringe Strecke von Madeira zu den Kapverdischen Inseln in die Länge gezogen. Der Gedanke, dass der Kapitän der Mannschaft voraussichtlich einen Landgang gestatten würde, weckte ihre Lebensgeister. Gleich würde Franklin die Kajüte verlassen, sicherlich würde er Carl aufsuchen und die Vorgänge der Nacht mit ihm besprechen. Vielleicht hatte ihre Arbeit Carl zugesagt, vielleicht würde er sie nun auf eine Exkursion mitnehmen?

Der Gedanke, ihm beim Frühstück in der Offiziersmesse zu begegnen, versetzte sie in Hochstimmung.

Sie lächelte überrascht.

»Vielleicht kann man es so einrichten, dass Doc Havenport die leichteren Patienten auf der Reise behandelt«, sagte sie.

Franklin schob seine Locken in ein Zopfband. »Ja, und wie soll man das begründen?«

»In der Herstellung von Salben, Tinkturen und Tabletten ist

er wohl ein Fachmann. Soviel ich weiß, sticht er sogar seine Tabletten noch selbst. Das heißt, dass er damit einen enormen Aufwand hat, und deshalb benötigt er an anderer Stelle Entlastung.«

»Keine schlechte Idee. Ich bin dann bei Carl, mal sehen, wie er die Situation beurteilt.«

Die Tür schlug zu.

Mary setzte sich auf. Franklins Kiste stand offen, das Handtuch lag zerknüllt auf seiner Koje, und der Boden war mit kleinen Wasserlachen überzogen. Sie schob sich aus der Koje und öffnete ihren Seesack.

Just in diesem Moment riss Franklin die Tür auf und stürmte, wie es seine Art war, in die Enge der Kajüte hinein.

Mary schaute nur kurz auf und zog ein frisches Hemd hervor. Das würde sie sich heute gönnen: ein frisches Hemd.

Sie stutzte.

Franklin stand hinter ihr und schwieg.

Erstaunt blickte sie ihn an. »Was fehlt dir? Was hast du vergessen?«

»Meine Weste«, sagte er. Seine Stimme war tonlos. Die linke Augenbraue ragte steil in die Höhe, ein Spitzbogen unter rotblonden Locken.

Mary fröstelte.

»Was ist das?« Er schob das Kinn vor und reckte es in ihre Richtung.

»Was meinst du?«, fragte Mary und drehte sich zu ihm um.

»Na, das da – an deiner Hose.«

Sie schaute an sich herunter. Die helle Hose des Vaters. Ausgeleierte Baumwolle, ein wenig zu groß und angeschmutzt, aber ansonsten gut in Schuss.

»Nein, ich meine hinten. Da ist Blut.«

»Ach, das ist sicherlich von gestern«, erwiderte Mary leichthin, »hoffentlich bekomme ich das ausgespült, wenn es jetzt schon getrocknet ist.«

Franklin schüttelte den Kopf. »Es ist frisches Blut an deiner Hose«, sagte er bedrohlich leise, »ein recht großer Fleck.«

Mary warf den Kopf herum, zerrte am Stoff und sah den Fleck in leuchtendem Rot.

»Siehst du es? Du blutest.«

Du blutest.

Zwei Wörter, die kürzer kaum sein konnten.

Drei Silben, die schlimmer schmerzten als Schläge.

Dagegen war Edisons Faustschlag ein Windhauch gewesen.

*Ich bin enttarnt.*

*Ich habe verloren.*

*Nein!*

*Nein, gib nicht auf, versuche es. Versuche es wenigstens.*

»Du musst wissen …«, sie stockte. »Mein Gesäß, der harte Stuhlgang …«, setzte sie erneut an, doch die Gedanken zerfielen in ihrem Kopf.

»Komm mir nicht damit«, brüllte Franklin auf. Sein Blick hing an ihrem Gesicht, tastete sich von den Augenbrauen über die Nase zu den Lippen herab.

Sie sah, dass er sah. Dass die Haut zu zart, das Kinn zu weich war. Sie zitterte und schrak zusammen, als er nach ihrem Arm griff und den Hemdsärmel in die Höhe schob.

»Ich hätte es viel früher bemerken müssen.« Seine Stimme war ein Flüstern geworden, gequält und verzweifelt, eine Ansprache an sich selbst. »Ich hätte es bemerken müssen! Nicht ein einziges Mal hast du dich in den letzten Wochen rasiert, und auch auf deinem Arm wächst kaum ein Haar.« Er packte Marys Halstuch, doch der Knoten gab nicht nach, und ihr Kopf wurde nach vorne gerissen. Jetzt griff Franklin in den Stoff, zerrte am Knoten und zog das Tuch mit einer Kraft herab, dass seine zur Faust geballte Hand auf ihren Brustkorb schlug.

Ihr Hals lag frei, und die Luft strich kühl über die Haut. Nackt kam sie sich vor.

»Wie recht ich habe: Du hast auch keinen Adamsapfel, du bist eine Frau.« Er ließ das Tuch fallen, langte an die Knöpfe ihres Hemdes und öffnete es. Gräulich, fast bräunlich bedeckte der Wickel die Brust.

Mary schämte sich wie nie zuvor. Dafür, dass der Stoff speckig war und stank, dafür, dass sie ihn nicht ein einziges Mal hatte abnehmen und waschen können. Dafür, dass sie ein schmutziges, dummes Weib war und mehr nicht.

Franklin trat zwei Schritte zurück. Mehrfach flüsterte er: »Eine Frau habe ich verpflichtet, eine Frau.« Mit jedem Satz raufte er sein Haar, wobei seine rotblonden Locken hin- und hersprangen. Breitbeinig sank er auf die Seemannskiste, die zwischen ihren Kojen stand. Still saß er da, während sein Blick noch einmal alles an ihr abtastete. Hals, Brust, Hüfte, Beine.

Mary stand vor ihm und ertrug das Flackern in seinen Augen. Nicht ein Gedanke in ihrem Kopf wollte sich fügen, kein Wort wollte sich lösen. Die Zunge lag schwer in ihrem Mund, stumm starrte sie ihn an.

Jetzt spürte sie das Ziehen in ihrem Unterleib.

Zu spät.

»Alle werden annehmen, dass ich mir ein Liebchen an Bord geholt habe. Direkt in meine Kajüte. Du hast mich ruiniert, meinen Ruf ruiniert. Was hast du dir dabei gedacht?« Er sprang auf. Packte sie am Hemd und stieß sie gegen die Tür. Drückte den Arm auf ihren Kehlkopf, und der dumpfe Schmerz erschien ihr wie eine wohlverdiente Strafe.

Die Luft wurde ihr knapp, doch sie wehrte sich nicht. *Ob er mich umbringt,* fragte sie sich kurz. *Er ist außer sich. Komplett außer sich.*

Abrupt ließ Franklin ihren Hals los, stieß sie zur Seite und verließ die Kajüte. Wortlos und ohne seine Weste.

***

Gebetbücher hatten gefehlt. Woher sollte er denn wissen, dass die kleinen Scheuersteine auch Gebetbücher genannt wurden? Eine Frage zu viel, und schon hätte sich Vater wieder aufgespielt. Einen Eimer hatte er ihm in die Hand gedrückt und ihn losgeschickt, neuen Scheuersand aus dem Ladedeck zu holen. Eine sinnlose Aufgabe. Die Reinigung des Decks war abgeschlossen, und niemand brauchte mehr einen Eimer Sand, er würde nur tagelang im Weg herumstehen.

Misstrauisch beäugte Seth den Eimer. Er hatte eine beachtliche Größe. Damit blieb ihm die Wahl: sich totzuschleppen oder sich vom Vater zur Sau machen zu lassen, wenn er einen halbvollen Eimer zurückbringen würde. Wie er neben dem Sand noch kleine Scheuersteine tragen sollte, war ihm ein Rätsel. Wahrscheinlich musste er mehrmals laufen.

Seth seufzte. Er ahnte, was kommen würde, sobald der gefüllte Sandeimer und ausreichend Gebetbücher von ihm an Deck geschafft worden waren: Sicher durfte er dann wieder alles ins Ladedeck hinabschleppen.

»Langsamer, langsamer.«

Abrupt blieb Seth stehen, wartete und lauschte. Ein leises Schmatzen war zu hören. Er hielt den Atem an, duckte sich hinter zwei gestapelte Vorratskisten, stellte sachte den Eimer ab und lugte über den Rand der oberen Kiste.

Ein Mann.

Ein Rücken.

Ein Hintern, der sich vor- und zurückbewegte.

Vor dem Mann kniete ein zweiter Mann. Ein Mann mit einer schiefen Nase. Den Mund geöffnet.

Seth ging in die Hocke. Ihm wurde übel. *Lieber Gott, hilf mir,* flehte er stumm. *Was soll ich machen? Wenn die beiden mich hier finden, bin ich dran. Und wenn man die beiden entdeckt, werden sie mit der Peitsche totgeschlagen. Ich kann nichts machen. Ich muss abwarten, und vor allem muss ich still sein. Ganz still.*

Einer der Männer begann zu stöhnen. Das Schmatzen wurde lauter. Seth presste die Hände auf die Ohren. *Und wenn ich nicht bald wieder an Deck erscheine, werde ich von Vater totgeschlagen.* Tränen brannten in seinen Augen. Er hasste das Schiff, und er hasste die Männer. Alle. Immer ging es um Sex, um Mösen, Titten und Ficken und nichts anderes.

Das Stöhnen und das Schmatzen endeten.

»Großartig, du machst das großartig. Aber das nächste Mal bin ich zuerst dran.«

Edison. Das war Edisons Stimme. Seth kroch noch ein Stück weiter hinter die Kiste.

Der Matrose kam auf seinem Weg zum Niedergang zuerst an der Kiste vorbei. Er zog noch an seiner Hose herum.

Der Mann mit der schiefen Nase folgte ihm. Fassungslos schaute Seth den beiden hinterher. Der zweite Mann war Randy Hall, ein angehender Offizier, ein Midshipman.

Es dauerte, bis die Übelkeit nachließ und er sich traute, sein Versteck zu verlassen.

* * *

Als sich Franklins Kopf durch den Türspalt der Kajüte schob, hob Carl die Augenbraue. Sein Gehilfe war augenfällig blass, und, was ihn erst recht aufmerken ließ, er hatte angeklopft. Mit einem Nicken bedeutete Carl ihm, dass er auf der Koje Platz nehmen solle. Er legte die Feder beiseite, lehnte sich auf seinem Stuhl zurück und beschloss, Franklin nicht zu drängen.

Mit einer fahrigen Geste wischte dieser sich über die Augen, faltete dann die Hände im Schoß und rückte vor bis zur äußersten Kante der Koje. Seine Weste war zerknittert und schief geknöpft. Erst jetzt hob er den Blick und schaute auf. »Ich habe einen Fehler gemacht«, sagte er.

Die Kraftlosigkeit seiner Stimme verursachte Carl ein Unbehagen, ein deutliches Signal, dass ein ernsthaftes Problem vorlag. »Probleme sind zum Lösen da«, entgegnete er und ärgerte sich im selben Moment über die leere Worthülse.

»Dieses Problem werden wir nicht so schnell lösen können.«

»Franklin, bitte, nun sag mir, um was es geht.«

»Wir haben eine Frau an Bord.«

Fast hätte Carl aufgelacht ob der Absurdität des Gehörten, doch sein Gehilfe fuhr fort: »Die Frau ist leider im naturwissenschaftlichen Stab, es ist Marc Middleton. Er ... sie ist eine Frau.«

Die Zeit schien sich zu dehnen, und Carl vergaß das Atmen. Sein Mund öffnete sich, schnappte nach Luft und schloss sich wieder.

Franklin vergrub das Gesicht in seinen Händen. »Es ist mir so unangenehm, dass mir ein solcher Fehler ... ausgerechnet mir ...«, stammelte er.

*Marc Middleton*. Der Name dröhnte in Carls Schädel und klang dabei hohl und dürr. Er ergriff die Karaffe und lauschte dem Wasser, das er in ein Glas goss. Zu gern wäre er aufgesprungen, hätte mit der Faust auf den Tisch geschlagen, dieses Frauenzimmer zu sich zitiert und gebrüllt, dass er ... Ja, was hätte er ihr entgegengebrüllt? Ruckartig setzte er die Karaffe ab, ließ das Glas stehen und lehnte sich zurück. Er schloss die Augen.

»Ihr Name ist Mary Linley«, sagte Franklin in das Schweigen hinein.

Carl riss die Augen wieder auf. »Sie ist die Tochter des Arztes und Botanikers aus Plymouth?«

Franklin nickte.

»Ihr Vater ist tot, bei Kap Hoorn ist er umgekommen. Und jetzt denkt sie, sie kann an seiner Stelle durch die Welt reisen?«

»Ja, das trifft es in etwa. Ihr Vater hat sie ausgebildet und an seinen Forschungen teilhaben lassen. Nach seinem Tod sah sie keine andere Möglichkeit, als sich dieses Mittels zu bedienen.«

»Von welchem Mittel sprichst du? Dass sie sich als Mann ausgibt und uns zum Narren hält?«

»Uns war sie bisher, hier auf dem Schiff, eine anständige Gefährtin«, erwiderte Franklin.

Carl sprang auf und stieß in der Enge der Kajüte schon beim ersten Schritt gegen die Beine seines Gehilfen. Nicht nur Franklin und ihn hatte sie zum Narren gehalten, nein, auch die Navy, den Kapitän, die Besatzung, sie allesamt hatte sie für dumm verkauft. Sicher hatte er davon gehört, dass es immer wieder Frauen gab, die sich als Matrosen auf Schiffen einschleusten, sogar von Piratinnen erzählte man sich. Dass sich Frauen aber nun in die Wissenschaft einschleusten, und das ausgerechnet bei ihm, brachte ihn zur Weißglut. Er hatte nichts gegen Frauen, er hatte nicht einmal etwas gegen denkende Frauen einzuwenden. Hätte sie ihn in ihren Plan eingeweiht, ja, er wäre durchaus bereit gewesen, sich zu überlegen, eine Frau als Mann verkleidet an Bord zu nehmen. Alles war vorstellbar. Doch die Summe der Lügen, die sie angehäuft hatte, war unvorstellbar. Er war Wissenschaftler, auf der Suche nach der Wahrheit, die in den Dingen steckte. Lügner konnte er dabei nicht gebrauchen.

*Du wärst auch ein Lügner gewesen, wenn du sie als Mann verkleidet mit an Bord genommen hättest,* lachte eine Stimme in seinem Kopf auf.

Erneut stieß Carl gegen Franklins Beine. Aus seinen Gedanken gerissen, blieb er stehen, die Arme auf dem Rücken verschränkt und sah auf die wild umherstehenden Locken seines Gehilfen hinab. »Nein, so einfach ist das nicht, so einfach ist das nicht. Sie hat uns betrogen, und das wiegt schwerer als die geleistete Arbeit. Bei einem Matrosen, der Nägel aus den Wänden zieht, um sie auf einer Insel gegen ungezügeltes Vergnügen einzutauschen, würde auch niemand geltend machen, dass er bisher gute Arbeit geleistet hat. Der Kapitän würde die ihm zustehende Leibstrafe verhängen.«

Er wartete, aber Franklin bewegte sich nicht und schwieg.

*Wie sie wohl im Kleid und mit langem Haar aussehen mag?* Carls Faust krachte auf den Tisch, dass es schmerzte. Was ging es ihn an, wie sie hübsch zurechtgemacht aussehen würde. Kaum war eine Frau an Bord, und schon irrten seine Gedanken umher.

»Wissenschaft ist«, setzte er erneut an, »die Erweiterung von Wissen durch Forschung. Soweit sind wir uns einig, ja?«

Immer noch regte sich Franklin nicht. Still saß er auf dem Rand der Koje und ließ ihn nicht aus den Augen.

Carls Stimme wurde drohend. »Forschung ist die methodische Suche nach neuen Erkenntnissen. Hiermit meinen wir ihre Dokumentation, eine systematische Aufarbeitung der Ergebnisse und deren Veröffentlichung. Prinzipiell soll also jedermann die Forschungsergebnisse nachvollziehen und für sich nutzbar machen können. Und was, denkst du, hat all das mit einer Frau zu tun, die in Hosen durch die Welt läuft? Die jedermann über ihre Identität belügt? Was haben diese kümmerlichen Lügen mit der reinen und wahrhaftigen Wissenschaft zu tun?«

Noch immer erwiderte sein Gehilfe nichts.

»Seit wann weißt du es?«

»Seit heute morgen. Direkt nach der Entdeckung habe ich die Kajüte verlassen, mir fehlten die Worte, ich konnte keinen klaren Gedanken mehr fassen. Nachdem ich auf dem Deck Luft geholt hatte, bin ich wieder zurückgekehrt. Ich wollte wissen, wer sie ist. Sie sitzt in der Kajüte und wartet. Was machen wir jetzt?«

»Ich werde jetzt auch erst einmal an Deck verschwinden. Ein paar Runden zu laufen kann nicht schaden. Und du solltest dir überlegen, was du jetzt zu unternehmen gedenkst«, sagte Carl und warf die Tür hinter sich zu.

# San Jago, 21. August 1785

Anpassung bedeutete Täuschung. Der Falter, der sich über Populationen hinweg an eine Baumrinde, vielleicht auch an einen schlammigen Untergrund angepasst und so seine Überlebenschancen erhöht hatte, war nichts von alledem. Er war weder Rinde noch Teil des Baumes, er war weder Schlamm noch Wasser. Er war eine Täuschung. Sobald man ihn enttarnte und er sich flügelschlagend erhob, wurde es sichtbar:

Er war ein Falter.

So wie Mary eine Frau war.

Es war noch nicht einmal Ende August, kaum vier Wochen war sie unterwegs, und Franklin hatte sie enttarnt.

Auf dem Schiff würde sich die Kunde verbreiten, dass eine Kopie, eine schlechte dazu, eine billige Täuschung unter ihnen weilte. Die Männer würden erfahren, wer sie die letzten Wochen zum Narren gehalten hatte.

Sie würden sie in Gewahrsam nehmen und darüber entscheiden, wie es mit ihr weiterginge. Würden sie eine Frau, die sich als Mann ausgab, auch wie einen Mann bestrafen?

Würden sie an ihr die neunschwänzige Katze ausprobieren? Würden sie die aus ledernen Schnüren gebundene Peitsche das erste Mal auf dieser Fahrt aus dem Beutel nehmen und ihr den Rücken blutig schlagen? Wenn sie sich dafür entschieden, würden sie die Schläge in Rautenform ansetzen, erst von links und dann von rechts peitschen lassen, bis sich das Fleisch in Fetzen von den Knochen löste.

Schritte. Schwer und schleppend kamen sie den Flur herab und gingen doch vorüber. Fast wäre Mary aufgesprungen und hätte die Tür aufgerissen, um den Vorübergehenden zu beschwören: »Kehrt um. Nehmt mich mit. Führt mich zum Kapitän und macht der Ungewissheit ein Ende, aber lasst mich hier nicht mehr allein.«

Stattdessen war sie in Gesellschaft ihrer Gedanken geblieben und hatte gewartet.

Das Schiff hatte inzwischen San Jago erreicht und war dabei, in der Bucht von Porto-Praya vor Anker zu gehen. Bald darauf wurde es still an Bord, nur das Schlagen der Wellen, die auf die Küste klatschten, war zu vernehmen. Ein eintöniges, tückisches Klatschen, das die Nerven reizte.

Mary schob die Tür auf und schaute in den Flur hinaus. Niemand war zu sehen. Zögerlich verließ sie die Kajüte.

Auf dem Achterdeck eilte ihr der Astronom entgegen, er rieb sich die Stirn, hielt den Kopf gesenkt und murmelte Unverständliches.

Vielleicht würde er sie, verfangen in seinen Gedanken, nicht wahrnehmen, hoffte Mary und schaute über ihn hinweg auf die Insel hinaus.

Doch der hagere Mann blieb vor ihr stehen, ließ die Hand sinken und blinzelte. »Ah, Mr. Middleton! Sir Belham bat mich, Euch auszurichten, dass die Herren zu Besuch beim Commandanten im Fort sind. Dort ist derzeit der Generalgouverneur zugegen, und man wird gemeinsam speisen.« Damit schien das Gespräch für ihn beendet, denn er nickte nur, begann erneut an seiner Stirn zu reiben und setzte seinen Weg fort.

Das Schiff schwankte sanft auf den Wellen. Mary ließ den Blick über die Küste Porto-Prayas schweifen, eine der Inseln des grünen Vorgebirges. Steile Felsen vulkanischen Ursprungs, durchsetzt mit verfallenen Festungswerken, verbranntes Gras, ein paar kümmerliche Dattelpalmen. Auch wenn Cabo Verde, das Kap Westafrikas, in seiner Schönheit und Größe, grün und üppig, bei der Namensgebung Pate gestanden hatte, war hier wenig zu entdecken, das dem Auge schmeichelte. Dennoch schien ihr Körper ein Eigenleben zu entwickeln: Alles an ihr gierte danach, festen Boden unter den Füßen zu spüren, die Beine lechzten, auszuholen und zu laufen. Stundenlang zu laufen, selbst wenn das Auge nur Dürre und Staub geboten bekam.

Mary sog die Luft ein, die ihr herb und fast sandig erschien. Konnte man Sand riechen? Sie hätte schwören können, ihn sogar zu schmecken, eine Wohltat nach den Wochen auf See, in denen die Luft nie aus mehr als Nässe und Salz bestanden hatte. Das Messing der Reling unter ihren Armen, lehnte sie sich vor, und der Wind zupfte ihr die Strähnen aus der Stirn.

Was hatte Peacock gesagt? Die Herren speisten beim Commandanten. Würde man sie hier zurücklassen, um sie mit dem nächsten Schiff nach England zurückzubringen? Sie sah sich erneut auf dem Deck um. Die Wachen, die vereinzelt postiert waren, lungerten herum und nahmen keine Notiz von ihr. Sie musste die Gelegenheit beim Schopfe packen und wenigstens einmal fremdes Land betreten.

Schnell lief sie in die Kajüte und packte Botanisiertrommel, Messer, Pinzetten, Glasphiolen, Stoffbeutelchen und das kleinste Schmetterlingsnetz ein. Ihre erste Auslandsexpedition konnte beginnen.

Der Fußweg nach Porto-Praya schlängelte sich steil zwischen den Felsen hinauf. Immer wieder wandte sie sich um, doch niemand nahm Notiz von ihr, niemand folgte ihr.

Warum ließ man sie unbewacht von Bord gehen?

Hatte Franklin vielleicht noch kein Wort über ihre Enttarnung verloren? Aber was bezweckte er damit? Wollte er, dass sie sich absetzte und ihnen die Scham der kommenden Ereignisse ersparte?

War es denn denkbar, auf der Insel unterzutauchen?

Auf ihrer Wanderung sah Mary sich genau um. Der überwiegende Teil der Bevölkerung war arm. Bitterarm. Die Männer trugen verschlissene Camisole, die Frauen waren in baumwollenes Zeug gehüllt, das von den Schultern bis zu den Knien herabhing. Die Kinder liefen bis zum mannbaren Alter nackt in der Hitze herum. Ebenholzfarbene Haut, so dunkel, wie Mary sie noch nie gesehen hatte. Nachtschwarze Augen, die zu Boden schauten, und weiche Lippen, die geschlossen blieben, wenn Fremde ihnen Befehle erteilten.

Ob die Sklaverei auf dieser Insel jemals abgeschafft worden war, vermochte Mary nicht zu beurteilen. Die Inselbewohner lebten so elendig, dass es auch keinen Unterschied machte. Sicherlich würde man jeden von ihnen halbtot prügeln, den man überführte, eine weiße Frau zu verbergen. Offenbar hatte sich nicht viel geändert, seit ihr Vater hiergewesen war. Schon einst ging alles, was auf diesem kargen Eiland erwirtschaftet wurde, an den Gouverneur und seine Commandanten, an die Kirchenmänner, die es hier zuhauf gab, oder an die Agenten der Handelsgesellschaften. Darauf, sich an einen dieser Männer zu wenden, brauchte sie keinen Gedanken zu verschwenden. Jeder würde sofort erfassen, dass sie, eine junge Frau aus England, in Schwierigkeiten steckte, sobald sie um Unterkunft bat.

*Franklin wird wissen, dass es auf dieser verfluchten Insel für mich kein Entkommen gibt. Was bezweckt er mit seinem Schweigen?*

Mary zog die Schuhe aus und genoss die Hitze der Felsen, den Sand zwischen den Zehen, den Druck der Steine, die ihre Fußsohlen massierten. Ihr Kopf fühlte sich leicht und leer an. Sie lief und lief und lief. Und wenn sie innehielt, dann nur, um Steine und Pflanzen aufzulesen. Jedes Fundstück eine Erinnerung an ihre Reise.

Von einem der Hänge konnte sie den Dorfbrunnen erkennen. Männer der Mannschaft umstanden ihn oder saßen im Schatten der Bäume. Augenblicklich machte Mary einen großen Bogen, der sie querfeldein an den Zuckerrohrplantagen entlangführte.

Vor einem Orangenbaum blieb sie stehen und musterte die Früchte, die grünlich gelb in den Zweigen hingen.

Eine Frau mit ebenholzfarbener Haut trat zwischen den Büschen hervor und sprach sie an. Und obwohl sie begriff, dass Mary keines ihrer Worte verstand, zerrte die Fremde sie mit sich unter den Baum und zeigte in die Krone hinauf.

Vereinzelt waren reife Orangen auszumachen, doch Mary schüttelte den Kopf. Sie spürte die Schwere in ihren Gliedern, die von der Aufregung des Tages herrührte. Nein, sie würde dort nicht hinaufklettern.

Die Frau gab ihr einen Klaps auf die Schulter, griff in die Zweige und zog sich in die Höhe. Auf einem festen Ast blieb sie stehen und ließ ihre Hand in den dunkelgrünen Blättern verschwinden. Als die Hand wieder auftauchte, hielt sie eine pralle Frucht, die sie fallen ließ. Mary fing sie auf und strich über die glatte Schale. Die Frau sprang herunter, landete neben ihr und langte nach der Orange. Ihre schwarzen Finger mit den hellen Nägeln gruben sich in die Schale, dass der Saft herausspritzte. Ehe Mary sich's versah, hatte die Frau ein Stück gelbes Fruchtfleisch herausgetrennt und hielt es ihr entgegen.

Citrus aurantium sinensis. Der Apfel der Chinesen.

Mary fühlte die Feuchtigkeit der Frucht, atmete den Geruch ein. Speichel schoss ihr in den Mund, im Gedanken daran, die vielbeschworene Süße zu schmecken. Porridge, Dörrfleisch, Zwieback, Sauerkraut. Woche um Woche. Und nun der überwältigende Duft dieser Frucht.

Ihr Zögern schien die Fremde zu belustigen. Sie lachte. Weiße Zähne glänzten auf, und mit der Hand deutete sie an, Mary solle die Frucht verspeisen.

Die Augen geschlossen, biss sie zu. Das Fruchtfleisch war nass und süß, die glatten Fasern zerfielen auf der gierenden Zunge. Ein Fest für den Gaumen.

Mary öffnete die Augen.

Ein zufriedener Ausdruck huschte über das Gesicht der Frau, die ihr die halbgeöffnete Frucht in die Hand legte und zu einer Hütte, die hinter dem Buschwerk zu erahnen war, verschwand.

Am Strand knirschten die schwarzgrauen Steine unter jedem Schritt. Im Schatten einer Palme ließ Mary sich nieder, lehnte sich gegen den Stamm und beobachtete die *Sailing Queen*. Sie schaukelte mit den Wellen auf und ab. Immer wieder wurde die Pinasse zwischen Strand und Schiff hin und her gerudert, um Mitglieder der Mannschaft an Land oder zurück an Bord zu bringen. In diesem Moment bestiegen zwei Matrosen das kleine Beiboot. Sie trugen einen Beutel bei sich, den sie nur mit Mühe bändigen konnten. Der derbe Stoff beulte sich, ruckte mal hier, zuckte mal dort.

*Was die Männer da wohl anschleppen*, fragte sie sich kurz und sah Franklin vor ihrem inneren Auge auftauchen. Er hatte sie angeschleppt, ohne zu ahnen, was er sich zur Beute gemacht hatte.

Den warmen Sand des afrikanischen Bodens hatte sie unter ihren Füßen gespürt, die Süße der frisch gepflückten Orange geschmeckt, den Geruch des Unbekannten in sich aufgenommen und die Botanisiertrommel gefüllt.

Sie war bereit.

Am Abend würde sie an Bord zurückgehen und sich in das Unvermeidliche fügen.

Ein wenig abseits saß Kyle Bennetter. Er sah nicht auf, sein Interesse galt seinen Söhnen. Im schwindenden Tageslicht zeigte der Vater den Jungen Seeknoten, die sie eifrig mit ihren Tauen nachbanden. Selbst aus der Entfernung konnte Mary erkennen, dass Nat, der dicht beim Vater saß, Rücksicht auf den Bruder nahm.

Erst wenn der Kleine den Knoten gebunden hatte, präsentierte er auch den seinen. So hielten die Jungen dem Vater zeitgleich ihre Arbeiten hin, und Bennetter lächelte. Zufrieden sah er aus, als er über die flachsgoldenen Haarschöpfe strich.

Nat sprang auf, als ein Vogel über das Wasser flog. Er ergriff einen Stein, doch als er zum Zielen ansetzte, war der Vogel über seinen Kopf hinweggeschossen und verschwunden. Den Wurf flach angesetzt, ließ Nat den Stein zwei-, dreimal über die Oberfläche des Wassers springen, erst dann versank er in der Tiefe.

# Atlantischer Ozean, 13. September 1785

»Du musst den Affen freikaufen.«

Seth schaute auf und schirmte seine Augen mit der Hand ab. »Ich denke, ich muss mich freikaufen.«

»Ja, aber du musst auch den Affen freikaufen.« Dan reckte den Brustkorb. Sicherlich hoffte er, dadurch männlicher auszusehen, was ihm auch gelang. Verärgert drehte Seth den Kopf beiseite und beobachtete die Tropfen, die auf den Planken zerplatzten. Seit sie San Jago verlassen hatten, regnete es unentwegt. »Warum muss ich den Affen freikaufen?«, fragte er.

Dan duckte sich unter eines der geölten Zelttücher, die der Kapitän auf dem Deck hatte aufspannen lassen, um den Regen aufzufangen. Er stieß dabei gegen die Plane, und ein Schwall Wasser klatschte neben Seth auf den Boden. *Du Trampel,* wollte er rufen, *verschwendest unser Trinkwasser, weil ein paar Tröpfchen deinen Leib berühren,* doch er schwieg und wartete auf eine Antwort.

»Die Männer erstellen gerade eine Liste, wer bereits den Äquator überquert hat und wer nicht. Die Salztaufe erhält, wer die Linie noch nicht überquert hat. Tiere zählen auch dazu. Und euer blöder Affe wird bisher kaum die Linie überquert haben, also musst du ihn freikaufen.«

Der Affe hockte in der Ecke des Käfigs und schaute Seth an. Niedliche Augen hatte er. Wie schwarze Knöpfe, die auf Hochglanz poliert waren. Er war kleiner als eine Katze, und die Farbe des weichen Felles war, je nachdem, wie das Licht darauf fiel, mal grünlich, dann wieder bräunlich. Seth fühlte sich unbehaglich, wie immer, wenn Dan in seiner Nähe war. Jedes Mal schrie dann in seinem Kopf eine Stimme auf, er solle auf der Hut sein. Und wieder einmal mehr verstand er nicht, was hier ausgeheckt wurde. Aber sobald Dan daran beteiligt war, konnte das nichts Gutes bedeuten. »Bist du schon getauft?«, fragte er und ahnte die Antwort.

»Na, klar!« Dan streckte seine Brust noch weiter vor. Er war in den letzten Wochen wirklich ein gutes Stück gewachsen, zu allem Überfluss hatte der Dreckskerl auch Muskeln angesetzt.

»Was macht man bei der Taufe?«

»Das wirst du dann schon sehen.«

Seth streckte seinen Finger durch das Gitter des Käfigs und strich über das weiche Fell des Affen.

Kaum hatte das Schiff abgelegt, hatte Edison den zappelnden Leinensack geöffnet und seine Beute präsentiert. »Das ist ein grüner Affe«, hatte er übers Deck gebrüllt und das Tier im Nacken packen wollen. Doch der Affe biss ihm in die Hand und sprang kreischend davon. Durch die Beine der Männer, um Seekisten herum, über Hängematten hinweg flüchtete er hinter den Ofen. Dort saß er und rührte sich nicht.

Edison kam auf Seth zu, packte ihn am Hemd und zerrte ihn zum Ofen. Die riesigen Hände lagen schwer auf Seths Schultern und drückten ihn auf die Knie. »Du hast dünne Arme, hol das Vieh vor.«

Unsicher schaute Seth zu Nat hinüber, doch der nickte nur. In dem dunklen Spalt zwischen Ofen und Bordwand ließ sich der Affe nicht erkennen. Ob er beißen würde?

»Hol jetzt das Vieh vor, bevor ich ungeduldig werde. Was glaubst du, wie es klingt, wenn ich dir deine dünnen Ärmchen breche? Ich sag's dir: wie brechender Reisig.« Der Druck auf seinen Schultern verstärkte sich.

Nat stand auf und verschwand wortlos. Seth schluckte und

schob seine Hand ins Dunkel. Der Schatten, der in der Ecke kauerte, wich seinen suchenden Fingern aus und drängte sich noch weiter an die Wand. Die ersten Männer langweilten sich und setzten ihr Würfelspiel fort.

»Sag dem Scheißvieh, dass ich den Ofen anwerfe und es zu einem Stückchen schwarzer Kohle röste, wenn es da bleibt.« Edisons Stimme wurde lauter, der Druck seiner Hände unerträglich. Seths Finger tasteten sich weiter vor und fühlten nichts.

Ein Stück Banane.

Plötzlich stand Nat neben ihnen, ein Stück Banane in der Hand.

»Verdammter Rotzlöffel«, grölte Edison, »leckst du dem Smutje den Schwanz, oder warum gibt er dir von seinen kostbaren Früchten?«

*Das ist kein Schwanzlutscher,* dachte Seth, *das ist mein Bruder Nat. Ihm fällt immer etwas ein.*

»Dann kannst du ja auch mal bei mir vorbeischauen.« Edison grinste schmierig, langte nach der Banane und drückte sie Seth in die Hand.

Die Banane verschwand im Dunkel. Der Schatten huschte ein Stück vor, und Seth griff in das Fell. Weich war es. Der Affe zappelte und schrie, schrill und laut wie ein Baby. Grimmig zog Seth das Bündel hervor.

Edison versuchte, nach dem Tier zu greifen, und erneut gruben sich die weißen Zähne in seine Finger. Ohne zu zögern, holte Edison aus. Ein Tritt traf den kleinen Körper mit solcher Wucht, dass er Seth aus der Hand glitt und über die Planken raste. Mit einem dumpfen Knall prallte der Affe an eine Seekiste und blieb liegen.

Die Würfelspieler sahen Edisons blutenden Finger, den vor Wut geröteten Kopf und lachten. Sie sahen, wie der Matrose dem Affen hinterherstapfte und wie sich Nat ihm in den Weg stellte. »Lass den Affen in Ruhe«, hatte er gesagt und dabei die Arme in die Seite gestemmt. Zwei Köpfe kleiner hatte er vor Edison gestanden und ihn direkt angesehen.

*Nein, Nat,* hatte es in Seth aufgeschrien, *es ist nur ein Affe, ein kleiner, verlauster Affe. Mach das nicht.*

Doch Nat war an diesem Abend Besitzer eines grünen Affen geworden, der Augen wie Knöpfe hatte und ein Fell, das so weich war, dass Seth die Worte fehlten, es zu beschreiben.

»Ey.« Ein Fuß traf Seth in den Oberschenkel, just an der Stelle, die bei der Explosion der Fässer verletzt worden war. Auch wenn Mr. Myers die Fäden längst gezogen hatte, war die Narbe empfindlich. Er schluckte.

»Ey. Ich rede mit dir.« Noch ein Tritt.

Seth schaute auf. Dan. Für einen Moment hatte er ihn vergessen. »Wie kann man sich denn freikaufen?«, fragte er und böselte trockenes Brot durch die Stäbe des Käfigs.

»Tja, dein Bruder und du, ihr seid doch so neunmalklug. Dann macht euch schlau, sonst geht der Affe baden«, sagte Dan spöttisch. Kurz schob er seine Hand unter dem Zelttuch hervor. Es hatte aufgehört zu regnen. Wortlos ging er zu Edison hinüber, der gerade seine Wachschicht antrat.

Henry hatte sie vorgewarnt. Einen Hühnerkäfig hatte er ihnen überlassen und Essensreste, unter der Bedingung, dass sie das Tier beim nächsten Landgang wieder in die Freiheit entließen. »Er gehört nicht auf ein Schiff«, hatte er gesagt und dabei streng geklungen. »Ich habe es schon zu oft erlebt: Alle möglichen Tiere werden zum Zeitvertreib mit an Bord gebracht und krepieren dann vor Hunger, weil sich niemand mehr um sie kümmert. Wenn's gut läuft. Wenn's schlecht läuft, werden sie von irgendwelchen betrunkenen Hohlköpfen zu Brei geschlagen.«

Seth öffnete die Tür des Käfigs und strich dem Affen übers Fell. Flink kletterte das Tier heraus und setzte sich auf seine Beine. *Nat und ich werden uns um dich kümmern,* schwor Seth sich, während er den kleinen Rücken kraulte, *wir sind für dich da. Mach dir keine Sorgen. Aber ich muss mich mit Nat beraten. Dieses Lächeln, dieses tückische Leuchten in Dans Augen bedeutet Gefahr.*

## Atlantischer Ozean, 14. September 1785

Waffendrill war ausgerufen worden. Die Offiziere und Seesoldaten exerzierten auf Deck. Carl ließ das Papier sinken und beobachtete das Procedere. Wie die Männer ihre Arme mal auf die eine Schulter legten, mal auf die andere – sie sahen fast aus wie das Londoner Trane-Orchester. Albern und unprofessionell. Er schmunzelte.

Der Kapitän hatte durchgegriffen, um den einreißenden Müßiggang zu unterbinden. Erneut hatte er das Schiff komplett reinigen lassen, selbst die jungen Offiziere hatten im Zwischendeck mit anpacken müssen. Danach hatte Geschützdrill an den Kanonen und Drehbassen auf dem Programm gestanden, und nun mussten die Seesoldaten ihr Waffentraining absolvieren.

Carl blickte zum Himmel, der heute tiefblau und wolkenfrei war. In der Nacht hatte es aufgehört zu regnen. Peacock und er hatten den Polarstern beobachtet, der nun schon ein Stück tiefer am Nordhimmel hing. Beeindruckt hatte ihn das Kreuz des Südens, eines der Sternbilder, die man in England nicht zu Gesicht bekam. Hell hatten die Sterne am Firmament gestanden.

Am Morgen hatte sich die Sonne rot leuchtend aus dem Wasser erhoben. Schnell war der Dunkelheit das Tageslicht gefolgt, ein untrügliches Zeichen, dass sie sich dem Äquator näherten. Der Linie, die die Süd- und die Nordhalbkugel voneinander trennte und an der Tag und Nacht stets die gleiche Länge hatten.

Das zweite untrügliche Zeichen war die Liste, die er in den Händen hielt.

Ein Matrose hatte sie ihm überreicht. Katzbuckelnd hatte er sich verbeugt und gebeten, dass Carl das Papier dem Kapitän übergeben möge. »Das sind die ungetauften Mitglieder an Bord«, hatte er angefügt und seine Worte mit einem aalglatten Lächeln gekrönt.

Erneut rollte Carl die Liste auf. Es war grobes Papier, aber immerhin war die Handschrift gut lesbar. Eine Aufreihung von Namen, die mit »Die Mannschaft« unterzeichnet war. An erster Stelle entdeckte er die Namen seiner Gehilfen – Franklin Myers und Marc Middleton.

*Marc Middleton.* Er schüttelte den Kopf. Es war ihm nicht leichtgefallen, eine Entscheidung zu treffen, wie er mit Mary Linleys Enttarnung verfahren sollte, und wohl fühlte er sich bisher nicht damit. Doch welche andere Wahl wäre ihm geblieben?

Hastig drängte er den Gedanken an die Frau beiseite und schaute wieder auf die Liste. Auch Rafael Peacock wurde genannt. Seth Bennetter, Nathaniel Bennetter, Lukas Smith. Andere Namen sagten ihm nichts. Zwei Kater mit den klingenden Namen *Whisky* und *Grog* wurden aufgeführt. Zu guter Letzt war selbst der Affe des Schiffes als *Affe Bennetter* verzeichnet. *Das kann man auch falsch verstehen,* spottete Carl innerlich. *Immerhin weiß ich jetzt, dass manche Tiere an Bord tatsächlich Namen haben. Das sind fast buchhalterische Qualitäten, die hier an den Tag gelegt werden. Erstaunlich, dass man nicht noch die Hühner aufgeführt hat oder die Ziegen, vielleicht noch den mageren Ochsen, den wir aus San Jago mitgenommen haben.*

Er lehnte sich zurück und spürte die Stufe in seinem Rücken. Die Vorbereitungen für die Salztaufe wurden getroffen. Wenn sich niemand mehr freikaufte, würden heute noch einundzwanzig Männer ins Wasser fahren. Vier Tage lang, hatte Carl beschlossen, wollte er nicht auf seine Brandy-Ration verzichten. Doch gern würde er ein Trankgeld entrichten, um sich freizukaufen. Nochmals sah er auf die Liste. Zwei Kater, ein Affe. Für die Tiere an Bord würde ein Aufschlag zu zahlen sein, den er entrichten würde. Damit konnte die Mannschaft dann ordentlich Brandy erwerben.

An der Großrah wurde ein Block festgebunden, ein Gewicht, das mit einem Tau verbunden war. In dieses Tau knüpfte der Matrose, der ihm die Liste übergeben hatte, drei kleinere Balken. Wenn man es vom medizinischen Standpunkt aus betrachtete, war die Überquerung der Linie eine förderliche Maßnahme der hygienischen Zustände. Einige der Männer, die heute ins Wasser gehen würden, benötigten dringend eine anständige Wäsche. Seit knapp zwei Monaten waren sie nun unterwegs, und der eine oder andere hatte sich bisher nur widerwillig dem Waschtrog genähert.

Carl erhob sich von der Treppe und stieg zum Achterdeck hinauf, um dem Kapitän die Liste zu übergeben.

Sollte das Spektakel seinen Lauf nehmen.

Es war der helle Klang der Glocke, der die Besatzung nur wenig später zusammenrief. Bootsmann Bennetter trat vor, die Liste in der Hand, und rief jeden einzelnen Mann auf. Jeden Namen glich er mit denen der Liste ab, um festzustellen, wer die Linie bereits überquert hatte. Und er kannte keine Gnade. »Seth Bennetter«, rief er, nachdem er die ersten Kreuze neben die Namen der Männer gesetzt hatte, die heute getauft würden.

Der Junge wurde nach vorne gestoßen, sein Rücken war gekrümmt, und er warf angsterfüllte Blicke um sich. Ein erbärmliches Bild, das Carl anrührte.

Bei den zuvor Aufgerufenen hatte Bennetter immer noch die Frage gestellt, ob sie die Linie jemals überquert hatten. Dieses Mal setzte er, ohne ein weiteres Wort zu verlieren, ein Kreuz aufs Papier. Und wieder johlte die Mannschaft.

# Am Äquator, 14. September 1785

Wer sich nicht rührt, spürt keine Ketten. Eine Lüge war das. Eine Lüge, dick wie ihre geschwollenen Fußgelenke. Die Kette rieb über die aufgedunsene Haut, die inzwischen wund und roh war. Mary drehte sich auf die Seite, doch der Verschlag war eng gehalten. Weder im Stehen noch im Liegen konnte sie ausreichend Platz finden.

Smutje Henry beugte sich vor und lugte durch die Streben. Durch einen Spalt schob er eine Schale Suppe herein. »Was musstest du auch eine Dummheit solchen Ausmaßes begehen«, sagte er und schüttelte den Kopf.

Sie versuchte, Henrys Miene zu deuten, unsicher, ob in seiner Stimme Mitleid oder Missbilligung mitschwang. Doch sein Blick war undurchdringlich.

»Wie geht es Mr. Myers?«, fragte sie und nahm das blauschimmelige Brot, das Henry hinterherschob. Hastig legte sie sich einen Brocken davon in den Mund.

»Der arme Mann, man sieht ihn kaum noch an Deck.«

»Und Sir Belham? Steht er ihm bei?«

Leise lachte Henry auf. »Was denkst du? Mr. Myers' Stern ist verglüht. Sir Belham redet nicht mehr mit ihm.«

Ihr wurde schlecht. Sie würgte den Rest Brot hinunter, die Suppe schob sie beiseite. Auf den Fingern ihrer rechten Hand hatte sich ein grindiger Ausschlag breitgemacht, dessen weißgraue Farbe dem Ton der Suppe ähnelte.

»Iss, Mädchen, iss. Das ist die letzte Suppe. Gleich holen sie dich, und wer weiß, ob du das überstehst.«

»Sie holen mich?« Mary sank gegen die Holzstreben. Spürte, wie Splitter durch den Stoff ihres Hemdes trieben.

Henry nickte, mit einem Mal sah sein Blick mitleidig aus. »Ja, sie haben die Striemen der Katze bereits geölt …«

Abrupt hob er den Kopf. Auch Mary hörte die Schritte und sah mehrere Seesoldaten durch das Deck auf ihren Verschlag zukommen, ihnen voran Lukas. Nichts an ihm erinnerte mehr an den Jungen mit dem Dudelsack, der Lieder spielte, die das Herz berührten.

Er grinste.

Ein weißes Blecken seiner Zähne.

Henry trat beiseite, damit der Seesoldat den Verschlag öffnen konnte.

Der Atem jagte in rasselnden Stößen durch Marys Lungen, und sie drückte sich fester gegen die Holzstreben.

Lukas streckte seinen Arm vor, ein behaarter Männerarm, der auf sie zufuhr.

Ein Schlag traf sie.

»Du kommst jetzt mit.« Franklin hatte ihre Schulter gepackt und rüttelte sie. »Du kannst nicht den ganzen Tag in der Koje vertändeln. Irgendwann besteht Doc Havenport darauf, dass du vorstellig wirst.«

Sein Gesicht schwebte vor ihrem. Die Sonne hatte ihm die Stirn, die Wangen und allem voran den Nasenrücken verbrannt. In weißen Fetzen löste sich die Haut.

»Bist du wach?« Erst als Franklin sich vergewissert hatte, dass Mary nicht wieder einschlief, ließ er von ihr ab. Drehte sich zu seiner Seekiste, öffnete sie und wühlte darin herum.

Bleischwer lag Mary der Traum auf dem Gemüt.

Langsam tastete sie über die Decke und fuhr mit den Fingern über das Holz der Koje.

Es war die Kajüte.

Es war ihre Koje, und vor der stand Franklin.

Sie hatte nur geträumt. Einen bösen Traum, der sie frösteln ließ.

»Die Taufe beginnt. Beeil dich. Und leg keines deiner guten Kleidungsstücke an.« Franklin hob eine leinene Weste in die Höhe und musterte sie. Ohne sie aufzuknöpfen, zog er sie über ein graues Hemd, das Mary noch nie an ihm gesehen hatte. Der schlichte Schnitt und die gedeckte Farbe standen ihm.

»Sie werden mich ohnehin taufen«, seufzte Mary. »Bennetter hasst mich. Er würde es sich nie entgehen lassen, mich ins Wasser stürzen zu sehen.«

»Du weißt schon, dass du mindestens dein Hemd ablegen musst, um getauft zu werden? Ebenso Schuhe, Mütze, Halstuch?« Den Kopf schräg gelegt, hielt er inne. Anscheinend verstand er das Schweigen und fuhr fort. »Heute Mittag habe ich unseren Freikauf geregelt. Wir verzichten vier Tage auf den Branntwein. Die Kerle hatten glänzende Augen, die wollen nicht uns, die wollen Hochprozentiges. Und jetzt: raus!«

»Warum machst du das?«

Franklin zögerte, doch Mary hielt seinen Blick fest. »Was soll die Frage?«, wich er aus.

»Bitte sag mir, warum machst du das alles?«

Seit sie San Jago verlassen hatten, hatte er kein Wort mehr über die Enttarnung verloren. Den ersten Abend hatte er geschwiegen und war dann zur Tagesordnung übergegangen.

Nochmals neigte er den Kopf zur Seite. »Du verstehst es wirklich nicht, oder?«, fragte er und zog eine Braue in die Höhe.

»Es gibt so viele Gründe, die ich für denkbar halte, aber …«

»Ja, vielleicht ist es genau das – dass es viele Gründe gibt. Vielleicht auch nicht. Vielleicht wirst du es irgendwann verstehen. Vielleicht auch nicht.«

***

»Hast du alles erledigen können?«, fragte Carl und schaute aufs Wasser hinaus.

Franklin nickte. »Sie wollte wissen, warum ich das für sie mache. Warum ich ihr Vergehen nicht preisgegeben habe.«

»Du kannst ihr keinen reinen Wein einschenken.«

»Ich weiß, aber wäre es nicht sinnvoller, wenn wir zumindest den Kapitän einweihen würden?«

»Nein, dem Kapitän bliebe keine Wahl, er könnte nicht schweigend darüber hinweggehen. Und was soll er machen? Sie in ihrer Kajüte unter Arrest stellen? Ich bin mir sicher, dass die Männer der Mannschaft auf Dauer schwer im Zaum zu halten wären, wenn sie wüssten, ein Frauenzimmer weilt unter ihnen. Es reicht, wenn sie denkt, dass du es weißt. Sie muss in ihrer Rolle bleiben. Ich sage dir, es entstehen zu viele vertrauliche Momente, wenn sie sich in unserer Gegenwart sicher fühlt, wenn sie weiß, dass wir ihre Lüge vertuschen. Vielleicht würde sie sogar anfangen, Forderungen zu stellen, dass sie gewisse Aufgaben nicht übernehmen kann, weil sie eine Frau ist, dass wir Rücksicht nehmen sollen.«

Franklin nickte. »Ja, wahrscheinlich hast du recht. Sie muss Tag und Nacht darum kämpfen, ihre Täuschung aufrechtzuerhalten, auch vor dir. Nur so haben wir eine Chance durchzukommen.«

Die ersten Matrosen sammelten sich am Hauptmast in Erwartung der anstehenden Salztaufe. Zwei der Männer liefen an ihnen vorbei, sodass sie einen Moment schwiegen.

»Du willst mir die öffentliche Bloßstellung ersparen, nicht wahr?«, fragte Franklin, als die beiden außer Hörweite waren.

»Sicher, auch das ist ein Grund.«

Carl musterte Franklin, der angespannt wirkte. Immer noch trug er schwer an seiner Fehlentscheidung. »Das hätte mir auch passieren können«, sagte er und klopfte seinem Gehilfen auf die Schulter.

»Wir hatten viel Arbeit in diesen Tagen, aber ich habe mir keine Empfehlungsschreiben vorlegen lassen. Ich habe die Arbeiten gesehen und war beeindruckt und habe ihr tatsächlich alles geglaubt, was sie mir erzählt hat. Das hätte nicht geschehen dürfen.«

»Bisher hat sie sich in ihren Arbeiten bewährt.«

Trocken lachte Franklin auf. »Als ich versucht habe, mich damit zu verteidigen, hast du genau diese Argumentation in Grund und Boden getreten.«

»Himmel, ich war wütend«, sagte Carl und konnte ein Grinsen nicht zurückhalten. »Sie hätte ich anfahren müssen, nicht dich.«

»Wir sollten sie trotzdem nicht aus den Augen lassen. Was ist, wenn wir auf Exkursionen gehen? Können wir sie allein an Bord zurücklassen?«

Carl seufzte. »Dann nehmen wir sie mit, das ist das kleinere Übel. Allerdings kannst du mit ihr nicht weiterhin die Kajüte teilen. Sollte die Wahrheit ans Licht kommen, würde das ein noch schlechteres Licht auf uns werfen.«

»Was sollen wir denn machen? Willst du zu mir ziehen und ihr deine Einzelkajüte überlassen? Da horcht doch jeder auf und sieht genauer hin.« Franklin strich sich über das Haar und schnaufte. »Seit Wochen teilen wir die Kajüte. Du kannst mir glauben, dass ich andere Sorgen habe, wenn ich mit dieser Frau alleine bin. Und das schlechte Licht, das würde auf mich fallen. Diese Verantwortung musst du nicht schultern.«

Auf dem Achterdeck tauchte eine schmale Silhouette auf. Mary. Mary Linley. Sie hatte die Hände in die Hosentaschen geschoben, die Mütze ins Gesicht gezogen und das Tuch eng um den Hals geschnürt.

Beide sahen sie zu ihr hinüber.

* * *

Auf dem Deck drängte sich die Menge unter der Großrah. Carl und Franklin standen ein wenig abseits beisammen und beobachteten mit verschränkten Armen den Beginn der Salztaufe, bei der Zimmermann Toni den Anfang machte. Gut gelaunt stand er im Kreis der Männer, riss sich sein Hemd vom Leib und pfiff ein Liedchen durch seine Zahnlücke.

*Na, wenigstens weiß ich jetzt, dass sein Arm wieder verheilt ist,* fuhr es Mary durch den Kopf.

Der Hüne grätschte die Beine und klemmte sich den untersten Dwarsbalken zwischen seine Schenkel. Den mittleren Balken packte er mit beiden Händen und presste ihn sich an die Brust. Seine Armmuskeln spannten sich.

Die Männer johlten, einige von ihnen hatten schon jetzt blutunterlaufene Augen. Wusste irgendjemand, wann sie mit dem Trinken begonnen hatten?

Ein Pfiff ertönte und zog Marys Aufmerksamkeit wieder auf die Großrah.

Toni wurde in die Höhe gehievt. Der dritte Balken, der direkt über seinem Kopf angebracht war, sorgte dafür, dass das Tau nicht zu weit an den Mast gezogen und der Täufling verletzt wurde.

Der Zimmermann baumelte über den Köpfen der Mannschaft, drehte sich ein wenig nach rechts. Er grinste und zeigte dabei seine Zahnlücke.

Ein zweiter Pfiff ertönte.

* * *

Er raste dem Wasser entgegen, das sein dunkelblaues Maul aufriss, um ihn zu verschlingen. Immer wieder hatte er die Männer, die ihn zur Großrah geschleppt hatten, angebettelt, sie sollten ihn nicht anrühren. Steif gemacht hatte er sich, die Beine schleifen lassen, herausgeschrien, dass er nicht schwimmen konnte.

Die Schiffsjungen würden immer getauft, hatten sie geantwortet und ihm den nach Grog stinkenden Atem ins Gesicht gelacht.

Immer noch schrie er, grell hörte er seine eigene Stimme.

Als er auf das Wasser auftraf, staunte er, wie hart der Schlag war. Mund und Nase füllten sich mit Wasser, er verschluckte sich und hustete. Das Salzwasser brannte in seinen Augen, doch er konnte sie nicht schließen, da er Angst hatte, dass es auch noch dunkel um ihn herum werden würde. Vor ihm trieben Blasen, unzählige kleine Blasen. Seine Arme wirbelten im Wasser herum, und er merkte, dass er nach hinten sank, weg vom Tau, an dem er sich festhalten musste.

Der Ruck nach oben brachte ihn völlig aus dem Gleichgewicht, kopfüberhängend holten sie ihn aus dem Wasser. Seine Nase, sein Rachen und seine Augen brannten, seine Schenkel und seine Hinterbacken schmerzten vom Aufprall. Für einen Moment ließen sie ihn am Seil in der Höhe hängen. Er hustete und zitterte, krümmte den Oberkörper und zog sich wieder in die Sitzhaltung zurück. Den Balken umklammert, schloss er die Augen.

Wieder stürzte er ins Wasser, doch dieser zweite Aufprall schmerzte nicht. Seth spürte, dass seine Beine in einer kälteren Strömung hingen als sein Oberkörper. Er winkelte die Beine an, öffnete die Augen und sah, wie über ihm das Licht an der Oberfläche wogte. Der Druck in seiner Brust wurde unerträglich.

*Worauf warten die,* schrie es in ihm.

*Warum ziehen die mich nicht hoch?*

*Ich werde sterben!*

Plötzlich flogen das Schiff und die grölende Meute an ihm vorbei. In einem Zug wurde er in die Höhe gerissen und sofort wieder in die Tiefe geschickt. Als er das dritte Mal im Wasser verschwand, wusste er, dass er es überleben würde.

An Bord streckten sie ihm die Arme entgegen, klopften auf seine Schultern und hielten ihm trockene Wäsche hin. Vor aller Augen musste er seine Kleider wechseln. *Ich hasse sie, ich hasse sie alle,* dachte er und nahm dann den Krug mit Bier, den Nat ihm reichte.

# Tahiti, 24. September 1785

Manchmal schämte er sich. Owahiri öffnete die Faust und schaute auf die graue Figur, die in seiner Hand lag.

»Das sind Zinnfiguren«, hatte Omai damals gesagt und eine Kiste geöffnet. In ihr hatten diese Figuren gelegen, klein und glänzend, fast kniehoch gestapelt. »In England spielen die Kinder damit. Wenn du möchtest, nimm dir eine.«

Lange hatte Owahiri gesucht, bis er sich entschieden hatte.

»Das ist ein Reiter.« Omai hatte ihm den Namen des Tieres genannt, auf dem der Mann saß. Doch an das Wort konnte Owahiri sich längst nicht mehr erinnern. In seinen Augen ähnelte das Tier einem Hund, einem etwas groß geratenen Hund.

Es war ein unvergesslicher Besuch bei Omai gewesen. Erst am Abend zuvor hatte er Tupaia die Geschichte erzählt. Dass Omai und er miteinander gespielt hatten, bis es wieder einen Krieg gegeben hatte, und dass die Familie seines Freundes nach Huahine hatte fliehen müssen. Sein Sohn folgte seinen Worten kaum. Müde rieb er sich die Augen, bis der Vater das Schiff erwähnte. Das Schiff, mit dem die Fremden mit der weißen Haut nach Tahiti kamen.

»Ihre Haut ist wirklich weiß wie Kokosnussfleisch?«, warf Tupaia ein. Jetzt war er wach und zappelig.

»Ja, das ist sie, und viele der Fremden haben helle Augen. Blau wie das Meer oder grau. Grün gibt es auch und hellbraun, das sieht ungewöhnlich aus, sage ich dir.«

»Und dann, was passierte dann?«

»Die Fremden nahmen Omai, er war damals ein junger Mann, auf ihre Insel, nach England, mit. Diese Insel ist weit entfernt, bis dorthin ist es eine Reise, die viele Monde währt. Ich hörte, dass er aufgebrochen war, ans andere Ende der Welt, und war mir sicher, er würde nie zurückkommen. Aber sie brachten ihn wieder zurück. Hier auf Tahiti sind wir uns, inzwischen erwachsene Männer, wieder in die Arme gefallen. Und dann habe ich ihn begleitet. Er wollte gern nach Huahine. Dort fühlte er sich inzwischen wohler.«

»Du bist mit Omai nach Huahine gefahren? Auf dem großen Schiff?«

Owahiri nickte.

»Stimmt es, dass ihre Schiffe aussehen, als hätten sie Flügel? Weiße, große Flügel?«

»Ja, sie haben weißen Stoff an Stämme gehängt, und der Wind bläht diese Stoffe auf. Das sieht ein wenig so aus wie die Flügel eines weißen Vogels. Vieles an ihnen ist anders als bei uns, nicht nur ihre Schiffe sehen anders aus. In Huahine habe ich gesehen, wie die Fremden Omai eine Hütte gebaut haben, aus Holz, mit geschlossenen Wänden.«

Tupaia riss seine Augen auf. Sein Mund formte ein leises »Ohhhh!«.

»Die Luft war schlecht darin. Sie kann sich nicht bewegen, und wenn die Sonne auf das Dach fällt, wird es auch noch heiß in dieser Hütte.«

Die kleine Stirn kräuselte sich. Enttäuschung zeigte sich auf dem Gesicht seines Sohnes. »So etwas Dummes«, sagte er. »Wie kann man denn solche Hütten bauen?«

»Sie haben viele merkwürdige Gewohnheiten und Gegenstände. Omai hatte etliche dieser seltsamen Gegenstände aus England mitgebracht, die ich dir nicht recht erklären kann. Eine Kaffeemühle. Ein lustiges Wort, oder? Wozu man sie verwendet, habe ich nicht verstanden. Und Musikinstrumente hatte er dabei, sie nannten sich Geige und Flöte. Eine Flöte bläst man mit dem Mund.«

Tupaias Lachen steckte ihn an. Gemeinsam lachten sie über die Vorstellung, eine Flöte mit dem Mund anstatt mit der Nase zu spielen.

»Er hatte auch Gläser dabei. Sie sind wie unsere Kokosnussschalen, man kann daraus trinken. Sie waren hübsch, man konnte sehen, was man eingoss. Aber sie gingen so schnell kaputt. Und wenn man dann die Reste wegwerfen wollte, konnte man sich die Haut damit blutig schneiden. Und es gab weiße, flache Platten, auf die legen die Fremden das Essen. Auch das war hübsch, aber diese Platten gingen ebenfalls schnell zu Bruch. Omai nutzte bald wieder die guten Bananenblätter.«

Bis in die tiefe Nacht hinein erzählte er Tupaia alles: Wie er mit Omai die Sprache der Fremden geübt hatte und wie er wieder nach Hause zurückgekehrt war.

Der Abend hatte alles wieder aufgewühlt.

Omai hatte er nach seinem Besuch auf Huahine nie wiedergesehen. Nur Erzählungen waren immer wieder bis nach Tahiti vorgedrungen, die einander ähnelten. Nachdem die Mitbringsel verschenkt waren, so sagte man, hatte der Freund die hölzerne Hütte irgendwann verlassen.

Zum Abschied hatte Owahiri ihn gewarnt, er solle nicht alleine weiterleben, sonst würde der Totengeist ihn sich eines Nachts holen kommen. Es war also durchaus denkbar, dass Omai, vereinsamt in seiner Hütte, dem Totengeist zum Opfer gefallen war. So genau konnte das niemand sagen.

Owahiri öffnete noch einmal die Hand. Der Reiter. Alles hatte er Tupaia erzählt, nur den Reiter, den hatte er nicht erwähnt. Nicht einmal Revanui wusste von ihm. Wieder breitete sich das Gefühl der Scham in ihm aus.

»Das ist merkwürdig bei den Menschen in England«, erklang

noch einmal die Stimme des Freundes in seinem Kopf. »Sie hüten ihre Sachen. Sie hüten einfach alles. Und sie geben sie nicht mehr her. Nur sehr ungern, und wenn sie doch etwas hergeben, möchten sie etwas anderes dafür haben. So wie sie das hier auch gemacht haben.« Omai und er hatten damals beide einen Moment geschwiegen. Sie waren sich einig gewesen: Tiere konnte man hüten, aber nicht Sachen.

Viel Zeit war seitdem vergangen. Und seit jenem Abend hatte er den Zinnsoldaten über die Monde hinweg gehütet.

# Rio de Janeiro, 5. Oktober 1785

Es war kein Gebrüll, es war mehr ein Aufheulen gewesen. Und auch in Carl hatte etwas aufgeheult, freudig, fast fiebrig, und ihn nach draußen an die Reling gedrängt, kaum dass der Ruf »Land in Sicht« erklungen war. Leicht war von diesem Moment an alles geworden. Selbst die letzte Faser seines Leibes hatte Reserven freigesetzt, die in den vergangenen Wochen verborgen geblieben waren. Die Arbeit hatte sich von nun an beinah spielerisch erledigt, und der Umgang der Mannschaft untereinander wurde ungezwungen, nahezu friedlich. Man hatte gescherzt, miteinander gesungen, und Lukas' Dudelsack ertönte ohne Unterlass.

Sechs Tage waren sie seit jenem Ausruf auf südlichem Kurs parallel an Südamerikas Küste entlanggefahren, mit dem Wissen, dass Rio de Janeiro nur einen Steinwurf entfernt lag. Hier konnte Holz geschlagen, frisches Wasser und Gemüse aufgefüllt werden. Mit ein wenig Glück würden sie auch wieder lebende Tiere an Bord nehmen können und so dem Dörrfleisch für ein paar Tage eine willkommene Abwechslung entgegensetzen.

Seit sechs Tagen hielt auch Carl immer wieder Ausschau nach Rio de Janeiro, und bisher hatte er sich nicht sattsehen können. Grandiose Landschaften erstreckten sich vor ihnen: steinige Hügel, zerklüftete Felsen, grüne Täler und liebliche Buchten. Nichts, was es woanders auf der Welt nicht auch gab, und doch schön wie nie. Seine verödeten Sinne berauschten sich immer aufs Neue am Ausblick und am Wind, der vom Land kam und den Geruch feuchter Erde vor sich hertrieb.

Am zweiten Tag war ein erstes kleines Fischerboot auf den Dreimaster zugekommen und hatte seine Ware feilgeboten. Als hätten alle Fischer der Küste den Verkauf beobachtet, paddelten nun beständig kleinere und größere Boote der *Sailing Queen* entgegen und priesen frischen Fisch an. Einer der Männer hatte zu Carls Erheiterung das spanische Silbergeld ausgeschlagen und nach englischen Münzen verlangt. Er hatte erhalten, wonach er verlangte, und im Gegenzug besonders gute Fische ausgewählt.

Schon vom ersten Kauf an hatte Carl sich vorn an die Reling gestellt und jeden der Fische gesichtet, die an Deck gereicht wurden. Er hatte Mary angehalten, Skizzen zu machen, sich Form und Farben zu notieren. Noch immer fiel es ihm schwer, ihr Aufgaben zu übertragen, ihr Anweisungen zu geben, manchmal ertappte er sich sogar dabei, dass er ihr aus dem Weg ging. Er konnte nicht umhin, sie als Frau wahrzunehmen, und musste sie doch als Mann ansprechen. Konzentration erforderte dieser Umgang, gelegentlich nahm er nahezu groteske Züge an. Bei fast jedem Satz, mit dem er sich an sie wandte, betonte er ihren Namen: *Marc.* Immer wieder *Marc. Marc, könntest du … Marc, würdest du …* Und so war auch der Auftrag, die Fische zu skizzieren, mit *Marc* eingeleitet worden. Der Smutje hatte die Augen gerollt, als er gehört hatte, dass erst der Zeichner ans Werk gehen würde, und sich dann doch damit abgefunden, dass ihm eine Vielzahl der Fische erst später, nach Abschluss der ersten Arbeiten, in die Kombüse gebracht wurde.

»Der Zuckerhut! Der Zuckerhut!« Die Stimme des Schiffsjungen, der im Krähennest Ausschau hielt, verursachte Carl eine Gänsehaut. Der Seehafen von Rio de Janeiro tauchte vor ihnen auf. Er zwängte sich zwischen die Männer, schob ein wenig mit der Schulter und drängte mit der Hüfte, bis er einen Platz ergattert hatte, der ihn die Küste überblicken ließ. *Uneinnehmbar*, dachte er, als er wenig später den Seehafen erblickte. *Diese Stadt ist uneinnehmbar.*

Die feinsandige Bucht südlich des Zuckerhuts wurde mit einer Geschützabteilung von mehr als zwanzig Kanonen abgedeckt. Am Fuße des Berges konnte er in einer Landenge ein steinernes Fort erkennen, das ebenfalls mit Kanonen versehen war, die nur dem Zwecke dienten, einfahrende Schiffe treffen zu können. Am Eingang der Bucht konnte er Fort Lozio ausmachen, die sechseckige Festung aus Stein, die man auf einen Felsen gebaut hatte. Rings um die Bucht waren weitere Kanonen an strategisch wichtigen Positionen aufgestellt. Carl schüttelte den Kopf. Eine bis an die Zähne bewaffnete Stadt. Seine Exzellenz Dom António Rolim de Moura hatte Kapitän Cook das Leben schwergemacht. Ob er noch der königliche Statthalter Brasiliens war?

Wenig später ruderte ein Boot mit zehn Riemen auf die *Sailing Queen* zu, zehn bewaffnete Soldaten und zwei portugiesische Beamte an Bord. Carl beugte sich vor, um die Männer besser sehen zu können. Sie reagierten nicht auf die Zurufe der Seeleute, freundliche Grußworte in holprigem Spanisch. Schweigend kamen die Beamten an Bord und verschwanden mit Kapitän Taylor in dessen Kajüte, während das Boot mit den bewaffneten Soldaten vor der *Sailing Queen* auf- und abschaukelte.

Als die Beamten das Achterdeck wieder verließen, beobachtete die versammelte Mannschaft, dass die Pinasse hinabgelassen wurde und dass der Kapitän die Seitenstufen der Bordwand mit den Fremden hinabkletterte. Kaum waren die beiden Boote außer Hörweite, machte die Nachricht die Runde: Eine Audienz hatte der Kapitän, beim Statthalter persönlich, und der Mannschaft war offiziell untersagt worden, das Schiff zu verlassen.

Die Sonne schien in die Offiziersmesse und warf die Schatten der Fensterkreuze auf den Tisch. Carl fuhr mit seinem Blick die harten Konturen nach.

Ihm gegenüber saßen Mary und Franklin, Peacock lief vor dem Kamin auf und ab. Selbst Doc Havenport hatte sich zu ihnen gesellt. Zwei der Offiziere hatten den Kapitän begleitet, die verbliebenen sorgten an Deck dafür, dass es nicht zu Unruhen unter der Mannschaft kam. Schnell hatte die Nachricht zu Aggressionen geführt. Einige der Seeleute hatten beschlossen, sich nicht den Vorschriften des Statthalters beugen zu wollen, und das Beiboot zu Wasser gelassen. Carl war sich nicht sicher, ob für dieses eigenmächtige Handeln nicht noch die neunschwänzige Katze zum Einsatz kommen würde.

»Man hätte St. Egremont auf den Falkland-Inseln anlaufen sollen«, sagte Doc Havenport in das Schweigen hinein. Mit geschürzten Lippen zwirbelte der Arzt die Spitze seines Bartes.

»Es heißt Port Egmont, und wisst Ihr überhaupt, wie weit das noch entfernt ist? Zudem sind dort die Möglichkeiten einer Bevorratung schlechter«, entgegnete Franklin.

Carl hörte aus der Antwort seines Gehilfen einen gereizten Unterton heraus. Seit dem Streit der beiden Männer konnte Franklin keinen Satz des Schiffarztes ohne Kommentar stehen lassen. Meist entstanden Wortgefechte, die Carl amüsierten, jetzt strengten sie ihn an. *Wir müssen bald wieder irgendwelche Tinkturen und Pillen bestellen,* befand er im Stillen, *damit Doc Havenport genug Grund hat, sich in seiner Kajüte zu vergraben.*

Mit Daumen und Zeigefinger strich er sich kurz über die Augenbrauen. Ein leichter Druck war in seiner Stirn zu spüren, der bis unter die Schädeldecke ausstrahlte. Es würde nicht mehr lange dauern, und ein satter Kopfschmerz würde daraus erwachsen. Er sah auf. Still saß Mary ihm gegenüber, doch nichts schien ihr zu entgehen, nicht einmal zwei Finger, die sich über eine Stirn schoben. Carl schüttelte nur kurz den Kopf, eine Andeutung, dass es keinen Grund zur Besorgnis gab. Sie nickte und konzentrierte sich wieder auf das Gespräch.

»Ja, aber um was geht es denn hier? Was will der Statthalter von

Kapitän Taylor?« Peacock blieb stehen, schaute in die Runde und zupfte gedankenverloren an der Ecke eines zerknüllten Taschentuchs herum.

»Das geht schon seit Jahren so. Immer wieder beruft sich der Statthalter auf den König Portugals, dessen Befehle er angeblich ausführt. Er meint, jedes Schiff würde in seinem Hafen die gleiche Behandlung erfahren, was nachweislich nicht der Fall ist. Die Besatzungen spanischer Schiffe können sich hier frei bewegen, während englische Schiffe unter Aufsicht gestellt werden. Unseren Handelsschiffen wird häufig Schmuggel oder gar Spionage vorgeworfen«, antwortete Carl.

Der Astronom schnappte nach Luft. »Spionage? Was sollen wir denn hier spionieren?«

»Wir könnten uns beispielsweise für die Festungsanlagen der Stadt interessieren.«

»Aber wir sind doch nicht das erste englische Schiff, das hier anlegt. Jedes vor uns könnte doch die Bewaffnung längst erfasst und weitergegeben haben.« Peacocks Stimme kletterte in unangenehme Höhen.

»Derweil könnte man durchaus Veränderungen an den Befestigungen der Stadt vorgenommen haben. Spionage ist ein laufendes Geschäft, das dazu dient, jede Veränderung und Neuerung des Gegners auszukundschaften.«

»Auch wenn dem so ist, der Vorwurf ist absurd«, warf Franklin ein, die Arme vor der Brust verschränkt.

»Ja, das ist es auch. Meist erhalten die Schiffe letztlich auch den gewünschten Proviant und können dann weiterreisen.«

»Will der Statthalter auf diese Weise die Preise in die Höhe treiben?« Es war die erste Frage, die Mary in die Unterhaltung einbrachte. Ihrer Stimme fehlten Peacocks Entsetzen und Franklins Hohn. Es war eine klare Frage, ruhig formuliert.

»Vielleicht spielt das eine Rolle, aber ich denke, dass es hier schlichtweg um Schikane geht.« Carl erhob sich und lief zum

Fenster hinüber. »Ich hätte eine Idee, wie wenigstens unsere Forschungen nicht zu sehr unter diesen Beschränkungen der Bewegungsfreiheit zu leiden hätten.« Er nickte und war sicher, dass der Plan funktionieren könnte.

Und vor dem Fenster lockte sattgrün und erdbraun das fremde Land.

***

Ein jeder an Bord hatte schlechte Laune, selbst Seth fühlte die Wut in seinem Bauch. Sie rumorte laut und deutlich. Anstatt eines Landgangs hatte man erneut das große Reinemachen ausgerufen. Das Polieren, Wischen und Schrubben trug nicht gerade dazu bei, seine Stimmung zu heben. Übellaunig schaute er zum Land hinüber. Was war das für ein schwarzer Schatten? Er blinzelte und schirmte mit der Hand das Sonnenlicht ab.

Der Schatten blieb.

Genau genommen kam er schwarz und schwankend auf das Schiff zu. Anscheinend waren alle derart in ihre schlechte Laune und ihre Arbeit vertieft, dass ihnen der größer werdende Schatten entging. Seth schüttelte den Kopf und kniff die Augen zusammen, doch es änderte nichts an seiner Entdeckung.

»Da!«, rief er. Einige der Umstehenden blickten in die Richtung, in die sein Finger aufs Wasser hinauszeigte.

»Ein Schatten.« Jeder konnte hören, dass er sich fürchtete. Für einen Moment erwog er, wegzulaufen und sich unter Deck zu verstecken, doch er blieb, wo er war.

»Seth! Nat! Dan! Lukas!«

Seth fuhr herum.

Marc eilte die Stufen vom Achterdeck herunter, seine Wangen glühten. »Das ist ein Schmetterlingsschwarm. Ein riesiger Schmetterlingsschwarm.« Er trug mehrere Fangnetze bei sich, und im Vorbeilaufen gab er Nat eines in die Hand. Der schaute auf das Netz, ließ seinen Scheuerstein fallen und machte ausholende Bewegungen.

»Ich brauche jede freie Hand«, rief Marc, und sofort lief Seth ihm entgegen. Auch er wollte ein Netz. Hastig warf er einen Blick auf die Schmetterlinge, die inzwischen so nah herangekommen waren, dass man bei einigen das Schlagen der Flügel erkennen konnte.

Als Marc Dan ein Netz übergeben wollte, trat der einen Schritt zurück. »Ich fange keine Schmetterlinge. Ich bin doch kein Waschlappen.«

Peacock trat vor und langte nach dem Netz. »Na, dann mache ich das«, sagte er und stellte sich breitbeinig vor der Reling auf. Dem Schmetterlingsschwarm entgegen.

Seth eilte neben ihn und nahm die Körperhaltung des Astronomen an, der darüber auflachte. Lukas und Nat gesellten sich zu ihnen. »Tara, tara«, brüllte sein Bruder. »Auf in den Kampf.« Nun lachten sie gemeinsam.

*Wo ist Marc?*, fragte Seth sich. *Was soll ich denn machen, wenn ich einen Schmetterling gefangen habe?* Sein Herz schlug so laut, dass er schreien musste, als er dem ersten Schmetterling hinterherrannte. Es waren so viele, dass sie, einem Vorhang gleich, das Schiff einhüllten. Sie nahmen ihm die Sicht und streiften seine Haut. Überall ließen sie sich nieder, auf der Reling, in den Rahen und im Tauwerk, auf den Planken, in den Segeln. Ein Heer aus Flügeln und Farben. Doch so schnell die Falter gelandet waren, so schnell erhoben sie sich, wenn Seth versuchte, sie mit dem Netz zu erhaschen. Er begann zu schwitzen.

Auf der Treppe zum Achterdeck gelang es ihm endlich – er hatte den ersten Schmetterling erbeutet. Atemlos ging er auf die Knie, um seinen Fang zu begutachten. Hilflos flatterte der Schmetterling hin und her und blieb dann still sitzen. Die oberen Flügel leuchteten rot wie frisch vom Busch gezupfte Himbeeren und waren schwarz gerändert. Die unteren Flügel waren kleiner. Mittig hatten sie jeweils einen himbeerroten Fleck, daneben war noch ein blauer Streifen und innen, fast schon am Körper, saß ein gelber Tupfer.

Seth ließ den Blick schweifen. Nat sprang über das Deck, schlug hier hin, schlug dort hin und gluckste, als er mit Peacock zusammenstieß. Marc hockte neben Lukas, der auch schon erste Beute gemacht hatte, und die Männer in den Masten waren mit ihrer Arbeit beschäftigt.

Langsam hob er das Netz. Der Schmetterling lief einige Schritte auf der Stufe entlang, und seine Flügel zitterten einen Moment, bevor er sich in die Luft erhob.

Seth atmete tief ein und schlenderte zu Lukas und Marc hinüber.

»Und«, Marc wandte sich ihm zu, »war das Jagdglück dir hold?«

»Leider nicht.« Er zögerte einen Moment, dann gab er sich einen Ruck. »Kann ich dir helfen?«, fragte er, ohne den Blick von Lukas' Schmetterling zu nehmen.

Erstaunt blickte Marc ihn an.

»Naja, beim Schreiben oder Malen oder so. Vielleicht kann ich wieder deine Pinsel auswaschen.«

»Just wollte ich Lukas' Fang in die Kajüte bringen. Wenn du magst, begleite mich.«

Seth griff nach Marcs Netz. Mit erhobenem Haupt folgte er ihm aufs Achterdeck.

# Rio de Janeiro, 6. Oktober 1785

Carl öffnete das Kajütenfenster. »Wollen wir hoffen, dass unsere Beobachtungen stimmen«, flüsterte er und warf das Seil in die Tiefe.

»Jetzt ist keine Wachpatrouille im Hafen unterwegs.« Franklins Stimme klang wie die eines kleinen Jungen, der darauf brannte, ein großes Abenteuer zu wagen.

Carl ließ sich am Seil hinab. Kurz darauf hörte Mary, wie er in der Jolle landete. Sie hob die erste Tasche mit den Sammelutensilien, Pinseln und Skizzenblöcken an und reichte sie Franklin, der sie am Seil verknotete und in die Tiefe sinken ließ. Es folgte der Proviantbeutel, den Henry gepackt hatte.

»Jetzt bist du dran.« Franklin gab ihr das Seil in die Hand.

Mary zögerte. »Warum nehmen wir nicht die Seitenstufen?«, flüsterte sie.

»Weil die dem Hafen zugewandt liegen, auf dieser Seite haben wir Sichtschutz. Beeile dich, du schaffst das.« Er packte das Seil und zog es zwischen seine Beine. »Du klemmst es dir zwischen die Schenkel und Waden, dann kann dir nichts geschehen. Und wenn du doch fallen solltest, schrei nicht auf. Carl fischt dich schon aus dem Wasser.«

Mary kletterte aus dem Kajütenfenster und ließ sich das erste Stück am Seil hinabrutschen. Der Mond warf einen silbrigen, spitz zulaufenden Streifen auf die glatte Wasseroberfläche.

Direkt unter ihr stand Carl in der schwankenden Jolle und hielt seine Arme in die Luft gestreckt.

Mary schloss die Augen und spürte seine Hände auf ihrer Hüfte. Sein Gesicht war dicht vor ihrem, in der Dunkelheit kaum mehr als ein Schattenspiel von Brauen, Nase und Mund. Wortlos drehte sie sich weg und ließ sich auf die Bank sinken, während Carl Franklin in Empfang nahm. *Die beiden nehmen mich mit*, jubelte es in ihr, *sie nehmen mich wirklich mit. Zwei der bedeutendsten Wissenschaftler Englands nehmen mich mit auf eine Exkursion, eine verbotene dazu.* Ihre Hände waren kaltschweißig und umklammerten den Beutel auf ihrem Schoß.

Franklin blieb stehen und nickte in Richtung der Ruder hinüber. Die Hitze stieg Mary ins Gesicht, flugs sprang sie auf und tauschte im schwankenden Boot mit Franklin die Plätze. Nahezu geräuschlos ließ sie einen Atemzug später die Ruderblätter ins Wasser sinken.

Vorab waren klare Absprachen getroffen worden: Während der Überfahrt sollte kein Wort gewechselt werden, bis sie an einer weniger frequentierten Stelle des Hafens angelegt hatten. Auch in der Stadt hatten sie noch zu schweigen, um nicht sofort an ihrer Sprache als Fremde erkannt zu werden. Schnellstmöglich wollten sie in Richtung der Berge laufen und erst Rast machen, sobald sie im Wald verschwunden waren.

Angespannt behielten sie zu dritt den Hafen im Auge, aber niemand schien die kleine Jolle zu bemerken, die sich langsam durchs Wasser schob.

Marys Beine zitterten, als sie festen Boden unter ihren Füßen spürte. Die spärliche Beleuchtung des Hafens und auch der Gassen, durch die sie nun eilten, ließ wenig von Rio de Janeiro erkennen. Sie folgte den Männern vor sich und glaubte, das Herz müsse ihr überlaufen. *Das ist Glück*, dachte sie. *So fühlt sich Glück an, Vater.*

Es dämmerte bereits, als Carl seinen Beutel abstellte und sich auf den sandigen Boden sinken ließ. Im Schutz wilder Büsche konnten sie die vor ihnen liegende Lichtung gut im Auge behalten, ohne selbst sofort wahrgenommen zu werden.

Franklin holte den Wasserbeutel, Brot und Käse hervor. Beim Anblick der einfachen Mahlzeit obsiegte der Hunger und verdrängte Marys bisherige Anspannung. Schweigend aßen sie, und mit jedem Bissen nahm die Müdigkeit zu. Gemeinsam hatten sie am Abend die Vorbereitungen getroffen, um gegen Mitternacht das Schiff zu verlassen. Niemand von ihnen hatte in dieser Nacht ein Auge zugemacht.

»Was hat Kapitän Taylor gesagt?«, fragte Franklin und biss in ein Brotstück. Aufmerksam schaute er Carl an.

»Dass wir nicht sonderlich viel Proviant vom Statthalter erwarten können. Wahrscheinlich wird in erster Linie Wasser und Rum geladen. Sehr erfolgreich waren seine Verhandlungen nicht.«

»Du weißt genau, was ich meine. Was hat der Kapitän zu deinen Plänen gesagt? Zu unserem nächtlichen Ausflug?«

»Was soll er gesagt haben? Er hat sich dagegen ausgesprochen. Im Ernstfall hat er von unserem Vorhaben nie etwas gehört. Das bedeutet, wir haben das Schiff ohne seine Genehmigung verlassen.«

»Was meinst du mit Ernstfall?«

»Naja, falls wir inhaftiert werden. Soll vorkommen.«

Ein Krumen blieb Mary im Hals stecken. Sie hustete.

»Keine Sorge«, Franklin reichte ihr das Wasser, »wir werden schon wieder unentdeckt an Bord kommen.«

»Es genügt, wenn wir am späten Vormittag aufbrechen. Es ist wichtig, dass der Morgentau getrocknet ist, bevor wir die Pflanzen schneiden«, sagte Carl. Der Gedanke an eine Inhaftierung schien ihn in keinerlei Weise zu beunruhigen. »Das heißt, wir können uns gleich noch ein wenig ausruhen. Ich würde vorschlagen, dass jeder eine Wachschicht übernimmt.« Er zog seine Taschenuhr aus der Hose und legte sie in die Mitte. »Gern mache ich den Anfang.«

»Marc, wir haben einfache Spielregeln bei der Exkursion.« Für einen Moment sah Carl ein wenig drein wie ihr Vater, wenn sie einst gemeinsam aufgebrochen waren. Mary unterdrückte ein Lächeln.

»Wir entfernen uns nie aus der Sichtweite des anderen. Franklin hat vorgeschlagen, dass wir dich mitnehmen, um heute so effektiv wie möglich zu arbeiten. Wir teilen uns die Arbeit. Er nimmt sich die krautigen Gewächse vor, ich kümmere mich um die holzigen. Ein besonderes Augenmerk werden wir auf die Aufsitzer legen, die Farne und Orchideen. Und du, du zeichnest, so schnell und genau wie möglich. Aus Zeitgründen bleibt die Vogel- und Insektenwelt heute weitestgehend ohne Bedeutung.«

Franklin senkte den Kopf und polierte sein Messer. Ein leises Zucken umspielte seine Mundwinkel.

*Ich habe ihm nie gesagt, dass ich darunter leide, dass ich ausschließlich an Bord arbeiten soll. Woher weiß er das?,* fragte sie sich kurz und runzelte die Brauen.

Carl, dem der Blickwechsel entging, war weiterhin in seine Ausführungen vertieft und wollte kein Ende finden. »Bei größeren Pflanzen machen wir einen sauberen Schnitt an einer exemplarischen Stelle der Sprossachse. Alles andere wird so tief wie möglich am Pflanzengrund geschnitten. Lassen sich die Wurzeln aus dem Boden heben, sind sie unbedingt mitzuführen, aber nicht zwangsläufig. Eine Kategorisierung oder Bestimmung kann meist auch so vorgenommen werden.«

»Ich nehme an, es werden von jeder Pflanze ein oder zwei Exemplare mehr mitgenommen als nötig? Falls es Schwierigkeiten beim Pressen gibt?«, warf Mary ein.

Carl nickte. »Da wir frühestens in der Nacht an Bord zurückkehren können, müssen wir damit rechnen, dass einige Pflanzen bis dahin unwiederbringlich zusammengefallen und für den Pressvorgang ungeeignet sind. Deshalb wirst du einen Großteil skizzieren müssen. Mache dir genaue Angaben zu den Farben und Farbverläufen, es wird nicht viel Zeit bleiben, jedenfalls nicht genug Zeit, um ins Detail zu gehen. Und falls dir außergewöhnliche Pflanzen auffallen, nimm sie mit. An Bord können wir immer noch einen Abgleich machen, inwiefern es Doppelungen gibt.«

Carl und Franklin streiften sich die Handschuhe über und setzten sich in Bewegung.

*Ich bin auf einem anderen Kontinent. Vor mir laufen zwei Wissenschaftler, die mich auf ihre Exkursion mitgenommen haben. Noch immer kann ich es nicht glauben, noch immer will der Gedanke sich nicht fügen: Ich bin einer von ihnen.*

Mary schluckte.

*Ich bin angekommen.*

Sie sog die blütensüße Luft ein und genoss die wärmenden Sonnenstrahlen.

Schon nach wenigen Schritten beugte sich Franklin vor, bog die Äste einer Pflanze zur Seite und setzte den ersten Schnitt. Nur einen Atemzug später rief Carl nach ihr.

»Marc, hiermit kannst du anfangen«, sagte er, beugte sich vor und wies auf ein Bananengewächs, dessen herrlicher Blütenstand dem einer Strelitzie ähnelte.

Mary ließ sich auf dem Boden nieder, um die Skizze anzufertigen. Doch ihr Blick hing in Carls Nacken, auf den feinen Härchen, in denen sich kleine Schweißperlen verfangen hatten. Etwas in ihr lachte hell und glücklich auf. *Sollten wir verhaftet werden,* dachte sie, *dann möchte ich mir wenigstens eine Zelle mir dir teilen.*

# Plymouth, 2. November 1785

Ein leises Knarren ließ Landon von seinen Papieren aufschauen. Ein unerfreulicher Vorgang, der auf dem Schreibtisch vor ihm lag – ein neuer Ladekran musste angeschafft werden, eine Ausgabe, die er noch einige Zeit verschieben zu können gehofft hatte. Dankbar über ein wenig Ablenkung, hielt er bereitwillig inne und lauschte. Die Diele vor der Tür, sie knarrte. Irgendwer musste vor dem Zimmer stehen. Ein Klopfen folgte, der Türgriff wurde heruntergedrückt.

Das Gesicht seines Kontorvorstehers schob sich durch einen schmalen Spalt. »Ihr habt Besuch, Mr. Middleton wünscht Euch zu sprechen.«

Landon nickte nur, erhob sich und trat ans Fenster. Ungewöhnlich früh hielt der Winter in diesem Jahr Einzug, hatte es in der Nacht doch bereits das erste Mal geschneit. Inzwischen waren die Flocken in einen Dauerregen übergegangen und hatten die Stadt in eine graue Schicht aus Matsch und Schlamm gehüllt. Der weiße Zauber des Morgens war zerstört.

*Der alte Mann wird mich nicht grundlos im Kontor aufsuchen,* dachte Landon, und sein Puls beschleunigte sich.

William Middleton trug einen Beutel bei sich, vielmehr hielt er ihn regelrecht umklammert. »Wir hatten vereinbart, dass wir einander informieren, wenn sich Neues zuträgt«, begann er formlos und öffnete den Beutel. Einen Lumpen zog er hervor, langsam, als könne er an ihm etwas zerstören, und hielt ihn in die Höhe.

*Wird der Alte jetzt wunderlich?* Doch William Middletons Miene war konzentriert, allenfalls ein wenig blass. Nichts an ihm wirkte überspannt. Dann erfasste Landons Auge den Umriss: Der Lumpen war ein Kleid, zerrissen und derart verschmutzt, dass der grünliche Farbton kaum auszumachen war.

William stand da und hielt den Stoff in die Höhe, nur seine Arme begannen zu zittern. Fragend blickte er Landon an.

»Ja, Ihr könnt das Kleid auf dem Tisch ablegen«, sagte dieser.

Nochmals griff der alte Mann in den Beutel, ein weiterer Stofffetzen folgte, den er zu dem anderen Lumpen legte. Sand krümelte über die Platte.

Die Arme hinter dem Rücken verschränkt, schob Landon die Finger ineinander.

»Mrs. Fincher bat, bevor sie abreiste, darum, den Garten bestellen zu lassen. Sie meinte, es würde den Verkauf erleichtern, wenn er nicht voller Unkraut sei. Beim Umgraben entdeckte der Gärtner«, William zeigte auf den Stoffhaufen, »das da.«

»Was ist das?« Landon spürte das sachte Beben seiner Stimmbänder.

»Es ist eines von Marys Kleidern und ein Laken.« William beugte sich vor und schob die Falten des Lakens auseinander. Ein dunkles Knäuel kam zum Vorschein. »Und das hier, das ist das Merkwürdigste: Es sind Haare. Ihre Haare, nehme ich an.«

Ein filziger Knoten, der mit Erdklumpen durchsetzt war. Langsam trat Landon zurück, tastete nach seinem Stuhl und setzte sich auf die Kante. Er schüttelte den Kopf.

»Ihr müsst den Constable informieren. Nicht mich.«

»Das war kein Verbrechen.«

»Was denn? Wollt Ihr sagen, dass sie sich in aller Seelenruhe eigenhändig das Haar geschnitten hat, bevor sie verschwunden ist?«

»Ja! Bitte haltet mich nicht für überspannt, wenn ich erneut davon anfange. Aber ich bin mir sicher, dass sie an Bord eines Schiffes gegangen ist. Das hier unterstreicht diese Annahme. Bisher sind wir nur davon ausgegangen, dass sie als Frau an Bord gegangen ist.« Williams Stimme war zu einem Flüstern geworden. Unsicher blickte er kurz zur geschlossenen Tür und wandte sich dann wieder Landon zu. »Es ist noch schlimmer als das: Sie hat sich das Haar geschnitten. Sie wird als Mann verkleidet an der Reise teilnehmen.«

»Ihr wisst, dass ich Euch sehr schätze, aber ich will das nicht glauben. Das kann nicht sein.« Immer wieder hatte Landon sich in letzter Zeit der Vorstellung hingegeben, Mary könne nach Bath gefahren sein, um dort in Begleitung einer Freundin ein wenig Zerstreuung auf langen Spaziergängen, beim Besuch von Konzerten, Ausstellungen und Theatervorstellungen zu suchen. Geendet hatte sein Tagtraum ein ums andere Mal damit, dass sie erholt und aufgeräumter Stimmung zurückkehrte. Jeder andere Gedanke schien unerträglich zu sein. »Woher wollt Ihr die Gewissheit nehmen, dass es sich nicht um ein Verbrechen handelt? Ihr habt vergrabene Kleidung und Haare gefunden.«

William ließ sich nicht beirren. »Die gesamte verbliebene Reisegarderobe von Mr. Linley blieb bei der Haushaltsauflösung unauffindbar, auch der alte Seesack war nicht mehr an seinem Platz. Es gab keine Einbruchspuren, und es fehlten nur die Reiseutensilien. Ich habe alles genauestens überprüft.«

Landon schwieg. *Was ist, wenn er recht hat? Dann ist das besser als nichts, dann wissen wir, dass sie lebt.*

»Aber warum ist ihr Kleid zerschnitten?«

Der alte Mann zuckte die Schultern. »Spekulationen kann ich bieten, mehr nicht.« Gedankenverloren zupfte er Erdklümpchen vom Stoff, die er in den Beutel fallen ließ. »Was machen wir nun? Können wir eine Nachricht senden? Besteht irgendeine Möglichkeit, das Schiff noch einzuholen, irgendwen zu informieren?«

»Schon der Gedanke«, Landon schüttelte den Kopf, während er die Worte abwog, »dass Mary als Frau dem Schiff hinterherreist, um nachträglich an Bord zu gehen, ist unglaublich. Doch der Gedanke, dass sie auch noch als Mann an Bord gegangen sein könnte, ist ungeheuerlich. Niemand wird uns glauben, und wenn diese Annahme sich tatsächlich als wahr erweist, wird ein Skandal das Haus des ehrwürdigen Francis Linley erschüttern, wie ihn Plymouth lange nicht erlebt hat.«

Den Rücken gewölbt, klaubte William weiterhin stoisch Erdklümpchen aus dem Kleid. »Wir werden nicht umhinkommen, es Mrs. Fincher mitzuteilen. Sollte Mary an Bord sein, ist es eine irrige Annahme, dass sie die Reise unentdeckt hinter sich bringt. Falls nicht noch schlimmere Dinge geschehen ...«

»Und diese Aufgabe wird mir zufallen, nehme ich an?«

Der alte Mann hob den Blick nicht, aber er nickte. »Wenn der Verkauf des Hauses abgewickelt ist, und wir befinden uns in den letzten Zügen, werden die Köchin und ich in den Dienst von Mrs. Fincher treten. Vielleicht ließe es sich einrichten, dass Ihr wenige Tage später eintrefft?«

»Wann wird das sein?«

»Oh, ich denke, in der kommenden Woche.«

Landons Blick fiel auf die Unterlagen seines Schreibtischs. Sandkörner waren über die Papiere verstreut. Gleich würde er sich wieder mit der Anschaffung eines Ladekrans befassen können. Welch wunderbarer Vorgang. Kalkulierbar, überschaubar und emotionslos.

# Atlantik, 21. November 1785

»Mary, bitte wach auf.«

Mary. Wie viele Wochen war es her, dass jemand sie beim Namen genannt hatte? Sie lächelte und zog die Decke über die Schultern, denn das Schiff war in dieser Nacht stark ausgekühlt. Doch dann fuhr sie abrupt in die Höhe und versuchte, sich in der Dunkelheit zu orientieren.

»Mary, bitte.«

Franklin! Es war Franklin, der sie beim Namen nannte. Nie hatte er sie mit ihrem Namen angesprochen. Und auch ihren falschen Namen hatte er seit der Enttarnung kaum noch verwendet, als wollte ihm das kleine Wort Marc nur schwerlich über die Lippen kommen. Nun rief er nach ihr und nannte sie Mary. Sie schluckte. »Franklin? Was ist? Geht es dir nicht gut?« Sie lauschte seinen Atemzügen. Hatte sie vielleicht geträumt?

»Hilf mir.«

Mit zitternden Fingern zündete sie die Öllampe an. Die Flamme warf Schatten, die unförmig durch den Raum schwankten.

Klein und kreidebleich erschien ihr Franklins Gesicht, groß jedoch seine glänzenden Augen. »Meine Hände und Füße sind erstarrt, ich kann sie nicht mehr bewegen«, flüsterte er.

Mary warf die Decke beiseite, sprang aus der Koje, beugte sich über ihn und befühlte seine Stirn. Nasse, kaltschweißige Haut. Der Körper bebte. »Ich hole Doc Havenport, bleib liegen.«

»Nein, nicht den Doc!«

»Franklin, wir brauchen Medikamente.« Sie nahm seine Hand. »Ich verspreche dir, ich werde deine Behandlung beaufsichtigen. Aber jetzt brauchen wir den Wirrkopf mit seinen Tiegeln und Pillen, ja?«

Die Locken wippten sacht.

Mary griff sich die Lampe.

Mit aller Kraft, die Hand zur Faust geballt, hämmerte sie gegen Doc Havenports Tür. *Ich habe keine Zeit zu warten, bis unser weinseliger Schiffsarzt wach wird,* dachte sie, betrat die Kajüte und stellte die Lampe auf dem Behandlungstisch ab. Heftig rüttelte sie an Doc Havenports Schulter. Seine Augenlider zitterten.

»Wir brauchen Euch, Mr. Myers liegt darnieder. Schnell, bitte kommt mit mir.«

Doc Havenport fasste sich an die Stirn und hielt die Augen geschlossen. »Nehmt doch bitte die lederne Tasche, und dann lasst uns gehen«, sagte er, rang nach Luft und schob sich aus der Koje. Seine Bewegungen wirkten mühsam, kaum, dass er stand, torkelte er zwei Schritte vorwärts.

Mary griff ihn um die Taille und setzte ihn wieder auf die Koje. Die nackte Haut seines Unterarmes war nass und kaltschweißig. *Wie bei Franklin, er hat die gleichen Symptome. Bleib ruhig,* ermahnte sie sich. *Bleib ganz ruhig.*

»Mir ist ein wenig schwindelig«, sagte Doc Havenport, sein Atem eine Mischung aus Fäulnis und Alkohol. »Verzeiht mir. Aber vielleicht kann Euch Sir Belham behilflich sein, ich befürchte, unpässlich zu sein.«

Mary half ihm, sich wieder hinzulegen, und deckte ihn zu. Kurz fühlte sie seine Stirn, doch der Befund änderte sich nicht.

»Meine Hände, sie schmerzen. Ich bekomme so schwer Luft.« Er hustete.

Beklommen wich Mary zurück, trat an den Tisch und goss ihm ein Glas Wasser ein.

Doc Havenport winkte ab. »Unter der Koje, schnell, schnell.«

Im Halbdunkel erkannte Mary eine geöffnete Flasche Madeirawein. Sie hielt sie dem Schiffsarzt hin, er langte danach und nahm gierig einige Schlucke.

»Das hilft! Das ist so gut wie starker Grog«, sagte er, als er absetzte. »Geht jetzt! Kümmert Euch nicht um mich, versorgt den anderen Patienten.«

Mary griff nach Tasche und Lampe. Rückwärts trat sie aus der Kajüte, den Blick auf Doc Havenport gerichtet, bis die Tür sich schloss. Sie rannte nicht, sie jagte zu Carls Kajüte. Sofort saß er aufrecht in seiner Koje, den Blick wach und klar, als hätte er auf ihr Eintreffen gewartet.

»Schnell, komm«, schrie sie. »Franklin, Doc Havenport – sie sind krank. Die Hände, die Füße, sie können sie kaum oder gar nicht bewegen. Doc Havenport atmet schwer.«

In baumwollener Wäsche lief Carl vor ihr her, den engen Kajütgang entlang. Als sie die Tür zur Kajüte aufstießen, war Franklins Koje leer.

»Dort.« Carl zeigte auf den Boden.

Franklin kniete vor der Koje. »Ich wollte aufstehen, nur kurz, für einen Schluck Wasser. Aber meine Beine wollten mich nicht tragen. Mir ist schwindelig.« Er versuchte, sich an der Seekiste hochzuziehen, doch es gelang ihm nicht, und so kroch er nur ein Stück weiter.

Carl packte ihn und half ihm auf sein Bett. »Was fehlt dir?«, fragte er.

»Fisch. Der Fisch war's, sage ich dir. Ich habe den Fisch gegessen. Doc Havenport saß mir gegenüber, er hat tüchtig zugelangt.« Mehrfach nickte Franklin. »Das Vieh schmeckte ölig. Seid froh, dass ihr nichts davon genommen habt. Widerlich, einfach widerlich. Ich habe nicht viel davon gegessen, aber Doc Havenport, wie ich schon sagte, der hat es sich munden lassen.«

»Meinst du, der Fisch war verdorben?« Mary blickte zu Carl.

»Das kann ich noch nicht sagen. Die Atemnot und Starre der Extremitäten machen mir Sorgen. Verabreiche Franklin ein wenig vom Kreuzdorn, wir müssen ihn purgieren. Gib ihm schweißtreibende Mittel, und wenn du ihn versorgt hast, dann komm zu Doc Havenport herüber.«

»Du lässt mich mit ihm alleine?«

»Marc, bitte lass uns jetzt nicht diskutieren. Wir haben zwei Kranke. Mindestens. Und Franklin hat weniger vom Fisch genommen. Wir müssen uns jetzt aufteilen.«

*Geh nicht, bitte,* flehte es in ihr. *Ich habe Angst. Lass mich nicht alleine.* »Entschuldige«, sagte sie nur, und die Dunkelheit verbarg das Brennen ihrer Wangen.

Die Tür schlug zu.

»Komm schon!« Franklin sog die Luft ein, und ein Lächeln schob sich auf sein Gesicht, es war ein wenig schief und verzerrt, aber es erreichte seine Augen. »Gib mir ordentlich von der Purgiernuss, damit der Fisch mich schnell wieder verlässt.« Er zeigte auf Doc Havenports Tasche, die Carl hatte stehen lassen.

*Wenn er könnte, er würde mich noch an die Hand nehmen, um mich durch die Behandlung zu führen,* dachte Mary. Sie öffnete den Verschluss der Tasche und spürte das verwitterte Leder unter ihren Fingerspitzen. *Ich muss mich beeilen, das Gift zerfrisst ihn.* »Du hast recht, der Fisch muss abgeführt werden. Und wenn ich dir dafür alle Pastillen verpassen muss, die ich zur Hand habe.« *Gut so,* beschwor sie sich, *weiter so. Plaudere auf ihn ein. Lenk ihn von seinen Schmerzen ab. Halt ihn mit deiner Stimme bei Bewusstsein.* Sie drehte sich zu Franklin um.

Sein Mund stand offen. Er presste sich die Hände auf den Brustkorb, und seine Augen quollen hervor. Wie ein an Land gespülter Fisch wand er sich übers Laken.

Der Tiegel fiel Mary aus den Händen. Die kleinen weißen Pastillen sprangen über den Boden. Sie ließ sich auf die Knie fallen, griff schnell eine von ihnen und legte sie auf Franklins Zunge.

Während sie sich auf die Koje schob, riss sie seinen Oberkörper in die Höhe, doch seine Augenlider sackten nach unten. Der Atem rasselte.

»Nein, halt durch. Halt durch. Halt durch.« Ihre Stimme war nicht mehr als ein Flüstern, heiser und panisch.

Franklins Kopf kippte vor. Die Pastille rollte aus seinem Mund.

»Carl«, schrie sie und hämmerte mit einer Hand gegen die Holzwand zur Nachbarskajüte. Peacock schlief nebenan. Vielleicht würde wenigstens er sie hören. Vielleicht würde er ihr helfen können. Mit der anderen Hand versuchte sie, Franklin aufrecht zu halten.

Er entglitt ihr, sackte hintenüber und schlug mit dem Kopf gegen das Holz.

Der Puls dröhnte Mary in den Ohren, als wollte der Schädel bersten. Tränen tropften auf ihre Hand, als sie sich vorbeugte und in Franklins Locken fasste. Sein Gesicht zu sich drehte.

Seine Augen standen offen. Starr und leer.

Kein Wimpernschlag beendete das grausige Bild.

*Franklin,* brüllte es in ihr auf. *Nein, du kannst nicht gehen. Du kannst nicht.* Ihr Körper wölbte und krümmte sich. Zog sich in Krämpfen zusammen, drängte den Atem pumpend über ihre Lippen, dass er in ein kehliges Schluchzen zerfiel. Das nasse Gesicht an Franklins Hals gepresst, schlang sie die Arme um ihn und zog ihn an sich. Sein Arm rutschte schlaff zur Seite und blieb auf ihr liegen.

Keine Öllampe war vonnöten. Ihre Beine wussten trotz der Dunkelheit, wohin sie sie zu tragen hatten. Schritt für Schritt kam sie der angelehnten Tür näher, ein schwacher Lichtschein fiel in den Flur. In der Kajüte war es still. Die Hand schien zu wissen, wie die Tür zu öffnen war. Nichts in ihr, weder Hirn noch Herz, konnte mehr einen Befehl erteilen.

*Carl, wo bist du?*

*Wir haben ihn verloren.*

*Franklin.*

*Carl, hilf mir.*

Sie schob die Tür auf. Carl saß auf dem Rand der Koje und hob den Kopf. Mary schaute an ihm vorbei. Zusammengerollt lag der Schiffsarzt da, das Gesicht im Krampf erstarrt. Ihr Blick wanderte zu Carl zurück, und sie antwortete mit einem Kopfschütteln auf die Frage, die wortlos zwischen ihnen stand.

* * *

Er war dankbar, dass es diesen einen kurzen Moment gab, in dem er nichts spürte. Nichts, außer einer Leere, die fast wohltuend war. Erst dann tauchte das Bild in seinem Kopf auf: Zuerst sah er den Mund in einem runden Gesicht, einen aufgerissenen Mund, und doch zu klein, dem Schmerz genügend Raum zu geben.

Sophie Myers.

Eine von vielen Müttern, die die Nachricht überbracht bekam, dass ihr Sohn nicht mehr von einer Seefahrt zurückkehren würde. Franklins Schwester schob sich ins Bild, zwei jüngere Brüder und der Vater folgten. Auf dem diesjährigen Sommerfest der Royal Society hatte er Familie Myers kennengelernt. Wie sollte er ihnen je wieder gegenübertreten? Carls Augen brannten, langsam zog er die Decke über Doc Havenports Leiche.

»Marc«, sagte er leise, »wir müssen jetzt prüfen, ob noch jemand im Sterben liegt. Noch wissen wir nicht, woran die beiden verstorben sind. Ist es eine Epidemie, müssen wir umgehend handeln.«

Ihre Augen waren blind vor Tränen. *Ob sie mich verstanden hat,* fragte er sich. *Sie muss denken, dass ich herzlos bin. Aber wir haben keine Wahl, denn wenn es nicht der Fisch war, bleibt uns keine Zeit. Was uns aber bleibt, ist unser Schmerz.*

Er zögerte einen Moment, legte dann aber doch die Hand auf

ihre Schulter und führte sie zur Tür. »Lauf und hol den Smutje. Ich benachrichtige derweil die anderen. Wir treffen uns gleich in der Kapitänskajüte.«

Smutje Henrys Gesicht war blutrot, und der Schweiß rann ihm in die Augen. Er wischte mit dem Arm über sein Gesicht, doch augenblicklich entstanden die nächsten Schweißtropfen. Alle Blicke waren auf ihn gerichtet, und Carl fühlte Mitleid. Seine Stimme klang nachsichtig, als er die Frage wiederholte: »Hast du die Fischreste noch?«

»Nein, die Reste werden jeden Abend über Bord gekippt, damit die Ratten nicht darangehen.«

»Wie sah der Fisch aus?«

Henry runzelte die Stirn. »Rundlich und gedrungen.«

»Hatte der Fisch Zähne?«

Er nickte und wischte wieder mit dem Arm über sein Gesicht.

»Hatte der Fisch Schuppen?«

Henry schüttelte den Kopf.

»Was?« Mary sprang aufgebracht in die Höhe. »Henry, du hast einen Tetraodon serviert?«

*Halt an dich,* flehte Carl innerlich, dem der Ton ihrer Stimme auffällig hoch erschien. Er sah sich um, doch weder der Ausbruch noch die Tonlage schien Argwohn zu erregen. *Bitte, beherrsch dich und werd jetzt nicht zur Furie.*

Kapitän Taylor schlug mit der Hand auf den Tisch. »Mr. Middleton, niemandem ist damit geholfen, wenn wir hier jetzt in einen Tumult ausbrechen«, beschied er streng und blickte in die Runde. »Und jetzt wäre ich dankbar, wenn man mir erklärte, was ein Tetraodon ist.«

»Ein Kugelfisch«, antwortete Carl.

Henry brüllte auf. »Ich habe es doch gesagt …« Seine Stimme überschlug sich, und er schnappte nach Luft. »Ich habe Doc Havenport gefragt, ob das ein Kugelfisch ist. Mein Gehilfe Dan, der kann es bezeugen. Noch nie habe ich so einen Fisch gesehen, ich habe nur davon gehört. Aber ich habe ihn gefragt. Ich habe ihn gefragt.« Der Smutje schluchzte. »Ich habe sie nicht umgebracht, ich schwöre es bei Gott.«

Peacock erhob sich und trat an den Smutje heran, der bebend vor dem Tisch stand. »Komm, Henry. Nimm meinen Stuhl. Setz dich«, sagte er sanft.

Henry fiel auf den Stuhl, sein Kopf sank auf den schmalen Brustkorb. Er begann, hemmungslos zu weinen.

Der Astronom griff in seine rechte Manteltasche, dann in die linke und zog ein Taschentuch hervor. Er reichte es Henry, der sich darin festkrallte.

»Also, du hast beim Fang der Fische darauf verwiesen, dass einer davon ein Kugelfisch sein könnte, ja?« Carl formulierte seine Frage behutsam. Den Mann mehr aufzuregen als bisher erschien ihm grausam.

Henry nickte erneut. »Es waren sogar zwei. Doc Havenport ging vorbei, und er sah, dass ich die Fische wieder ins Meer zurückwerfen wollte. Er befahl mir innezuhalten. Ich erklärte mich, und er musterte die Fische. Dann sagte er, ich müsse mir keine Gedanken machen. Nicht alle Kugelfische wären giftig. Und von dieser Art hätte er schon in Neu-Kaledonien gespeist. Ich habe ihm geglaubt.«

»Ja, auch er hat daran geglaubt. An sich ist es ja auch recht unwahrscheinlich, in dieser Region giftige Kugelfische anzutreffen«, erwiderte Carl.

Kapitän Taylor rang die Hände. »Meine Herren, die Lage ist ernst, denn man wird der Mannschaft nicht erklären können, dass ein tragisches Versehen den Tod zweier Männer verursacht hat. Angst und Aberglaube werden dazu führen, dass ein Sündenbock gesucht wird. Wenn die Männer dem Smutje das Essen verweigern, droht uns die Meuterei, darum möchte ich als Grund für das Ableben der beiden Männer eine Krankheit benennen. Es ist ausreichend, wenn der wahre Sachverhalt im Logbuch vermerkt und erst in England bekannt wird. Auf diesem Weg werden wir nur dem Aberglauben Rechnung tragen müssen, aber uns immerhin die Meuterei ersparen.«

Alle schwiegen. Carl und Peacock nickten.

»Gut, meine Herren. Dann erwarte ich von Sir Belham und Mr. Middleton die Nennung einer Krankheit, und«, er machte eine Pause, bevor er weitersprach, »ich erwarte Ihr Schweigen.«

Mehrfach hatte Carl Segelmacher-John bei der Arbeit beobachtet. Stets hielt er den Kopf in die Höhe, gab eine seiner Geschichten zum Besten, und die Hände auf der hölzernen Bank schienen ein Eigenleben zu führen. Doch sobald sich Segelmacher-John erhob, wandelte sich das Bild. Suchend ertasteten seine Hände sich den Weg. Carl vermutete, dass sich Johns Sehvermögen auf der Fahrt noch einmal verschlechtert hatte, dass er wahrscheinlich gerade noch Licht von Schatten zu unterscheiden wusste. Und so verließ Segelmacher-John seine Bank so selten wie möglich, offensichtlich in der Hoffnung, dass man seine Unsicherheit nicht zur Kenntnis nahm.

Die Unsicherheit, von der jeder an Bord wusste.

Carl konnte sich nicht erinnern, den Segelmacher auch nur ein einziges Mal in den Masten erlebt zu haben. Immer schickte er einen der Toppsgasten und gab ihnen Anweisungen, die sie widerspruchslos befolgten. Niemand sprach darüber, aber die Besatzung schien sich einig, den Mann in dem Glauben zu lassen, man würde ihm sein Gebrechen nicht anmerken.

Mit einem weißen Leintuch über dem Arm betrat Segelmacher-John die Kajüte des Schiffsarztes. Er blieb in der Tür stehen und ließ seinen silbern-leeren Blick durch den winzigen Raum gleiten. Doch Carl wusste, dass er dabei mehr wahrgenommen hatte als viele Sehende.

Franklins kalten Körper, der auf dem Behandlungstisch ruhte.

Den Schiffsarzt, der zusammengerollt in seiner Koje lag.

Den schmächtigen Zeichner, der in der Ecke auf einem Stuhl kauerte und sacht mit dem Oberkörper hin- und herschwankte.

Und sicher hatte er auch Carls Hand bemerkt, die immer wieder eine von Franklins Locken glattstrich und spürte, wie sie sich aufrichtete, als wäre nichts geschehen.

»Ich habe Segeltuch Nr. 1, einen Stoff von hervorragender Qualität, mitgebracht, da ich nicht weiß, ob die Herrschaften Hängematten haben, in die sie eingenäht werden. Es ist das beste Tuch, das wir an Bord haben. Hierin werden wir sie auf ihre letzte Reise schicken.«

Er trat neben den Tisch, und Mary stand mühsam auf, aschfahl im Gesicht. Gemeinsam hoben die beiden Franklin an, um ihn in das Segeltuch zu legen. Kaum, dass Segelmacher-John das Tuch über ihm zusammenschlug, rannen Mary erste Tränen über die Wangen.

Eine Zwinge legte sich um Carls Brust und drückte ihm den Atem ab.

Stich um Stich wurde Franklin in das Segeltuch eingenäht. Mit jedem Stich verschwand ein Stück mehr von ihm aus ihrem Leben. Als sich Segelmacher-John Franklins Nase näherte, beugte er sich vor und strich ihm über die Wange. Leichen erkannte er einwandfrei. Der Stich durch die Nase, um sicherzugehen, dass derjenige, der in das Segeltuch eingenäht wurde, nicht mehr lebte, war nicht vonnöten.

Franklin war und blieb tot.

Kein Wunder wollte geschehen.

Es erschien Carl wie ein Hohn, dass heute die Sonne lachte, der Himmel hellblau leuchtete und das Meer gestrichen glatt vor ihnen lag. Salutschüsse donnerten über ihre Köpfe hinweg, und unter dem Beben jedes Schusses drohte ihm das Herz zu zerspringen. Doch es zersprang nicht. Sein Herz schlug weiter.

Die gesamte Mannschaft stand an Deck, als die beiden Männer zu Wasser gelassen wurden. Sie versanken und trieben noch einmal kurz zur Oberfläche auf, das Segeltuch bereits schwer vom Wasser. Dann glitten Franklin und Doc Havenport in ihren weißen Kokons in die Tiefe. Eine Weile waren es noch helle Schatten, die sich gegen das dunkle Blau abzeichneten, bis das Auge nicht mehr ausmachen konnte, ob es das Tuch war oder der Wunsch, den Stoff noch in der Tiefe schimmern zu sehen.

Carl zwang sich aufzuschauen. *Wir,* dachte er und fixierte die Frau an seiner Seite, *wir werden die Lücken, die diese beiden Männer hinterlassen haben, schließen müssen. Ob du eine Ahnung hast, worauf du dich mit dieser Reise eingelassen hast?*

***

Den ganzen Tag über hatte sie die Kajüte nicht betreten. Hatte ihre Zeit an Deck und in der Offiziersmesse zugebracht. Längst war die Nachtruhe ausgerufen worden, und die Stille hatte das Regiment an Bord übernommen. Das Feuer im Kamin war erloschen, hin und wieder war noch ein leises Knacken in der glimmenden Glut zu hören.

Die Arme gestreckt, erhob sich Mary, und jeder Muskel ihres Körpers erschien ihr verhärtet. Mit zögerlichen Schritten lief sie zur Kajüte.

Sie wusste nicht, welche der Männer Franklin ins Behandlungszimmer geschafft hatten. Es war offensichtlich, dass sie ihn lediglich aus der Koje gehoben und fortgetragen hatten. Decke und Laken waren zerwühlt, jede Falte von Franklins Körper in die Wäsche gezogen. Auf der Seemannskiste lag seine Kleidung vom Vortag. Mary sank neben der Tür auf den Boden, schlang die Arme um ihre Beine und rührte sich nicht.

# Atlantik, 22. November 1785

Der Morgen graute, als sie erwachte. Die Lampe stand neben ihr und malte mit der Flamme unscharfe Schatten in den Raum. Es waren die Schmerzen, die sie geweckt hatten. Die Kälte und die sitzende Haltung hatten ihren Rücken versteift. Langsam erhob sie sich und stand unschlüssig in der Kajüte. Besah sich die Wäsche, dann das Bettzeug. Beugte sich vor und ordnete Franklins Laken, faltete die Decke und strich die Kanten, bis sie aussahen, als wären sie mit dem Maßband gezogen worden. Stück um Stück legte sie seine Kleidung zusammen, und mit jedem Handgriff, der den Stoff bewegte, konnte sie den Geruch wahrnehmen. Einen letzten Hauch von Franklin. *Der Geruch ist immer das Letzte, was uns bleibt,* dachte sie. *Und wenn der Geruch verschwunden ist, können wir uns nur noch in unsere Erinnerungen flüchten.*

In der Weste erspürten ihre Finger eine Innentasche auf Brusthöhe. Ohne nachzudenken, griff sie hinein und fühlte kühles Metall. Sie zog es hervor. Ein Medaillon. Silbern glänzte es im Licht. Mary ließ den mit Ornamenten verzierten Deckel aufspringen und erstarrte.

Sie wusste nicht, was sie erwartet hatte.

Das Bild einer jungen Frau.

Vielleicht der Mutter oder auch der Eltern.

Einer Schwester.

Ein Heiligenbild vielleicht.

Aber nicht das.

Die Tuschezeichnung zeigte Carl.

Eine Gänsehaut, die vom Rücken ausging, zog sich über ihre Arme und Beine. Hastig band sie ihren Seesack auf und schob das Medaillon unter die Wäsche. *Jetzt verstehe ich dich,* rief es in ihr. *Jetzt begreife ich, was du damals gemeint hast, als ich dich fragte, warum du dich so für mich einsetzt, warum du mich nicht enttarnt hast. Jetzt erkenne ich den Grund, den du nicht benennen wolltest: Auch du warst falsch an Bord, auch dich hätte niemand hier geduldet, wenn man um dein Geheimnis gewusst hätte. Franklin, ich werde es hüten, so wie du meines gehütet hast. Sollten sie deine Habe an Bord verteilen oder sie verwahren, um sie nach der Rückkehr deiner Familie zu übergeben – niemand wird etwas erfahren. Das bleibt unser Geheimnis.*

Dan war dabei, den Tisch einzudecken, als Mary die Offiziersmesse betrat. Bleich schimmerte sein Gesicht im fahlen Morgenlicht. Der Tod zweier Männer durch eine Krankheit, die niemand aus der Mannschaft kannte, hatte jeden schockiert.

Einen Augenblick später traf Carl ein und nahm Mary gegenüber Platz. Noch nie hatte sie ihn unrasiert und mit derart dunklen Augenringen gesehen. Er trug die Kleidung vom Vortag, in der er, dem Zustand nach zu urteilen, geschlafen hatte. Er goss sich Tee ein und nahm ein paar Schlucke.

*Ob er weiß, welche Zuneigung Franklin für ihn gehegt hat,* überlegte Mary, während sie den Blick über sein Gesicht wandern ließ. *Sicher hat er nicht einen Gedanken daran verschwendet. Sein Hang zu wechselnden Liebschaften in der Londoner Damenwelt ist hinlänglich bekannt. Ich wette darauf, dass er nicht auf den Gedanken kam, dass sein Gehilfe anders empfinden könnte. Aber das werde ich wohl nie erfahren.*

Carl schaute auf. Die Augen glänzten dunkel, die Lippen waren weich und wund. Sein Kehlkopf sprang bei jedem Schluck.

Schöner hatte er nie ausgesehen.

# Feuerland, 6. Dezember 1785

»Zwischen Rio de Janeiro und Kap Hoorn liegen zweitausendfünfhundert Meilen.« Nats Wangen waren vom Wind gerötet, ein Rotztropfen hing an seiner Nasenspitze.

»Na und? Außerdem sind wir ja noch gar nicht da.« Seth starrte wieder auf das Wasser hinaus. Heute war es steingrau, formte mannshohe Wellen, die weiße Schaumkämme trugen und in Fontänen über Deck schlugen. Das Schiff krängte auf die Seite, und er spreizte die Beine, um die Schwankung auszugleichen. *Wenigstens bin ich nicht wieder seekrank geworden,* dachte er kurz, derweil Sir Belham an ihm vorbeiwankte und sich über die Reling erbrach.

Nat wischte mit dem Ärmel der Jacke über seine Nase. »Ja, aber bald erreichen wir Kap Hoorn, und zweitausendfünfhundert Meilen, das ist eine weite Strecke«, sagte er eindringlich und zog die Augenbrauen zusammen.

*Ja, zweitausendfünfhundert Meilen Langeweile,* ergänzte Seth in Gedanken. *Morgens das Deck aufwischen, bis die Sonne aufgeht, donnerstags und sonntags wird's gescheuert. Dann das Mannschaftsdeck fegen, Dienstag und Freitag wischen. Frühstück, Wache schieben, am Montag Wäsche waschen. Mittags Grog und Essen, am Nachmittag entweder Drill oder Wachschicht. Fünf Uhr Abendbrot und Grog, vielleicht Freiwache. Um acht Uhr Licht aus und schlafen, bis die nächste Wachschicht ansteht. In jedem Fall um vier Uhr wieder antreten zum Reinschiffmachen. Zweitausendfünfhundert Meilen die gleiche Pla-*

*ckerei. Und die Stunden, die ich bei Marc verbringen kann, sind viel zu selten. Der Geruch der Tinte, das Rascheln des Papiers und die wohlige Wärme in der Offiziersmesse.*

Seth hob die Hände vor den Mund, formte eine Muschel und hauchte hinein. Aber weder seine Hände noch sein Gesicht wurden wärmer. Eine Freiwache in dieser Kälte ließ sich in der dünnen Kleidung kaum noch ertragen. Sobald er zur Wache eingesetzt wurde, bewegte er sich wenigstens, ob nun beim Aufentern in die Takelage oder beim verhassten Reinemachen. Die Arbeit wärmte, dabei kam er ins Schwitzen.

»Und wenn du dir überlegst, wie lange wir seit Rio de Janeiro unterwegs sind, dann möchte ich gern mal wissen, wie weit entfernt London ist. So weit kann ich jedenfalls nicht mehr zählen.«

»Du kannst auch nicht bis zweitausendfünfhundert zählen. Du hast irgendwem gelauscht.« Seth verzog das Gesicht. Sein Magen knurrte, das Dörrfleisch am Mittag war wieder knapp bemessen gewesen. Erst für Weihnachten plante Smutje Henry noch einmal reichlich Essen aufzutischen. Mit beiden Händen, das hatte Seth sich vorgenommen, würde er in die Schüsseln fassen, essen, bis ihm übel wurde, und sich dann in seiner Hängematte zusammenrollen. Sollte doch die Mannschaft bis tief in die Nacht feiern und sich an den versprochenen Sonderrationen Rum blöde saufen. Er würde schlafen wie lange nicht mehr, denn satt schlief man gut.

In den letzten Wochen war das Essen immer ekelhafter geworden. Das Wasser stank, doch wirklich widerlich war der Zwieback: Er lebte. Die Maden konnte man herausklopfen, wenn man jedoch nicht alle erwischte, bekam der Bissen eine Schärfe, die Seth an Senf erinnerte. Und der Schimmel, der oft schon Haare hatte und blau leuchtete, hinterließ in der gesamten Zwiebackscheibe stets einen faden Geschmack. Doch der Hunger war eine gute Sauce, die dafür sorgte, dass gegessen wurde, was auf den Tisch kam.

»Aber ich kann fast bis zweitausendfünfhundert zählen«, unterbrach Nat seine Gedanken.

Seth schaute auf. Sein Magen knurrte lauter.

»Findest du nicht auch, dass das unheimlich weit weg ist? Was ist, wenn wir den Weg nach London nicht mehr zurückfinden?«

Seth ließ einen Furz fahren. »Was willst du heute dauernd mit London?«

»Du alte Sau. Na, London ist England. Und England ist unser Zuhause. Da ist das Wetter fast so schlecht wie hier.«

Seth riss die Augen auf. »Deshalb denkst du an London? Du willst nach Hause?«

Nat drehte den Kopf beiseite und zeigte auf das Wasser hinaus. »Schau mal. Ich glaube, ich habe da gerade einen Haifisch gesehen.«

Obwohl er sich auf die Zehenspitzen stellte und lange nach einer Rückenflosse Ausschau hielt, konnte Seth keinen Hai entdecken. Als er sich zu Nat umdrehte, war der verschwunden.

Von oben betrachtet, sah Segelmacher-Johns Hinterkopf merkwürdig aus. Das Haar war verknotet und schuppig wie eh und je, aber oben auf dem Schädel, in der Mitte, schaute auch noch die nackte Haut hervor. Rot, nein, schweinefarbene Haut, entschied Seth und spürte, wie die flinken Hände des Segelmachers seine Hosenbeine einschlugen.

Dann setzte sich Segelmacher-John wieder auf und maß Seths Hüfte, wobei er leise lachte. »Da gibt das Navy Board warme Kleidung mit. Das ist eine gute Idee. Aber jedem ist das Zeug zu kurz, vielen auch zu eng, aber dich dürres Hühnchen können wir darin dreimal einwickeln.«

*So groß ist die Hose doch gar nicht,* befand Seth, während er an sich herabblickte. *Das liegt sicher daran, dass er nicht gut sehen kann. Wie soll er das mit diesen Augen auch beurteilen können?* Er richtete sich auf, reckte den Hals in die Höhe und schob den Bauch hervor, aber Segelmacher-John hatte sich schon wieder seiner Bank zugewandt.

»Wo hast du denn deinen Bruder gelassen?«, fragte er. »Dem

könnte ich dann auch gleich die Kleidung kürzen. Wir brauchen jeden Fetzen, um bei den langen Kerlen die Hosen und die Jacken zu verlängern.«

»Weiß nich, wo der ist.«

»Nun schlüpf mal aus der Hose, damit fangen wir an. Die Jacke können wir später machen.«

Kaum, dass Seth in seiner langen Unterhose dastand, war er dankbar, dass man Segelmacher-Johns Bank inzwischen unter Deck getragen hatte. Hier war zwar das Licht schlecht, doch das bemerkte der Segelmacher nicht, die Wärme spürte er sehr wohl. Und seitdem sprudelten auch wieder die Geschichten aus ihm heraus.

»Komm, Kleiner, setz dich zu mir.« Segelmacher-John rutschte zur Seite und klopfte mit der Hand auf den Platz neben sich. Er begann, den überflüssigen Stoff abzutrennen.

»Und wie gefällt es dir auf unserer großen Reise?«

Seth zögerte. »Na ja.«

»Was meinst du damit?«

»Es ist ein bisschen, na ja, halt ein bisschen langweilig.«

»Da fahren wir nun seit Wochen immer wieder in der Nähe der Küste entlang und dürfen Täler, Hügel, Steppenlandschaft und nun auch die Anden in ihrer Größe erleben. Und neulich, als wir inmitten der Wildnis angelegt haben, um die Vorräte aufzufrischen, da haben die Gentlemen von ihrem Landgang Pflanzen mitgebracht, die in der Heimat noch kein Mensch gesehen hat. Sie haben Vögel geschossen, deren Namen niemand kennt. Erinnerst du dich? Einige davon haben wir verspeist. Wie kommt es, dass du dich langweilst? Müsste das für einen Jungen in deinem Alter nicht eher ein Abenteuer sein? Ein großes, aufregendes Abenteuer?«

Seth schaute Segelmacher-John an. »Woher weißt du das alles?«, platzte es aus ihm heraus.

»Na, ich habe doch Augen im Kopf.« Er packte ein Lederbändchen, das er um den Hals trug, und zog unter seinem Hemd einen kleinen Beutel hervor. »Hier drin ist Augenwurzel, das schützt die Sehkraft. Die ist wichtig für meine Arbeit. Oder hast du schon mal einen Blinden mein Tagewerk verrichten sehen?«

»Nein, natürlich nicht«, antwortete Seth gehorsam und rutschte ein Stück vom Segelmacher ab, besorgt, er könne die Lüge spüren.

»Siehst du.« Segelmacher-John klang zufrieden, als er nach der Jacke griff. Die Stoffreste der Hose legte er beiseite. »Und, hast du gestern von dem Hai gegessen, den man gefangen hat?«

Seth schüttelte den Kopf. »Nein«, ergänzte er. »Der roch widerlich.«

Segelmacher-John hatte bei seiner letzten Frage die Stimme gesenkt. Wenn er das tat, fasste er meist Ungeheuerliches in Worte. Nun hieß es, sich vorzubeugen, die Luft anzuhalten und aufmerksam zu lauschen, um ja kein Wort zu verpassen.

»Mach das bloß nicht«, sagte er leise.

»Was?«, flüsterte Seth.

»Fleisch vom Haifisch zu essen.«

»Warum?«

»Haie fressen Menschen, das weißt du. Und vielleicht ist hier irgendwann, irgendwo ein Schiff gekentert. Verstehst du?«

Seth schüttelte den Kopf.

»Na, vielleicht hat der Hai Menschenfleisch gefressen.«

»Ja, und?«

»Na, wenn der Hai einen Menschen gefressen hat und du diesen Hai isst, dann isst du ja Menschenfleisch.«

Das war ein beeindruckender Gedanke. Eine Gänsehaut lief Seth über die Arme, und er rückte wieder näher an Segelmacher-John heran.

»Na, sieh mal, wer da kommt.« Segelmacher-John deutete mit dem Ellenbogen nach links.

Lukas kam den Gang heruntergelaufen. »Wo ist dein Bruder?«, rief er schon von Weitem.

Seth zuckte die Schultern und schlüpfte in die Hose, die ihm Segelmacher-John entgegenhielt.

»Vielleicht bei seinem Affen.«

»Na, auch egal.« Lukas packte ihn am Ärmel. »Komm schnell, ich zeig dir was.«

»Herrlich«, griente Segelmacher-John vor sich hin. »Kinder und Weibsvolk sind wie das Meer: Sie schweigen nie.«

Seth klammerte sich in den Wanten fest, dass die Taue in seine Handinnenflächen schnitten. Der Wind riss an der Jacke, doch er wollte nicht ein Stück weiter in die Tiefe klettern. Er wollte alles sehen. Ganz genau. »Terra de Fueko«, brüllte er in den Wind und verschluckte sich daran. Er hustete und hörte, dass Lukas, der auf seine Höhe geklettert war, kicherte.

»*Tierra del Fuego* heißt das. Land des Feuers. Magellan hat die Inseln so getauft, als er hier vorbeisegelte.«

Seth blinzelte und schaute zu Lukas hinüber. Woher wusste er das alles? Und wer war dieser Magellan? Er sagte nichts und ließ sich wieder vom Anblick der düsteren Bergketten in den Bann ziehen. Schwarzgraue Wolken hingen so weit hinab, dass es den Eindruck erweckte, sie wollten die Gipfel der Berge verschlingen.

»Er hat die Küste *Tierra del Fuego* genannt, weil er einzelne Feuer über die Berge hinweg verteilt sah. Die Bewohner sind Nomaden, die haben keinen festen Wohnsitz. Sie ziehen mit ihrem Hab und Gut umher, und so kann man Lagerfeuer an vielen verschiedenen Orten sehen. Das ist nicht so wie bei uns, wo man sich in einem Dorf zusammenrottet, nie weiterkommt als bis zum Rand des eigenen Feldes und dem nächstgelegenen Marktplatz.«

Die Berggipfel waren mit weißleuchtendem Schnee und eisgrauen Gletschern bedeckt, die sich scharf gegen die dunklen Felsen absetzten. Die Wolkendecke riss auf, und Sonnenlicht fiel in einzelnen Strahlen aufs Wasser.

»Es soll Menschen geben, die verlassen ihr Dorf nie. Sie werden dort geboren, in der Enge, und dort sterben sie auch. Nichts sehen sie von der Welt. Ob sie wissen, was sie versäumen?«

Seth schüttelte den Kopf und stimmte Lukas in Gedanken zu. Der Seesoldat war schlau, und er konnte den Dudelsack spielen, dass einem das Herz schwer wurde. In den letzten Wochen hatte er selten musiziert, doch vielleicht würde sich das ändern, sobald sie wieder Land betraten. Vom Deck her erscholl mehrstimmig das erste Lied, das die Männer anstimmten. Gleichzeitig begannen die beiden den Abstieg.

* * *

Im Grunde waren sie nackt. Zumindest so nackt, dass Mary errötete und in den Wipfel eines Baumes hinaufsah. *Du hast gewusst, dass die Einwohner Feuerlands ohne Kleidung herumlaufen,* rügte sie sich, senkte den Blick und musterte verstohlen eine Frau. *Immerhin trägt sie ein Seehundfell um die Schultern, und einen Lendenschurz aus Leder hat sie um die Hüften geschlungen. So schlimm ist das doch nicht.* Die Stimme in ihrem Kopf hatte einen beschwichtigenden Ton angenommen, den Ton einer Mutter, die ein verschrecktes Kind zu trösten versucht.

Zwei Männer kamen ihnen mit ausholenden Gebärden entgegen. *Die Männer,* rief eine andere Stimme in ihrem Kopf, heller und aufgeregter als die bisherige.

*Ja, was ist mit ihnen?,* entgegnete die mütterliche Stimme, im Ton gereizter.

*Sie haben keinen Lendenschurz. Ihr Gemächt baumelt zwischen ihren Schenkeln herum! Bei jedem Schritt.*

*Stell dich nicht so an, du bist Wissenschaftler!*

*Ja, ich weiß, dass viele Völker dieser Welt nackt oder halbnackt durchs Leben laufen.*

*Hier hast du die Rousseau'sche Lehre sichtbar vor Augen! Den*

*Beweis für seine Theorie, dass der Mensch nur im Naturzustand glücklich sein kann.* Die mütterliche Stimme war zu einem wütenden Zischen geworden. *Es ist doch in der Theorie oft genug behandelt worden, das Bild vom Edlen Wilden.*

*Das hier ist keine Theorie mehr, und falls doch, bewege ich mich inmitten dieser Theorie. Und ich kann nicht sagen, ob diese Menschen glücklich sind, aber sie sind so nackt und haben eine enorme physische Präsenz.*

Eine Hand legte sich auf Marys Arm, dunkle Finger spielten über den wollenen Stoff ihrer Jacke hinweg. Erschrocken zuckte sie zusammen, schob die Stimmen beiseite und blickte um sich.

Die Eingeborenen umringten die Ankömmlinge, rückten näher und zerrten an der Kleidung, an den Haaren und an den Musketen der Seesoldaten. Drängten die Mannschaft in Richtung zweier Hütten, die in unmittelbarer Nähe im Windschatten einer Felsengruppe errichtet waren. Aus Ästen war ein Geflecht gebogen worden, ein Halbrund, das mit Reisig und Seehundfellen bedeckt war. Spartanisch und kaum als ernstzunehmender Schutz gegen die kühle Witterung zu verstehen.

Einer der Männer trug einen Korb bei sich, der aus Zweigen geflochten war. Kleine Holzspieße, die offensichtlich zum Fischen dienten, schauten daraus hervor. Aus der Tiefe des Korbes hob er einen Fisch, deutete eine Essbewegung an und zeigte zur Hütte hinüber.

Kapitän Taylor, Carl und Mary wurden in die Hütte geschoben, die zu einer Seite hin offen war. Ein Feuer brannte, und nackte Kinder sprangen herum. Zwei Frauen spießten Fisch auf und hielten ihn über die Flammen. Die rundlichere der beiden hatte mit Bändern einen Säugling auf ihren Rücken gebunden.

Der Mann setzte seinen Korb ab. Die Kinder beugten sich darüber, langten nach dem Fisch und brachten ihn zum Feuer. Von der Decke hingen Tierblasen. Die Frau mit dem Säugling auf dem Rücken griff nach einer, füllte sie mit Wasser und überreichte sie

Carl, wobei sie demütig den Kopf beugte und ihn nicht ansah. Sie war dunkelhaarig, ihre Haut von tiefer Bronzefarbe.

Immer mehr Männer der Mannschaft wurden zur Laubhütte geführt. Angewidert beobachtete Mary, dass einige von ihnen versuchten, im Gedränge die Leiber der Frauen zu berühren. Doch die schoben die Hände der Männer kichernd von sich und wiesen in die Reisighütte.

Besorgt musterte Mary die Wilden, die sich jedoch am Verhalten der Fremden nicht zu stören schienen. Bis auf wenige Ausnahmen hatten die Männer bemalte Gesichter. Waagerechte Streifen in schwarzer und roter Farbe, die pastos auf der Haut lag und ihnen etwas Bedrohliches verlieh. An den Hand- und Fußgelenken trugen sie Muschelreife, die bei jedem Schritt leise aneinanderschlugen und einen eigenwilligen Kontrast zur Bemalung bildeten.

»Hast du es gesehen?«, flüsterte Carl. »Sie haben keine Boote.«

Mary trat an die Öffnung der Hütte. An der Küste und auch auf dem Wasser war kein Boot auszumachen. Nirgends. Und Kapitän Taylor schien darauf vorbereitet gewesen zu sein, er ließ die Beiboote mit doppelter Wachmannschaft sichern.

»Du hast recht«, entgegnete sie und zuckte zusammen, als sie sich umwandte. Carl war ihr gefolgt, er stand dicht hinter ihr und ließ seinen Blick über die Bucht und das Meer schweifen. Sie räusperte sich. »Mir ist aufgefallen«, setzte sie erneut an, »dass wir hier wahrscheinlich nicht die ersten Besucher sind. Einer der Männer zeigte vorhin auf eine Muskete und bellte auf. Sicherlich, um ein Schussgeräusch zu imitieren. Sie kennen die Kraft unserer Waffen.«

Carl nickte und rührte sich nicht.

Kyle Bennetter zog Marys Aufmerksamkeit auf sich. Er betrat die Hütte, einen schweren Beutel auf dem Rücken, den er behutsam absetzte und öffnete.

Bevor Kapitän Taylor hineinlangen konnte, hielt ihm der Gastgeber die offene Hand entgegen.

Taylor brachte rote Glasperlen zum Vorschein und reichte sie seinem Gegenüber.

Der Mann schaute nicht einmal hin und gab die Perlen an die Männer neben sich weiter. Erneut streckte er die geöffnete Hand vor.

»Sie erwarten Geschenke.« Mary wusste sich nicht zu fassen und schüttelte den Kopf.

Carls Miene blieb ernst, selbst die Jauchzer der Kinder, die erklangen, als der Kapitän ihnen Glasperlen zuwarf, änderten nichts daran.

Nachdem die Fische verspeist und die Tierblasen geleert waren, erhoben sich drei der Männer. Der älteste von ihnen wurde in die Mitte genommen und von den beiden anderen gestützt. Sie verließen die Hütte und hielten auf das Schiff zu, die Kinder und Hunde tollten auf ihrem Weg um sie herum. Als die Männer mit den Füßen im Wasser standen, blickten sie den Kapitän auffordernd an, der umgehend das Beiboot heranwinkte.

An Bord bewegten sich die Eingeborenen ruhig und sicher, ließen sich führen und sich alles zeigen. Unter dem Hauptmast hielt der Älteste inne. Er schloss die Augen und sprach leise vor sich hin, bis seine Stimme ein weicher Singsang wurde, der an Kraft und Lautstärke gewann.

»Er vollzieht Rituale, die der Vertreibung böser Geister dienen.« Carl trat einen Schritt zurück, um dem Mann genügend Platz zu lassen. Der hob die Arme in die Höhe, drehte sich in alle Himmelsrichtungen, verneigte sich, ließ die Arme sinken und verharrte einen Atemzug. Als er die Augen wieder aufschlug, war seine Konzentration einer Neugier gewichen.

»Das wäre wunderbar, wenn er das könnte. Von bösen Geistern hatten wir in letzter Zeit genug. Sie haben zu viel Raum beansprucht«, antwortete Mary und fühlte Carls Blick auf ihrem Gesicht.

# Feuerland, 7. Dezember 1785

Das Schlagen der Äxte, das Krachen fallender Bäume, das Gebrüll der See, das Kläffen der Hunde – ein nicht endender Geräuschereigen erfüllte die Luft. Carl legte die Botanisiertrommel um, lauschte noch einmal dem Lärm, bis er in ihm nachklang, und ergriff das Netz.

Mary trat neben ihn und wies auf zwei Männer in seiner Begleitung. »Diese beiden Herren werden uns begleiten. Da wäre Midshipman Randy Hall. Der Kapitän hat ihn für die Exkursion freigestellt.«

Carl erkannte den angehenden Offizier mit der schiefen Nase, der bei dem Unglück mit den Bierfässern resolut durchgegriffen hatte, und nickte ihm zu.

»Das ist«, fuhr Mary fort und wandte sich einem hochgewachsenen Dunkelhaarigen mit freundlichem Gesicht zu, »Bartholomäus Kellington. Ich denke, du kennst beide.«

»Mr. Hall, Mr. Kellington, ich freue mich, dass wir so tatkräftige Unterstützung erhalten und dass eine Freistellung einzurichten war. Ich würde vorschlagen, dass wir sofort aufbrechen, um jede Minute des Tageslichtes zu nutzen.« Für einen Moment glaubte Carl, seiner Gewohnheit folgend, noch auf Franklin warten, ihn zur Eile und zum Aufbruch treiben zu müssen. Unmerklich schüttelte er den Kopf. Sie waren vollständig. Er schritt aus.

Nach einem mühseligen Aufstieg erwartete sie ein berauschender Ausblick auf die Ebene. Vor ihnen lag ein Streifen Grasland, kniehoch die Halme, flaches Buschwerk mit vereinzelten Buchen, deren Stämme sich unter dem Druck des Windes bogen. Die Sonne, die im Zenit stand, brach durch die Wolkenwand.

Der Ausblick und der Abstieg in die Ebene beschwingten Carl und ließen ihn zügig ausschreiten. Doch schon bald darauf wurde der Weg beschwerlich: Die Schuhe sackten ein, und der Boden schmatzte auf, sobald er den Fuß hineinsenkte. Sumpfland. Dunkler, weicher Morast, der die Waden ermüdete und nach kurzer Wegstrecke vor Hitze brennen ließ.

Die Ebene schien sich zu weiten und mit einem Mal kein Ende mehr zu nehmen. Mehrfach hielt Carl inne und orientierte sich aufs Neue. Immer noch lag der Berghang zum Greifen nah, so als wären sie auf der Stelle gelaufen.

Bartholomäus und Randy waren zurückgefallen, mit gesenkten Köpfen staksten sie inzwischen erschöpft hinterher. *Sie haben die Kraft von Bullen, aber keine Ausdauer,* dachte Carl. Er seufzte.

Auch Mary lief mit gebeugtem Rücken, derweil sie mit dem Blick ihre nähere Umgebung absuchte. Kurz warf sie das Netz aus, und ein Käfer verschwand in einem der Sammelgläser. Die Tasche mit dem Zeichengerät hing über die schmale Schulter und schlug mit jedem Schritt an ihren Schenkel, doch es schien ihr nichts anzuhaben. *Sie hat einen eisernen Willen, das muss man ihr lassen. Sie läuft, schleppt, klagt nicht und arbeitet ohne Verdruss. Wie sie wohl im Kleid mit langem, hochgestecktem Haar aussieht?* Überrascht von diesem Gedanken wischte er sich den Schweiß von der Stirn. *Wie oft willst du dich das noch fragen? Reiß dich zusammen, es ist kaum der richtige Zeitpunkt für solche Vorstellungen,* ermahnte er sich und blickte sich noch einmal um.

Randy Hall saß inzwischen im Gras, und sein Hinterteil versank, selbst auf die Entfernung erkennbar, im Morast.

»Gut, lasst uns eine Rast machen«, rief Carl und breitete eine ölgetränkte Plane aus.

Stirnrunzelnd erhob sich Randy und versuchte, den Morast von seiner Hose zu wischen. Alsbald gab er auf und folgte den anderen, um mit ihnen Reisig für ein Feuer zusammenzutragen. Kaum erreichte der Midshipman die Plane, ließ er das gesammelte Geäst fallen und ging in die Hocke, die Augen geschlossen, das Gesicht blass und angestrengt.

»Wenn der uns jetzt erkrankt, müssen wir sofort umkehren«, sagte Mary leise und brach vertrocknetes Astwerk aus einem kniehohen Busch.

Carl nickte und schaute zum Himmel hinauf. Es hatte sich zugezogen, die Wolken ballten sich zu einer weißen Wand. Es war merklich kälter geworden. »Du hast recht, Marc, und wenn es jetzt noch zu regnen beginnt«, er ließ den Blick über die Umgebung schweifen, in der die Buchen sich zur höchsten Erhebung aufspielten, »dann finden wir nicht einmal einen Unterstand. Nehmen wir die Plane zum Schutz, werden wir vom Morast unter uns durchnässt.«

»Es kommt sogar schlimmer«, antwortete sie und hielt Carl ihren rechten Arm entgegen. Auf dem dunklen Stoff lag eine kristallene Schneeflocke, die langsam schmolz. Gleichzeitig schauten sie auf. Vor der weißen Wolkenwand tanzten vereinzelte Flocken zum Boden herab.

»Wir müssen zum Schiff zurück. Sofort«, rief Carl, und beide liefen los, dem Lager entgegen. Immer schneller, immer dichter fielen die Flocken. Schwer von Feuchtigkeit, durchnässten sie in kürzester Zeit das Haar und die Kleidung. Der Wind fuhr in die Nässe und ließ Carl schaudern. Kaum, dass sie das Gepäck wieder verschnürt hatten, lag eine geschlossene Decke Schnee.

Nochmals schickte er einen Blick gen Himmel. Das Weiß der Wolkenwand war in ein beunruhigendes Dunkelgrau übergegangen. War das die Dämmerung, die hereinbrach, oder kündigte sich ein länger anhaltendes Schneetreiben an?

Ein Tippen auf seiner Schulter ließ ihn aus seinen Gedanken auffahren.

»Randy kann nicht mehr«, sagte Mary und deutete hinter sich.

»Wer?« Für einen Augenblick war Carl desorientiert.

»Der Midshipman. Von dem wir dachten, er würde erkranken.«

»Was heißt hier ›dachten‹? Ist er erkrankt, oder ist er nicht erkrankt?«

Mary krauste die Stirn. »Nein, er hat unsere Rumvorräte vernichtet und ist schlichtweg betrunken.«

Bartholomäus stand neben Randy Hall, nahm ihm das Gepäck ab und warf es sich auf den Rücken. Er bot dem Midshipman, der inzwischen schwankte wie die Bäume im Schneetreiben, seinen Arm.

»Verdammt, wer hat uns den mitgegeben?«, fragte Carl und presste sich die Finger auf die Augenbrauen.

Sie zuckte mit den Schultern. »Sohnrey hatte sich für Bartholomäus ausgesprochen. Verwundert hat es mich durchaus, dass ein angehender Offizier für die Exkursion freigestellt wurde, also nahm ich an, Randy interessiere sich wirklich für unsere Arbeit. Wer weiß, wer den armen Teufel dem Kapitän anempfohlen und damit ihn wie auch uns in diese Situation gebracht hat.«

Carl hob den Arm und gab Bartholomäus ein Zeichen. Sie liefen los. Laut schmatzten die Schritte im Morast.

Auf dem Hinweg waren sie über den Bergkamm gewandert, an Büschen vorbei und über Geröll hinweggestiegen. Doch nun liefen sie seit geraumer Zeit durch einen pfadlosen Wald. Carl fiel auf, dass es in dieser Gegend lediglich sechs Baumarten gab, wobei eine Buchenart dominierte. Irritiert schüttelte er den Kopf, dass ihm selbst in dieser misslichen Lage derlei Details nicht entgingen. Doch er konnte nicht umhin, diese Erkenntnisse flogen ihm zu, und wenn er in sich hineinspürte, gab ihm die Flucht in gedanklich vertrautes Terrain ein wenig Trost.

Der Boden war wieder fest, was das Vorankommen keinen Deut erleichterte, denn derweil kämpften sie sich durch dichtes Unterholz. Zweige schlugen ihnen in die Gesichter, die Kleidung verfing sich in dornigem Buschwerk, und die Dunkelheit nahm zu.

Mary schloss zu ihm auf. »Wir haben den Weg verloren«, stellte sie unumwunden fest.

Carl nickte und spürte die Unruhe in seinem Leib. »Ich weiß.« Seine Schultern sackten herab.

Der Wind wurde schärfer.

***

Die Glocke schlug acht Glasen, der selige Ruf, dass die Wachschicht beendet war. Ob er noch einen Landgang unternehmen sollte? Seths Füße und Finger schienen zu Eiszapfen gefroren zu sein, seine Nase lief ununterbrochen. Er beschloss, an Bord zu bleiben, unter Deck würde es zwar stinken, aber es wäre wenigstens warm.

Die Luke wurde aufgestoßen, und Dan hastete an Deck. Er warf die Luke zu, und das dumpfe Krachen verriet, dass er jemanden getroffen hatte. Hastig schaute Seth sich um. Vater hielt sich am Fockmast auf. Dan würde ihm direkt in die Arme laufen. Ein zufriedenes Grinsen zog über sein Gesicht. Er verharrte auf der Mars, um einen besseren Überblick zu behalten.

Die Luke vom Niedergang öffnete sich. Nat erschien. Die Hand auf den Kopf gepresst, folgte er Dan. »Du Schwein«, brüllte er. »Wo ist der Affe?«

Seth erkannte die Stimme kaum. Nein, er konnte sich nicht erinnern, seinen Bruder jemals derart wütend erlebt zu haben.

Dan wandte sich im Laufen um. »Ich habe das Scheißvieh nicht angerührt«, rief er.

*Er sieht nicht, dass er Vater in die Arme rennt,* jubilierte es in Seth. *Ja, jetzt hat er ihn. Wie er ihn am Ohr reißt, herrlich! Das kenne ich, das tut höllisch weh.*

Nat bremste ab, als er den Vater bemerkte. Doch der winkte ihn heran, und sofort verschwand das rechte Ohr des Sohnes in seinem Klammergriff. »Ihr könnt von Glück reden, dass der Kapitän gerade nicht an Deck ist. Sonst hätte es ein Donnerwetter gegeben.«

Dan begann zu heulen. Das Ohr sah aus, als wäre es inzwischen doppelt so lang gezogen.

»Also, was ist hier los?«

Keiner der beiden sagte etwas. Seth wurde unruhig und verließ die Mars, er musste Nat beistehen. Der Vater hatte die Hände voll, er konnte nicht auch noch nach ihm greifen. »Dan war gestern am Käfig von dem Affen«, rief er und lief ihnen entgegen.

»Ja, und?« Es war nicht zu überhören, dass der Vater ungeduldig wurde.

»Na, jetzt scheint der Affe weg zu sein.«

Nat biss sich auf die Lippen.

»Ich habe das Vieh nicht angerührt«, schluchzte Dan, und Seth genoss den Anblick seiner Tränen.

Vater stieß ihn von sich und versetzte ihm eine Ohrfeige. »Verschwinde«, sagte er. »Und wenn ihr hier noch mal so einen Wirbel macht, kommt ihr mir nicht so einfach davon.«

Nat gab er eine Kopfnuss. »Das war für den Bockmist. Und du, Seth, wenn du keine Beweise hast, halte dich zurück mit deinen Unterstellungen. Es ist nicht rechtens, über jemanden zu urteilen …«

Der Vater stockte und blickte Nat an, dessen Augen glasig glänzten. Für einen Moment blieb seine Hand auf Nats Schulter liegen. »Und jetzt schnapp dir deinen kleinen Bruder, die Petze«, sagte er leise zu ihm, »und sucht in Gottes Namen dieses Vieh, wenn es dir so viel bedeutet.«

* * *

Der Riemen der Tasche schnürte sich in Carls Schulter, und seine Rückenmuskulatur brannte vor Erschöpfung. In seiner Stirn setzte das leise Summen ein, das den nahenden Schmerz ankündigte. Er, der Leiter der Expedition, hatte die Orientierung verloren. Sein Herzschlag beschleunigte sich, und seine Hände wurden feucht.

»Es scheint mir das Beste zu sein, dass wir uns eine geschützte Stelle suchen, nochmals ein Feuer entzünden und versuchen, dort die Nacht zu verbringen«, sagte Mary mit unerschütterlicher Ruhe.

»Marc«, setzte Carl an und verbat sich den Impuls, sie bei ihrem Vornamen zu nennen, sich mit ihr als Frau zu besprechen, ohne den bisherigen Umweg der ständigen gegenseitigen und vor allem aufreibenden Täuschung. »Wir haben nichts zu essen mitgenommen. Ein wenig Zwieback für die Rast hatten wir eingepackt, doch der ist längst verbraucht.«

»Du könntest uns was schießen. Bartholomäus und ich werden Reisig sammeln und die Nacht im Freien vorbereiten.«

Carl wurde warm, und diese Wärme erlöste seine Glieder aus ihrer Starre. Sie war gut, sie war wirklich gut. Wenn sein Hirn versagte, dann gab es immer noch das von Mary. Sobald sein Verstand aussetzte, wusste sie, dass es an der Zeit war, die Verantwortung zu übernehmen, ohne viele Worte darüber zu verlieren. Erleichtert langte Carl nach dem Seitengewehr und stapfte davon. Er würde sich um Nahrung kümmern, das war er den beiden Männern und auch Mary schuldig.

Ein Feuer brannte. Daneben saßen dicht aneinandergedrängt auf einem Baumstamm, die Ölplane um die Schultern gelegt, seine drei Gefährten. Zu jedem anderen Zeitpunkt hätte Carl der Anblick amüsiert, doch jetzt wünschte er sich nur, ebenfalls unter die Plane zu klettern.

»Oh, ein Geier«, rief Bartholomäus erstaunt aus.

Carl ließ den Vogel auf den Boden fallen. »Ja, mehr war in der

Dunkelheit nicht zu holen.« Seine Stimme klang flach vor Wut, aber er konnte nicht aus seiner Haut. Es war sein Verschulden, dass sie die Nacht hier verbringen mussten. Der Kälte, dem Wind und dem Schnee ausgesetzt. Und mit einem Geier, einem jungen, mageren Vogel dazu, würden sie den Hunger kaum lindern können. Er ging vor dem Feuer in die Knie und hielt seine Hände vor die züngelnden Flammen. Das war also der Spätsommer auf Feuerland.

»Er ist noch warm«, sagte Carl, zog sein Messer und schnitt dem Vogel die Kehle durch. Er ließ das Blut in eines der Sammelgläser hineinlaufen, bis es halb gefüllt war, und hielt es Randy hin. Der verzog das Gesicht, wodurch seine Nase noch schiefer wirkte.

»Trink«, sagte Carl. »Das kann uns das Leben retten. Wer weiß, wie lange wir ohne Nahrung auskommen müssen.«

Das Blut schwappte im Glas, als der angehende Offizier danach griff. Er hielt die Luft an und nahm einen Schluck. Angeekelt wischte er sich mit der Hand den Mund aus und gab den Trank an Bartholomäus weiter.

»Nimm vom Schnee, damit kannst du den Mund spülen«, riet Mary dem Midshipman.

Bartholomäus nippte und würgte, sog die Luft ein und nahm einen Mundvoll. Dann langte Mary nach dem Glas und trank mehrere Schlucke. Als sie Carl das Glas herüberreichte, berührten sich beider Finger. *Sie hat warme Hände, das beruhigt mich,* bemerkte er und schaute in das Glas. Ein Spiegel Flüssigkeit, der im Schein des Feuers fast braunschwarz glänzte. *Die Kälte setzt auch mir zu, ich sitze hier und mache mir über die unsinnigsten Dinge Gedanken.* Er trank. Das Blut hinterließ einen metallischen Geschmack auf der Zunge und rann lauwarm seine Kehle hinab. Nicht unangenehm, nur ungewöhnlich, in jedem Fall unvergesslich.

Heißes Wasser. Hätte er den Geier in heißes Wasser legen können, hätten sich die Federn leichter lösen lassen. Mühselig hatte er sie stattdessen gerupft und über dem Feuer die restlichen Haare geflammt. Carl streckte ein Bein des Vogels, bis das Gelenk deutlich hervortrat. Mit mehreren Schnitten durchtrennte er die Sehnen und Bänder am Fersengelenk. Mit zwei Fingern hob er die Haut über dem Kropf und rieb sie gegeneinander. In die Haut stieß er das Messer, ein sorgfältiger Schnitt, dann zog er die hellen Lappen nach links und rechts auf. Den nun freiliegenden Kropf, die Speise- wie auch die Luftröhre zog er mit einer kreisenden Bewegung heraus. Unter dem Brustbein schnitt er den Bauch auf, behutsam, um nicht den Darm zu treffen. Mit der Klinge löste er die Bauchdecke und entfernte die Innereien samt Darm. Am Ende rieb er den Vogel mit Schnee ab, dann nahm er das Tuch, in das der Zwieback eingeschlagen gewesen war, und hüllte die magere Beute darin ein.

»Wir sollten den Vogel erst morgen früh aufbereiten. Ist das in eurem Sinne? Ich denke, wir brauchen vor dem Marsch eine Stärkung«, schlug Carl vor, und die anderen nickten.

»Dann lasst uns schlafen. Wer übernimmt die erste Wache?«

Carl schlug die Augen auf. Es war dunkel und kalt. Dicht über sich sah er Mary, der Schein des Lagerfeuers warf Schatten über ihr Gesicht. Weshalb, fragte er sich schlaftrunken, war ihm in den ersten Wochen nie aufgefallen, dass ihr Kinn trotz des Grübchens viel zu schmal und der Mund wiederum zu voll und sinnlich war? Offensichtlich genügten Hose, Hemd und ein paar derbe Schuhe, um die Wahrnehmung zu trüben.

»Wachwechsel«, flüsterte sie.

Mühsam streckte Carl die ausgekühlten Beine durch. Linkerhand lag Bartholomäus, in der Mitte, direkt vor ihm, Randy Hall.

»Da. Da …«, flüsterte Mary plötzlich und richtete ihren zitternden Finger auf den Midshipman.

Carls Herz machte einen doppelten Schlag. Er packte den Mann an der Schulter und riss ihn herum. Die Augen waren geöffnet, der Blick gebrochen. *Wenn es einen Gott gibt, werde ich im Fegefeuer schmoren,* brüllte es in ihm auf. *Es sind zu viele. Wir verlieren auf dieser Fahrt zu viele Männer. Es ist, als würde ein Fluch auf unserem Schiff liegen.*

»Dich trifft keine Schuld.«

Carl schaute die Frau an seiner Seite an. Die dunklen Augen hielten seinen Blick fest. »Nein, ich weiß. Mich trifft keine Schuld, dass wir uns verlaufen haben, und mich trifft auch keine Schuld, dass ein Mann auf einer Expedition unter meiner Leitung zu Tode gekommen ist.« Er langte sich an die Stirn, sein Kopf schmerzte wieder. Schlagartig und berstend.

»Genauso ist es. Randy war betrunken. Und heute nicht das erste Mal. Der Alkohol hat ihn geschwächt.«

»Wenn es so einfach wäre.«

»Es ist so einfach. Du denkst, dass wir deinetwegen hier in der Wildnis sitzen. Aber dem ist nicht so. Keiner kennt den Weg zum Schiff. Wir leben, und wäre er kein Säufer gewesen, er hätte die Nacht überlebt.«

Bartholomäus schnarchte laut auf.

Carl und Mary schwiegen kurz und erhoben sich gleichzeitig. Sie beugten sich und hoben Randy Hall an.

Das Knacken der Zweige, vielleicht auch die Kälte, die Bartholomäus nun vollständig umfing, ließ ihn erwachen. Es dauerte einen Wimpernschlag, bis er sich orientiert hatte und begriff, was das Bild, das sich ihm bot, bedeutete. Vor ihm standen Carl und der Zeichner Marc, die den vierten Mann der Exkursion, an Armen und Beinen gepackt, trugen.

»Er hatte Brustschmerzen. Die hat er versucht, mit Grog zu betäuben. Immer wieder.« Bartholomäus räusperte sich, seine Stimme war belegt. »Kaum einer hatte mit ihm zu schaffen. Er war ein Trinker, aber ein wirklich netter Kerl. Einsam halt.«

Carl schaute dem Mann, der vor seinen Beinen in der Luft baumelte, ins Gesicht. Morgen, wenn sie mehr Licht haben würden, suchte er sich zu beschwichtigen, könnten sie ihn beisetzen. Mit Anstand und Würde. Etwas abseits des Feuers legten sie ihn ab.

»Lasst mich die Wache übernehmen. Schlaft ein wenig.« Bartholomäus kniete sich neben Randy Hall.

Carl sank auf das Öltuch, und Mary setzte sich neben ihn.

»Können wir zusammenrücken, damit wir uns beim Schlafen wärmen?«, fragte Carl und schämte sich, dass er auf einen Moment Nähe hoffte.

Sie rutschten näher aneinander und sagten kein Wort mehr.

* * *

Es war aufgeklart. Sterne waren zu sehen. Grau schob sich der eigene Atem, sobald er in die kühle Luft aufstieg, ins Blickfeld. Mary neigte den Kopf zur Seite. Carls Augen waren geöffnet, das Gesicht dem Himmel zugewandt. Seine Hüfte berührte die ihre. Gern hätte sie seinen Kopf an ihre Schulter gezogen, ihre Wange an ihn geschmiegt und ihm über das wirre Haar gestrichen. Ihm ein wenig seines Schuldgefühls genommen. Gern hätte sie ihn daran erinnert, dass sie die Übernachtung vorgeschlagen hatte, doch sie wusste, dass dieser Einwand zwecklos war.

Bartholomäus gab Reisig ins Feuer. Laut knackte das trockene Holz, als das Feuer nach ihm langte.

Mary drehte sich um, spürte Carls Wärme und schloss die Augen, ohne Schlaf zu finden.

# Feuerland, 8. Dezember 1785

Fünf Happen zähes Fleisch für jeden. Mehr gab der Geier zum Frühstück nicht her. Müde und ausgekühlt saßen sie um das Feuer, und Mary ahnte, dass jeder von ihnen den gleichen Gedanken vor sich herschob. Randy musste würdig beigesetzt werden, doch die Erde war gefroren, und ihnen fehlte das Werkzeug, eine Grube auszuheben.

»Steine«, sagte Carl unvermittelt. »Wir können ihn unter Steinen begraben.«

Während sie Steine auflasen und Randys Leiche darunter verschwand, ging die Sonne auf. Der Schnee schmolz, doch der Boden blieb knochenhart.

Irgendwann zeigte Bartholomäus in Richtung eines Berghanges. »Dort vorn ist die Buchenlichtung, dort sind wir heruntergekommen.«

Er schwieg, und erneut wusste Mary, dass sie zu dritt einen Gedanken teilten: Sie waren nicht weit vom Schiff entfernt gewesen. Sie waren im Kreis gelaufen.

Carl legte einen weiteren Stein auf das Grab. Sein Kehlkopf sprang, als er schluckte.

# Atlantik, 13. Dezember 1785

*Wie ein Korken,* dachte Seth. *Das Schiff schlingert wie ein Korken durchs Wasser.* Er rieb seine Hände aneinander. Es war über Nacht derart kalt geworden, dass er die Finger kaum noch spürte. Der Wind jagte eisig ums Schiff und wollte nicht abflauen. Immer wieder schob er Wellen in die Höhe, die auf die Planken krachten. Immer wieder suchte das Wasser sich seinen Weg. Rinnsale schossen durchs Mannschaftsdeck bis ins Lager hinab. Inzwischen war alles klamm. Die Hängematten, das Holz der Seekisten, die Kleidung.

Auch auf dem Deck der Gentlemen hatte eine schwere Böe, die am Abend zuvor das Schiff erfasst hatte, für erheblichen Schaden gesorgt. Gläser, Flaschen und Geschirr, alles war durch die Messe und die Kajüten geschossen und zerbrochen. Das Krängen des Schiffes verteilte die Scherben noch in die letzten Ecken. Seth störte der abendliche Putzeinsatz nicht, war doch die Reinigung der Kajüten der Gentlemen eine gute Gelegenheit, sich zu vergewissern, ob sich der Affe vielleicht hierhin verkrochen hatte.

Bis tief in die Nacht wischte und fegte er, ohne jedoch eine Spur des Tieres zu entdecken. Feinste Splitter hatte er sich trotz aller Vorsicht zugezogen, das war das karge Ergebnis seiner Suche gewesen.

Seth schob sich die Mütze, die mit zur ausgegebenen Kleidung gehörte, über die Ohren. Sie war aus Segeltuch und mit Flanell ausgeschlagen und groß genug, dass er seinen ganzen Kopf darin verschwinden lassen konnte. Nach dem Porridge in der Früh hatte es einen Becher Brandy extra gegeben, und immer noch glaubte er, das Brennen im Hals zu spüren, ebenso die Wärme, die sich in seinem Bauch ausgebreitet hatte.

Nat stand neben ihm und starrte auf das Meer hinaus.

Seth schob seinen Kopf in die Mütze hinein, hob die Hände und knurrte. Durch den Stoff konnte er seinen Bruder nicht sehen, aber er hörte ihn.

Sein Lachen.

Das erste Lachen, seitdem der Affe verschwunden war. Erwartungsvoll riss sich Seth die Mütze vom Gesicht.

»Du bist so blöde«, sagte Nat, seine Mundwinkel zuckten noch leicht.

Früher hatte Nat jeden Unfug mit einem anderen beantwortet. Früher hatte er oft gelacht, lange und laut. Und dabei waren seine Augen hell wie Kerzenschein gewesen. In letzter Zeit waren sie, egal, ob er gerade aufwachte, aß oder arbeitete, stumpf wie Segelmacher-Johns Haar. Und dieses Abstumpfen hatte bereits begonnen, bevor der Affe verschwunden war. *Vielleicht ist das mit der Mütze auch albern,* überlegte Seth. Er schaute verzweifelt gen Himmel. *Lieber Gott, hilf mir. Was soll ich denn nur machen?*

Eine weitere Wolkenfront zog auf, aus der eine der Wolken herausragte. »Schau, Nat«, rief er und packte seinen Bruder am Arm. »Die Wolke sieht aus wie ein Pilz.«

»Ja, du hast recht.«

Sofort zeigte Seth auf die Wolke daneben. »Und die sieht aus wie ein Weiberarsch.« Manchmal lachte Nat über Witze, die schmutzig waren, über Witze, in denen es um Frauen ging. Er beobachtete seinen Bruder aus den Augenwinkeln.

Nat sah kurz in den Himmel und nickte.

*Es geht doch,* dachte Seth. *Hör nicht auf, mach weiter! Was jetzt? Gott, bitte hilf mir noch einmal.* »Und da, das sind zwei echt dicke Dinger, richtig dicke Titten. Siehst du die –«

Nat fuhr herum, seine erste Bewegung seit Langem, die Kraft und Schnelligkeit hatte. »Geh weg«, brüllte er. »Kannst du mich nicht einfach in Ruhe lassen?«

An diesem Abend schwoll der Wind zu einem Tosen an. Er raste um das Schiff, dass die Segel beschlagen und die Luken verschalkt werden mussten. Nur ein Großsegel ließ Kapitän Taylor setzen, und im gesamten Schiff konnte man das Ächzen des Mastes hören, sobald der Wind sich im Stoff verbiss. Wer Freiwache hatte, verkroch sich in der anheimelnden Wärme des Mannschaftsdecks. Doch gesellige Stimmung wollte nicht aufkommen, die Männer hielten sich an ihrem Grog fest und blieben schweigsam.

Immer häufiger brach die See über Deck. Seth lauschte. Ohne Mühe konnte er das Gurgeln der Wellen ausmachen, die sich über die Planken schoben. Er rollte sich in seiner Hängematte ein und zog die Mütze über sein Gesicht. Wieder donnerte ein Brecher an das Schiff. Die Hängematte schlug hin und her, dass Seth sich auf den Rücken drehte und mit beiden Händen am Stoff festklammerte. Er war dankbar für den Lärm des Sturmes, übertönte er doch sein Heulen.

# Atlantik, 15. Dezember 1785

»Das Schiff hat sich in den Gelenken gelockert. Es liegt jetzt gut in den Wellen«, sagte Bartholomäus und zog der Robbe das Fell ab.

»Das liegt nicht daran, dass sich das Schiff in den Gelenken gelockert hat. Das liegt daran, dass diese Bark in der Cat-Bauweise entstanden ist. Sie ist im Grunde ihres Herzens ein Kohlenschiff. Eine stabile Lady, die viel ertragen kann und deshalb gut in den Wellen liegt. Und jetzt erspare uns dein Halbwissen.« Sohnrey packte das Fell und reichte es Dan weiter. Linkisch hielt der Junge es in die Höhe.

Henry schüttelte den Kopf und schnappte sich den Robbenleib. »Eure Sorgen möchte ich haben«, knurrte der Smutje und verschwand.

Mary beugte sich vor und tastete den Hals des Zimmermanns ab. Die Schwellungen waren zurückgegangen, das Fieber gesunken. Für einen Moment sah sie über den Rand der Hängematte hinweg, sah Edison, der hinter den arbeitenden Männern stand und die Arme verschränkt hielt.

»Warum nimmt der Smutje das Vieh mit? Das Fleisch schmeckt ranzig.« Er ließ seine Fingergelenke knacken, derweil er Henry hinterherblickte.

»Es war zu wenig Fisch im Netz. Den fressen die Robben, also müssen wir die Robben fressen. So einfach ist das.« Sohnrey wischte die blutverschmierten Hände an seiner Hose ab.

Mary schloss Doc Havenports Koffer und wandte sich an Toni. »Es ist eine herkömmliche Halsentzündung, die abklingt, und dein Fieber ist bereits gesunken. Morgen kannst du sicherlich wieder arbeiten«, sagte sie.

Der Zimmermann nickte, zog sein Halstuch zurecht und lehnte sich zurück.

Edison gab keine Ruhe. »Und dieses Öl, es blakt und stinkt«, pöbelte er weiter.

»Aber es gibt Licht, und jetzt halt dein Maul«, entgegnete Bartholomäus mit angespanntem Gesicht und vorgeschobenem Kiefer.

Der Umgang der Männer war nie rücksichtsvoll gewesen, doch in den letzten Tagen war der Tonfall noch eine Nuance aggressiver geworden. Die Kälte zermürbte die Mannschaft, und das kärglicher werdende Essen schwächte sie. Der verhangene Himmel machte sie müde, und vor ihnen lag die Le-Maire-Straße. Ein Nadelöhr zwischen Feuerland und Staten Island.

Mary stieg den Niedergang hinauf. Eisiger Wind schlug ihr ins Gesicht, als sie das Deck betrat. Nahezu magisch zog es sie in den letzten Tagen an die Reling. Die Beine in die Breite gestemmt, hielt sie das Gesicht in den Wind und starrte aufs dunkelgraue Wasser. Und wieder war es der eine Gedanke, der, seitdem sie die erste der Feuerland-Inseln betreten hatten, beständig in ihr aufkam: *Vater, hier irgendwo zwischen Feuerland und Kap Hoorn, irgendwo in diesen ungestümen Gewässern ist dein Grab. Irgendwo in diesen Wellen bist du ertrunken.*

Ein gellender Schrei aus dem Krähennest ließ sie zusammenzucken, ließ sie den Blick heben, doch das Dunkelgrau blieb auf Augenhöhe. Eine Welle erhob sich vor dem Schiff, so gewaltig, dass sie ihren Blick daran hinaufklettern lassen musste, bis der Kopf im Nacken lag, um die schäumende Krone zu erblicken.

Steinern sah die Welle aus, wie sie einen Moment aufrechtstand.

Zu kurz war die Zeit, einen Gedanken zu fassen, um Angst zu verspüren oder um wegzulaufen.

Für den Bruchteil einer Sekunde verharrte die Welle, fiel dann zusammen und krachte mit dem ihr eigenen Gewicht auf das Schiff. Die Wucht riss Marys Füße von den Planken, doch sie spürte nicht das Wasser, das sie einhüllte, nur ihre Hände spürte sie. Sie gaben den Koffer frei und umklammerten die Reling. Sollte sie loslassen, würde die Welle sie fortreißen und auf der anderen Seite des Schiffes von Deck spülen. Es gab einen dumpfen Schlag, und ihre Füße spürten wieder Halt. Nass hing sie an der Reling, der kalte Wind traf sie. Salz brannte in ihren Augen.

Schreie lärmten durcheinander, und irgendwer läutete die Glocke im Sturm, um die Mannschaft an Deck zu rufen. Die Segel mussten eingeholt werden, bevor einer der Masten brach.

Aus dem Wasser bleckten Felsvorsprünge, die zum Greifen nah kamen. Die Wellen drückten und schoben die *Sailing Queen*, brandeten auf die Felsen, sprangen zurück, rollten wieder über das Schiff hinweg und wurden zu Sturzbächen, die über die Planken jagten. Mary presste sich gegen die Reling und sah die Matrosen. Die sich gegen den Wind stemmten und über die Wanten in die Takelage aufenterten. *Mit welchem Mut diese Männer den Naturgewalten trotzen,* dachte sie und war versucht, ein Kreuz über Stirn und Brust zu schlagen.

Ihr Blick fiel auf das Bugspriet. Zwei Hände krallten sich an der Spiere fest. Sie schrie auf, doch der Wind schlug ihr ins Gesicht, dass sie husten musste. Mit dem Finger zeigte sie zum Bugspriet, das sich erneut neigte und im Wasser versank. »Mann über Bord!« Marys Stimme überschlug sich. Noch einmal sog sie die Lungen voll Atem und rief: »Vorn am Bug. Mann über Bord.«

»Der Junge«, brüllte Sohnrey. Nats schmaler Körper baumelte in der Luft. Mit einem Arm umklammerte er das nasse Holz, die andere Hand hielt er in die Tiefe. Abermals sank das Schiff, und die Beine des Jungen wurden mit Wasser umspült.

Eine Männerhand tauchte aus dem Wasser auf und packte die Hand des Jungen. Kurz erschien Kyle Bennetters Kopf, er schnappte nach Luft.

»Nat hat ihn.« Sohnrey stürzte zum Bug vor. Das Schiff senkte sich erneut, und der Körper des Jungen verschwand in einer Woge. Die Hand des Vaters glitt aus der des Sohnes, der noch nach dem Arm des Vaters langte. Dann kam die nächste Welle, die über das Schiff hinwegrollte. Es war Sohnreys Rücken, der Mary kurz die Sicht auf Nat und den Arm, den er gepackt hielt, nahm. Das Wasser erfasste die beiden und schluckte die Schreie des Jungen.

Für einen Augenblick war kein menschlicher Laut an Bord mehr zu hören.

Das Grollen des Windes, das Knarzen des Holzes, das Schlagen der Segel und das Krachen des Wassers betäubten das Gehör.

Als die Welle über den Bug hinweggerollt war, ragte die leere Spiere in die Luft, von der das Wasser troff. Mary ließ die Reling los. Wankte und schlitterte über Deck, wurde von Männern angerempelt, die schneller waren. Erst als sie näherkam, sah sie das Knäuel aus Armen und Beinen auf den Planken. Sohnrey hielt den Jungen an sich gepresst.

»Vater«, schrie Nat. »Vater!«

Die Wellen schlugen weiterhin unablässig auf das Schiff ein. Schulter an Schulter standen die Männer und hielten Ausschau, doch Kyle Bennetter war nicht mehr auszumachen.

Mary spürte etwas unter ihrem rechten Fuß. Sie war auf Seths Hand getreten, der vor ihr auf dem Boden kauerte. Er reagierte nicht, sein Blick hing an seinem Bruder fest. Sein Unterkiefer zitterte, und Mary meinte, über das Wüten des Windes hinweg seine Zähne aufeinanderschlagen zu hören.

»Klar zum Wenden!«

Kapitän Taylors Befehl, das Schiff beizudrehen, löste Marys Betäubung. *Wir haben einen Mann verloren, den Vater zweier Kinder.*

*Steh nicht herum,* schalt sie sich. *Wir haben die Meeresenge nicht passiert. Wir müssen uns der See beugen und ruhigere Gewässer erreichen, wir müssen in einer Bucht Schutz suchen. Wir müssen die Schäden am Schiff in Augenschein nehmen. Carl, wo bist du? Wir müssen die Verletzten versorgen.* Sie beugte sich zu Seth hinab. Er musste aus den nassen Kleidern heraus, seine Lippen waren bereits blau angelaufen.

»Komm mit mir«, sagte sie leise.

Der Junge schüttelte den Kopf.

»Peter Sohnrey wird deinen Bruder gleich in Doc Havenports Kajüte bringen. Kommst du mit mir, damit er dort nicht alleine ist?«

Sofort stand Seth auf und wankte dem Niedergang entgegen.

*Den Zustand der Patienten beurteilen, eine Reihenfolge der Behandlungen festlegen, Brüche ertasten und fixieren, Blutungen stillen und Platzwunden reinigen. Du schaffst das,* ermutigte sich Mary und schaute sich verzweifelt um. Es war stickig in der Kajüte, und zu viele Männer warteten darauf, dass ihnen geholfen wurde. Die Erschöpfung machte Marys Glieder schwer und ließ die Augen brennen. Sie griff in Doc Havenports Instrumentenkoffer, der sich unter der Jolle verkeilt hatte und nicht über Bord gespült worden war. Sie nahm die nasse Schere und zog die Schneiden über ihre Jacke, doch der feuchte Wollstoff verwischte die Tropfen zu feinen Schlieren. Ihr fehlte Hilfe.

Einige der Verletzten saßen stöhnend am Boden, Medikamente und Instrumente fielen durch das Rütteln des Sturms immer wieder vom Tisch.

In der Koje des Schiffsarztes lagen die beiden Kinder. Von Carl narkotisiert, waren sie zur Ruhe gekommen. Besonders Nats Zustand war bedenklich. Im Wechsel hatte er sich mehrfach erbrochen oder wimmernd zusammengerollt. Sein Körper hatte dabei unentwegt gezittert. Seth hatte regungslos danebengesessen und nur den Mund geöffnet, als sie ihm von der Opiumtinktur verabreicht hatten.

Carl riss die Tür auf. »Komm zur Messe, so schnell wie möglich. Wir werden jede Hand benötigen.« Er öffnete einen der Schränke und zerrte einen Holzkoffer hervor.

*Keine neuen Katastrophen,* schrie es in Mary. Schnell warf sie die Instrumente in Doc Havenports Koffer und versprach den wartenden Patienten, bald zurück zu sein.

Sie betrat die Messe, als Carl die beiden Haken aus den Ösen schob und den Koffer aufklappte. Auf einem sandfarbenen Bezug, der mit braunem Muster durchzogen war, ruhten eine Schere, zwei Spatel, drei riesige Messer mit Holzgriffen und zwei Sägen, allesamt mit rotbraun glänzenden Griffen.

Auf dem Esstisch der Offiziersmesse lag Bartholomäus. Er war nicht bei Bewusstsein. Auf seiner Stirn klaffte eine blutende Wunde.

Carl band das Schraubentourniquet um Bartholomäus' Oberarm. Unterhalb des Ellenbogens war kaum noch eine Hand, ein Gelenk oder ein Unterarm auszumachen. Schieres Fleisch, aus dem weiß die Knochen stakten. Das Blut tropfte nicht, es lief in fingerdickem Fluss gen Boden.

*Er ist Toppsgast, ganz oben in den Segeln ist er zu Hause. Wie ein Tänzer springt er dort umher, ich habe es gesehen, wir können ihn nicht zum Krüppel machen.* Mary schwieg, trat an den Tisch und rang nach Atem.

Peacock streute Sand in die dunkelrot schimmernde Lache unter dem Tisch, bis sich Sand und Blut verklumpten.

»Was ist mit ihm geschehen?«, fragte sie, griff Bartholomäus' Kinn und öffnete seinen Mund. Quer über die Mundwinkel legte sie einen Beißstab und versicherte sich, dass die Zunge nicht abgequetscht wurde.

»Eine Kanone hat sich gelöst«, sagte Peacock und schluckte, erst dann sprach er weiter. »Sie ist wie ein Geschoss übers

Deck gerast. Bartholomäus gehörte zu denen, die sie aufhalten wollten, bevor sie größeren Schaden anrichten konnte. Sie hat ihn erwischt. Er wurde zur Seite geschleudert, als wäre er ... « Einen Moment suchte er nach dem passenden Wort, dann zuckte er hilflos mit den Schultern.

Bartholomäus' Lider flackerten. Er stöhnte, warf den Kopf zur Seite und drückte mit der Zunge den Beißstab aus dem Mund. Langsam öffnete er die Augen. Dunkelblaue Augen, von Wimpern schwarz umrandet. Er blickte sich um. Sofort begriff er, dass er in der Offiziersmesse lag, sah die ernsten Mienen der Männer, die den Tisch umstanden.

Carl drehte den Holzkoffer von ihm weg, dass er die Instrumente nicht sehen konnte.

Bartholomäus versuchte sich aufzurichten, doch der zerschmetterte Arm gab nach. Seine Augen weiteten sich, als er das Schraubentourniquet entdeckte, das über dem schieren Fleisch, dem Rest seines Unterarmes und der Hand, angelegt worden war. Brüllend fuhr er in die Höhe und schob sich vom Tisch, wobei sich eines seiner Beine in einem der festgeschraubten Stühle verfing.

Peacock sprang beiseite. Sein schmaler Leib bebte. »Bartholomäus, bitte beruhige dich«, rief der Astronom mit flehender Stimme.

Doch Bartholomäus, gut einen Kopf größer, stieß ihn mit dem linken Arm zu Boden. Als der Matrose mit beiden Füßen auf dem Boden stand, schwankte er. Sein Blick irrte durch den Raum. Kaum, dass er die Tür entdeckte, machte er einige wacklige Schritte darauf zu. Sein Brüllen ebbte nicht ab, und Mary glaubte, ihr Kopf müsse zerspringen. Tränen rannen ihr über das Gesicht.

Carl stellte sich dem Toppsgast in den Weg und legte ihm die Hände auf die Schultern. »Wir müssen dir helfen«, sagte er, »du wirst die Nacht sonst nicht überleben.«

Bartholomäus' Kopf schoss vor und schlug in Carls Gesicht. Während Carl auf die Knie sank, die Finger auf Nase und Mund gepresst, durch die das Blut sickerte, hob Toni den Arm und holte aus. Seine Faust landete auf Bartholomäus' Kinn, und das Brüllen erstarb. Wie ein gefällter Baum kippte er nach hinten und landete auf den Planken.

Gelähmt und still umstanden alle den Toppsgast.

Mary wischte sich die Tränen aus dem Gesicht, ergriff einen der baumwollenen Lappen und drückte ihn in die Schüssel mit dem warmen Wasser. Sie ging um den Tisch und kniete sich vor Carl.

»Danke«, stieß er hervor und drückte sich das Tuch unter die Nase. »Wie geht's ihm?« Seine Frage klang dumpf durch den Stoff.

Peacock und Toni hoben Bartholomäus auf den Tisch.

»Ich kümmere mich um ihn. Wie steht es um dich? Kannst du operieren?«

Carl nahm das Tuch beiseite, und Mary legte ihre Hand unter sein Kinn, schob es leicht in die Höhe. Nase und Oberlippe waren geschwollen.

»Mach den Mund auf.«

Langsam schürzte Carl die Lippen, bewegte dann den Unterkiefer. Seine Zähne waren unversehrt.

»Nase und Lippen sehen übel aus, aber Kiefer und Zähne scheinen in Ordnung zu sein.«

»Lass mir einen Moment, dann wird es gehen.«

Peacock reichte einen neuen, sauberen Lappen.

Dankbar sah Mary den Astronomen an. *Er weiß, worauf es ankommt,* dachte sie. *Er hat ein Gespür dafür, in kritischen Situationen das Richtige zu tun.* Sie schob sich zwischen zwei Stühlen an den Tisch heran und prüfte, ob Bartholomäus bei dem Sturz Kopfverletzungen davongetragen hatte. Abschließend zog sie das Tourniquet nach und schob erneut den Beißstab in seinen Mund.

Carl erhob sich und griff in den hölzernen Koffer. Sofort war Toni neben ihm und schob ihn beiseite.

»Was soll das?«, fuhr Carl ihn an.

»Ich mache das.«

»Mir geht es gut, ich kann den Eingriff durchführen.«

Toni legte die Hand auf das Sägeblatt. »Das bezweifle ich nicht. Es ehrt Euch, dass Ihr das machen wollt. Aber die Säge ist mein Werkzeug.«

Zwischen den beiden Männern stand glänzend das Sägeblatt mit den auf Hochglanz polierten Zähnen.

»Habt Ihr schon amputiert?«, fragte Toni. Er ließ Carl nicht aus den Augen, der auf den Toppsgast schaute und dann den Kopf schüttelte.

»Es ist nicht das erste Körperteil, das ich absäge. Und es soll schnell gehen«, sagte Toni. Seine Stimme blieb ruhig.

Carl wischte sich eine Strähne aus dem Gesicht und reichte die Säge weiter. Dann packten die Umstehenden Bartholomäus. Obwohl er nicht bei Bewusstsein war, banden sie seine Beine und den verbliebenen Arm mit Tauen an den Tischbeinen fest. Für den Fall, dass er zu Bewusstsein kommen sollte, stellten sie die Opiumtinktur bereit, und Mary hörte, dass Peacock leise ein Stoßgebet gen Himmel sandte.

Sie konnten beginnen.

Toni setzte das Sägeblatt an. Knackend arbeitete sich das Metall durch Fleisch, Knochen und Sehnen. Das Blut rann über die Säge, an Tonis Händen herab, auf den Tisch und von dort auf den Boden, wo es sich mit dem Sand vermengte.

Mary wurde übel. Und während Carls Finger im Fleisch nach den Gefäßen wühlten und sie abbanden, wischte sie mit nassen Tüchern das Blut in der Wunde beiseite. Sie tat es Peacock gleich und atmete durch den Mund ein und aus.

*Vater,* dachte sie und unterdrückte die wieder aufsteigenden Tränen. *Du hast mir nie erzählt, wie schlimm es auf solch einer Reise wirklich ist.*

* * *

Zuerst war da das Dröhnen.

In seinem Kopf.

Dann hörte Seth das Stöhnen.

Es war sein Stöhnen.

Langsam öffnete er die Augen. Eine Kajüte. Ein Tisch. Kleine Regale an den Wänden. Eine Koje. Er lag in Doc Havenports Koje. Wie gemütlich das war. Kein Rundrücken, wie man ihn nach einer Nacht in der Hängematte hatte. Seth streckte die Beine. Sein Oberschenkel berührte etwas. Er drehte den Kopf. Nat lag neben ihm, zusammengerollt schlief er.

Nat.

Und plötzlich war da ein schmerzhafter Druck in seinem Bauch.

*Vater!*

Er fuhr auf.

Der Druck stieg vom Bauch aufwärts und nahm ihm die Luft.

Dann kam das Zittern.

Überall. Die Beine, die Arme, die Hände, selbst die Lippen, alles an ihm zitterte.

Die Hand am Bugspriet. Die Welle, die Nat und Vater wegspülte.

Seth keuchte. Der Rotz verstopfte seine Nase. Er wischte mit der Hand durch sein Gesicht.

Und er sah, dass Nat die Augen öffnete, sah, dass sein Bruder ihn anschaute. Kein Blinzeln. Kein Zucken der Mundwinkel. Nicht eine Bewegung war in seinem Gesicht zu erkennen.

Plötzlich schoss Nat in die Höhe, stieß Seth beiseite, beugte sich über den Rand der Koje und kotzte. Deutlich vernahm er das kehlige Geräusch, das Klatschen auf den Planken, den beißenden Geruch. Seth schloss die Augen und atmete schneller und schneller.

Er spürte, dass Nat zusammensank. Einen Wimpernschlag lang war nur ihr Atem zu hören. Versetzter Atem. Erst Nat, dann Seth. Nat und wieder Seth.

Der Schrei zerriss die Stille. Ein greller Schrei, so grell, dass er wehtat. Seth drehte sich um und umarmte seinen Bruder, dessen Leib sich krümmte und krampfte. Erst jetzt spürte er, dass auch sein eigener Leib vom Heulen geschüttelt wurde. »Hör auf, hör auf«, brüllte er.

Doch Nat schwieg nicht, stattdessen schraubte seine Stimme sich höher und höher.

»Vater«, glaubte Seth zu verstehen. Er presste seinen Kopf gegen den krampfenden Rücken seines Bruders und schluchzte.

»Du hast doch noch mich«, rief er. »Du hast doch noch mich.«

# Kap Hoorn, 9. Januar 1786

»Warst du bei den Jungen?«, fragte Mary und legte die Schere beiseite.

Carl nickte. Er beugte sich über Bartholomäus und legte die Hand auf dessen Stirn. »Das Fieber ist gesunken.«

»Ja, endlich. Vielleicht wird er wieder auf die Beine kommen. Wie geht es den Jungen?«

»Unverändert. Seth isst regelmäßig und antwortet immerhin, wenn man ihn anspricht. Aber Nat musste ich wieder füttern.«

Nats leerer Blick tauchte vor Marys innerem Auge auf. Der Mund, der Löffel, das Schlucken. Ihre Fragen. Sein Schweigen.

»Ich habe eben mit dem Kapitän gesprochen«, sagte Carl und reichte ihr saubere Scharpie, »wir werden jetzt in Kürze Kap Hoorn erreichen und eine der Inseln anlaufen.«

Mit der Pinzette entfernte Mary die durch Blut, Wundwasser und Eiter verklebte Scharpie von Bartholomäus' Stumpf. *Wie lange warten wir schon darauf, endlich wieder festen Boden unter den Füßen zu spüren*, fragte sie sich und seufzte. *So lange ist der letzte Landgang nicht her, mir scheint er jedoch inzwischen zu einem anderen Leben zu gehören.*

Es mochte zwei Wochen her sein, dass sie Kapitän Taylor an Deck getroffen hatte, der konzentriert die Gezeitenströme beobachtet hatte, die an Feuerlands Spitze aufeinandertrafen. Tagelang bezog er, sobald der Morgen graute, seine Position. Die See war weiterhin unruhig, der Wind böig, sein Schiff nicht viel mehr als ein schwimmendes Lazarett. Nur für einen Moment hob er den Blick, dann vertiefte er sich wieder in seine Aufzeichnungen.

Zügigen Schrittes war Mary gegen das Frösteln angelaufen, um in der Kälte der Dämmerung dem stickigen Dunst unter Deck zu entkommen.

Kurz sah sie auf, und Carl beugte sich über Bartholomäus' Armstumpf. Die Wunde verheilte gut. Aus medizinischer Sicht ein Erfolg, ein wirklich beeindruckender Erfolg. Doch wie würde dieser Mann, den die Natur reich beschenkt hatte und dem zu Hause sicher alle Frauen nachsahen, wie würde er, der seine Arbeit liebte, darauf reagieren, dass er zum Krüppel geworden war? Noch lag er in einem Dämmerzustand, der ihn schützte, doch wer würde ihm Halt geben, wenn er erwachte?

Gern wäre sie wieder an Deck geflohen, um Trost zu finden. Trost für die Augen, die mit ansehen mussten, wie die Verletzten litten. Trost für die Nase, die den Gestank der ungewaschenen Männer, die mit eiternden Wunden nebeneinanderlagen, riechen musste. Trost für die Ohren, die das endlose Stöhnen vernahmen.

Carl und sie schliefen, um Wege zu vermeiden, bei der Mannschaft. Mal war es ein Husten, dann wieder ein Wimmern oder der Wachwechsel, der sie beide nachts aufschrecken, sich wortlos erheben und erneut ihre Runden drehen ließ, um Verbände zu wechseln, frische Lappen zum Kühlen zu verteilen und Medikamente zu verabreichen.

»Es ist der Tidenstand«, hatte der Kapitän an jenem Morgen gesagt, ohne sich umzuwenden. »Die von mir erstellte Tidenkurve«, er hatte auf sein Büchlein getippt, »gibt Aufschluss über die Phase des Niedrigwassers und die des Hochwassers.«

Mary lehnte sich neben Kapitän Taylor an die Reling und nickte. Mehr wusste sie nicht zu erwidern.

»Wir müssten es schaffen, die Meeresenge zu passieren, wenn wir die Windverhältnisse und den Tidenstand berücksichtigen.«

Erleichterung breitete sich in ihr aus. »Das wäre gut. Wir brauchen milderes Klima, die Männer müssen sich erholen.«

Plötzlich sah Taylor sie an, konzentriert und eindringlich.

»Es tut mir leid, Mr. Middleton, aber es wird nur andersherum funktionieren: Bringt mir die Mannschaft schnellstmöglich wieder auf die Beine, nur dann können wir dieser Hölle hier entkommen.« Er schlug seine Notizen zusammen und verschwand.

Noch am selben Tag meldeten Carl und Mary dem Kapitän, welche Mitglieder der Mannschaft den Sturm unverletzt überstanden hatten, wen weder die katastrophale Ernährung geschwächt noch die Melancholie gepackt hatte.

Die Folgen waren drastisch: Die Freiwachen wurden verkürzt und die Besetzung in den Segeln auf das Nötigste reduziert. Doch niemand murrte. Wortlos arbeitete jeder Mann an Bord noch härter.

Die Berechnungen des Kapitäns erwiesen sich als richtig. Mit dem zweiten Versuch passierte das Schiff die Meeresenge und ließ die Le-Maire-Straße hinter sich. Reichlich Felsen ragten aus dem Wasser und mahnten scharfkantig, während das Schiff sich langsam durch die Wellen schob, dass die Mannschaft die Konzentration halten musste. Und so hatte jeder auf den letzten Meilen seine verbliebenen Reserven verbrannt.

Carl warf einen Blick auf die Wunde. »Das sieht erfreulich aus«, murmelte er und begann, die Ränder vorsichtig zu säubern. Bartholomäus wimmerte.

»Wenn wir bald Land erreichen«, fuhr Carl fort, »können wir die Sturmschäden reparieren, das Schiff reinigen und Wasser nachfüllen. Der Kapitän will die Geschütze unter Deck verstauen. Hoffentlich haben wir genug kräftige Männer zur Hand.«

»Ist das nicht gefährlich, wenn die Geschütze anderweitig gelagert werden?«

»Sie müssen gut vertäut sein, aber über das Gewicht im Ladedeck können wir mehr Tiefgang erreichen«, sagte Carl und trat einen Schritt beiseite.

Mary bedeckte den Stumpf mit Scharpie.

*Für eine Exkursion werden wir wohl kaum Zeit finden,* dachte sie, als die Luke des Niedergangs aufgerissen wurde.

»Land in Sicht«, rief Dan und ließ die Luke scheppernd zufallen.

Über Bartholomäus' Hängematte hinweg starrten sich Carl und Mary an.

Es war kalt an Deck. Klar und wunderschön. Vor dem Schiff waren mehrere Inseln auszumachen, und die Männer stritten, welche von ihnen die südlichste sei.

»Hier«, sagte Carl und zeigte über das Wasser, »hier berühren sich Pazifik und Atlantik. Ein erhebender Anblick.«

Mary blieb einen Schritt hinter ihm.

*Das ist Kap Hoorn?*, fragte sie sich und sah sich zweifelnd um. *Das sagenhafte Kap Hoorn? Nichts als ein grauer Felsen? Vater, was habe ich mir immer vorgestellt? In den Himmel ragende Felswände. Tiefschwarzes Gestein, aus dem Felsbrocken stürzen, die Schiffe erschlagen.*

*Und nun ist Kap Hoorn ein Hügel.*

*Rund, fast lieblich, von dunklen, leicht gekräuselten Wellen umspielt.*

*Ich bin bei dir angekommen und kann dir endlich Lebewohl sagen.*

# Pazifischer Ozean, 2. Februar 1786

Das Wetter hatte sich gebessert. Carl steuerte auf den Niedergang zu und sah sich zufrieden um. Die Anzahl der Patienten hatte sich deutlich verringert. Die sonnenverbrannten Wangen und die leuchtenden Augen der Männer, die von ihren Wachschichten zurückkehrten, hatten Wunder bewirkt. Was keine Pille und keine Tinktur erreicht hatte, hatte die Hoffnung übernommen. Der Gedanke, blauen Himmel sehen und die Wärme der Sonne spüren zu können, hatte die Kranken auf die Beine gebracht.

Selbst Nat hatte, auch wenn er nicht arbeitsfähig war, inzwischen wieder das Deck betreten. Er sprach kaum und duldete ausschließlich Seths Nähe. Der kleine Bruder war es, der ihn zum Essen holte, der darauf achtete, dass er die Nachtruhe einhielt, der ihm morgens das Haar kämmte und seine Hängematte verstaute.

Carl fröstelte. Die Luke stand zum Lüften des Decks offen. Sonnenlicht fiel herein. Kurz blieb er stehen und genoss die Wärme.

*Vögel,* dachte er, als er das Deck betrat und sein Blick über den Himmel fuhr. *Und was für welche.* Er beugte sich vor und kniff die Augen zusammen. Er erkannte einen Albatros. Ein zweiter Albatros folgte. Dann der dritte. Vorboten des Schwarmes, der kurz darauf das Schiff umkreiste. Beeindruckt hielten die Männer mit der Arbeit inne, denn einige der Vögel hatten eine Flügelspannweite von bis zu zehn Fuß.

»Schnell«, rief Carl einem Matrosen zu. »Lasst die Jolle zu

Wasser. Ich hole mein Jagdgewehr. Heute gibt es wieder mal einen deftigen Braten.«

Lukas griff nach seiner Muskete und legte sie an.

»Schieß sie nicht, Junge«, rief Segelmacher-John. »Das sind heilige Vögel.«

Carl blieb stehen. »Warum sollen wir das nicht tun? Das sind großgewachsene Vögel mit viel Fleisch.«

»Sie verkörpern den Geist der toten Kameraden.«

Kapitän Taylor und Astronom Peacock, die dabei waren, die Küste einer Insel zu bestimmen, schauten herüber.

»Das ist ein Einwand, den ich berücksichtigen werde«, sagte Carl. »Seesoldat, unterlasst die Schießerei.«

Lukas zögerte. Dicht vor ihm zog ein Albatros seine Kreise.

Für einen Augenblick wurde es still an Bord. Alle Augen richteten sich auf Carl, der neben Segelmacher-Johns Bank stand.

»Darf ich?«, fragte Carl und griff sich Lukas' Muskete. »Gut«, er wandte sich Segelmacher-John zu, »ich halte das für Aberglauben. Aber Ihr wisst Dinge, von denen ich nichts verstehe. Vielleicht versteht Ihr auch von Albatrossen mehr. Und da es hier mehr als genug andere Vogelarten gibt, werde ich der Mannschaft jetzt ein Abendessen schießen, das ohne einen Albatros auskommt.«

Segelmacher-Johns Ohren wurden rot, konzentriert zog er an einem Faden, der sich im Stoff verknotet hatte.

Carl winkte Mary zu sich. Gemeinsam mit Lukas kletterten sie in das Beiboot.

Bevor Lukas auch nur ein Ruder gezogen hatte, legte Carl, die Schwankungen des kleinen Beibootes ausbalancierend, die Muskete an. Er zielte, spürte den Rückstoß und sah den ersten Vogel aufs Wasser fallen. Beifall brandete an Bord auf. Sofort lud er nach.

Mit kräftigen Schlägen ruderte Lukas los, und kurz darauf beugte Mary sich vor, um ein wildes Perlhuhn aus dem Wasser zu ziehen.

Erneut setzte Carl an. Der zweite Treffer. Aufladen. *Weißes*

*Fleisch, knusprig gebraten, mild gewürzt.* Sein Magen knurrte. Erneut donnerte ein Schuss. Wieder klatschte ein Vogel auf die Wasseroberfläche. Carl hörte die Mannschaft jubeln. Er schaute zum Schiff hinüber. Aufgereiht standen die Männer nebeneinander. Bartholomäus war an Deck, blass und ernst. Das Weiß der Bandage des abgebundenen Stumpfes leuchtete im Licht. Selbst Seth konnte er erkennen. Das helle Haar, der schmale Kopf, der gerade einmal auf Brusthöhe der Männer reichte, sprang ins Auge. Doch den zweiten blonden Schopf konnte er nicht entdecken. *Nat, vielleicht tröstet dich wenigstens der Gedanke, dass die Albatrosse weiterleben und die Seele deines Vaters holen können,* dachte er, hob an und schoss.

# Pazifischer Ozean, 1. März 1786

Erschrocken fuhr Seth auf. Sein Herz schlug laut in die Stille hinein. Er schaute sich um, doch die Männer um ihn herum schliefen. Bartholomäus, der neben ihm lag, hatte den Mund geöffnet und atmete flatternd ein und aus. Seth ließ sich in die Hängematte zurücksinken. Sein Herzschlag wurde regelmäßiger, doch die Müdigkeit war verflogen. Leise setzte er die Füße auf den Boden und schob sich an Bartholomäus vorbei, darauf bedacht, nicht den Verband zu berühren. Es war stickig unter Deck und stank nach Furzen und faulem Atem. Er brauchte Luft. Die Stufen des Niederganges knarrten. Bei jedem Schritt verharrte Seth und lauschte, ob er irgendjemanden mit seinem nächtlichen Ausflug weckte.

Als er die Luke des Niederdecks öffnete, spürte er den Wind. Kühl und salzig strich er über sein schweißnasses Gesicht. Er kletterte auf Deck und blieb breitbeinig in der Dunkelheit stehen. Die Nachtwache war nicht zu sehen. Das Schiff schob sich durch seichte Wellen, und am Himmel waren nur vereinzelte Wolken im Mondlicht zu erkennen.

Seth atmete tief durch. Die Luft beruhigte ihn. Für einen Moment glaubte er, einen beißenden Geruch auszumachen. Nochmals sog er die Luft ein. Keiner der Männer würde es wagen, auf Deck zu scheißen, nicht einmal in tiefster Nacht. Unter Deck, das war etwas anderes. Dort gab es dunkle Ecken, aber hier? Er musste sich geirrt haben. Er hörte ein leises Geräusch, direkt neben sich. Irgendetwas stimmte hier nicht. Wieder vernahm er das Geräusch, es war ein leises Klopfen. Ein Stück von ihm entfernt, auf den Planken. Seth trat einen Schritt vor. Was war das? Eine kleine, kreisrunde Lache glänzte auf dem Holz. Und jetzt sah er es. Es war kein Klopfen, vereinzelte Tropfen fielen vom Himmel. Direkt in die Lache. Sein Herz begann wieder schneller zu schlagen, schneller als zuvor.

Was tropfte da?

Langsam hob er den Kopf.

Zuerst sah er die Füße, direkt über sich.

Nackte, weiße Füße.

Sein Blick fuhr an den Knöcheln entlang, die Hosenbeine hinauf. Eine helle Leinenhose. Selbst im Mondlicht konnte Seth erkennen, dass sich eine dunkle, feuchte Spur vom Schritt ausgehend den Stoff hinabzog. Ungläubig schaute er auf die Hände und die Arme, die schlaff neben dem Körper herabhingen. Der Wind bauschte kurz das Hemd auf. Seth hatte gehofft, dass Nat schneller wachsen und ihm das Hemd bald zu klein werden würde. Er hatte sich auf den Tag gefreut, an dem er es vererbt bekommen würde. Sein erstes Hemd mit roten Ringeln, und das vielleicht noch nach Nat gerochen hätte. Sein Blick wanderte weiter in die Höhe. Der Kopf des Bruders hing nach vorn geneigt. Das Kinn berührte fast den Brustkorb. Die Augen waren geschlossen. Der Mund stand offen. Um den Hals lag ein Tau, das sich tief in seine Haut eingeschnitten hatte. Das obere Ende war an der Fockrah verknotet. Eine Welle ließ das Schiff schlingern, und Nats Körper pendelte, den Bewegungen des Mastes folgend, hin und her. Seth stand starr und schaute, und sein Bruder baumelte im Wind.

*Nein!*

*Nein!*

*Neiiiiiiin!*

Mit einem Mal hörte Seth Schritte. Schnelle Schritte, die auf ihn zukamen. Ein gehetzter Atem, eine Hand legte sich auf seine Schulter und schob ihn zur Seite.

»Nein, verdammte Scheiße, nein!« Lukas schrie, dass seine Stimme brach. So laut, wie das *Nein* in Seth hämmerte. Doch Nat blieb stumm. Und kalt. Vielleicht war er auch schon tot.

Er sah, dass Lukas die Arme hob und um Nats Beine schlang. Dass er versuchte, den Bruder in die Höhe zu heben.

»Nat, nein, nein!« Lukas hörte nicht auf zu schreien, und Tränen liefen sein Gesicht hinab. Er presste es gegen Nats Beine, wobei seine Wange auf der Pissespur lag.

»Was ist los? Verdammt, was ist da los?« Dan. Er musste im Krähennest sitzen. Seine Stimme klang verschlafen und ängstlich.

»Los, Kleiner, lauf. Hol Hilfe!« Lukas sah zu ihm herüber, und Seth erwiderte kurz seinen Blick. Dann schaute er wieder in Nats Gesicht. *Was soll ich denn tun?*

»Bitte, Kleiner! Lauf! Hol die Nachtwache, hol den Kapitän. Hol Sohnrey, hol irgendjemanden. Mach was.« Die letzten Worte gingen in einem Schluchzen unter.

Seth wollte Lukas helfen, aber konnte der nicht sehen, dass er keinen Körper mehr hatte? Da waren keine Arme mehr, die zupacken, keine Beine, die laufen, keine Stimme, die rufen konnte. Kein Herz, das mehr schlug. Er hatte nur noch Augen, und die konnten Nat doch nicht allein lassen.

*Mein Nat. Mein Möwenbezwinger.*

Er blinzelte. Seine Augen füllten sich mit Tränen. Sie liefen so voll, dass das Bild verschwamm. Lukas, der Nats Beine umklammerte. Der gesenkte Kopf, die baumelnden Arme.

Dann wurde es still. Das Bild flackerte.

*Ja, das ist gut. Jetzt sterbe ich auch. Nat, warte auf mich. Ich komme mit dir. Lass uns gemeinsam zu Mutter und Vater gehen.*

* * *

Laternen hüllten die Männer, die beieinanderstanden, in goldgelbes Licht. Schweigend umringten sie den Hauptmast. Auf der Fockrah hockte Lukas, der sich vornüberbeugte. Mary kniff die Augen zusammen und sah ein Messer blinken, das ein Seil durchtrennte, einen blonden Haarschopf, der in hochgereckte Arme sackte und aus ihrem Blickfeld verschwand. Ein gellender Schrei ertönte. Es war Seths Stimme, er musste irgendwo zwischen den Männern stehen, irgendwo in unmittelbarer Nähe des Geschehens. Er schrie so jämmerlich, dass Mary fürchtete, ihr Herz würde in feinste Splitter zerfallen. Dann verstummte der Junge, und die gespenstische Stille, die das Geschehen bereits zuvor umgeben hatte, kehrte zurück.

Mary blieb auf der Treppe stehen, die vom Achterdeck hinabführte, und klammerte sich am Geländer fest.

*Nein, Nat,* flehte sie, *das darf nicht sein. Er ist fast noch ein Kind, er hat nach uns zu gehen. Wie viel Raum will sich der Tod auf unserem Schiff denn noch verschaffen?*

Die Traube der Männer öffnete sich, und eine Gasse entstand. Zuerst konnte sie Sohnrey erkennen, der die Knöchel des Jungen umfasst hatte. Mit den nackten Füßen voraus wurde der Leichnam über Deck getragen. Henry hatte ihn unter den Achseln gepackt, sodass der Leib zwischen den Männern bei jedem Schritt hin- und herschaukelte. Die Prozession verließ die Gasse, und die Männer drängten wieder zusammen, enger als zuvor standen sie beieinander. Und über ihnen, auf dem Mast, hockte Lukas, dessen Schultern vom lautlosen Weinen bebten.

Magensäure schoss Marys Hals hinauf und verätzte den Kehlkopf, als sie die Reflexe des blakenden Lichtes über Nats weizenblondes Haar tanzen sah. Sie wankte zur Reling, spie in hohem Bogen und wischte sich mit dem Arm über das Gesicht. Schwerfällig hob sie den Kopf, um sich zu vergewissern, ob all das hier gerade tatsächlich geschah.

Ja, es geschah.

Toni schob sich durch die Männer, Seth auf den Armen.

Mary zuckte zusammen. Der Junge hatte gesehen, wie Nat am Mast baumelte, das verzerrte Gesicht war das letzte Bild des Bruders, das sich in ihn eingebrannt hatte.

Sie spürte den Impuls hinüberzustürzen, Seth die Stirn zu streicheln und ihn mit sanftem Flüstern zu besänftigen. Ihn in einen traumlosen Schlaf der Erschöpfung zu wiegen, der ein paar Stunden Erlösung versprach. Doch sie blieb stehen und verhielt sich wie jeder an Bord: Sie schwieg. Schwieg hilflos.

Leise öffnete Mary die Tür.

Nat lag auf dem Behandlungstisch.

*Bald habe ich mehr Tote auf diesem Tisch gesehen als lebendige Patienten,* dachte sie und zog die Tür hinter sich zu.

Kapitän Taylor und Sohnrey standen am Kopf des Tisches, während Carl sich vorbeugte und das Seil, das um den Hals des Jungen geschlungen lag, genauer ansah. Kurz blickte er auf und nickte ihr zu, sie solle hinüberkommen.

»Nathaniel Bennetter hat also mit Sicherheit selbst Hand angelegt?«, fragte Kapitän Taylor.

Carl beugte sich noch weiter vor und nickte.

Mary folgte seinem Blick. Getrocknete Spuren weißen Salzes zogen sich über Nats Wangen. »Er hat geweint«, entfuhr es ihr. Erschrocken schaute sie auf, nichts lag ihr ferner, als das Gespräch der Männer zu unterbrechen.

»Das kann man nicht mit Bestimmtheit sagen.« Carls Stimme war brüchig. »Wenn der Tod eintritt, erschlaffen die Muskeln. Die Blase verliert ihr Wasser, der Darm entleert sich, und häufig tritt letzte Tränenflüssigkeit aus den Augen. Vielleicht hat er geweint, vielleicht auch nicht.«

Wieder blickten sie auf den Jungen.

»Hat der …«, Sohnrey zögerte, bevor er weitersprach, »hat es lange gedauert?«

Carl zuckte mit den Schultern. »Ich weiß es nicht, ich weiß es wirklich nicht. Wenn sein Genick gleich gebrochen ist, ging es schnell. Ist es nicht gebrochen, ist er erstickt. Wir könnten das prüfen, aber ich denke, das ist nicht vonnöten.« Er nahm eine Schere, schob die Finger an Nats Kehlkopf entlang unter das Seil und schnitt es auf. Unter dem Knoten zeigte sich eine bläulich rote Verfärbung und aufgeschürfte Haut. »Sein Bruder hat ihn gefunden«, fuhr er dabei fort, »wer weiß, ob er den Todeskampf hat miterleben müssen. Grausam. Erst den Vater sterben sehen und jetzt auch noch das. Wo ist er?«

»Sie haben ihn ins Mannschaftsdeck getragen und kümmern sich um ihn.« Mary schluckte, doch ihre Kehle blieb staubtrocken.

»Lasst uns nach Segelmacher-John schicken, er soll die Hängematte des Jungen mitbringen«, sagte Taylor. »Und wer schaut nach dem kleinen Bennetter?«

»Das übernehme ich.«

Dankbar nickte der Kapitän Mary zu und verließ die Kajüte.

Da an Schlaf nicht zu denken war, hatten die Männer die Back heruntergelassen. In ihrer Mitte, nicht mehr als ein winziges, in sich zusammengesacktes Häufchen Mensch, hing Seth.

Vor Bartholomäus stand ein Holznapf, aus dem er mit einem Löffel Wasser schöpfte. Die Bewegungen seines linken Armes waren ruhig und gleichmäßig, als hätte er nie den anderen genutzt. »Kleiner, du musst was trinken«, sagte er sanft und strich dem Jungen eine Strähne aus der Stirn.

Seth schien den Löffel, der seine halbgeöffneten Lippen berührte, nicht zu spüren. Vorsichtig flößte ihm die Pranke des Matrosen einen Schluck Wasser ein, das aus den schlaff herabhängenden Mundwinkeln wieder herauslief.

»Das ist mein Löffel«, knurrte Edison, »her damit. Ich habe meinen Löffel noch nicht abgegeben.«

Mary stockte der Atem, und auch Lukas und die anderen Männer, die am Tisch saßen, hielten für einen Augenblick inne. Sie verharrten in ihren Bewegungen und starrten zu Edison hinüber.

Nur Bartholomäus schien den Satz nicht vernommen zu haben. Er legte den Löffel behutsam auf den Tisch, dann holte er aus und ließ seinen Handrücken auf Edisons Nase krachen. Durch die abrupte Bewegung schoss sein Stumpf in die Höhe und fiel gegen den Oberkörper zurück. Kurz verzog Bartholomäus das Gesicht und presste die Hand auf den Stumpf. Ruhig blickte er Edison an. »Wenn du jetzt nicht endlich mal dein Schandmaul hältst, sorge ich persönlich dafür, dass du deinen Löffel nie wieder brauchst. Das sage ich das allerletzte Mal. Krüppel bin ich eh schon, und für dich werde ich auch noch zum Mörder, wenn es sein muss.«

Edison wich zurück.

Bartholomäus zog seinen Hemdsärmel in die Länge, wischte Seth die Mundwinkel trocken und hob den Holznapf, um ihn dem Jungen an die Lippen zu führen. Dabei stieß er mit dem Ellenbogen den Löffel vom Tisch. »Komm, Kleiner, nun mach schon. Trink«, sagte er mit unbewegter Stimme und stellte den Fuß auf den Löffel.

Edison ballte die Fäuste, blieb aber auf seinem Platz und rührte sich nicht.

*Wir fallen hier alle noch dem Wahnsinn anheim,* fuhr es Mary durch den Kopf. Hastig trat sie vor in den Lichtkegel der Lampe, deren verbrennendes Öl tranig roch. »Wie geht es ihm?«, fragte sie leise.

Lukas schaute auf. »Gut, dass Ihr kommt, Mr. Middleton. Er hat kein Wort mehr gesprochen. Seht selbst …«

Mit der Hand fuhr er vor den Augen des Jungen auf und ab, ohne dass der mit der Wimper zuckte. Leer hing der Blick im Raum, als wäre er über das Gesehene erblindet.

»Er fiebert, glaube ich.« Bartholomäus' Stimme ließ Mary aufschrecken. Er tunkte den Rand seines Ärmels in den Wassernapf und zog den tropfenden Stoff über Seths Nacken. »Er schwitzt, und seine Stirn glüht.«

Mary ging in die Knie und schob die rechte Hand unter ihr Hemd, um die Wärme des Streifens Haut, den der Brustwickel freiließ, zu spüren. Mit der Linken fasste sie nach Seths Leib, der keine Reaktion zeigte, sein Rücken blieb gekrümmt, die Haut seines Bauches in Falten gelegt. Als würde sie ihn nicht berühren, als wäre er nicht anwesend. Bartholomäus hatte recht. Der Junge glühte.

»Wir sollten ihn ins Behandlungszimmer schicken«, schlug Lukas vor, während seine Finger auf die Holzplatte der Back trommelten.

Mary schüttelte den Kopf. »Da ist gerade Segelmacher-John«, flüsterte sie, »dort kann er nicht hin.«

Lukas ächzte auf, und das Trommeln seiner Finger wurde schneller.

Vorsichtig nahm Mary die Hand von Seths Bauch, zog sein Hemd glatt und strich über sein Haar.

Der letzte weizenblonde Schopf an Bord.

»Bringt ihn bitte in meine Kajüte«, sagte sie und wandte sich Toni zu. »Er kann in die Koje von Franklin Myers gelegt werden.«

Der Zimmermann, der schweigend im Hintergrund gestanden hatte, trat vor. Mit einer Leichtigkeit, als würde er ein Häufchen Federn ergreifen, nahm er den Jungen auf die Arme. Der rührte sich nicht. Sein Blick glitt durch jeden von ihnen hindurch.

Sie näherten sich dem Niedergang und hörten Schritte auf den Stufen. Segelmacher-John kam ins Mannschaftsdeck herunter.

*Dann hat er Nat in seine Hängematte eingenäht,* dachte Mary und sah den schmalen Segeltuch-Kokon vor sich, der nun in Doc Havenports Kajüte lag. Es dunkelte bereits. Sicher würde Kapitän Taylor im ersten Morgengrauen die Seebestattung vollziehen.

Segelmacher-John passierte Mary. Obwohl sein sehendes Auge

auch Toni streifte, schien er den Jungen, der schlaff in den Armen des Zimmermanns hing, nicht wahrzunehmen.

Seth jedoch reagierte auf den Segelmacher und stemmte sich abrupt in die Höhe. »Nein, nein! Du darfst ihn nicht einnähen! Nat darf nicht ins Wasser geschmissen werden!«, schrie er ihm entgegen.

Toni zuckte derart zusammen, dass ihm der Junge aus den Armen glitt. Die dünnen Beine knickten um, auf einer Stufe blieb er hocken und schlug mit den Fäusten auf das splitterige Holz. »Er hasst Wasser. Das Scheißwasser hat unseren Vater verschlungen. Es darf nicht auch noch Nat bekommen.«

Segelmacher-John presste die Hand auf seine Brust, dass Mary fürchtete, er könne einen Herzschlag erleiden. Sie beugte sich vor und hörte, dass er flüsterte: »Der Junge, der arme Junge, möge Gott ihn schützen!«

»Er muss in die Erde. Er muss ein Kreuz bekommen, und ich will beten. Gott soll ihn holen. Wenn ihn die Haie fressen, wie soll ihn dann Gott holen?« Seths Gesicht war rot angelaufen, feine Schweißperlen sammelten sich über seiner Lippe.

Mary schaute zu Toni hinüber. Er verstand und packte den Jungen, schlaff und widerstandslos ließ er sich aufheben. Sein Geschrei war in ein langgezogenes Wimmern übergegangen.

*Wenn wir jetzt das Deck überqueren, weiß jeder, dass der Junge dabei ist, den Verstand zu verlieren. Was sollen wir nur machen? Carl,* flehte Mary innerlich, *hilf mir.*

»Was ist hier los? Man hört den Jungen über das gesamte Schiff hinweg.«

Mary wirbelte um ihre eigene Achse. Hinter ihr stand Carl. Ernst blickte er den Niedergang herab.

Mary lief ihm einige Stufen entgegen. »Er hat Angst, dass wir seinen Bruder im Meer beisetzen«, flüsterte sie.

»Und was hast du mit ihm vor?«

»Ich wollte ihn in Franklins Koje legen, um ihn über Nacht unter Beobachtung zu haben.« Sie zögerte. »Können wir die Beisetzung nicht um ein paar Meilen verschieben?«

»Gut, ich kläre das mit Kapitän Taylor.«

Marys Herz wurde warm, so warm, dass sie fürchtete, es sei selbst hier im Dämmerlicht noch als Leuchten in ihren Augen erkennbar. Sie blinzelte. »Meinst du, Taylor wird sich darauf einlassen? Du weißt, die Mannschaft fürchtet, Tote könnten den Kompass durcheinanderbringen.«

»Er wird sich darauf einlassen, denn auf Seemannsgarn gibt er gar nichts. Morgen gegen Mittag passieren wir eine kleine Inselgruppe. Die paar Stunden können wir tatsächlich abwarten, schließlich ist der Junge nicht an einer ansteckenden Seuche gestorben. Bring Seth jetzt in die Koje und sage ihm, dass wir seinen Bruder morgen in Mutter Erde begraben werden. Und organisiere eine Nachtwache, damit die Ratten nicht ... « Er brach ab und lief den Niedergang hinauf.

# Nat's Island, 2. März 1786

*Nat, mein lieber Nat. Habe keine Angst, dass Segelmacher-John dich in deine Hängematte eingenäht hat. Du wirst nicht ins Wasser geworfen und von Haien gefressen werden. Wir bringen dich gerade in unserem Beiboot an Land. Zu einer Insel, die vor uns liegt. Sie ist sehr klein, aber sie wird dir allein gehören. Ich habe sie Nat's Island getauft. Wir werden ein Loch ausheben, und dort, in der Erde, wirst du ruhen. Die Engel werden dich holen und zu Gott bringen. Gott wird dein Grab sehen können, denn Toni, der Zimmermann – du weißt schon, der Mann, dem die Schneidezähne fehlen – hat heute Nacht ein kleines Holzkreuz für dich gebaut. Und Marc hat in der Früh mit seinen Farben deinen Namen daraufgeschrieben. Damit Gott weiß, dass du hier liegst.*

Seth strich über das Segeltuch. Er glaubte, einen Arm zu ertasten, und fuhr fort, bis er die Finger spürte. Dort ließ er seine Hand liegen.

*Es sind nicht viele, die dich zur Insel bringen können, in der Jolle ist nicht viel Platz. Doch die wichtigsten Menschen sind hier. Sir Belham, Marc Middleton, Zimmermann Toni und Smutje Henry. Der Kapitän ist an Bord geblieben, er will das Zeichen für die Salutschüsse geben. Der Astronom, der kleine Mann, der immer alles sucht, du weißt schon, wer, hat ein Gebet für dich gesprochen. Alle haben die Hände gefaltet und mitgebetet.*

*Die Mannschaft steht an Deck, und alle schauen herüber. Alle sind in Gedanken bei dir.*

*Nat, ich werde jetzt aus dem Boot aussteigen. Die Männer werden dich tragen. Sie werden dich an die Stelle tragen, die ich für dich aussuche.*

Seth sprang aus dem Boot und eilte einige Schritte den Strand hinauf. Bei einem Felsen blieb er stehen, zeigte auf den Boden und sah den Zimmermann an. Und der begann, mit dem Spaten das Loch auszuheben.

Ein kleines Loch.

Seth sah sich um. Er lief weiter, den Strand hinab und musterte die Steine, die im Sand und Wasser lagen. Die Runden und Grauen hob er auf. Je flacher sie waren, desto besser. *Das sind genug,* dachte er, als seine Hosentasche sich beulte, und lief zurück. Neben dem Grab schichtete er die Steine auf.

*Nat, mein Möwenbezwinger. Für den Fall, dass dir beim Warten auf die Engel langweilig wird, lege ich dir ein paar Steine hin.* Er hob den Kopf und suchte den Himmel ab. *Ich sehe gerade nicht einen einzigen Vogel, aber vielleicht lässt du sie einfach nur über das Wasser springen. Das kannst du doch auch so gut.*

Toni ließ das weiße Paket in die Erde hinab.

*Und jetzt, Nat, schließe deine Augen, damit du keinen Sand hineinbekommst.*

Während das Loch zugeschaufelt wurde, erklangen die Salutschüsse.

Mit jedem Donnerschlag, so schien es Seth, wurde das Licht heller.

Mit jedem Donnerschlag fühlte er sich leichter.

So leicht, dass Sir Belham und Marc nach seinen Armen greifen mussten.

# Plymouth, 7. März 1786

Zur Bekämpfung eines Fiebers empfiehlt es sich, zwei Lot Enzianwurzel, ein Lot Kalmus sowie ein Lot Pomeranzenschalen nebst drei Händen voll Kamillenblumen und einer Hand voll Koriandersamen in einem Mörser zu zerstoßen. Hiervon gieße man eine halbe Hand voll mit siedendem Wasser auf und gebe dem Fiebernden täglich drei bis vier Tassen davon zu trinken.

Landon biss auf den Griff der Feder, die er zwischen den Fingern hin- und herdrehte. Verärgert legte er die Feder beiseite und packte das Sandwich, das ihm das Mädchen bereitgestellt hatte. Knuspriges Weißbrot und Rindfleisch. Er biss hinein, wischte sich die Finger an der Serviette sauber und blätterte noch einmal zurück.

Konzentration, ermahnte er sich. Hier ist Konzentration vonnöten.

Diese Medikation wurde im Abschnitt des viertägigen Fiebers empfohlen. Sollte in diesem Fall die Chinarinde keine Anwendung finden? Oder war die Chinarinde nur im Hinblick auf das Wechsel- und das Quartanfieber zu verabreichen? In Gedanken ging er die Namen nochmals durch: Kaltweh, Scharlachfieber, Febris simplex, Wechsel- und Quartanfieber. Er stockte, weiter kam er nicht. Er fluchte. Vierunddreißig. Es waren vierunddreißig verschiedene Arten Fieber in diesem Buch aufgelistet, und er hatte gerade mal fünf davon in Erinnerung behalten. Wie sollte man hier auch einen Überblick bewahren?

Bisher hatte er eine erhöhte Temperatur des Körpers für ein lästiges Übel gehalten, doch nun warf das Wissen über die Fieberarten eine gänzlich andere Frage auf: Wenn Mary Linley schon so viel über das Fieber wusste, was wusste sie dann noch alles? Mit welcher Genauigkeit sie die Verläufe der Temperaturkurven mit einhergehendem Schüttelfrost voneinander unterschieden hatte, um ein Fieber vom anderen zu trennen, beeindruckte ihn.

*Sie hat mir damals die Sammlung gezeigt, durchfuhr es ihn. Käfer, Schmetterlinge, anderes Getier.*

*Das Offensichtliche.*

*Gerade recht für den Laien.*

*Nicht einmal im Ansatz habe ich darüber nachgedacht, womit sich diese Frau ansonsten befasst, was sich noch alles hinter ihrer Stirn verbirgt.* Sein Blick blieb an der Schrift hängen. Die lesbaren, steil geschwungenen Bögen mussten aus Marys Feder stammen. Sie waren deutlich von den gedrungenen Lettern des Vaters zu unterscheiden, die hastig hingeworfen und partiell verwischt waren.

*Eine Handschrift, von der ich annehme, dass sie die deine ist. Viel mehr ist mir von dir nicht geblieben,* dachte Landon und schloss das Buch. Er legte es auf vier weitere Bücher, die detailreiche Abhandlungen zu den unterschiedlichsten Krankheiten enthielten. Müde stützte er den Kopf in seine Hände.

*Hol dir das nächste Buch,* versuchte er sich zu ermuntern. *Du wirst nicht umhinkommen, dich weiter in die Materie zu vertiefen. Mit ein wenig Umherblättern ist es nicht getan.*

Der Himmel war bedeckt, kein Stern war auszumachen. Landon überquerte den Hof und war erstaunt, dass die Nacht so kalt geworden war. Der Schnee war verharscht und knackte unter seinen Stiefeln. Warum war er nicht ausgefahren, hatte ein wenig Zerstreuung gesucht? Eine Abendgesellschaft samt ihren oberflächlichen Gesprächen, vielleicht auch ein Tänzchen oder ein Besuch im Theater. Nein, er hatte sich erneut einem der Bücher widmen müssen. Was erhoffte er sich davon? Sie zu beeindrucken, wenn sie jemals zurückkam? *Du machst dich zum Narren,* schalt er sich, *doch was soll's? Wer wird je erfahren, wie du dir deine Nächte vertreibst?*

Er feixte, passierte die Stallungen und lief zum Schuppen hinüber. Ein solider Bau, dessen Dach noch im Herbst frisch abgedichtet worden war. Trotzdem zog es ihm das Herz zusammen, als er das Tor öffnete. Gut zwanzig bis dreißig Holzkisten stapelten sich auf dem sandigen Boden. In ihnen ruhte Francis Linleys Nachlass, lieblos und ohne System in Kisten verpackt, die zu beschriften sich niemand die Mühe gemacht hatte. *Die Kisten müssen schnellstmöglich ins Haus,* beschloss Landon. *Dann werde ich sie durchgehen, gewissenhaft durchgehen.*

Wahllos hatte er, nachdem die Lieferung schon Wochen im Schuppen gestanden hatte, eine erste Kiste geöffnet. Bücher hatte sie enthalten. Er hatte eines zur Hand genommen, es aufgeschlagen und dabei Marys Schrift entdeckt. Nach wenigen Zeilen hatte er sich festgelesen. Die Erkrankungen des menschlichen Organismus, genaueste Beschreibungen der Krankheitsbilder und deren Behandlung hatten ihn in den Bann gezogen. Ekel vor ihm bisher unbekannten Krankheiten und Respekt vor der Genauigkeit der Arbeit hatten sich vereint und ihn Seite um Seite weiterblättern lassen.

Er war Kaufmann.

Sein Geschäft war der Handel mit Waren.

Darauf verstand er sich.

Ein überschaubares Geschäft, das von einer immer gleichen Voraussetzung geprägt war: der Nachfrage. Er schauderte, als er dagegenhielt, wie viele Organe in seinem Körper verborgen waren und wie viele Möglichkeiten es gab, an jedem einzelnen zu erkranken. *Zu forschen bedeutet anscheinend, täglich mit der Vergänglichkeit des Körpers oder vielmehr des Lebens konfrontiert zu sein,* dachte er, schaute an sich herab und strich seine Weste glatt. Dann hob er die Öllampe hoch, beugte sich vor, ergriff eines der Bücher und wischte mit der Hand über den Einband. *Nicht nur, dass du dich zum Narren machst, jetzt wirst du auch noch sentimental. Hör auf damit.*

# Pazifischer Ozean, 9. März 1786

Dass das Leben von alten Menschen abfiel wie vertrocknete Blätter von einem Baum, hatte Mary erlebt. Dass das Leben von einem Kind abfiel, auch das hatte sie erlebt. Doch dass das Leben schneller von Seth abfiel, als der Herbstwind die Blätter von den Bäumen riss, schnürte ihr die Kehle ab. Vor dem Grab des Bruders war er zusammengesackt, gerade noch rechtzeitig hatten Carl und sie ihn an den Armen packen können, sonst wäre er in das Grab gestürzt.

*Er will ihm hinterher*, war es Mary durch den Kopf geschossen. *Doch das lassen wir nicht zu.*

Ein Gedanke. Ein Wunsch. Ihr Wunsch. Mehr nicht.

Als sie die Tür zur Kapitänskajüte öffnete, sah sie in Gedanken Seths Rücken vor sich. Ein kleiner, ausgemergelter Körper, ohne Kraft und Lebenswillen. Vielleicht hatte die Natur recht: Was sollte ein Knabe in einer Welt, in der er keine Familie mehr hatte? Gerade zehn Jahre alt war er und hatte sie alle gehen sehen. Mit einem sachten Kopfschütteln schob Mary das Bild beiseite.

Der Kapitän stand an der Fensterfront. Dunkelgrau und zerwühlt lag das Meer vor ihm, der Himmel hing zerfetzt in bauchige Wolken. Er wandte sich nicht um, als Mary eintrat. Sie blickte zu Carl hinüber, der müde aufschaute.

»Verzeiht«, sagte sie, »dass ich störe, aber ich könnte Hilfe gebrauchen.«

»Einige deiner Zeichnungen sind noch nicht fertig«, entgegnete er. »Wir haben viel Zeit verloren. Es hilft nichts, wir müssen die Arbeiten wieder aufnehmen.«

»Nein, müssen wir nicht.« Ihre Stimme hatte eine Schärfe, die man von ihr nicht gewohnt war.

Kapitän Taylor drehte sich um, die Augenbraue erhoben.

Doch Mary fuhr unerbittlich fort: »Wir müssen die Lücke füllen, die die anderen hinterlassen haben, hast du gesagt. Wir müssen unsere Aufgaben annehmen, und dazu gehört Seth. Er ist unser Patient, und unsere Aufgabe ist es, ihn mit allen uns zur Verfügung stehenden Mitteln ins Leben zurückzuholen.«

»Er ist ein Kind.«

Mary schaute zu Kapitän Taylor hinüber. Sie begann zu schwitzen. »Was meint Ihr damit?«

»Mr. Middleton, haltet mich nicht für unchristlich, aber er ist ein Kind. Kein vollwertiges Mitglied der Mannschaft.«

Ihr Schweiß stank.

Er stank nach Angst.

Sie ahnte, was Kapitän Taylor sagen würde.

»Unsere Medikamente sind knapp bemessen. Ich kann nicht zulassen, dass sie über Gebühr auf ein Kind verwendet werden. Es wird der Mannschaft zum Schaden gereichen, wenn im Falle weiterer Erkrankungen keine medikamentöse Versorgung mehr möglich ist.«

»Ja, Sir.« Mary nickte. »Ich habe verstanden.« Ohne Carl eines weiteren Blickes zu würdigen, verließ sie den Raum.

»Henry, du musst mir helfen.«

Der Smutje schnitt Zwiebeln. Seine Augen tränten, und er wischte sich mit dem Handrücken über das Gesicht. »Wie kann ich dir helfen?«, fragte er.

»Seth, der Kleine ...«

Henry nickte. »Ja, ein Jammer ist das.«

»Ich brauche verschiedene Dinge, mit denen ich ihn behandeln kann.«

»Da kann ich doch nichts für dich tun.«

»Doch, ich bitte dich, hilf mir. Sonst muss Segelmacher-John schon wieder ein Kind einnähen. Ich brauche nicht viel. Rosmarin, Zwiebeln, ein wenig Tee.«

»Doc Havenports Kajüte quillt über. Schränkeweise Salben und Wässerchen. Was soll das? Warum holst du dir da nicht die nötigen Medikamente?«

Mary senkte den Kopf. »Der Kapitän meint, dass ich die Medikamente nicht an ein sterbendes Kind verschwenden soll.«

»Ach, und du meinst, ich würde meine wertvollen Vorräte an ein sterbendes Gör verschwenden?« Henry nickte Dan zu, der an einem Teigberg herumknetete. »Deck das mit einem feuchten Tuch ab und hol Zwieback herauf.«

Der Junge tat, wie ihm geheißen.

Was sollte sie mit Zwieback? Irritiert schaute Mary den Smutje an.

Der wischte sich die Finger an seiner Hose ab. »Ein verstockter und zuchtloser Kerl ist das, der muss nicht alles wissen«, sagte er und stellte eine Holzschale auf den Tisch. »Rosmarin. Wachkraut brauchst du also. Du kannst von Glück reden, dass wir solche Schätze noch bei uns haben.« Henry setzte Wasser in einem Kessel auf. »Einen Aufguss solltest du davon herstellen. Zwiebeln sind als Umschlag fabelhaft, und Honig vollbringt Wunder. Du kannst ihn in den Tee rühren, oder besser noch: Gib ihn dem Jungen auf die Lippen. Manche lieben die Süße und werden munter dadurch.« Rosmarinzweige und Zwiebeln wanderten in die Schale. Mit einer flinken Bewegung öffnete Henry den Honigtopf und strich einen Löffel des zähen Goldgelbs in einen Becher. »Und Eier«, sagte er, »rohe Eier brauchst du auch.«

Mary lachte auf. »Eier? Was soll ich mit Eiern anfangen?«

»Das ist gut gegen Fieber. Du trennst das Eiklar, schmierst es in ein Tuch und bindest es dem Jungen um die Füße. Wenn das Eiklar trocken ist, schlägst du das nächste Ei auf und wiederholst den Vorgang.«

»Woher weißt du das alles? Vielleicht solltest du meine Arbeit übernehmen?«

Henrys Wangen röteten sich. »Ich bin zwar kein Doktor, aber von meinen Lebensmitteln und Gewürzen verstehe ich was.« Kurz verdüsterte sich seine Miene. »Zumindest manchmal. Und jetzt mach, dass du wegkommst, bevor der Verstockte wieder zurückkehrt.« Henry legte ein Tuch über die Schüssel und den Honigbecher, schenkte heißes Wasser in eine Kanne und zog ein Tablett hervor. »Marc, und wenn er wach wird, dann gib mir Bescheid. Ich habe noch einiges auf Lager, was so einen kleinen Mann stärken kann. Und wenn du irgendwem sagst, was hier gerade vor sich ging«, Henry ergriff sein Messer und ließ den Finger über die Klinge wandern, »dann gibt es Unannehmlichkeiten.«

Mary grinste, und der Smutje warf die Tür hinter ihr zu.

Carls Blick fiel auf die lederne Tasche. Erstaunt sah er auf.

»Der Kapitän sagte, ich solle keine Medikamente verwenden. Aber niemand hat mir verboten, Doc Havenports Instrumente zu nutzen.«

»Wenn dir so viel an dem Jungen liegt«, sagte Carl und trat näher, »wollen wir ihn dann nicht in Doc Havenports Kajüte bringen? Dort ist eine Behandlung besser durchzuführen.«

»Was bleibt denn dort noch? Ein Behandlungstisch! Den Rest soll ich nicht anrühren. Und es ist gleich, wo der Junge liegt.«

»Gut, gut. Hast du ihn purgiert? Oder irgendwelche Einläufe gemacht?«

»Nein, ich denke, Durchfall würde ihn schwächen.«

»Hast du ihn zur Ader gelassen?«

»Nein. Ich versuche es mit Umschlägen aus Rosmarinauszügen. Und mit ein wenig Wärme. Zudem flöße ich ihm Tee mit Honig ein und lege Wadenwickel an.«

»Sehr gut.« Carl schob eines der Tücher beiseite, das auf der Seekiste lag, und seine Hand zuckte zurück. »Was ist das?«, fragte er und zog die Stirn kraus.

Mary errötete. »Eiklar.«

Er hob die Decke hoch und schaute auf Seths gewickelte Füße.

»Ich will nichts unversucht lassen.«

»Das hat schon meine Großmutter bei mir angewandt. Schaden kann es nicht. Aber ich frage mich, wie du an die Eier kommst. Hast du die Ställe geplündert?«

Sie schwieg.

»Ach, du hast ja Beziehungen aus deinen alten Kombüsenzeiten.« Er lächelte. »Dann können wir jetzt nicht mehr viel machen, außer warten. Du hast den Jungen derweil auf das Beste versorgt.« Sanft klopfte er ihr auf die Schulter und ließ seine Hand für einen Wimpernschlag dort liegen.

Eine Nacht konnte lang werden. Der Lichtschein der Öllampe erhellte einen scharf abgegrenzten Raum, hinter dem die Dunkelheit lauerte. Die Schwester der Müdigkeit.

Mit einem Ruck hob Carl den Kopf. Er blinzelte, reckte sich, ergriff den Becher mit dem Tee und setzte sich neben Seth. Er hob den Kopf des Jungen und flößte ihm Schluck um Schluck ein. Ein feines Rinnsal floss aus dem Mundwinkel und tropfte auf Carls Hose.

Mary reichte ihm ein Tuch und schob die Bettdecke von Seths Füßen. Die Wadenwickel waren trocken. Sie nahm sie ab und legte sie in die Wasserschüssel, schlug ein Ei auf und trennte das Eiklar. Als sie die Füße anhob, um sie wieder in den kalten, nassen Stoff einzuschlagen, hielt sie kurz inne. Wie klein die Füße in ihrer Hand wirkten.

Carl wischte den Schweiß von Seths Gesicht und tastete den

dürren Brustkorb ab, um Atmung und Herztöne zu prüfen. »Sein Zustand ist unverändert«, sagte er und setzte sich auf die Seekiste. Lehnte sich an die Bordwand und schloss die Augen.

Mary sank auf den Rand ihrer Koje. Ihr Blick strich über Carls Gesicht, und ihre Gedanken schwärmten aus. *Wir sitzen hier beisammen, mitten in der Nacht. Schauen auf das Kind, und ich kann kaum ausatmen, so laut schlägt mein Herz. Ich bin fast toll vor Angst, dass du in der Ruhe zu lange auf meine Hände schaust und die Frau in mir siehst.*

*Nein, das stimmt nicht,* ertönte eine mahnende Stimme in ihrem Kopf. *Noch mehr fürchtest du, dass du einer unüberlegten Gemütsbewegung nachgibst und ihn berührst. Und dass er nicht die Frau in dir sehen könnte.*

# Pazifischer Ozean, 10. März 1786

*Sie schläft wie ein Kleinkind, den Rücken rund gebogen, den Kopf auf die Arme gelegt. Und sieht noch jünger aus als sonst. Was für Grausamkeiten hat sie in den letzten Stunden ertragen müssen. Vielleicht sollte ich ihr sagen, dass ich alles weiß, vielleicht sollte ich ihr die Gelegenheit geben, sich für einen Augenblick die Last von der Seele zu reden und sich anzulehnen?* Carl streckte sich und nahm vorsichtig den Lappen von der Stirn des Jungen. Der Stoff war inzwischen getrocknet. Die Haut war kühl und schweißfrei. Er lauschte dem Atem. *Flach und gleichmäßig, vielleicht haben wir es geschafft,* dachte er.

Der kleine Kopf bewegte sich und rutschte auf die linke Seite. Die Lippen, spröde und gesprungen, öffneten sich einen Spalt.

Carl nahm das Tuch, benetzte es mit Wasser und befeuchtete die Lippen. »Komm, mach die Augen auf, Kerlchen«, sagte er leise, und tatsächlich schlug der Junge die Lider auf. Unbewegt schaute er ihn an.

*Jetzt kommt die Erinnerung zurück. Du armer Kerl.* Carls Herz zog sich zusammen. »Schön, dass du wieder wach bist«, sagte er. »Hast du Schmerzen?«

Seth reagierte nicht.

*Ich muss Mary wecken. Sie wird sich freuen, dass der Kleine die Nacht überstanden hat.* Carl drehte sich zur Seite und wollte sich vorbeugen, um sie an der Schulter zu packen. Doch er stieß fast mit ihr zusammen. Aufrecht saß sie auf dem Rand der Koje, ihre Miene unbewegt wie die des Kindes. Er zuckte zurück und schwieg.

***

*Was wollen die?*

*Merkst du das? Die schauen mich so merkwürdig an.*

*Wo bin ich hier?*

*Wo ist meine Hängematte?*

*Warum redet Sir Belham beständig auf mich ein? Ich bin so müde, ich will weiterschlafen. Alles an mir ist so schwer.*

*Warum verlässt Marc die Kajüte?*

*Vielleicht wird Sir Belham aufhören, mit mir zu reden, wenn ich den Kopf zur Seite drehe.*

*Ja, sehr gut, er schweigt. Endlich. Hat er nichts zu tun? Warum sitzt er hier?*

*Habe ich gerade Freiwache?*

*Ich habe es genau gehört, die Tür ist wieder aufgegangen. Was meinst du, Nat? Kann ich nachschauen, wer gekommen ist?*

*Ja?*

*Gut!*

*Ach so, Marc ist wieder da. Kannst du sehen, was er auf dem Tablett trägt?*

*Speck?*

*Gebratenen Speck mit Eiern?*

*Bist du dir sicher?*

*Für mich? Nein, das glaube ich nicht. Das ist für den Sir.*

*Du hast recht. Marc stellt mir den Teller hin! Wann habe ich das letzte Mal Speck zu essen bekommen?*

*Ja, ist ja gut. Ich probiere ihn.*

*Der schmeckt lecker.*

*Guck nicht so. Ich kann doch nichts dafür, dass du ihn nicht essen kannst.*

*Er knuspert beim Kauen, hörst du das?*

*Wenn die beiden doch mal aufhören würden, mich anzuschauen.*

*Nimm die Finger aus meinem Gesicht, Marc. Ich kann es nicht leiden, wenn man mich anfasst.*

*Sie flüstern.*

*Was? Ehrlich?*

*Hast du das richtig gehört?*

*Marc hat gesagt, ich könnte den Verstand verloren haben?*

*Das ist nicht wahr, ich tue einfach so, als hätte ich das nicht mitbekommen.*

*Ja, etwas zu trinken wäre gut.*

*Ich soll nicken, meinst du? Gut, dann nicke ich.*

*Tee? Die haben nur Tee? Wie langweilig.*

*Naja, ein, zwei Schluck werden nicht schaden.*

*Oh! Der Tee ist mit Honig gesüßt! So hat das Mutter immer gemacht. Tee mit Honig. Das ist lecker.*

*Nat, warum sind die so nett zu mir?*

# Pazifischer Ozean, 14. März 1786

Anfangs hatte er sich immer schlafend gestellt. Den Kopf zur Wand gedreht, hatte er die Augen geschlossen gehalten und sich nicht gerührt. Am zweiten Tag hatte Mary sich verabschiedet, die Tür zufallen lassen und war in der Kajüte stehen geblieben. Kaum hatte der Junge sich allein gewähnt, hatte er sich aufgerichtet. Hatte Mary gesehen und sein Gesicht verzogen, den Rücken gegen die Wand gelehnt und leise mit sich selbst gesprochen.

Das Buch hatte sie auf eine Idee gebracht.

Als sie sich am Tag zuvor auf den Weg gemacht hatte, um sein Essen aus der Kombüse zu holen, hatte sie ein Buch aufgeschlagen auf der Seekiste liegen lassen. Bei ihrer Rückkehr lag es auf dem Schoß des Jungen, der konzentriert darin las. Das erschien ihr als eine Möglichkeit: Er wollte nicht sprechen, aber offensichtlich wollte er lesen. Vielleicht würde er auch schreiben wollen?

Heute war der vierte Tag nach seinem Erwachen. Zeit, ihn aus der Reserve zu locken. Sie öffnete die Seekiste und holte eines der einfachen Skizzenblätter und einen Bleistift heraus.

»Hier«, Mary legte beides auf seine Decke, »möchtest du vielleicht zeichnen oder schreiben?«

Die Hände auf der Decke gefaltet, schaute Seth den Papierbogen an. Eine Reaktion blieb aus. Nicht einmal ein Kopfnicken oder Kopfschütteln kam als Antwort.

»Überlege es dir in Ruhe«, sagte sie und verließ die Kajüte.

Am Abend lag auf der Seekiste ein abgetrennter Streifen des Papierbogens. »*Kann ich bitte noch ein anderes Buch haben? Das habe ich ausgelesen. Danke schön.*« Mary musste ein Lächeln verbergen, als sie die wackelige Schrift las. Unter dem Kopfkissen, das Seth sich in den Rücken geschoben hatte, lugte eine Ecke des restlichen Papiers hervor.

# Paumotu-Archipel, 3. April 1786

Es war ein knittriger Papierfetzen gewesen, den Mary ihm entgegengehalten hatte. Mit ungelenker Handschrift hatte Seth die Frage »*Darf ich dir wieder bei deiner Arbeit helfen?*« daraufgeschrieben. Vor Rührung hatte Carl kein Wort hervorbringen können.

Mary hatte intuitiv das Schweigen richtig interpretiert und war wortlos verschwunden. Ob es sie wirklich gab, die weibliche Intuition? Vor wenigen Monaten hätte Carl den Gedanken rundheraus abgelehnt, aber diese Frau schien manches Mal seine Gedanken zu erahnen, noch bevor sie in seinem Kopf Form angenommen hatten. Sie hatte dem Jungen in seine Kleider geholfen und ihn nach Wochen das erste Mal wieder in die Offiziersmesse geführt. Aus dem aufgeweckten Kind war ein Schatten geworden, ein stummer Schatten, der ihr von nun an überallhin folgte.

Immer noch wichen einige der Männer dem kleinen Kerl aus, wenn sie seiner ansichtig wurden. Sie verbargen ihre Furcht nicht, der Knabe könne ansteckend sein und sie könnten ebenfalls dem Wahnsinn anheimfallen.

Carl strich dem Jungen kurz über das Haar und folgte seinem Blick. Das Meer hing heute in einem abgewetzten Blau unter einem aschgrauen Himmel. Doch aus dem Krähennest hatte man gemeldet, es seien Vögel gesichtet worden.

»Bald müssten wir Land erreichen. Wenn Vögel auftauchen, ist irgendwo Land in der Nähe«, sagte Carl, ohne eine Antwort zu erwarten. »Wir haben inzwischen den Pazifik erreicht. Man nennt ihn auch Stillen Ozean, weil das Wasser hier friedlicher, das Wetter konstanter und der Wind träger ist.« Wie so oft in letzter Zeit redete er auf Seth ein, sagte irgendwelche Dinge, von denen er nicht wusste, ob sie ihn überhaupt interessierten. Doch das beharrliche Schweigen des Jungen machte ihn mürbe, und so übertönte er es mit seinen Worten.

»Land in Sicht.«

Es war keine Meldung, es war ein Triumphschrei. Carl fühlte, dass sich die Haare auf seinen Armen aufstellten. *Wenn der Umriss dieser Insel eine Täuschung ist, eine Wolkenwand, die wie ein Gebirge aussieht,* dachte er, *oder eine Nebelbank, die für eine Küste gehalten wird, dann werde ich verrückt. Dann kann die Mannschaft erleben, was wirklicher Wahnsinn ist.*

Seth zerrte an seinem Hemdsärmel. Die kleine Hand zeigte mit ausgestrecktem Finger aufs Wasser hinaus, auf ein kreisrundes Riff, das eine dicht begrünte Lagune umschloss. Am Strand flatterten die Blätter dreier Kokospalmen im Wind, und augenblicklich lag Carl der Geschmack des süßlichen Fruchtfleisches auf der Zunge.

Still war es an Deck geworden. In der Takelage hingen die Männer, an der Reling drängten sie sich. Offenbar wollte jeder die Schönheit der pazifischen Perle, die sie just passierten, bewundern.

»Da! Ein Weib!«, schrie Edison auf. Ein Raunen strich über Bord, und noch weiter reckten sich die Hälse, um die beste Sicht zu haben.

*Der Kerl besteht nur aus Muskeln und vielleicht noch Augen, die er nutzt, um Weiber auszuspähen,* fuhr es Carl durch den Kopf, und er begann zu zählen. Vierundzwanzig Männer konnte er ausmachen und eine Frau. Und die hatte Edison natürlich als Erster entdeckt.

Als das Schiff längs der Insel entlangfuhr, liefen die Inselbewohner am Strand mit, ohne jedoch auf die Zurufe der Mannschaft zu reagieren. Sie liefen und trugen ihre Waffen, hölzerne Keulen und Lanzen, eng am Körper. Die Lenden waren mit Schurzen bedeckt, mehr Kleidung trugen die Männer nicht am Leibe. Weitere Frauen tauchten auf, sie hielten sich jedoch im Hintergrund, im Schatten der Palmen, wo auch kleinere Hütten zu erkennen waren.

Inzwischen hatte das Schiff die Insel umrundet. Immer mehr Männer kletterten aus der Takelage und verließen die Reling. Jeder hatte es gesehen: So wunderschön die Perle dort im Sonnenlicht schimmerte, das Schiff konnte nicht anlegen.

»Schade«, sagte Carl, und der Kleine nickte.

# Paumotu-Archipel, 14. April 1786

Die Tage wurden zur Qual. Je mehr Riffe und Inseln auftauchten und die Hoffnung beflügelten, man könne endlich vor Anker gehen, umso beengter nahm Carl das Schiff wahr. Das Deck schien zu schrumpfen, und die Wände und Decken der ohnehin beengten Kajüten rückten, da war er sich sicher, unaufhaltsam näher. Unentwegt lungerte er an Deck herum, doch das Bild wiederholte sich: Steinige Riffe ließen es nicht zu, die Inseln anzusteuern, und die, an denen man hätte anlegen können, waren zu karg und zu winzig, um das Schiff zu bevorraten und zu überholen.

Carl bemerkte, dass die Mannschaft sich in diesen Tagen in zwei Lager spaltete. Die einen waren von der Hoffnung, bald Tahiti zu erreichen, beseelt und verrichteten ihr Tagewerk mit neuer Kraft. Die anderen, denen es so erging wie ihm, wurden von einer lähmenden Müdigkeit befallen. Ihr Gemüt wurde von der beständig aufkeimenden und wieder in sich zusammensinkenden Hoffnung, an Land gehen zu können, geschwächt.

Carl hatte nicht erwartet, dass ihm so kurz vor der Ankunft die Kräfte schwinden würden, und nicht einmal ausreichender Schlaf änderte etwas an seinem Zustand. Am gestrigen Abend hatte er sich frühzeitig zurückgezogen, und als er jetzt einen Blick aus dem Bullauge warf, verriet ihm der Stand der Sonne, dass der Vormittag weit vorangeschritten war. Er blieb liegen, spürte die Schwere in den Gliedern und tastete mit der Zunge seinen Gaumen ab.

»Marc! Das hat aber gedauert«, begrüßte Carl Mary, als sie sich gen Mittag in Begleitung des Jungen in seine Kajüte schob.

»Oh, ich dachte, ich müsste mir Gedanken über deinen Zustand machen, aber wie ich sehe, geht es dir gut.«

»Nein, mir geht es nicht gut. Ich habe beginnenden Skorbut.«

Ihr Lächeln erstarb, und der Blick strafte ihn, damit nicht zu scherzen.

»Sieh selbst nach«, seufzte Carl und öffnete den Mund.

Mary trat näher. »Zunge raus«, forderte sie.

Gehorsam streckte Carl die Zunge heraus.

»Wieder reinnehmen.«

Die Zunge verschwand, und Mary zog die Oberlippe in die Höhe.

»Es ist unfassbar: Der Mann, der der Mannschaft immer predigt, sie müsse Gemüse und vor allem das gute Sauerkraut zu sich nehmen, erkrankt am Skorbut. Eine Meisterleistung.«

Seth kicherte und schaute verlegen zu Boden.

Carl schüttelte den Kopf, doch Mary ließ die Lippe nicht los. Vielmehr winkte sie Seth zu, näherzutreten. Als der Junge neben ihr stand, schob sie die Lippe noch weiter in die Höhe.

»Sieh, das Zahnfleisch zieht sich zurück. Es ist gerötet, und der Gaumen ist wund. Der Patient ist müde und spürt meist jetzt schon erste Schmerzen in den Gliedern.«

Carl nickte.

»Du läufst jetzt zum Smutje und bittest ihn um Brandy. Wir haben noch ein Fässchen Zitronensaft bei uns. Hiervon werden wir ein wenig mit dem Brandy mischen und dem Patienten täglich sechs Unzen verabreichen. Das müsste ihn wiederherstellen.«

Seth nickte und sprang davon.

Mary ließ Carls Lippe wieder los.

»Ich denke, der Junge spricht nicht. Wie soll er beim Smutje dann Zitronensaft bekommen?«, fragte er und rieb sich die Lippe.

»Seth ist hilfsbereit, vielleicht wird eine der Aufgaben, die ich ihm übertrage, seine Zunge wieder lösen. Wer weiß …«

»Manchmal erinnerst du mich an Franklin, er war ähnlich raffiniert.«

»Er war mir ein guter Lehrmeister.« Für einen Moment legte sich Stille über sie.

»Ja, Marc, das glaube ich, dass Franklin dir ein Lehrmeister war, wie es so schnell keinen Zweiten mehr geben wird.« Es war nur ein kurzer Blick, den Mary ihm zuwarf.

»Ich meine das ernst. Ich bin sehr zufrieden mit unserer Zusammenarbeit.«

Carl war sich nicht sicher, ob ihre Hände zitterten oder ob es seine müden Augen waren, die ihn täuschten. Da sie nichts entgegnete, fuhr er fort. »Ich habe von der Royal Society den Auftrag erhalten, die Forschungen im Pazifik zu intensivieren. Aus diesem Grund werde ich vor Ort auf Tahiti bleiben. Der Plan war, dass Franklin mit der *Sailing Queen* zurückreist. Er sollte die bis dahin gesammelten Fundstücke mitnehmen und sie auf der Rückfahrt ordnen und katalogisieren. Es war vereinbart, dass er von London aus Vorkehrungen trifft, damit ich in ein bis zwei Jahren abgeholt werde.«

Die Frau stand vor ihm, schaute nicht auf, hielt ihm den Rücken zugewandt und sortierte Zeichnungen, die überarbeitet werden mussten. Konnte sie nicht für diesen Moment in ihrem Arbeitseifer innehalten und sich ihm zuwenden, fragte Carl sich und fühlte immer noch den Druck ihrer Finger auf seiner Haut.

»Wie kannst du sicher sein, dass man dich abholt?«

»Dahinter steht ein Vorhaben der Royal Society, das vor allem von Sir Joseph Banks vorangetrieben wird. Man beabsichtigt, die Ergebnisse der Forschungen auszuwerten und zum finanziellen Vorteil der Gesellschaft zu nutzen. Du kannst dir sicher vorstellen, dass wirtschaftliche Interessen ein nicht zu unterschätzender Beweggrund sind, sich zu engagieren. Insofern waren Sir Joseph

Banks und ich bei unserem letzten Gespräch einig, dass sich eine Abholung arrangieren ließe.«

Nun schaute Mary auf, die Stirn in Falten geworfen.

»Marc, du wirst sehen, es wird zusätzliche Reisen in den Pazifik geben«, versicherte Carl und richtete sich weiter auf. Das Gespräch nahm einen Verlauf, der ihn unruhig machte. Wieder schwieg sie, erneut wandte sie ihm den Rücken zu und sortierte die Unterlagen auf dem Tisch.

»Jedenfalls halte ich es nach den Erfahrungen dieser Fahrt für keine gute Idee, mich alleine auf die geplante Expedition zu begeben. Was ich sagen will: Ich könnte mir vorstellen, dass du mich begleitest. Wie denkst du darüber?«

Sie drehte sich nochmals zu ihm um und lehnte sich gegen den Tisch. Weder Ablehnung noch Begeisterung ließen sich in ihrer Miene ausmachen. Wieder sah sie jung aus, und wieder wirkte sie mit den vorhängenden Schultern schmächtig. »Wenn wir gemeinsam zurückbleiben«, sagte sie emotionslos, »wäre das Schiff ohne ärztliche Versorgung.«

*Sie weiß es,* fuhr es Carl durch den Kopf, *sie weiß, dass ich erfahren habe, dass sie eine Frau ist. Sie findet meinen Vorschlag, alleine mit mir in der Wildnis zurückzubleiben, verwerflich. Sie weiß nicht, dass ich auf ihre Kompetenz baue.* Carl griff nach dem Wasser und nahm einen Schluck. Er räusperte sich. »Es ist ehrenhaft, dass du dir um die Mannschaft Gedanken machst. Der Kapitän und ich haben uns über diese Situation bereits beraten. Er denkt, dass Peacock, bis das Schiff Batavia erreicht, im Notfall die Versorgung übernehmen kann.«

»Rafael Peacock? Unser Astronom?«

»Ja, warum denn nicht? Du bist kein Arzt, und auch ich bin keiner. Peacock ist uns oft zur Hand gegangen, wir haben ihn beide beobachten können, und du weißt, dass er ein Gespür für Patienten hat. Sein Vater war ebenfalls Arzt, aus diesem Grund verfügt er über medizinische Grundkenntnisse. Es gibt Schiffe, die reisen erheblich weitere Strecken ohne Arzt, wenn dieser einer Krankheit erliegt.« Carl sog die Luft ein und seufzte. »Marc«, er versuchte seiner Stimme einen eindringlichen Klang zu verleihen, »wir haben einen Auftrag, und der besteht, so grausam das klingen mag, nicht darin, die medizinische Versorgung zu übernehmen, wenn Doc Havenport ausfällt.« Er zögerte. Es war der richtige Zeitpunkt, sich zu erklären und ihr reinen Wein einzuschenken, um ihr die Möglichkeit zu geben, aufgrund der Fakten eine Entscheidung zu fällen. »Gut, wenn das so ist, dann muss ich dir etwas –«

»Lass mich einen Moment darüber nachdenken, ja?«, unterbrach sie ihn, sah ihn nur flüchtig an und verließ türschlagend die Kajüte.

»Warte, Mary, bitte warte«, rief er ihr nach, doch seine Worte verloren sich in der Stille.

## Paumotu-Archipel, 16. April 1786

Zwei Tage hatte Mary ihre Kraft darauf verwendet, Carl aus dem Weg zu gehen. Zwei Tage, die sie hatten spüren lassen, dass jede Stunde, in der sie kein Wort miteinander gesprochen hatten, leer war. Gezeichnet hatte sie, Bilder beschriftet, Verzeichnisse erstellt und Seth im Beschriften der Belege des Herbariums unterwiesen. Jeden Morgen, mit dem Beginn des Reinschiffmachens, hatte sie auf dem Achterdeck gestanden, um die unruhigen Nächte durch kühlen Wind zu vertreiben, bevor die Sonne wieder die scharfkantigen Schatten der Segel und Masten aufs Schiff warf. Und immer wieder hatte sie Franklins Vorwurf im Ohr gehabt: »Du hast meinen Ruf ruiniert. Was hast du dir dabei gedacht?«

Es gab nur eine Antwort auf Carls Frage: Sie konnte ihn nicht begleiten. Sie musste jeden Skandal vermeiden. Ein Botaniker, der mit einer Frau durch den Pazifik reiste – das war ein handfester Skandal. Sie konnte ihn nicht der Gefahr aussetzen, seinen Ruf als exzellenter Wissenschaftler aufs Spiel zu setzen. Und selbst wenn keine Menschenseele jenseits des Pazifiks von ihrer Täuschung erfahren würde, so ließe sich zu zweit in der Wildnis nichts voreinander verbergen. Gar nichts. Carl würde bemerken, dass sie eine Frau war, die Nähe würde den Verrat offenbaren.

Das war der Preis, den sie für ihre Lüge zu zahlen hatte. Nähe konnte sie nicht zulassen, sie musste ihm fernbleiben und sein Angebot ablehnen.

Mary öffnete die Tür zu seiner Kajüte.

Carl saß an dem winzigen Tisch und nutzte das karge Tageslicht, das durch das salzverkrustete Bullauge fiel. Das Tintenfass war geöffnet, die Feder lag in seiner Hand, doch selbst von der Tür aus konnte sie erkennen, dass das Papier unberührt war.

»Wie geht es dir?«, fragte sie.

Carl drehte sich auf seinem Stuhl um, den Arm seitlich auf die Lehne gestützt, und musterte sie. Er antwortete nicht.

»Es tut mir leid, dass ich mich zurückgezogen habe. Ich brauchte Zeit, dein Angebot zu überdenken.«

»Was gibt es daran zu überdenken? Hast du familiäre Verpflichtungen? Wirst du zu Hause erwartet? Darüber können wir doch reden. Es gibt so vieles, über das wir reden müssen.«

Mary schüttelte den Kopf. Seine Augenringe waren verschwunden. Das Haar war frisch gewaschen, das Gesicht rasiert. Die Ärmel seines blendend weißen Hemdes waren bis zu den Ellenbogen umgeschlagen. Braun hob sich sein behaarter Unterarm gegen den hellen Stoff ab.

*Du könntest es doch versuchen,* ertönte die Stimme in ihrem Kopf.

*Nein, das darfst du nicht. Du hast einen Entschluss gefasst, und du bist hier, um ihm diesen mitzuteilen.*

Die erste Stimme hob erneut an. *Selbst wenn er es irgendwann bemerken würde, was soll geschehen? Er wird dich wohl kaum im Stillen Ozean zurücklassen.*

*Untersteh dich. Du wirst sein Angebot ausschlagen.*

Ihr Blick lag auf seinem Arm, den ausgeprägten Adern, die sich unter der Haut abzeichneten und am Handgelenk vorbeischlängelten, den Handrücken entlangfuhren und in den Fingern ausliefen. Sie hob den Kopf und schaute ihn direkt an. »Nein, niemand erwartet mich«, sagte sie betont langsam, um nicht die falsche Formulierung zu wählen, »dennoch ist es eine schwerwiegende Entscheidung, die gut überlegt sein muss, und so habe ich mich schwer damit getan.«

Ungeduld wurde in Carls Augen sichtbar, und seine Lippen pressten sich aufeinander, sodass sie zu einem blassen, schmalen Strich wurden.

Mary atmete tief durch. »Ich kann ... Ich kann nicht ... Ich kann doch nicht alleine nach Hause zurückkehren und dich hier der Wildnis überlassen.«

Ein Schmunzeln umspielte Carls Lippen, die wieder eine rosige Farbe bekamen und voll wurden. Er schüttelte den Kopf.

»Natürlich will ich dich bei deinen Forschungen begleiten. Danke für dein Vertrauen«, sagte sie.

Ein warmes Glücksgefühl breitete sich in ihrem Bauch aus.

* * *

Sir Belham hatte es ihm vorgerechnet: Neun Monate hatten sie von England bis in den Pazifik benötigt, und in wenigen Tagen würden sie Tahiti erreichen. Seth lugte über den Rand seiner Hängematte zu den Männern hinüber, die beim Grog zusammensaßen. Sie würden noch eine Weile trinken, so schnell war heute Abend nicht mit Ruhe im Mannschaftsdeck zu rechnen. Wahrscheinlich würde erst die Nachtglocke die Runde auflösen.

Der Smutje, der mit im Mannschaftsdeck saß, erhob seinen Holzbecher: »Jungs, auf die Leiber der schönsten Weiber! Bald sind wir ja da!«

Toni runzelte die Stirn. »Wie, die schönsten Weiber? Was meinsten damit?«

Seth stieß sich mit dem Bein an der Wand ab, um die Hängematte zum Schaukeln zu bringen. *Jetzt geht das wieder los,* dachte er verzweifelt, *jetzt kommen wieder diese Weibergeschichten!* Für einen Moment überlegte er, sich die Hände auf die Ohren zu pressen und den Rest des Abends so in seiner Hängematte liegen zu bleiben.

Seit er ins Mannschaftsdeck zurückgekehrt war, besaß er eine grenzenlose Narrenfreiheit, die er gern nutzte. Ob er sich tagsüber in die Hängematte legte oder beim Reinschiffmachen aufs Wasser hinaussah, niemand wagte, ihn zurechtzuweisen. Schweigend sahen die Männer über Dinge hinweg, für die sie ihm vor kurzem noch kräftige Maulschellen verpasst hätten. Selbst wenn er den gesamten Abend in seiner Hängematte verbracht und sich die Ohren zugehalten hätte, da war er sich sicher, hätte man das ignoriert.

Es war Segelmacher-John, der übertrieben laut aufseufzte und das Wort ergriff. »Das weiß doch jedes Kind«, er seufzte ein zweites Mal, »dass die Frauen in Tahiti sehr schön sind.«

»Schön? Wie schön?«, hakte Lukas nach.

Seth schaute über den Rand seiner Hängematte. Das Gesicht des Seesoldaten war rot angelaufen. *Der bekommt 'nen roten Kopf, wenn er nur an Weiber denkt. Wahrscheinlich ist er doch nicht so schlau, wie ich angenommen habe.* Genervt trat er noch einmal gegen die Wand.

»Die Tahitianer sind sehr sanftmütig, sie sind gute Menschen. Da kann selbst der Geringste unter ihnen mit dem König sprechen, wann immer er will. Ihre Güter verteilen sie gerecht«, fuhr Segelmacher-John fort.

Abrupt setzte Seth sich auf, und die Hängematte schwankte, dass er sich am Stoff festhalten musste, um das Gleichgewicht wiederzufinden. Das klang wesentlich interessanter.

»Das will niemand hören«, rief Edison dazwischen. »Konzentrier dich auf das Wesentliche.«

»Die Frauen«, Segelmacher-John senkte die Stimme, dass selbst Seth die Luft anhielt, um beim Ausatmen nichts zu überhören, »bewegen sich anmutig. Sie haben kaum Kleidung am Leib und … Himmel, was das für Leiber sind! Wie Henry schon sagte – lasst uns auf diese Leiber trinken!«

Der halbblinde Blick hing in der Luft, und Seth war versucht, ihm zu folgen, im Glauben, dort sehen zu können, was Segelmacher-John beschrieb.

»Das schöne, dunkle Haar fließt ihre Rücken herab. Und wenn man seine Nase in diese weiche Pracht versinken lässt, dann riecht man einen leichten Hauch Kokosnuss. Diese Frauen, das sind Perlen, wie es sie nirgends wieder auf der Welt gibt.«

Es krachte. Lukas war der Holzbecher aus der Hand gefallen, regungslos saß er zwischen den Männern, und erst das Gelächter ließ ihn auffahren. Er schüttelte den Kopf und beugte sich hastig vor, um seinen Becher aufzuheben.

»Aber sie sind nicht wie die Frauen«, rief Segelmacher-John energisch in die Runde und brachte das Gelächter mit einer Handbewegung zum Verstummen, »die sich euch in anderen Häfen lustlos gegen Geld feilbieten!«

»Heißt das, sie haben Lust, und wir können dort ordentlich einen wegstecken?« Edisons Stimme klang gierig.

»Dort wird nichts weggesteckt. Die Frauen sind die Göttinnen der Liebe. Sie füttern einen mit süßen Früchten, sie ölen einem die Haut, und dann geben sie sich gern und lustvoll hin.«

Seth hörte ein Stöhnen. Er konnte nicht heraushören, von wem es kam, doch wieder lachten die Männer.

Segelmacher-John wusste, wie er die Meute zu packen bekam, abermals fuhr seine Hand in die Höhe, und sofort herrschte Stille. »Ich habe sie gesehen, die zuckenden Leiber, und ich habe das Keuchen gehört. Die Liebe ist dort ein Ritual der Religion.«

»Die Frauen sind, wie ich schon sagte, Perlen, ihre Haut schimmert wunderschön, und ihre schwarzen Augen glänzen wie die See bei Nacht. Sie werden respektvoll von den Männern behandelt, wie goldene Schätze. Und«, er schwieg kurz, um seinen Worten mehr Nachdruck zu verleihen, »die Tahitianer lieben sich in aller Öffentlichkeit.«

Mit offenen Mündern saßen die Männer da, selbst Seth war beeindruckt.

»Das glaube ich nicht«, rief Toni. Er verschränkte die Arme vor der Brust und schüttelte den Kopf.

»Doch, es stimmt. Ich habe es auch erlebt, und ich sage euch, es ist wundervoll«, pflichtete Henry bei. Er hob den Becher und nahm einen Schluck Grog.

Segelmacher-John fuhr fort. »Also, wenn ihr einem alten Mann wieder Glauben schenken wollt, bin ich bereit, weiterzuerzählen. Stellt euch das so vor: In Tahiti haben die Häuser keine Wände. Es sind vier Pfosten, auf denen ein Dach liegt, und das wars. So kann jeder alles sehen, immer. Und wenn zwei Liebende zueinanderfinden, dann singen die Umstehenden und feuern sie an. Je wilder und hemmungsloser der Akt wird, desto begeisterter feiert man ihn. Und im Moment der Erlösung des Paares beginnen alle zu klatschen.«

Da saßen die Kerle und fraßen ihm aus der Hand.

»Ich schwöre es euch: Tahiti ist das Paradies. Und die Frauen sind so schön, so zart und duften so wunderbar nach süßen Blüten, dass es einem den Verstand raubt, insofern man noch einen Funken davon auf dieser Reise bewahrt hat. Und so liegt es doch auf der Hand: Wenn ihr Dreckskerle da ankommt, könnt ihr sie mit den schäbigen Gastgeschenken sicherlich nicht überzeugen, dass sie euch in ihr Paradies einlassen und zu ihrem Fest der Liebe einladen. Aber ich kann euch verraten, was ihr unternehmen müsst, dass sie genau das tun …«

Das lüsterne Grinsen, das Segelmacher-Johns Gesicht überzog, ließ Seth schaudern. Sofort ließ er sich in seine Hängematte zurückfallen, presste die Hände auf die Ohren und trat gegen die Wand.

Sollte Segelmacher-John geahnt haben, was er mit seiner Erzählung heraufbeschwor, so ließ er es sich nicht anmerken. In den folgenden Tagen wurde sein Bericht vom Paradies ständig wiederholt. Überall. Beim Klettern im Großmast, beim Schrubben des

Decks, bei jeder Gelegenheit wurde die Geschichte von den wundersamen Weibern weitergetragen. Gern hätte Seth die Männer geschüttelt und angebrüllt, sie sogar angefleht, dass sie doch einen Tag, einen einzigen Tag über andere Dinge sprechen sollten.

Doch es kam noch ärger: Die Mannschaft geriet in ein nicht gekanntes Fieber: Die Männer stutzten sich die Bärte, schnitten sich die verfilzten Haare und reinigten sich die verteerten Hände. Sie zogen sich aus und knüpften ihre Kleidungsstücke an Schnüre, die sie vom Heck ins Wasser warfen, sodass die *Sailing Queen* einen ellenlangen Wäscheschwanz hinter sich herzog. Und als Toni ihm auf die Schulter klopfte und sagte, es sei Zeit, sich für die Mädchen frischzumachen, zögerte Seth. Er sah dem Hünen ins Gesicht und fragte sich, ob er ihm erklären sollte, dass er beschlossen hatte, ewig dreckig zu bleiben und ohne eine Frau in seinem Leben auszukommen. Doch Tonis Blick ließ ihm keine Wahl, er entkleidete sich, bis er nackt an Deck stand.

Seit der Abfahrt hatte Kapitän Taylor Morgen für Morgen Reinlichkeit gepredigt, und nur widerwillig war die Mannschaft seinen Anweisungen gefolgt. Nun wurden die Männer eifriger als er selbst. Einige Wagemutige folgten sogar seinem Beispiel und stürzten sich zum Waschen vom Heck ins Meer. Sir Belham und Marc standen an Deck bereit, um einzugreifen, denn das Wasser konnte selbst starken Männern bei einem Sprung aus dieser Höhe die Knochen brechen. Nach den Anweisungen der beiden hatten sie sich, und darunter auch einige, die nicht schwimmen konnten, die Nasen zugehalten, die Augen geschlossen und waren mit übereinandergekreuzten Beinen in die Tiefe gesprungen.

Seth hatte sich damit begnügt, mit der Kelle Wasser aus dem Bottich zu schöpfen und es sich über den Kopf zu schütten. Dann hatte er darauf gewartet, dass die Leine wieder eingeholt wurde, um Hose und Hemd an sich zu reißen und die tropfnassen Kleidungsstücke anzuziehen.

# Tahiti, 22. April 1786

Und so standen an diesem Morgen reihenweise aufgeputzte Männer in salzstarrend steifer Kleidung auf dem Deck. Sie stierten auf das seichte Wasser und die Insel, deren bewaldete Berge in den Himmel ragten.
Am Strand konnten sie kleine Hütten und an Land gezogene Kanus erkennen. Parallel zum Ufer verliefen mehrere Klippenreihen, an denen sich weißschäumend die Wellen brachen. Über das Geräusch der Brandung hinweg vernahmen sie das Quieken von Schweinen, und das Wasser lief ihnen bei dem Gedanken an einen knusprigen Braten im Mund zusammen.

Seth nickte und sah mit eigenen Augen, was Segelmacher-John beschrieben hatte: die Frauen. Ihre Haut war hellbraun, und sie hatten wirklich schwarzes Haar, das mit Blütenkränzen geschmückt war. Einige trugen Tücher, die sie über der Schulter verknotet hatten und die bis zu den Knien herabhingen. Aber ebenso viele standen mit nackten Brüsten, nur ein Tuch um die Hüfte geschlungen, am Strand.

Lukas vergaß das Blinzeln, so glotzte er zur Insel hinüber.

Zwei Seesoldaten, die Seth auf der Reise fremd geblieben waren, drängten sich hinter Lukas und sahen aus, als würden sie jeden Moment zu sabbern beginnen.

Und Toni, der kletterte die Wanten hinauf, riss seine Mütze vom Kopf und schwang sie durch die Luft. »Willkommen im Paradies,

Männer«, brüllte der Zimmermann, und das Gejohle der Männer, das ihm antwortete, klang viehisch.

Erschrocken hielt Seth sich die Ohren zu.

***

Mary schirmte ihre Augen mit der Hand gegen das gleißende Licht ab und schaute zur Insel hinüber. Dort standen sie, die Frauen, deren Schönheit und Sanftmut noch im fernen Europa besungen wurde.

Und ja, sie waren schön.

Auch in Feuerland hatten die Frauen kaum ihre Scham verdeckt, die Brüste freischwingend und unbefangen vor den gierigen Blicken der Mannschaft hergetragen. Aber diese Frauen hier waren anders, auf eine Art, die sich nicht benennen, aber selbst auf die Entfernung erkennen ließ. Der betörende Duft der Blüten der Insel, der über das Wasser zum Schiff getrieben wurde, schien ein Versprechen, wie wohlriechend die Haut dieser Schönheiten sein würde.

An der Reling drängten sich die Männer. Mary bemerkte Carl, der nicht weit entfernt von ihr stand. Auch er ließ die Insel nicht aus den Augen, sein Blick war nicht zu deuten. *Er will mit mir hierbleiben, aber ich habe nur darüber nachgedacht, was geschieht, wenn er mich als Frau wahrnimmt. Vielmehr sollte ich mich fragen, ob ich es ertragen werde, dabei zuzusehen, wenn er sich mit diesen Schönheiten vergnügt. Werde ich es an seiner Seite aushalten, wenn er sich ein Liebchen nimmt, das vielleicht sogar sein Herz berührt? Und wie wird es mir ergehen, wenn er mich dabei weiterhin für einen Mann hält?*

Der Anker fiel. Das Rasseln der Kette ließ das gesamte Schiff erzittern.

»Achtzehn Wochen«, Bartholomäus' Stimme klang heiser. »Seit achtzehn Wochen haben wir kein Land mehr betreten.«

»So lange ist das her? Das kann nicht sein.« Mary fixierte die Palmenblätter, die sich im Wind wiegten.

»Den letzten Landgang hatten wir in Feuerland.«

*Da hatte er noch zwei Arme,* durchfuhr es sie. *Die Meeresenge vor Kap Hoorn wird sein Leben auf ewig in ein Davor und ein Danach unterteilen. Kein Wunder, dass er das auf den Tag genau weiß.*

Die Glocke wurde geschlagen.

Carl starrte immer noch zur Insel hinüber.

Mit der Hand fuhr Mary über ihren Nacken und hasste das kurze Haar.

Kapitän Taylors Uniform saß akkurat, der Stoff war gebürstet, jeder Knopf poliert worden. Die Perücke war gekämmt, das Gesicht rasiert. Er nahm den Dreispitz ab.

Sofort ergriffen die Männer der Mannschaft ihre Mützen und senkten die Häupter.

Mit tragender Stimme verlas Taylor höchstselbst die Bestimmungen, die beim Aufenthalt zu berücksichtigen waren: »Diese Regeln hat jedermann zu beachten, der Seiner Majestät Bark *Sailing Queen* angehört. Sie wurden zum Zwecke eines geregelten und einheitlichen Handels von Vorräten mit den Einwohnern von Tahiti erlassen.

Alle erlaubten Mittel sind anzuwenden, um die Freundschaft mit den Eingeborenen zu pflegen. Sie sind mit aller nur erdenklichen Leutseligkeit zu behandeln.

Es sollen eine oder mehrere tüchtige Personen ernannt werden, die berechtigt sind, mit den Eingeborenen um alle Arten von Lebensmitteln, Früchten und anderen Erzeugnissen den Handel zu führen.

Wer am Ufer Arbeiten zu verrichten hat, soll seine Pflicht mit allem Fleiße erfüllen. Wenn er jedoch aus Nachlässigkeit eine seiner Waffen oder Gerätschaften verliert oder sich bestehlen lässt, wird ihm der Wert von seiner Besoldung abgezogen werden.

Zudem soll er bestraft werden, je nachdem, welches Vergehen zugrundeliegt.

Mit einer Bestrafung müssen auch diejenigen rechnen, die irgendetwas vom Schiff und seinen Vorräten rauben, um damit handeln zu wollen.«

Er ließ das Papier sinken und schwieg einen Moment. »Und von Bord geht mir nur, wer hier ohne ein venerisches Leiden angekommen ist.«

Mary stutzte. Hatte sie den Kapitän richtig verstanden? Flugs suchte ihr Blick Carl, auch seine Stirn lag in Falten. Sollte jetzt wirklich jeder dieser Männer vor sie beide treten, sein Gemächt auspacken und es ihnen vorhalten? Sollten sie es anpacken, die Hoden heben und den Schritt abtasten? Ihr schwindelte. Und was war, wenn Carl darauf bestand, auch sie zu untersuchen?

Seine Hand fiel auf ihre Schulter. »Marc, ich bin dafür, dass du die Arbeitsmaterialien für die Exkursion zusammenstellst, während ich die Untersuchungen vornehme«, sagte er laut.

Mary atmete tief durch, eine Welle der Erleichterung durchlief sie.

Der Kapitän hielt inne und wandte sich um. »Carl, in diesem Fall muss ich, auch wenn mir dies sonst nicht in den Sinn käme, in Eure Arbeit eingreifen. Ich bestehe darauf, dass die Untersuchungen zügig durchgeführt werden, Ihr könnt kaum erwarten, dass sich neunzig Mann hier über Stunden gedulden werden.«

»Es wird schnell gehen, auch wenn ich das alleine erledige.«

»Nein, ich lasse mich, was die Untersuchungen betrifft, auf keinerlei Diskussionen ein. Bitte nehmt unverzüglich die Arbeit auf.«

Carl wandte sich Mary zu. Seine Augen glänzten vor Wut. »Marc, du hörst, was der Kapitän angeordnet hat. Ich würde vorschlagen, wir treiben die Männer hinter den Hauptmast. Zum Beiboot vorgelassen wird man nur nach unserer Untersuchung. Könntest du die Vorbereitungen treffen?«

Mary fragte nicht weiter und leistete seiner Bitte Folge.

»Hier sind die Instrumente«, sagte sie und stellte Doc Havenports Koffer und Carls Tasche ab.

»Hocker wären gut, holst du die noch?«, fragte Carl und öffnete den Koffer.

»Seth bringt sie uns«, sagte Mary und knetete ihre Hände. »Worauf muss ich achten? Ich kenne die Anzeichen nicht.«

»Geschwüre auf der Schleimhaut. Schwellungen in den Leisten. Du wirst es schon bemerken. Aber ich denke, dass einige der Kerle es trotz der Bemühungen der letzten Tage mit der Reinlichkeit nicht so genau nehmen, deshalb musst du«, er seufzte, »genau hinschauen.« Er reichte ihr einen Spatel.

Mary schaute auf das glänzende Metall in ihrer Hand. Geschwüre auf der Schleimhaut. Schwellungen in den Leisten. Vielleicht war das einer der Gründe, weshalb Schiffsärzte so gern übermäßig tranken. Vielleicht ekelten sie sich selbst des Öfteren in ihrem Beruf. Grog. Doc Havenport hatte sich in jeder Lebenslage auf seinen Grog berufen. Mit einem Mal erschien ihr dieser Gedanke nachvollziehbar.

»Lass dir Zeit, ich habe die Symptome mehrfach zu Gesicht bekommen. Sicherlich werde ich zügig die Diagnose stellen und vorankommen. Solltest du Fragen haben, frag nach.«

*Ich muss auf der Hut sein! Er ist derart darum bemüht, mir die Untersuchung zu ersparen, dass sich die Frage stellt, ob er etwas ahnt. Jetzt darf ich nicht zimperlich sein,* beschwor Mary sich und sank auf den von Seth bereitgestellten Hocker.

Edison war der Erste, der vor ihr stand. Er ließ seine Hose in die Knie sinken. Weiß und schlaff baumelte sein Gemächt vor ihren Augen.

*Nenne das Ding jetzt bloß nicht Gemächt.*

*Schwanz und Eier.*

*Schwanz und Eier.*

*Du hast es oft genug gehört.*

Mit dem Spatel hob Mary das Gemächt in die Höhe.

»Heb mal deine Dinger, na, die Eier an«, sagte sie.

Ohne mit der Wimper zu zucken, griff Edison sich in den Schritt und zog sie in die Höhe. Falten in braunrosa und Haare, mehr konnte sie nicht entdecken. *So lässt es sich machen, dass ich wenigstens keinen der Kerle anrühren muss,* dachte sie und seufzte. *Und solange wir hier unsere Arbeit verrichten, muss ich mir keine Gedanken darum machen, ob Carl sich mit den Inselschönheiten amüsiert.*

Die nächste Hose wurde vor ihren Augen geöffnet. *Ans andere Ende der Welt bin ich gereist. Wallis war hier, Bougainville und Cook. Jetzt bin ich hier, schaue der Hälfte der Kerle aufs baumelnde Gemächt und habe dabei nur eine Sorge: Carl und die Frauen, denen wir gleich begegnen werden.*

Sie schüttelte den Kopf.

***

Das Schiff sah aus wie die anderen zuvor. Es glich einem riesigen Wald, der auf dem Meer dahergetrieben kam. Langsam passierte es das Riff, und kurz darauf wurden die kleinen Boote zu Wasser gelassen. Die Männer benahmen sich wie die anderen zuvor, die vor vielen Monden hier angekommen waren und der Insel längst wieder den Rücken gekehrt hatten. Sie betraten den Strand, und einige von ihnen fielen auf die Knie, ließen ihre Hände durch den Sand gleiten, nahmen ihn und warfen ihn um sich. Sie lachten. Sie lachten immer, wenn sie ihre Schiffe verließen, die Männer mit den eckigen Köpfen und ihrer merkwürdig anzuschauenden weißen Haut. Dieses Mal nahmen sie von sich aus die Palmenwedel und traten auf die Lichtung, um die Blätter übereinanderzuwerfen. Sie mussten von den Ritualen gehört haben, denn sie schienen zu wissen, dass jetzt der Frieden besiegelt war.

Owahiri bemerkte, dass sein Sohn Tupaia und dessen Freunde

sich im Hintergrund hielten. Die meisten von ihnen waren, als das letzte Schiff in Tahiti angelegt hatte, noch nicht einmal geboren gewesen. Sie kannten nur die Erzählungen und warteten ab. Erst als die Ältesten den Fremden furchtlos entgegentraten, drängten sie vor. Neugierig keilte sich nun ein jeder, von den Jüngsten bis zu den Ältesten, um die Männer mit den hellen Augen. Die Mutigeren von ihnen nahmen die Hände der Gäste und tasteten sie ab.

Owahiri konnte sich an das erste Schiff erinnern, dessen Ankunft er erlebt hatte. James Cook, der Wortführer des Schiffes, war ein baumlanger Mann gewesen. Sehr dünn, sehr weiß, sehr zurückhaltend. Einfach angenehm in seinem Wesen. Zweimal war er noch auf ihre Insel gekommen, und bei seiner zweiten Reise hatte er Omai von Huahine mitgenommen. Ob Cook wieder mitgekommen war?

Einst hatte Owahiri, so wie es sein Sohn jetzt tat, selbst den weichen Stoff, den einer der Fremden über seinen Leib gedeckt hatte, in die Höhe geschoben. Er hatte die Haut abgetastet, die anders ausgesehen, aber sich so angefühlt hatte wie die seine. Glatt und weich. Zu seiner Verwunderung hatte er nirgends eine Tätowierung entdecken können. Ob ihr Hinterteil schwarz tätowiert war wie sein eigenes, hatte er sich gefragt. Zu gern hätte er damals, um eine Antwort zu finden, auch die Hüllen entfernt, in denen ihre Beine steckten. Doch er hatte sich zurückgenommen und gewartet, bis die ersten von ihnen in den Wellen des Meeres ihr Bad nahmen.

Owahiri trat einen Schritt vor. Am Strand löste sich das Gedränge auf, die ersten Ankömmlinge wurden über die Insel geführt. Immer noch wurden Männer vom Schiff an Land gerudert. Er musterte die Insassen des kleinen Bootes.

*Eine Frau.*

Er zog eine Augenbraue in die Höhe. *Dieses Mal haben sie eine Frau dabei,* dachte er, *und auch wenn sie wie ein Mann aussieht, sie ist eindeutig eine Frau.* Lächelnd erinnerte sich Owahiri, dass sie bei der ersten Ankunft des Schiffes verwundert gewesen waren, dass so viele Männer ohne eine Frau reisten. So boten sie den Fremden zur Begrüßung Jungen und Männer an, damit sie sich ein wenig verwöhnen lassen konnten. Doch die wehrten ab und verlangten nach Frauen, nach weicher Haut und sanften Stimmen. So recht verstanden hatte er bis heute nicht, warum sie aus ihren Erfahrungen nichts gelernt hatten und bei den darauffolgenden Reisen noch immer keine Frauen mitnahmen.

Nun hatten sie eine Frau dabei.

Eine einzige.

*Wie sind diese Männer auf ihrem langen Weg mit einer Frau an Bord ausgekommen?*, fragte er sich und schüttelte den Kopf. Vieles an den Bleichäugigen würde ihm rätselhaft bleiben, und auch das Verhalten der Frau erschien ihm sonderbar. Sie stieg aus dem Boot, stand bis zu den Knien im Wasser und wehrte die Hände ab, die nach ihr griffen, um ihr an Land zu helfen.

Er sah den Lauf der Dinge vor sich. Die Gäste würden die Insel abgehen, aber selbst die, die bereits hiergewesen waren, würden vieles nicht wiedererkennen. Maulbeerbäume und Gras hatten sich über die Haine ausgebreitet, an denen früher die schönsten Häuser gestanden hatten. Aber was sollte er den Gästen vom Krieg erzählen? Sicher wollten sie erst einmal von den Früchten kosten, sich an den Speisen satt essen und in die Arme der Frauen schmiegen. Er konnte es ihnen nicht verdenken.

Ob die Frau sich auch erst einmal einen Mann erwählte? *Vielleicht sollte ich sie,* überlegte er, *danach mit Revanui zusammenbringen. Die beiden könnten sich gemeinsam im Fluss erfrischen gehen, bis ich das Essen zubereitet habe. Bei einem Essen kann man vieles besprechen. Wenn ich die fremden Worte noch gut genug erinnere, habe ich dieses Mal viele Fragen. Krankheiten sind zurückgeblieben, und vielleicht können sie uns bei der Behandlung helfen. Wie bauen sie ihre Boote? Und wie schärfe ich die Äxte und die Scheren, wenn sie stumpf werden?*

Sicher, es war unklug, die Gäste gleich mit Fragen zu bedrängen, erst sollten sie sich erholen und stärken. Dann konnten sie in Ruhe die Fragen beantworten und im Anschluss ihr Eisen verteilen. Auch er brauchte Nägel und Nadeln, um neue Angelhaken zu biegen. Revanui würde wütend werden, aber das war es wert.

Owahiri ging in die Hocke. Er sah die Blicke der Männer, deren Hände die Frauen berührten, die wiederum ebenso neugierig zulangten.

Die Frau mit der hellen Haut stand noch immer abseits im Wasser. Ihr Oberkörper war mit mehreren Lagen Stoff verdeckt, selbst die Arme hatte sie bis zu den Handgelenken verhüllt. Nur die Beinkleider hatte sie zu den Knien hinaufgeschoben, sodass die dahinrollenden Wellen hin und wieder ein wenig ihrer weißen Waden aufblitzen ließen. Gebannt starrte sie auf die Begrüßungsszenen und rührte sich nicht.

Lautes Gelächter ließ Owahiris Blick abschweifen. Vier Frauen, eine davon war Revanuis beste Freundin, zogen erste Männer mit sich und verschwanden auf der Lichtung, die zum Wasserfall in die Tiefe des Waldes führte.

Zwei der jüngeren Männer aus seiner Nachbarschaft hatten die Frau entdeckt. Sie liefen ins Wasser, fassten sie an den Händen, begleiteten sie an den Strand und schoben sie ebenfalls in Richtung des Waldes.

*Die Frau wehrt sich. Ob sie heilig ist? Vielleicht dürfen wir ihr die Ehren der Insel nicht erweisen? Vielleicht dürfen das nur ausgesuchte Männer? Vielleicht will sie gebeten werden oder möchte eine bestimmte Zeremonie damit verbinden?* Er seufzte und erhob sich. So weiß die Fremden waren, so sonderbar benahmen sie sich auch zuweilen.

***

Das Wasser hatte ihre Füße umspült und der Wind die Wangen gestreichelt. Wohin sie zuerst schauen sollte, hatte sie nicht gewusst. Auf die Palmen, den Strand, die vereinzelten Hütten im Schatten der Bäume, die blütenbedeckten Büsche?

Es waren letztlich die Hände gewesen, die ihren Blick auf sich gezogen hatten. Dunkle Hände waren vor ihr aufgetaucht, Hände mit flinken Fingern, die sie sachte berührten und die ihr eine Gänsehaut verursachten. *Wann hat mich das letzte Mal ein Mensch in Zuneigung berührt?*, hatte sie sich einen Wimpernschlag lang gefragt und die Antwort samt den Händen von sich geschoben. Doch die Hände waren zurückgekehrt. Zwei Männer, lachende Münder, blitzende Augen und Worte, süß geflüstert, die sie nicht verstand. Arme, die sich sanft um ihre Schultern legten und sie vorwärts drängten. Straffe Männerwaden neben sich, eine Hüfte an ihrer, die Lichtung, die näherrückte. Zweige, die sie streiften, Schatten, der sich auf sie legte. Der schmalere von beiden nahm ihr Gesicht in die Hände. Sanft drückte sie ihn beiseite, um den Strand hinunterzuschauen.

Wo waren die Männer ihres Schiffes geblieben?

Waren sie alle ihren Lenden gefolgt?

Sah denn niemand ihre Not? Dass ihr Puls trommelte und dass die Angst ihr die Kehle zudrückte, sodass ihr kein Laut entsprang? Wieder tauchten die Hände auf und nestelten an ihrem Hemd herum.

»Nicht das Hemd«, schrie sie auf. »Geh weg und rühr mich nicht an.«

*Es steht offen.*

*Dein Hemd steht offen.*

*Hoffentlich sind alle Männer dem Gieren ihrer Lenden gefolgt.*

Mary beugte sich in den Schatten des Mannes, und ihr Brustwickel geriet ins Rutschen. Mit zitternden Händen raffte sie ihr Hemd zusammen und zog die Weste wieder darüber.

Der Mann strich ihr sanft über das Haar.

Mit einer heftigen Bewegung schüttelte sie seine Hand ab, doch er schien es für ein Spiel zu halten, denn er fasste ihre Schulter und zog sie wieder an sich.

Just in diesem Moment entdeckten Bartholomäus und Sohnrey sie im Halbschatten des Buschwerkes. Sie zeigten hinauf zu ihr und jagten den Strand entlang.

Bartholomäus brüllte, doch der Mann vor ihr ahnte nicht, was sich hinter seinem Rücken anbahnte.

Der zweite Mann, ebenso ahnungslos, legte seine Hände auf ihre Schultern, ein knetender Griff, der offensichtlich der Entspannung dienen sollte. Der schmalere der beiden nestelte erneut an ihrer Weste, und Mary packte seine Arme.

Der Mann, der hinter ihr stand, drückte sie auf die Knie. Seine Hände zogen den Stoff des Hemdes die Schultern herab. Zogen ihn auseinander und gaben die Brustwickel den Blicken frei.

Und so standen sie vor ihr: der schmale Tahitianer, Bartholomäus und Sohnrey. Sie schauten auf den Stoff der verrutschten Wickel, die das weiße Fleisch ihrer linken Brust bloßlegten.

Der Tahitianer musterte ihre Brust, ihr Gesicht und dann die beiden Matrosen. Die standen starr, die Augen aufgerissen und die Münder halboffen. Erst verkrallten sich die Blicke auf der weißen Rundung ihrer Haut, dem braunen Hof, der sich im Wind zusammenzog, und sprangen dann hinauf zu ihrem Gesicht.

Mary sah, dass Bartholomäus und Sohnrey begriffen: Marc, der Arzt, vor dem sie soeben die Hosen heruntergelassen hatten, war eine Frau. Den Kopf gesenkt, knöpfte sie das Hemd zu.

Schweigend standen sie beieinander.

Der Mann, der hinter ihr stand, nahm seine Hände von ihren Schultern. Die beiden Tahitianer traten beiseite und verschwanden im Dickicht der Insel.

Marys Blick hetzte über die Bucht, suchte das Schiff, die Beiboote und den Sandstrand ab. Sie atmete auf. Carl war nirgends zu entdecken.

Ihre Beine schmerzten, als sie sich erhob. Sie zerrte an der Weste und schloss die Knöpfe. Den Blick auf ihre Finger gerichtet, durchzuckte sie der Gedanke: *Da war noch jemand. Am äußeren Rand des Strandes stand noch jemand.*

Ihre Finger klammerten sich an der Weste fest, als sie den Kopf hob. Das gleißende Licht blendete sie, doch zweifelsfrei erkannte sie den Umriss seiner Schultern, die Haltung des Kopfes. Er stand dort und sah herüber. Sir Carl Belham sah zu ihr herüber.

* * *

Sohnrey rannte den Strand entlang, dicht gefolgt von Bartholomäus, dessen Stumpf im Laufen auf- und absprang. Sie rannten Marc entgegen, der sich in den Büschen gegen zwei Wilde wehrte. Es war ein Durcheinander aus Armen und Händen, die miteinander rangen. Sofort lief Seth den beiden Matrosen hinterher.

Plötzlich sah er eine Brust, eine weiße Frauenbrust.

Jählings bremste er ab. Ein Rücken versperrte ihm die Sicht. Es waren nur Männer dort, er konnte keine Brust gesehen haben.

Bartholomäus und Sohnrey hatten Marc und die beiden Wilden erreicht und blieben stehen. Sie zögerten, und nichts geschah. Als der Wilde, der ihm die Sicht versperrte, einen Schritt zurücktrat, sah er weiße Hände, die hastig ein Hemd über einer weißen Brust zusammenzogen.

Seths Nackenhaare stellten sich auf.

Ohne den Kopf zu wenden, rief Sohnrey nach Lukas. Seine Stimme donnerte den Strand herab, und der Seesoldat hetzte den Hang hinauf. Er hatte sich für die Frauen aufgeputzt, gut sah er aus in seinem roten Mantel, der weißen Hose und mit der Muskete im Arm.

Als er die Gruppe atemlos erreichte, zeigte Sohnrey auf Marc. »Bring sie an Bord«, sagte er laut.

Der Seesoldat schaute, als würde Sohnrey eine fremde Sprache sprechen. Die Muskete baumelte vor seinem Bauch.

»Ich sagte, du sollst das Weibsbild an Bord schaffen.«

Lukas fixierte Marc.

»Ich sage dir, das ist ein Weib. Wenn du mir nicht glaubst, kann ich es dir beweisen.«

Lukas schüttelte so heftig den Kopf, dass sein Haar sich aus dem Zopf löste und in Strähnen umherflog.

Sohnreys Arm schoss vor.

Erschrocken wich Marc zurück, doch da hatte er schon das Halstuch gepackt und riss daran.

»Siehst du? Ein Schwanenhals. Schlank und weiß. Kein Haar und kein Adamsapfel.«

Seth fühlte, dass ihm schwindelig wurde, er kniete sich in den Sand.

Die Männer setzten sich in Bewegung, langsam schritten sie dem Schiff entgegen.

Als sie ihn passierten, wollte Seth den Kopf nicht heben und musterte den Stoff der Hosen. Zwei Beine in braunem Stoff vorweg. Ein Stück dahinter drei weitere Hosen, eine weiße, eine schwarze und eine graubraune.

Im Gleichschritt liefen sie über den Strand. Die Muskete in die Höhe gerissen, schloss Lukas neben die Frau auf.

Die Männer und die Wachen der Beiboote, die am Strand verblieben waren, bewegten sich nicht. Unergründlich schauten sie, wie die vier an ihnen vorbeizogen und die Jolle bestiegen, um zum Schiff zurückzufahren.

*Nat, er hat uns getäuscht. Er ist kein Mann, er ist ein Weib mit Titten! Eine Verräterin!*

***

Der Kapitän stand mit Rafael Peacock auf dem Achterdeck. Wieder besprachen sie eine Karte und zeigten zur Insel. Die Schritte ließen sie aufblicken.

Die Schultern in die Höhe gezogen, blieb Mary vor Kapitän Taylor stehen. Eine Taubheit breitete sich in ihr aus. Niemand sprach ein Wort. Lukas hatte seine Waffe sinken lassen.

»Was können wir für Euch tun?«, fragte Taylor.

Mary richtete sich auf. »Ich bin eine Frau«, antwortete sie laut.

Er schaute ihr, einige Wimpernschläge lang, ins Gesicht, direkt in die Augen. »Bringt sie in ihre Kajüte«, sagte er dann zu Lukas, während er die Karte in seinen Händen zusammenlegte. Die Finger strichen mehrfach über den Falz, wobei die Nägel eine scharfe Kante im Papier hinterließen.

Der Astronom erinnerte Mary an einen Chorknaben, der böse Worte vernommen hatte. Die Augen aufgerissen, die Hand auf den Mund geschlagen, wippte sein Kopf federnd hin und her.

Mary wandte sich ab und stieg die Treppe zum Achterdeck hinauf.

Die Tür fiel hinter ihr zu, ohne dass das Geräusch sich entfernender Schritte erklang. Lukas blieb im Gang stehen. Durch das Bullauge schien Sonnenlicht und zeichnete einen hellen Streifen auf den Boden, der an ihren Füßen endete.

*Das war es,* dachte Mary, *die Reise ist endgültig beendet.* Die Taubheit wollte nicht weichen, bis in den letzten Winkel ihres Körpers war sie vorgedrungen, stellte sie ruhig und ließ sie ertragen, was auf sie zukommen würde. Sie setzte sich auf die Seekiste und wischte mit der Hand über die Scheibe des Bullauges. Auf ihrer Haut blieb eine graue Schmutzschicht zurück.

Die Insel.

Sie lag vor ihr.

Arkadien.

Sie hatte sie erreicht.

Ihr Blick fiel auf zwei Seesoldaten, die mit einem Stock eine Linie in den Sand zogen. Einige Tahitianer leisteten ihnen Gesellschaft und beobachteten, wobei sie ausholend gestikulierten, das Geschehen. Die Seesoldaten vertieften die Linie, bevor sie sich, die Arme vor der Brust verschränkt, zwischen den Tahitianern und der Linie zur Schildwacht positionierten.

Im Hintergrund luden mehrere Männer derweil Werkzeuge und Messinstrumente aus. Toni lief mit einer Axt über den Strand, wählte einen Baum mit schlankem Stamm und schlug zu. Nach wenigen Hieben kippte er, und flugs wurden die Äste abgetrennt.

Dan lief den Strand herauf und zog den Stamm zur Linie. Mit einem der Männer, die die Schildwacht bildeten, rammten sie ihn in den Sand. Kurz darauf brachte der Zimmermann einen zweiten Stamm und setzte ihn an das andere Ende der Linie. Um seine Hüfte hatte er ein Seil gebunden, das er nun abknüpfte und zwischen den Pfosten aufspannte. Zufrieden betrachtete er die Grenzanlage.

Einer der Tahitianer zuckte die Schultern und wollte die Linie passieren. Doch da öffneten die Männer in den roten Mänteln ihre Arme und schubsten ihn zurück. Der Tahitianer stürzte in den Sand. Selbst auf die Entfernung konnte Mary den Unglauben in seinem Gesicht ausmachen. Der Mann erhob sich und schlug sich den Sand aus seinem Umhang, dann trat er vor und brüllte auf. Mit der flachen Hand schlug er dem Seesoldaten auf die Brust und zeigte hinter die Linie. Dann fuhr er herum und riss seinen Umhang in die Höhe: Blank hielt er seinen tiefschwarz tätowierten Hintern in die Luft. Mit den Händen klatschte er darauf und drehte sich drohend wieder den Seesoldaten zu, die hastig hinter der Begrenzung verschwanden.

Mary schüttelte den Kopf. *Wir haben zu viel von uns selbst im Gepäck. Zu vieles, was wir mit uns herumschleppen und nicht loslassen. Auch hier ziehen wir unerklärliche Grenzen und verweisen die*

*Menschen in Schranken,* dachte sie. *Auch hier ist es nicht anders als daheim.*

Die Tür wurde geöffnet. Lukas bedeutete ihr, ihm zu folgen.

*Du hast die Wahl,* beschwor sie sich. *Es ist Zeit, die Grenzen zu überschreiten und die Schranken hinter dir zu lassen.* Sie strich das Haar glatt, rückte den Hemdkragen zurecht und erhob sich.

* * *

»Wenn Ihr das wünscht, kann ich die Unterredung mit ihr alleine führen.« Kapitän Taylor lehnte sich auf dem Stuhl zurück, drückte seine Arme durch und drehte den Kopf in die eine Richtung, dann in die andere. Ein lautes Knacken war zu vernehmen. Er runzelte die Stirn und rieb sich das Genick.

*Wenn du wüsstest,* dachte Carl, *es geht nicht nur um sie, es geht auch um mich. Ich werde bei dieser Unterredung dabeibleiben bis zum bitteren Ende.*

Die Tür wurde geöffnet, und der Seesoldat ließ Mary eintreten. Sie war gekleidet wie in den vorangegangenen Tagen: Eine derbe Hose, ein leinenes Hemd, darüber eine Weste, nur das Halstuch fehlte. Und doch war etwas an ihr verändert: Ob ihr Gang schon immer so aufrecht gewesen war? Die Augen blickten dunkel und wachsam.

Furchtlos. Sie wirkte furchtlos.

Carl hob eine Augenbraue. Während seine Hände feucht geworden waren und die Unruhe seinen Leib zerwühlte, schien sie keinerlei Angst zu verspüren.

Kapitän Taylor erhob sich und wies auf einen Stuhl. »Verzeiht mir, aber meine Umgangsformen sind auf der Reise ein wenig eingerostet. Bitte nehmt Platz und teilt uns doch erst einmal Euren Namen mit. Ich gehe nicht davon aus, dass Ihr auf den Namen Marc Middleton hört.«

Die Form wurde gewahrt. Kapitän Taylor wahrte die Form. Erleichtert atmete Carl ein.

»Ich bin Mary Linley. Die Tochter des Arztes und Botanikers Francis Linley aus Plymouth.«

Kapitän Taylor beugte sich vor. »Ich hörte von ihm. Er hat Euch ausgebildet, nehme ich an? Von ihm habt Ihr Euer Wissen?«

Sie nickte, senkte den Blick, und Carl bemerkte die langen Wimpern. Er schluckte.

»Doch auch wenn er Euch umfassend ausgebildet hat, kann er wohl kaum den Plan gehabt haben, Euch auf einem Schiff um die Welt reisen zu lassen, nicht einmal, wenn es unter meiner Führung steht.«

»Nein, sicher hat mein Vater dies nicht für mich in Erwägung gezogen. Es war meine Entscheidung, als Wissenschaftler arbeiten zu wollen. Es tut mir leid, aber ich sah keine andere Möglichkeit, als mich solcher Mittel zu bedienen.«

»Was man auch immer davon halten mag«, Kapitän Taylor schmunzelte, »Euer Verhalten hat Euch weit gebracht. Ihr werdet, so sieht es zumindest derweil aus, die erste Frau sein, die die Welt umsegelt.«

Galanter konnte man einer Frau, die ein ganzes Schiff über Monate hinweg genarrt hatte, kaum gegenübertreten. Carl erinnerte sich an den Moment, in dem er von Marys Betrug erfahren hatte. An den brennenden Wunsch, sie zu sich zu zitieren und ihr die Leviten zu lesen, ihr zu demonstrieren, dass sie so nicht mit ihm umgehen konnte. Das kaum zu bremsende Bedürfnis, Worttiraden über sie zu ergießen, um seine Wut zu lindern. Für Kapitän Taylor schien all dies jedoch nicht viel mehr als ein Kavaliersdelikt zu sein, eines, das eben von einer Frau begangen worden war.

»Carl«, die Stimme des Kapitäns riss ihn aus seinen Gedanken, »Ihr seid so schweigsam. Wie steht Ihr zu der Erkenntnis, dass Euer Gehilfe eine junge, charmante Dame ist?«

Mary sah zu ihm herüber, doch er wich ihrem Blick aus und

suchte nach Worten. »Sicherlich wird Miss Linley die erste Frau sein, die den Globus umrundet, da teile ich Eure Meinung. Und ich würde mich sogar zu der Feststellung hinreißen lassen, dass sie uns sehr gute Arbeit geleistet hat.« Für einen Moment zögerte Carl, holte Luft und fügte hinzu: »Doch halte ich ihre Entscheidung, sich an Bord eines Schiffes zu begeben, für sehr riskant. Ich für meinen Teil wusste mir, um ihre Sicherheit zu gewährleisten, nicht anders zu behelfen, als darüber Stillschweigen zu bewahren.«

Aus den Augenwinkeln nahm er wahr, dass Mary zusammenzuckte, doch er fixierte sein Gegenüber. »Ich befürchte, ich muss mich erst einmal bei Euch entschuldigen, Kapitän Taylor. Mir war die Tatsache, dass Miss Linley mit uns reist, bereits geraume Zeit bekannt. Ich habe mich dahingehend nicht geäußert, weil ich davon ausging, dass eine Frau in der Rolle eines Mannes an Bord eines Schiffes mit einer fünfundneunzigköpfigen«, er pausierte kurz, um das folgende Wort in die Länge zu ziehen, »männlichen Besatzung am besten geschützt ist.«

# *Tahiti, 28. April 1786*

Gedanken waren rund. Sobald sie einem entfielen, rollten sie davon und waren nicht mehr zu greifen. Und kaum, dass Seth die Insel betreten hatte, war ihm der Gedanke an die Heimat entfallen. England. Kaum etwas war geblieben. Vielleicht war da eine Erinnerung, blass wie die Sonne über St. Albans, die oftmals die tiefhängenden Wolken nicht durchstoßen konnte. Eine Erinnerung, so blass wie die Gesichter der Menschen in den feuchten Häusern des Städtchens.

Hier, auf Tahiti, führten die Menschen ein schönes Leben. Das erkannte er sofort: Sie führten ein schönes, buntes Leben. Der Himmel und das Meer, die waren blau. Die Wellenkämme waren weiß, und die Wälder waren dicht und dunkelgrün. Und allerorten gab es Blüten, die rosafarben, in sattem Gelb oder tiefem Rot um seine Aufmerksamkeit rangen. Er hatte sogar Farben entdeckt, für die er keine Namen kannte.

Doch das wirkliche Wunder der Insel war der Tagesablauf. Von den ersten Strahlen der aufgehenden Sonne ließen die Tahitianer sich wecken. Die Luft war in den frühen Morgenstunden noch ein wenig kühl und gleichermaßen schon von der kommenden Wärme des Tages erfüllt. *Weich,* dachte Seth*, die Luft hier ist weich, als hätte die Nacht sie klargewaschen.* Kaum waren die Wilden aufgestanden, verließen sie ihre Hütten und liefen zu den Bächen, die sich über die Insel zogen. Sie entkleideten und wuschen sich, schwatzten und scherzten dabei. Nach dem Bad kümmerten sie sich um ihre alltäglichen Aufgaben, und wer keine zu verrichten hatte, der lief umher oder setzte sich zum Nachbarn. Sobald die Sonne zu hoch stieg, wurden alle Tätigkeiten, die Arbeiten, die Spaziergänge und selbst die Spiele der Kinder, eingestellt. Gemeinsam zog man sich in den Schatten zurück, manche strichen sich das Haar mit Kokosöl, andere dämmerten ein, und erst gestern hatte ein Mann die Nasenflöte gespielt. Gegen Mittag speisten die Tahitianer, wobei hier Männer und Frauen getrennt voneinander aßen. Wenn die Hitze des Tages nachließ, widmeten sie sich wieder ihren Tätigkeiten.

Es schien Seth ein Leben zu sein, das aus wenig Arbeit und jeder Menge Müßiggang bestand. Ein Leben, das er auch führen wollte, ausgefüllt mit Tanz, Musik und Bädern in den Bächen. Und die Tahitianer waren freundlich, nicht so grob wie die Männer an Bord. Aber wie sollte man bei diesem Leben auch übellaunig werden? Am Abend speisten sie noch einmal und nahmen ein Bad, um sich dann zur Ruhe zu begeben.

*Es ist ein schönes Leben. Es könnte mir gefallen, und wem würde schon auffallen, wenn ich bei der Abfahrt fehle?* Niemand war ihm geblieben, und selbst Marc war verschwunden. Auch wenn keiner mit ihm darüber sprach, wusste Seth, was er gesehen hatte. Marc war eine Frau, und ihr richtiger Name, das hatte er sich erlauscht, war Mary Linley.

Am ersten Tag hatte Lukas vor ihrer Kajüte gewacht, sie hatte nicht hinaus und niemand hatte zu ihr hinein gedurft. Am Abend, so munkelte man, war sie vor den Kapitän geführt worden, und auch Sir Belham war bei diesem Gespräch dabeigewesen. Und so hatten sie darauf gewettet, ob Kapitän Taylor das Weib in Ketten legen und in den Verschlag sperren oder sie gar der Auspeitschung unterziehen würde. Sie alle hatten ihren Wetteinsatz verloren, denn es war nichts geschehen.

Bis heute nicht.

Die Frau war wieder in ihrer Kajüte verschwunden, und Lukas hatte nicht mehr Wache schieben müssen. Die Männer gingen bald dazu über, die Nägel aus den Wänden zu ziehen und jedes Metallstück, dessen sie habhaft werden konnten, zu entwenden. Warum sollten sie Zeit auf ein Weib mit kurzen Haaren, das auch noch Hosen trug, verschwenden? Dort auf der Insel gab es alles, was sie sich in ihren Fantasien erträumen konnten. Alles war gegen ein kleines Stück Metall, eine Glasperle oder einen Fetzen Leintuch zu ertauschen.

Seth lief den Strand entlang. Hier, am Wasser, hatte er seine Ruhe. Seit der Kapitän verkündet hatte, dass es nur ein kurzer Aufenthalt auf der Insel werden würde, schien es, als hätte er dazu aufgerufen, dass die Männer das Paradies noch schneller auskosten sollten. Das Mannschaftsdeck und auch die Insel waren zu einem einzigen Stöhnen schwitzender und sabbernder Kerle geworden. Er hatte Männer gesehen, deren Ärsche über Mädchen auf- und abwippten, die kaum älter sein konnten als er selbst. Aber alle schienen Vergnügen an diesen Verderbtheiten zu finden, nur ihn ödete es an. Dass überhaupt noch Wachen besetzt und Güter nachgefüllt werden konnten, erstaunte ihn.

Er schoss einen Stein ins Wasser. *Nat, du fehlst mir. Hier könnten wir Vögel abschmeißen, vom Morgen bis zum Abend.* Er beugte sich vor, um sich einen rundgewaschenen Stein, den die Wellen vor- und zurückschoben, zu greifen. Als er sich aufrichtete, sah er zwei Füße, direkt neben sich im Wasser. Er sprang beiseite.

»Entschuldige, ich wollte dich nicht erschrecken.«

*Was macht die denn hier?*, durchfuhr es ihn. *Darf die von Bord? Wer hat die zur Insel gerudert?* Er kniff die Augen zusammen und trat noch einen Schritt zurück. Sie trug die Kleidung, in der er sie kannte: das Hemd, die Weste, die weite Hose. *Das Gesicht,* dachte er, *das ist ein Weibergesicht. Warum hast du das nie gemerkt?*

»Bist du mir böse?«

Jetzt konnte er es auch hören. Die Stimme war viel zu hell.

Nicht einmal seinen Ohren konnte er mehr trauen. Er drehte sich um und lief davon. Nach wenigen Schritten stolperte er und fiel, mühsam rappelte er sich auf und rannte nass und sandig weiter. Es war ihm egal. Er wollte weg, weit weg, irgendwohin, wo er alleine sein konnte.

***

*Jetzt hast du die Grenzen überschritten. Du hast ihnen gesagt, dass du eine Frau bist und dass du wissenschaftlich arbeiten willst.*

Der Verschluss ihrer Botanisiertrommel klickte, als Mary ihn schloss.

*Jetzt wissen alle, dass du, eine Frau, zeichnest, katalogisierst und sammelst, aber du tust es allein. Niemand spricht mehr mit dir. Der Kapitän, gut, er ist freundlich. Doch was nützt es? Was nützt es, Grenzen zu überschreiten, wenn dahinter niemand mehr ist, der dir begegnet?*

Sie schob die Mütze in den Nacken und strich sich über die nasse Stirn. Die Sonne stand im Zenit, und der Schatten des Maulbeerbaumes lud ein, sich einen Moment zu erholen. Zwei Fregattvögel zogen ihre Bögen am zartblauen Himmel.

Sie sank auf den Boden. Vor ihr, in der Bucht, schwankte das Schiff auf den Wellen.

*Carl.* Ihre Finger tasteten über das Medaillon, das sie in der Innentasche ihrer Weste trug. Ihre Lippen formten seinen Namen. *Carl.* Seine wohlgesetzten Worte am Ende des Gespräches mit dem Kapitän hatten ihr den Atem genommen. Er hatte um ihren Betrug gewusst, doch er hatte sich nicht dazu geäußert, wie lange schon. Der Kapitän war Gentleman genug gewesen, in ihrer Gegenwart nicht genauer darauf einzugehen. Freundlich lächelnd hatte er sie aufgefordert, die Kapitänskajüte zu verlassen, sich frei zu bewegen und gern die Insel in Augenschein zu nehmen. Hätte

Lukas nicht im Gang gestanden, dann hätte sie sicher ihr Ohr ans Holz der Tür gepresst, um zu erlauschen, was die beiden Männer noch miteinander zu besprechen hatten.

Ob Carls Angebot noch galt, sie mit auf die Insel zu nehmen? Oder würde er sie nun mit der *Sailing Queen* nach Hause schicken? Die Vorstellung ließ sie frösteln. Erst hatte sie den Gedanken gefürchtet, er könnte mit ihr die Zeit auf Tahiti verbringen und in ihr nur den Mann sehen. Doch schlimmer, geradezu schmerzhaft, war der gänzlich neue Gedanke: dass er sie als Frau wahrnahm und sie aus diesem Grund von der Arbeit ausschloss. Dass sie nach Hause reisen musste, vielleicht ohne ein klärendes, zumindest abschließendes Gespräch, und dass sie ihn nie wiedersehen würde.

»Geht es dir gut?«

Ein großgewachsener Tahitianer stand vor ihr, und obwohl er ihre Sprache beherrschte, schrak sie zusammen. Ihr Blick wanderte umher, doch niemand war in der Nähe, ihr im Notfall beizustehen. Sie schaute auf seine Hände und nickte.

»Du bist eine Frau.«

Sie begann zu zittern.

Er öffnete die rechte Hand, und in der rosigen Innenfläche lag eine Zinnfigur. »Du bist eine Frau, dann hast du Kinder. Hier, nimm ihn.«

»Ich habe keine Kinder«, sagte sie leise, und ihr Zittern verstärkte sich.

»Du wirst Kinder bekommen. Ein Freund hat ihn mir geschenkt. Ich möchte ihn dir zur Begrüßung übergeben.«

Der Mann beugte sich vor, öffnete ihre Hand und legte die Zinnfigur hinein. »Es ist ein Reiter«, sagte er und lächelte. Dann verschwand er.

***

Wie eine Traube hingen die Kanus der Tahitianer an der *Sailing Queen*. Das Deck war überfüllt mit Wilden, die nun ihrerseits das Schiff in Augenschein nehmen wollten. *Verdammter Mist, was war das für eine fixe Idee, an Bord zurückzukehren,* fluchte Seth innerlich. *Hier wimmelt es von Fremden, in jeder Ecke des Schiffes wühlt irgendeiner von ihnen herum.* Er mochte die Tahitianer, aber erkannte denn niemand, dass er seine Ruhe wollte, nur für einen Moment? Dass ihm das Gedränge widerwärtig war? Ständig griffen Männer und Frauen in seine Haare, es war unverkennbar, dass der blonde Ton sie zu begeistern schien. Begriffen sie denn nicht, dass er nicht berührt werden wollte? Erneut legte sich eine Hand auf seine Schulter, der feste Griff ließ ihn aufmerken.

»Du kommst jetzt mit«, hörte er Mary Linley sagen, erstaunt über die Strenge in ihrer Stimme.

Wütend riss er seine Schulter aus ihrer Hand, die hernach umso fester zugriff. *Ich hasse dich, ich hasse dich. Ich hasse dich,* dachte er und traute sich nicht, auch nur ein Wort zu sagen.

Die Frau schob Seth in ihre Kajüte und deutete mit einem Kopfnicken an, er solle sich auf die Koje setzen. Die Tasche warf sie achtlos neben ihn und wandte sich der Seekiste zu. Die Scharniere mussten rostig geworden sein, sie knarrten, als die Frau den Deckel öffnete. Erst hob sie mehrere Bücher heraus und stapelte sie neben sich, dann folgte das Schreibzeug.

Seth starrte auf die offene Tasche. Die üblichen Utensilien, die er inzwischen einwandfrei benennen konnte: Glasphiolen, Botanisiertrommel, Skizzenblock, Messer …

Was war das?

Auf dem Boden der Tasche lag etwas Silbernes. Etwas Glänzendes. Schnell schaute er zu Mary Linley hinüber. Sie war dabei, die Bücher wieder in die Kiste zu räumen.

Langsam fuhr seine Hand über den Stoff, an der Botanisiertrommel vorbei, und packte zu. Obwohl das Ding klein war, fühlte es sich für seine Größe schwer an. Kurz öffnete er die Finger: eine

Zinnfigur. Ein Reiter auf einem Pferd. Noch einmal schaute er zu ihr hinüber. Unauffällig verschwand der Reiter in seinem Hosenaufschlag. *Ich hasse dich, ich hasse dich, ich hasse dich,* dachte er noch einmal und faltete zufrieden die Hände im Schoß.

»Entschuldige, dass ich eben derart grob zu dir war«, sagte die Frau und wandte sich ihm wieder zu.

»Macht nichts«, sagte Seth und winkte ab. Großzügig fand er sich und geschickt. Sehr geschickt.

»Mir war es wichtig, noch einmal kurz mit dir zu sprechen. Ich möchte mich bei dir entschuldigen. Mein Name ist Mary. Mary Linley.«

*Das weiß doch inzwischen jeder an Bord. Kann ich jetzt gehen?* Er sah auf seine Hände, die Nägel musste er sich schneiden. Sie waren lang geworden und sahen weibisch aus.

Die Frau wartete einen Moment, erst dann fuhr sie fort: »Sicher, ich kann nichts mehr gutmachen, nichts ungeschehen machen, aber ich möchte dir diesen Brief geben. Bitte lies ihn irgendwann, wenn du ein wenig Zeit hast, ja?«

Seth hatte keine Lust, sich weiteres Gesäusel anzuhören, sprang von der Koje und fasste nach dem Brief. »In Ordnung, mache ich«, rief er und verließ eiligst die Kajüte.

Vor der Tür blieb er stehen und holte den Reiter aus dem Hosenumschlag hervor. Ein Grinsen zog sich über sein Gesicht.

# *Tahiti, 2. Juni 1786*

*Wir haben ihnen wieder Schweine überlassen. Dieses Mal haben wir im Austausch jedoch nicht einen Nagel pro Schwein erhalten, wir haben ihnen zehn Schweine gegeben, und dafür haben sie uns eines ihrer Beiboote nachgebaut.*

*Nun sind sie weg. Das Schiff hat uns längst verlassen. Am Abend, bevor die Fremden fuhren, haben sie noch ein Lichterfest mit uns gefeiert. Sie haben wieder Blitze und Sterne hervorgebracht, heulende Blitze und Sterne, die am Himmel aufleuchteten und dann zerfielen. Allesamt, ob Kind, ob König, haben wir am Strand gestanden und uns daran erfreut.*

*Am Morgen darauf haben wir Abschied genommen, wir haben am Strand gestanden und zugesehen, wie das Schiff am Horizont verschwand. Die weißen Gesichter waren noch in weiter Entfernung auszumachen.*

*Carl und Mary sind nicht mit ihnen aufgebrochen, sie sind geblieben, um zu sammeln. Alles, was die Insel hergibt: Pflanzen, Fische, Gestein, kleines Getier. Sie sagen, auf diesem Weg lernen sie die Insel kennen.*

Owahiri zuckte die Schultern. Ein Spaziergang würde ausreichen, befand er, um alles über die Insel zu erfahren, *doch ich will ihnen nicht in ihre Überlegungen hineinreden.* Er erhob sich aus der Hocke und lief den Strand entlang, wobei er darauf achtete, Abstand zu halten. Er wollte die beiden nicht stören.

*Mary und Carl.*

*Carl und Mary.*

*Einen schönen Klang haben ihre Namen, ob ich mein nächstes Kind nach ihnen benennen soll?*

Schweigend liefen sie nebeneinander her, schwer beladen mit ihrem Arbeitsgepäck. Viele Männer und Frauen der Insel hatten ihre Hilfe angeboten, sie bei ihrer Suche zu unterstützen, was auch immer sie gerade begehrten. Doch jeden Tag zogen sie alleine los, und jeden Tag brachten sie Sachen aus den Wäldern mit, die Owahiri zum Lachen reizten: Blüten, Schmetterlinge, Käfer, Farne, und am Meer angelten sie Fische. Sie interessierten sich für diese Dinge, daran hatte er sich gewöhnt. Dass sie aber derart viel Zeit dafür hergaben, wo selbst die Kinder der Insel das Gesuchte in kürzester Zeit hätten besorgen können, daran konnte er sich nicht gewöhnen. Doch er hatte es aufgegeben, ihnen das erklären zu wollen.

Am Strand hatten sie sich eine Hütte gebaut, und sobald sie diese nach einer Wanderung erreichten, wiederholte sich der Ablauf stets und unerschütterlich. Mary nahm einen der kleinen Stöcke mit Haaren an seiner Spitze und begann zu malen. So nannte sie es: malen. Owahiri hatte ihr Muscheln angeboten, die man auf der Insel zum Tätowieren benutzte, aber sie hatte den Kopf geschüttelt.

Und während Mary malte, setzte Carl sich oft in den Schatten eines Baumes und malte ebenfalls. Doch er widmete sich nicht den Pflanzen und Tieren, meist waren es Zeichen, die er malte. Zeichen, um sich Dinge zu merken.

Omai hatte ihm davon erzählt: Es gab unterschiedliche schwarze Zeichen, die von den Menschen in England aneinandergereiht wurden. Vielleicht waren sie vergesslich, vielleicht konnten sie in ihren eckigen Köpfen die Erinnerung nicht so gut festhalten. Er überlegte, aber er kannte nichts Vergleichbares. Hier gab es keine Zeichen, hier konnte man die Dinge im Kopf behalten. Oder man erzählte sie weiter, dann wussten die anderen darum, und kein Gedanke konnte verlorengehen. Und wenn doch einer verlorenging, war er nicht wichtig gewesen.

Es war merkwürdig, die beiden zu beobachten. Sie teilten das Haus, in der Nacht jedoch legten sie sich weit voneinander entfernt nieder. Das Essen nahmen sie gemeinsam ein, und oft war es Mary, die kochte. Jeder konnte sehen, dass sie zusammengehörten, und doch benahmen sie sich, als würden sie es nicht wissen. Wenn sie unterwegs waren und sammelten, was ihnen in die Finger fiel, redeten sie viel miteinander, doch immer bewahrten sie dabei einen unerklärlichen Abstand. Niemals berührten sie sich, dabei war es so einfach: die Hand heben und auf die Haut des anderen legen. Zwei Menschen, die so offensichtlich zusammengehörten, so weit voneinander entfernt zu sehen, schmerzte Owahiri. Carl hatte helle Augen, aber er schien kein sonderlich helles Herz zu besitzen.

Mary war stehen geblieben. Sie schaute sich um und winkte ihm zu. »Owahiri, warum folgst du uns?«

»Wenn du etwas brauchst, bin ich da.«

»Wir könnten ein Boot gebrauchen. Morgen. In der Früh«, antwortete Carl an ihrer Stelle.

Die Augen der Frau waren dunkel. Für einen Moment trafen die dunklen und die hellen Augen einander und hielten sich fest. Doch Carl ließ los und sprach in die Leere. »Dann können wir uns der Entwicklung der Vogelpopulationen auf den anderen Inseln widmen. Gern würde ich mit Moorea anfangen.«

»Gut, wir treffen uns am Strand an der umgeknickten Palme, dort hole ich euch ab.«

Wortlos verschwand Carl im Wald. Verwundert schaute Owahiri ihm hinterher.

»Er hat Kopfschmerzen«, sagte Mary entschuldigend und fasste sich, um ihre Worte zu unterstreichen, an die Stirn. »Wollen wir ein Stück laufen?«

Owahiri ergriff ihren Beutel und warf ihn sich auf den Rücken. Dann schritt er aus.

»Warum sprichst du unsere Sprache so gut?«

»Omai hat sie mich gelehrt.«

»Du hast Omai kennengelernt?«

»Ja, wir waren Freunde.«

»Wie geht es ihm?«

Owahiri zuckte die Schultern. »Das weiß niemand. Aber er hat viel erzählt, damals. Er hat sich in London wohlgefühlt, er sagte, dass es ein Meer aus Häusern ist. Mit Häusern aus Steinen. Ich glaube, er fühlte sich England näher, wenn er mit mir die Sprache übte.«

»Ich habe ihn einmal gesehen. Auf mich wirkte er stets aufgeregt und überdreht.«

Owahiri lachte. »Er hatte ein großes Herz. Alles hat er verteilt, vor allem das Metall. Wir mussten nicht mehr warten, bis welches von versunkenen Schiffen angespült wurde.«

»Das war ein feiner Zug von Omai.«

Owahiri schaute auf das Wasser hinaus. »Ihr habt uns vieles mitgebracht. Omai hat auch vieles mitgebracht. Aber nicht genug, denn nun möchte jeder ein Stück Eisen.«

»Ja, vielleicht wäre es für beide Seiten besser gewesen, wenn die Südsee uns ewig unbekannt geblieben wäre.« Marys Ton war unergründlich geworden, ihre Miene ernst.

Sie hatte spazieren gehen wollen. Wie waren sie auf dieses Thema gekommen? Owahiri lächelte sie an. »Wer weiß, was die Götter mit uns vorhaben. Vertrauen wir ihnen einfach.«

Sie liefen weiter und schwiegen, bis sie die Hütte erreichten. Carl saß im Schatten eines Baumes und schlief.

»Heute Abend feiern wir ein Fest«, sagte Owahiri. »Ihr seid herzlich willkommen.«

***

Das Herz schlug Mary bis in den Hals, dass sie dachte, daran ersticken zu müssen.

Der junge Mann beugte sich über das Mädchen und schob seine Finger zwischen ihre Beine. Sie streckte sich und drückte ihm ihre rechte Brust auf die Lippen, während zwischen seinen Beinen die Lust unübersehbar anschwoll.

Mehrfach hatte Mary diese Zeremonie inzwischen erlebt und immer wieder den Blick auf den Boden geworfen und nur den Geräuschen gelauscht. Die Umstehenden begannen den Gesang und klatschten rhythmisch in die Hände.

Carl stand im Gedränge hinter ihr, sein Körper an den ihren gepresst. Seine Haut war feucht vom Schweiß, und er roch erdig.

Mary wagte es nicht, sich umzudrehen. Sie ließ ihren Blick, wo er war, auf dem nackten Paar. Dort war er in Sicherheit. Der junge Mann schob sich über das Mädchen, das seine Beine spreizte. Er ergriff sein Gemächt und führte es ein. Das Mädchen schloss die Augen und sog die Luft ein. Die ersten Stöße waren sanft und langsam, dann wurden sie schneller. Die Beine des Mädchens umklammerten das Gesäß des Jungen und pressten ihn noch tiefer in sich hinein. Ihre Brüste bewegten sich unter dem Rhythmus seiner Stöße. Er richtete sich auf, warf den Kopf zurück, stöhnte auf. Dann sackte er zusammen, und die Arme des Mädchens schlossen sich um ihn.

Es war die Hand im Nacken.

Vielmehr sein Finger, der über ihren Nacken strich, zarte, kleine Kreise schrieb, Berührungen, die alles, was ungeklärt zwischen ihnen stand, zusammenfallen ließen.

Sie wandte sich zu ihm um und spürte, dass ihr Mund halboffen stand. Warum sollte sie ihn auch schließen?

Sie wollte, dass er sie küsste.

Sie wollte, dass seine Zunge ihren Mund ertastete.

Sie wollte ihn schmecken.

Sie wollte mit ihrer Zunge seinen Mund ertasten, ihn erforschen und erobern.

Seine Lippen waren geschlossen. Fahrig tasteten seine Augen ihr Gesicht ab, die Stirn, die Augen, den Mund. Er hob die Hand. Schob sie unter ihr Kinn und zog sie an sich. Dann hielt er inne. Keine Handbreit vor ihrem Gesicht hielt er inne. Sie spürte seinen Atem. Und dann küsste er sie. *Jetzt weiß ich, warum ich losgezogen bin, die Welt zu entdecken,* fuhr es ihr durch den Kopf.

Die Umstehenden begannen, erneut zu klatschen, und rückten von ihnen ab. Mary schauderte. *Sie machen uns Platz. So schamlos können wir nicht sein.* Eine weiche Frauenstimme sang engelsgleich, sanft wie Carls Zungenspitze, die ihren Hals entlangfuhr.

»Mein Gott, bist du schön.« Carl lachte ihr leise ins Ohr, der kehlige Klang seiner Stimme machte sie verrückt. Sie presste ihren Unterleib gegen seinen Oberschenkel und küsste seine weichen Lippen, dass ihr der Atem ausblieb. Er schob seine Hände ihren Körper entlang, hoch auf ihre Brust. Das Zittern hatte ihren gesamten Körper erfasst.

»Ich will dich«, hörte sie sich sagen. Es war natürlich so. Es war richtig so.

Carl hob den Kopf, legte seine Hände um ihr Gesicht und zwang sie, ihn anzuschauen. »Hier?«

Sie konnte den Blick nicht von ihm wenden. Da war nur er, niemand sonst. Ein rhythmisches Klatschen, vielleicht ein lieblicher Gesang, aber beides weit entfernt.

Carl beugte sich vor und öffnete die Knöpfe an ihrem Hemd. Sie spürte, dass auch seine Hände bebten. Ein glucksendes Lachen presste sich durch ihre Kehle. Sie lachte und suchte seine Lippen.

Er zog sie zu Boden. Das Gras war weich, seine Haut kühl und seine Lust heiß, als er sich in sie schob.

*Ja,* schrie es in ihr. *Ja!*

Mehr Platz blieb nicht in ihrem Kopf.

# Tahiti, 3. Juni 1786

Sie lag in seinem Arm. Endlich hatten sie eine Nacht in ihrer Hütte miteinander verbracht, hatten beieinandergelegen und den weichen Schein der Öllampe genutzt, um sich in ihrer Nacktheit aneinander sattzusehen. Mehrere Stunden hatten sie sich nicht gerührt, sich festgehalten und angeschaut und immer wieder gelacht. Leise gelacht, um das Glück nicht zu verschrecken. Zeit hatten sie sich gelassen, bis sie sich wieder geliebt hatten, um es dann sofort noch einmal zu wiederholen.

Die Sonne stand längst am Himmel, und sie lag in seinem Arm. So schön wie in der Nacht, das Haar zerzaust, die Haut weich vom Schlaf, die Lippen leicht geöffnet. Carl bewegte sich nicht, um nichts in dieser Welt wollte er sie wecken, um den Zauber dieses Moments nicht zu zerstören.

Die Bilder der letzten Monate liefen ineinander. Mary, die hart arbeitete, meist schon am Morgen über den Tisch gebeugt stand und oft noch tief in der Nacht am Sortieren war. Wie sie klaglos auf Feuerland durch die Kälte stapfte. Ihre Tränen während der Amputation. Ihre Anspannung, als sie die Männer auf venerische Leiden untersuchte. Innerlich lachte er auf und fuhr, um sich abzulenken, mit dem Blick den Schwung ihrer Augenbrauen nach.

Jetzt gab es keinen Grund mehr, es zu leugnen: Er hatte sie gewollt. Von dem Moment an, in dem er gewusst hatte, dass sie eine Frau war, hatte er sie gewollt. So wie sie war. Vielleicht sogar gerade weil sie so war. Der Gedanke, Marc nun Mary zu nennen und dabei eine Erleichterung zu spüren, hatte ihn beschämt und gleichermaßen eine Last von ihm genommen.

Und jetzt? Wieder rollte ein Lachen durch seinen Brustkorb.

Ihre Wimpern waren nussbraun und leicht gebogen. Irgendwann würde er sie zählen, sie hatten Zeit, hier in ihrem Paradies.

# Tahiti, 18. Juni 1786

Konzentriert sah Carl auf das Papier in seinen Händen. »Georg Forster schätzte, dass Tahiti hundertzwanzigtausend Bewohner hat. Die Insel besteht aus zwei Halbinseln, die wiederum in dreiundvierzig Distrikte unterteilt sind. Wir können davon ausgehen, dass Forsters Einschätzung, dass jeder Distrikt zwanzig Kriegskanus besetzen kann, jeweils mit einer fünfunddreißigköpfigen Bemannung, auch heute noch Gültigkeit besitzt«, las er vor, wobei er vor Mary auf und ab lief. Er trug nur die enganliegende Kniebundhose. An einen Baumstamm gelehnt, genoss sie den Anblick der verhüllten Oberschenkel und seiner nackten Waden.

»Damit kämen wir bei ungefähr dreißigtausend Wehrhaften an«, fuhr er fort, »wobei das Verhältnis von Wehrhaften und Unwehrhaften eins zu vier ausmacht, ein Verhältnis, das in Europa anders ausfiele, da dort auf einen wehrhaften Mann weitaus mehr unwehrhafte Menschen kämen.« Er hob den Kopf und runzelte die Stirn. »So weit kann man dem Text folgen, oder?« Er strich ihr über das Haar, nahm eine Strähne und drehte sie um seinen Finger.

Sie sah zu ihm auf und nickte.

Zufrieden ließ er die Strähne fallen, hob das Papier an und setzte seinen Vortrag fort: »Die Flotte besteht aus einzelnen, aber auch aus doppelläufigen Kanus.«

»Sei mir nicht böse, aber das Wort ›doppelläufig‹ versteht man in diesem Zusammenhang nicht.«

Er blieb stehen, runzelte wieder die Stirn, und die weich geschwungenen Brauen wölbten sich über den Augen. Sein Blick umfasste ihre Brüste. Sie schaute an sich herab, die Höfe zeichneten sich unter dem dünnen Gewebe ab.

»Es war einfacher, als du noch die Brustwickel getragen hast. Wie soll man sich da auch konzentrieren«, sagte er und grinste.

Mary lachte auf und schüttelte den Kopf.

»Na, ich meine mit doppelläufig, dass zwei Kanus nebeneinander liegen.«

»Ich weiß, was du meinst, aber wer diese Boote noch nie gesehen hat, bekommt keine Vorstellung davon. Beschreibe es ausführlicher, oder setze ein Bild daneben.«

»Gut, dass du so genau zuhörst. Dann werden wir eine Zeichnung einfügen. Kann ich weiterlesen?«, fragte er und nahm seine Wanderung wieder auf. »Einige haben überdachte Hinterteile, teils um von den Befehlshabern als Nachtlager genutzt zu werden, teils um als Proviantschiff zu dienen. Einige Schiffe führen ausschließlich Pisangblätter mit sich, die für die Toten bestimmt sind. Dies sind die Schiffe der Götter.« Für einen Moment sah er auf. »Irgendwelche Anmerkungen?«

Das Haar auf seiner Brust kräuselte sich, von der Sonne ausgeblichen, setzte es sich gegen die braune Haut sichtbar ab. *Er sieht inzwischen aus wie ein Landarbeiter,* bemerkte Mary. *Sonnenverbrannt und muskulös. Seine englische Blässe ist dahin, und es steht ihm wunderbar. Wer fragt mich eigentlich, wie ich mich da konzentrieren kann?*

»Und? Irgendwelche Anmerkungen?« Wieder lief er an ihr vorbei und strich über ihren Nacken.

»Was macht man mit den Blättern? Werden die Toten darin eingewickelt? Oder nur damit zugedeckt?«, fragte Mary und spürte die Gänsehaut, die seine Finger hinterließen.

»Hmmm, ich weiß es nicht. Gut, da müssen wir Owahiri fragen.« Er kratzte sich am Kopf. »Meinst du, das interessiert überhaupt irgendjemanden?«

»Allerdings. Lass uns diesen Aufsatz noch bis zum Ende durchgehen.«

Er seufzte und hob die Stimme: »Die Bewaffnung der Kanus besteht aus Speeren, langen Keulen und Streitäxten. Zudem werden Steine mitgeführt, die einzige Bewaffnung, mit der man den Gegner auf eine große Entfernung hinweg erreichen kann.« Absichtlich ließ er das Papier in den Sand fallen. »Mary, egal, wen es interessiert, mich interessieren die militärische Streitkraft und die kriegerischen Auseinandersetzungen der Tahitianer jetzt keinen Deut.« Er kniete sich vor sie und legte seine Hände auf ihre Arme. »Alles hat seine Zeit. Und jetzt ist keine Zeit für den Krieg.«

Sie strich über seine Wange. Wie mühsam war die Arbeit geworden, seit er in ihr Leben getreten war. Beständig kamen ihr wunderliche Dinge in den Sinn: Sie wollte singen, sie wollte schön sein für ihn, sie wollte, während sie zeichnete, aufstehen, den Pinsel nehmen und seinen Leib damit erkunden, sie wollte tanzen, mit ihm durch die Wellen springen und ihn lieben. Ihn in sich spüren. Immer und immer wieder.

Halb geöffnet forderten seine Lippen auf, in sie hineinzubeißen, ganz sanft, um ihn dann zu küssen, bis er keine Luft mehr bekam. Flach und schnell ging sein Atem, ein Rhythmus, der sie rasend machte.

»Welch unfassbares Glück, dass wir uns begegnet sind«, flüsterte er und ließ seine Lippen über ihre Stirn und Augen spielen. »Glaube nicht, dass ich dich jemals wieder von mir lasse.«

Marys Lachen glich einem gurrenden Stöhnen. Sie genoss das fremde Geräusch und seine federleichten Berührungen, so warm und weich, dass sie wünschte, der Moment möge niemals enden. Er möge sich ausdehnen und das Kribbeln, das ihren Körper durchlief, festhalten.

In den Sand zog er sie und schob ihren Rock in die Höhe. Ein Rascheln ließ sie den Kopf drehen. Der Aufsatz. Sie lag darauf. Leise lachte sie auf. So war das eben: Alles, was sich bisher in ihrem Leben abgespielt, Raum und Aufmerksamkeit gefordert hatte, musste sich jetzt in Demut üben, musste warten, bis wieder seine Zeit kam.

Sie schloss die Augen.

Für einen Moment sah sie die Teakschatulle mit dem Schmetterling vor sich.

Seine kräftigen Farben verliefen ineinander.

Carls Finger ließen sie schweben.

Mit kraftvollen Flügelschlägen erhob sie sich.

Carl.

Er war es, der sie vollständig machte.

# Tahiti, 11. Juli 1786

Ein kurzes Röcheln ließ sie aufschrecken. Sie wrang den Lappen in der Wasserschüssel aus und legte ihn wieder auf Carls Stirn. Schob das Kissen ein Stück tiefer in seinen Nacken und spürte, dass die Haut glühte. Sein Brustkorb hob und senkte sich, langsam, als würde ein immenses Gewicht auf ihm lasten. Seit Stunden hatte er sich nicht mehr gerührt. Stumm hatte Mary zugesehen, wie der Schweiß begann, an seinem Körper herabzulaufen, wie sich die Rinnsale ihren Weg über Stirn, Hals und Bauch hinweg suchten. Schon morgens waren auf seinem Hemd kleine, feuchte Stellen erschienen. Sie waren ihr aufgefallen, als er sich neben ihr über die Karte gebeugt hatte.

Der Tag war sonnig gewesen, und ein leichter Wind war vom Meer her auf die Insel zugetrieben. Die Arbeitsbedingungen waren gut gewesen. Es war nicht so heiß wie an den vorangegangenen Tagen, und trotzdem hatten sie Mühe gehabt, sich auf die Arbeit zu konzentrieren. Dann hatte er über Kopfschmerzen geklagt, und sie hatten die Exkursion ins Landesinnere verschoben. Stattdessen hatten sie ihr Lager am Strand aufgeschlagen und sich in den Schatten zurückgezogen.

Doch die Bilder stimmten nicht. Je öfter Mary sie sich in Erinnerung rief, desto klarer sah sie, dass Carl nicht einfach unter Kopfschmerzen gelitten hatte. Sie waren an diesem Tag nur langsam vorangekommen, zu oft hatte er mit dem Arm über die Stirn gewischt, obwohl es keinen Grund zum Schwitzen gegeben hatte. So hatten sie über der Karte gesessen, bis sie beschlossen hatten, die Arbeit einzustellen und an den Strand zu gehen. Und spätestens hier, am Strand, als Carl sich vorgebeugt und die Arme ausgestreckt hatte, um eine Kokosnuss aus dem Sand zu heben, hätte sie sehen müssen, dass die kleinen, feuchten Stellen zu Flecken geworden waren, zu großflächigen und nassen Flecken. Sie hätte den glasigen Blick sehen müssen. Sie hätte laut schreien, den Strand entlanglaufen und Owahiri suchen müssen. Sie hätte irgendetwas unternehmen müssen.

Sie hatte es nicht getan, sie war nicht von seiner Seite gewichen, und nun war es zu spät.

Ihre Augen brannten, und in ihrer Nase kribbelte es.

Seine Lider zitterten, langsam bewegte er seinen Kopf. Hastig blinzelte sie und wischte die Tränen weg. Er sollte nicht aufwachen und sie so sehen, mit geröteter Nase und vom Weinen verschwollenen Augen. Sie wollte lächeln und ihm das Gefühl geben, dass er bei ihr gut aufgehoben war, dass sie sich nicht fürchtete und mit klarem Blick seine medizinische Betreuung leistete.

»Mein Engel«, sagte er mit schwacher Stimme. Sofort ergriff Mary die Kokosnussschale, hob seinen Kopf und führte sie ihm an den Mund. Er trank langsam. Seine Lippen waren farblos und aufgesprungen.

*Hätten wir doch früher von dem Fieber erfahren,* rief es in Mary. Innerlich krümmte sie sich und weinte, zerfraß die Angst ihre Eingeweide, äußerlich saß sie aufrecht, mit durchgedrücktem Rücken, und ließ Carl nicht aus den Augen.

Sie hatten einen Vorsprung gehabt, zumindest hatten sie das angenommen. Das verfluchte Fieber war auf Tahaa ausgebrochen und nach Raiatea und Huahine übergesprungen. Sie hatten die Geschichten, dass kaum einer der Erkrankten es überlebte, sehr wohl vernommen. Und es war Owahiri gewesen, der richtig gehandelt hatte. Ohne ein Wort darüber zu verlieren, hatte er alle

Vorbereitungen für die Rückfahrt nach Tahiti getroffen. Als er zum Aufbruch gemahnt hatte, war sie für einen Moment unsicher geworden, vielleicht war sie auch einen Moment zu sicher gewesen. Vieles hatte dafür gesprochen, die Arbeit einzustellen und erst wieder zurückzukehren, wenn das Fieber vorüber war. Aber Carls Entscheidung war ihr so klar, so überzeugend erschienen: Sie hatten so kurz vor der Beendigung der Vermessung gestanden, dass auch sie dachte, diesen kleinen Aufschub könnten sie sich noch herausnehmen. Huahine und Moorea lagen weit voneinander entfernt. *Wir werden schon davonkommen, das habe ich gedacht. Dein Argument, dass wir erst aufbrechen müssten, wenn das Fieber die Insel erreicht, leuchtete mir ein. Wir haben es nicht gewusst. Wir haben einfach nicht wissen können, dass das Fieber nicht nur die Insel, sondern – was inzwischen naheliegt – auch dich längst erreicht hatte. Als wir nach Tahiti aufbrachen, haben wir es von Moorea mitgenommen.*

Wieder flatterten Carls bläulich weiß schimmernde Lider. Sanft strich sie über sein Haar. »Schlaf weiter. Wenn du gesund bist, werden wir in der Sonne sitzen und Früchte essen, schwimmen und am Strand spazieren gehen. Und erst wenn wir einander ein paar Tage genossen, angeschaut und geliebt haben, dann werden wir die Arbeit wieder aufnehmen«, flüsterte sie und spürte den Knoten im Hals. *Nicht weinen,* dachte sie. *Fang nur nicht an zu weinen.*

Sein Zittern riss sie aus ihren Gedanken, in Wellen durchlief es Carls Körper. Während sie ihm den Schweiß aus dem Gesicht wischte, bemerkte sie, dass sein Hemd durchnässt war. Sie knöpfte es auf und versuchte, seinen Arm durch den Ärmel zu schieben. Es gelang ihr nicht.

Sie stand auf und sah, dass inzwischen die Nacht hereingebrochen war. Die Abendröte war nur noch in einem zarten Streifen am Horizont zu erkennen, gefolgt von einem violetten Ton, der fließend ins tiefe Schwarz überging. In der Nacht würde sein Fieber steigen, sie wusste, dass erneut der Kampf begann, es bis zum kommenden Tag zu schaffen. Nur das zählte.

Während sie die hölzerne Kiste öffnete, wälzte Carl sich auf die Seite. Sein Atem ging schnell und unregelmäßig. Neben seinen Büchern lagerte er, sorgfältig in ein leinenes Tuch gebunden, seine medizinischen Instrumente. Sie nahm die Schere heraus. Vorsichtig begann sie, sein Hemd zu zerschneiden und die Streifen unter ihm hervorzuziehen. Er stöhnte, als sie dabei seinen Arm anhob.

»Es tut mir leid, mein Liebling, aber du musst aus dem nassen Hemd heraus«, flüsterte sie und wusch seinen Körper. Die breite Brust mit den zerzausten Haaren darauf, die Lenden, die in wunderschönem Fluss in die kräftigen Schenkel übergingen.

Vorsichtig deckte sie ihn zu. Dieses Tuch hatte sie gemeinsam mit den tahitianischen Frauen aus Maulbeerbaumrinde hergestellt. Schicht um Schicht hatten sie die Fasern mit Holzkeilen weichgeklopft, um sie dann mit weiteren Schlägen miteinander zu verbinden. Sie hatte gewusst, dass er es liebte, auch bei warmen Nächten in Tücher gehüllt zu schlafen. So hatte sie sich bei der Arbeit immer wieder Carls Gesicht vorgestellt, das Leuchten in seinen Augen, wenn sie ihm das Tuch überreichen würde. Und es war so gekommen, wie sie es sich ausgemalt hatte. Das Leuchten in seinen Augen ließ sie auch jetzt noch lächeln.

Für einen Augenblick glaubte sie, dass seine Augen jede ihrer Bewegungen, jede Geste ihrer Hände verfolgten, dass er wachlag und bei ihr war. Ein schöner Gedanke. Sie senkte den Kopf und schmiegte ihre Wange gegen die weiche Haut seiner Handinnenfläche.

*Mein gesammeltes Wissen! Alles, was ich gelernt habe, muss ich für Carl nutzen. Ich brauche einen Plan. Ich muss eine Diagnose stellen und mir genau überlegen, wie ich ihn behandle. Jede Minute zählt. Meine Angst lähmt mich, ich darf sie nicht gewinnen lassen.*

Ein angenehm kühler Wind wehte, und der Sand war noch von der Sonne angewärmt. Mary lief zum Meer hinunter und ließ das Wasser über ihre Füße spülen, die Kälte weckte die Lebensgeister.

Um eine Diagnose stellen zu können, musste sie zusammentragen, was sie bisher über das Fieber gehört hatte. Es begann mit Abgeschlagenheit und Müdigkeit, Gliederschmerzen und Kopfweh, und sobald das Fieber ausbrach, schnellte es hoch und war nicht zu senken. Es kamen unterschiedliche Symptome hinzu, bei einigen Patienten Erbrechen, bei anderen Hautausschläge. Die Benommenheit steigerte sich bei allen im Verlauf der Erkrankung. Es trat Blut im Stuhl oder auch im Urin auf. Und in der Haut. Großflächige, rote Einblutungen in der Haut, die sich nach und nach dunkelblau färbten.

Nein.

Nein, das durfte nicht passieren.

Ein Fieber, an dem man verblutete. Dagegen gab es kein Mittel. Sie hatte nichts, was Abhilfe schaffte, aber gleichermaßen konnte jede Maßnahme die gesuchte Linderung bringen. Und genau aus diesem Grund musste sie alles versuchen. Wirklich alles.

* * *

Sie hatte sein Kommen nicht bemerkt. Für einen Moment stand Owahiri im Eingang der Hütte und sah zu, wie Carl in unruhigem Schlaf auf der Matte lag. Sein Atem rasselte, und die Gesichtszüge waren verzerrt.

Mary kniete auf dem Boden, wo sie mit einer Kokosschale zwei Kuhlen im Sand aushob, eine für die Schulter und eine für die Hüfte. Als sie sich ausstreckte, um sich zum Schlafen niederzulegen, entdeckte sie ihn. Die Öllampe flackerte und verlosch, nur das Licht seiner Fackel erhellte die Hütte.

»Ich wollte dich nicht erschrecken«, sagte er leise.

Mary richtete sich auf.

»Wie geht es dir? Und wie geht es Carl?« Owahiri steckte die Fackel in den Sand und betrat die Hütte.

»Danke, mir geht es soweit gut. Carl schläft. Und du geh lieber, lass uns alleine. Nicht, dass dich das Fieber auch befällt.«

»Keine Angst. Ich habe den Schutz der Götter erbeten.« Owahiri hob die Arme in die Höhe, mehrere Kokosnüsse, von Revanui in Netze gebunden, schwangen an seinem Handgelenk. Er stellte sie neben Mary auf den Boden. »Frisches Wasser.«

Runde Öffnungen waren in die Schalen geschlagen worden, schwarzglänzend schwappte das Wasser darin hin und her. Vorsichtig löste Owahiri ein Bananenblatt-Päckchen aus einem der Netze und faltete es auseinander. »Die Männer und ich waren im Wald, wir haben Kava geholt.«

Er begann, die Kava-Pflanzen auf dem Bananenblatt vor ihnen auszubreiten. Er ergriff eine Kokosnussschale, füllte sie mit Wasser und reichte sie Mary. Sie trank in kleinen Schlucken, während er den Pflanzen die Wurzeln abdrehte. Dann erhob er sich. Inzwischen kannte er die Hütte so gut wie die seine. Er öffnete die Holzkiste, nahm eine Steinschale heraus und füllte die Wurzeln hinein. »Schäle die Wurzeln.«

Ohne den Blick von ihm zu nehmen, begann Mary die Arbeit, die er ihr aufgetragen hatte.

Owahiri setzte sich wieder neben sie, nahm das erste geschälte Wurzelstück und schob es sich in den Mund. Langsam zerkaute er es, wobei er es von einer Wange in die andere wandern ließ. Dann ergriff er eine Kokosnusshälfte und spuckte den Inhalt seines Mundes hinein. Als er die Schale zur Hälfte mit einem graublasigen Schleim gefüllt hatte, tippte er auf Marys Hand. Ihre Fingerknöchel traten weiß hervor. Als hätte er sie geweckt, schaute sie auf ihre Hand und lockerte ihren Griff um das Messer. Sorgfältig zerkaute er die restlichen Wurzeln, spuckte sie in die Schale und träufelte Wasser und Kokosöl hinein, bis ein gräuliches Gebräu entstand.

»Brauchst du ein Tuch?«, fragte Mary, und ihre Stimme klang angestrengt. »Um den Brei abzuseihen?«

Owahiri schüttelte den Kopf. »Nein, frisch ist er gut.«

Mary nahm die Schale in die Hand, kniete sich vor Carl und berührte seine Schulter, strich zaghaft darüber, bis er die Augen öffnete. Sein Blick war glänzend und für einen Moment orientierungslos. Als er die Schale sah, hob er den Kopf.

Owahiri wusste um den scharfen Beigeschmack des Trunks, doch Carl verzog keine Miene. Sein Schlucken war das einzige Geräusch in der Hütte, gelegentlich setzte er ab und kaute. Wahrscheinlich waren die Wurzeln nicht so fein zerkaut, wie er angenommen hatte. »Gib ihm morgen den Rest«, sagte er leise zu Mary und strich ihr kurz über den Arm. »Und schlaft ein wenig.«

Er spürte, dass Marys Blick ihm folgte, als er die Hütte verließ. Die Fackel ließ er im Sand stecken, so konnte sie den beiden noch für einen Moment Licht spenden.

*Solltest du morgen nicht mehr unter uns weilen, Carl, werden die Götter sich mit Freuden deiner annehmen. Sie werden wissen, dass die Menschen einen wie dich vermissen werden. Unser Schmerz wird ihnen zeigen, wie wertvoll du uns bist,* dachte Owahiri und lief in die Dunkelheit hinein.

# Tahiti, 12. Juli 1786

Am Tag zuvor war der Wind vom Süden über die Insel hinweg zum Strand getrieben. Blütenduftgesättigt war er aufs Wasser hinausgelaufen und hatte sich im Nirgendwo verloren. Heute wehte ein anderer Wind. Er kam vom Norden und roch nach Meer, nach Algen, ein wenig nach Fisch und eine Nuance nach warmem Sand. Mary sog den Geruch tief ein. Ein Atemzug, ein zweiter Atemzug, erst dann öffnete sie die Augen. Neben ihr lag Carl, sein Gesicht dicht vor ihrem. Sie bewegten sich nicht, und mit ihren Blicken hielten sie sich aneinander fest. Noch immer konnte sie sich nicht an ihm sattsehen. *Es ist fast so wie vor wenigen Tagen. Vielleicht habe ich alles nur geträumt. Gleich fasst er in mein Haar und streicht mir über das Gesicht. Dann lieben wir uns, ganz zärtlich kosten wir jede Berührung wortlos aus. Und erst, wenn wir einander wieder loslassen können, beginnen wir unser Tagewerk.*

»Wie geht es dir?«, fragte sie und wusste, dass diese Frage das Eingeständnis war, dass er ihr nicht über das Haar streichen, sie lieben und mit ihr das Tagewerk beginnen würde. Seine Stirn fühlte sich kühler an. Eine gesunkene Morgentemperatur war zwar der Sieg über die Nacht, doch sie ließ noch keinen Schluss über den Verlauf der Fieberkurve am Tag und noch viel weniger über den Fortgang der Krankheit zu.

»Besser, viel besser. So eine durchschlafene Nacht lindert so manche Beschwerden«, sagte er, und beide wussten, dass er log.

Sie reichte ihm den restlichen Kava-Sud vom Abend und hob seine Decke an, um die Beine freizulegen.

»Ich gehe die Wickel ausspülen und mache dir dann die Schüssel für die Morgenwäsche fertig.«

Carl nickte.

*Ich bin wie eine Mutter, die ihre Brut pflegt, und er lässt sich umsorgen. Dieser Baum von einem Mann ist inzwischen zu schwach, meine Zuwendung abzuwehren,* dachte sie, biss sich auf die Lippe und verließ die Hütte.

Das Meer lag spiegelblank und schimmerte in hellem Türkis. Mary zerrte sich Hemd und Hose vom Leib und rannte mit den Wadenwickeln in der Hand ins Wasser. Die Kälte ließ ihr Herz pumpen und ihren Atem schneller gehen. Als sie sich an die Wassertemperatur gewöhnt hatte, legte sie sich für einen Moment auf den Rücken und ließ sich treiben. Bei Tageslicht verloren die Ereignisse, die nachts bedrohlich erschienen waren, ihren Schrecken. Noch einen Moment genoss sie das seichte Wogen der Wellen und schwamm dann zum Strand zurück. Ihre Kleidung konnte sie später holen, beschloss sie und lief nackt auf die Hütte zu, nur die Wickel in den Händen, um sie Carl wieder nass und kühl anzulegen.

Das Halbdunkel in der Hütte ließ sie blinzeln, doch kaum konnte sie die Umrisse im Inneren erkennen, schreckte sie zurück.

Vor ihr stand Carl. Er wankte, seine Augen waren verdreht und halb geschlossen, sichtbar nur das Weiß seiner Augäpfel. Langsam kippte sein Oberkörper nach vorne, und die linke Gesichtshälfte schlug auf die Kante einer der Kisten. Es krachte, derb und dumpf. Mit der rechten Hand riss er im Fallen seine Instrumententasche herunter, aus der sie gestern Schere und Messer genommen hatte. Sein Kopf rutschte am Holz herab, bis er im Sand liegenblieb.

Mary schrie, fiel auf die Knie und schob ihre Hand unter seinen Kopf. Vorsichtig tastete sie nach Blut und drehte sein Gesicht zu sich. Bis auf einige Schrammen konnte sie nichts entdecken. Carl stöhnte, dann öffnete er die Augen.

»Tut dir etwas weh? Wage nicht noch einmal aufzustehen«, flüsterte sie und raffte die Instrumente um ihn herum zusammen.

Auf allen Vieren krabbelte Carl zur Matte und zog die Decke über seinen zitternden Leib.

Derweil riss Mary den Deckel der Medikamentenkiste auf. Irgendwo musste es einen letzten Rest Tee geben, vereinzelte Pastillen, die aus den Tiegeln gefallen waren und von den Büchern zerdrückt auf dem Boden lagen. Vielleicht hatte sie etwas übersehen.

»Was brauchst du?«

»Ich schaue nach, ob wir nicht doch noch irgendwo fiebersenkende Medikamente haben. Ein wenig Tee, ein paar vergessene Pastillen, irgendetwas.«

»Davon gibt es nichts mehr. Komm, setz dich zu mir.«

Sie ließ den Deckel der Kiste zufallen, ergriff eine Mangofrucht und schnitt sie auf. Ihre Hände bebten noch immer, als sie Carl die Schnitzchen reichte. Sein Arm streifte ihre Finger. *Die Haut glüht,* stellte sie fest und spürte das Entsetzen, das in ihr aufstieg. *Das Fieber steigt wieder, so früh am Tag, das ist ein schlechtes Zeichen.*

Er rang nach Luft, und Mary fasste seine Hand. »Ich werde meine Kleidung holen, sie liegt noch am Strand«, flüsterte sie und küsste seine Fingerspitzen. »Bitte, bleib liegen, ja?«

Carl nickte und rollte sich zusammen, ein kraftloser Rundrücken unter einer Decke aus Maulbeerbaumrinde.

Nackt rannte sie den Strand entlang und unterdrückte das Bedürfnis, laut aufzuschreien. Erst als sie ihre Kleidungsstücke erreichte, sank sie in die Knie, riss das Hemd an sich, presste es an ihre Brust, biss in den Stoff und begann haltlos zu schluchzen.

* * *

Der letzte Funken Optimismus, den die Sonne am Tag geweckt und den der Schrecken sich vielleicht noch nicht zurückerobert hatte, zerfiel mit der heraufziehenden Dunkelheit. Mary zündete die Öllampe an, und Carl fragte sich, ob sie heute überhaupt etwas zu sich genommen hatte. Ob er sie inzwischen angesteckt hatte? Angst stieg in ihm auf, und er schob den Gedanken beiseite. Langsam löste er die Arme, die schweißnass auf seinem Brustkorb lagen und festgewachsen schienen. Der Schmerz ließ ihn die Luft anhalten. Noch hatte Mary nicht bemerkt, dass er wach war, dass sein Blick ihr folgte. Sehr gut, er wollte ihr die Zeit geben, sich zu erholen. Sobald sie entdecken würde, dass er nicht mehr schlief, würde sie sich wieder selbst vergessen. Sie würde ihn mit ihrer Fürsorge überschütten und die Krankheit noch unerträglicher machen. Eine Windböe schüttelte die Blätter des Daches, und das Geräusch ließ ihn erschrocken auffahren, sodass der Rücken sich verkrampfte. Hastig spannte er die Muskulatur an, doch der Schmerz blieb.

Ein Wimmern.

Er war es, der wimmerte.

Carl schloss die Augen und sank auf die Matte zurück. *Himmel, ich klinge wie ein altes Weib. Der Verschluss der Tasche klickt, sie hat gehört, dass ich wach bin.*

Ihr Gesicht tauchte über seinem auf, die Augen waren dunkel vor Sorge.

Sein Herz zog sich zusammen. *Wenn sie doch nur Medikamente hätte,* dachte er, *wenn sie doch die Chance hätte, mir die Schmerzen zu nehmen, bis ich gehen kann.*

# Tahiti, 13. Juli 1786

Wenn es keine Medikamente mehr gab, musste sie auf die alten Mittel zurückgreifen. Die Kiste mit den Schröpfkugeln, das Reisig, den Ölkrug, das Instrumententäschchen, die brennende Öllampe. Sie hatte alles zusammengetragen, was sie benötigte, und beugte sich vor.

Vorsichtig packte sie Carl an der Schulter und drehte ihn auf den Bauch. Ob sie die Haut anritzen und dann die Kugeln setzen sollte? Sie durchwühlte das Instrumententäschchen. Weder ein Aderlassmesser noch einen Schnepper hatten sie dabei. Es reichte, die Haut zu ölen, entschied sie, und den Aderlass später vorzunehmen. Sie wölbte die linke Handfläche und goss Öl hinein, wärmte es an und zog mit der rechten Hand die Decke ein wenig beiseite. In kreisenden Bewegungen rieb sie Carls Schultern ein.

Ihr Rücken warf einen Schatten, sodass sie die Öllampe ein Stück näher heranzog. Die Schröpfkugeln glänzten im Licht, als sie die Kiste öffnete. Nie hatten sie die Kugeln benutzt, genaugenommen verstand Mary nicht einmal, warum sie welche bei sich hatten. Ob sie zur Standardausrüstung der *Sailing Queen* gehört hatten? Oder waren die Kugeln noch aus Doc Havenports Nachlass? Sie zuckte die Schultern, nahm eine heraus, zündete ein Ästchen an und hielt die Flamme in das Glas. Die Wölbung füllte sich mit Rauch. Schnell zog sie Carl die Decke zur Hüfte herunter, drehte die Kugel, um sie unter dem Schulterblatt senkrecht anzusetzen. Und entdeckte den Fleck.

Ein blauroter Schatten, der sich auf der weißen Haut abzeichnete.

Faustgroß und auf Höhe der linken Niere.

Sie ließ den Arm sinken, die Kugel fiel in den Sand.

*Carl verblutet. Er verblutet innerlich.*

Eine Leere breitete sich in ihr aus, die alles überdeckte: die Angst, die Einsamkeit, die Möglichkeit, einen klaren Gedanken zu fassen. Und niemand war da, den sie fragen konnte, ob man diesen Prozess ausheilen lassen konnte.

Plötzlich hob Carl den Kopf und schaute sie über die Schulter hinweg an: »Engel, was ist los?«

»Nichts, nichts, ich bin nur sehr müde. Ich habe dir den Rücken geölt und wollte die Schröpfkugeln ansetzen, um die Muskulatur zu lockern.«

»Danke, das ist lieb von dir. Können wir das auf morgen verschieben? Ich würde gern schlafen.«

Lautlos weinend räumte Mary die Schröpfkugeln wieder in die mit Samt ausgeschlagene Kiste. Nichts konnte sie für ihn tun, und diese Hilflosigkeit trieb sie fast in den Wahnsinn. Sie nahm die letzte Kokosnuss und goss das Wasser in die große Schale, wrang den Lappen aus und begann, Carls Rücken zu waschen. Langsam kreisende Bewegungen auf blau-roter Haut. *Ob ich es ihm sagen soll? Mich mit ihm beratschlagen soll, wie weiter vorzugehen ist? Wenn ich nichts sage und ihn nicht beunruhige, solange ich ruhig bleibe, wird er mich gewähren lassen.* Der Gedanke tröstete sie. *Nein,* beschwor sie sich, *ich werde es ihm nicht sagen.*

Carl wand sich auf der Matte. Seine Augäpfel bewegten sich unter den geschlossenen Lidern ruckartig hin und her. Plötzlich riss er die Augen auf, drehte sich auf den Rücken und starrte sie an. »Die Schüssel, gib mir die Schüssel«, flehte er mit gepresster Stimme.

Sie schaute auf den Lappen, den sie immer noch in den Händen hielt, warf ihn neben sich, ergriff die Schüssel mit dem Wasser und kippte sie aus. Direkt neben die Matte.

Kaum, dass sie ihm die Schüssel gereicht hatte, verließ sie die Hütte. »Wenn du mich brauchst, sage mir Bescheid«, rief sie ihm zu und schaute in den wolkenlosen Himmel hinauf. Gab es dort oben Mächte oder vielleicht wirklich einen Gott und seinen Sohn, die darüber entschieden, was sie gleich zu sehen bekommen würde? Gab es ein Schicksal, dem zu entrinnen unmöglich war?

Carl hatte das nasse Tuch über die Schüssel gedeckt. Weiß schimmernd verbarg es den Inhalt. Kaum, dass sie ihm den Rücken zudrehte, zog sie am Stoff.

Darunter lag rot das Blut.

Mary lief an den Rand des Strandes und schüttete alles über die Pflanzen. Ihr war schwindelig. Sie beugte sich vor und übergab sich. Die Hände auf die Knie gestützt, wartete sie, bis sich ihr Magen beruhigte. Mehrmals atmete sie tief ein und aus, bevor sie sich wieder aufrichtete.

Linkerhand, am Ende der sichelförmigen Bucht, liefen einige Kinder am Strand entlang. Ihr Lachen war auch auf die Entfernung hin zu hören, sie spielten, als wäre nichts geschehen. Es gab auf dieser Insel noch Leben, das so weiterging wie bisher.

Erschöpft setzte sich Mary in den Sand, lauschte dem Lachen der Kinder und dem Wasser, das sich schäumend an den Korallenriffen brach. Die winzige unbewohnte Insel, die rechterhand vor der Küste lag, war heute deutlich zu erkennen. Dort waren sie hinübergeschwommen und nackt am Strand herumgelaufen.

Sie schluckte und wendete den Kopf, schaute auf den schroffen Hang hinter sich. Maulbeer- und Brotbäume bedeckten ihn, zum Strand hin mischten sich Farne dazu. Die Blüten verschiedenster Orchideenarten setzten farbige Punkte in das dichte Buschwerk. Im Schatten der Blätter tanzten Lichtkegel der Sonnenstrahlen, die durch die Äste hindurchfielen. Bei ihrer letzten Expedition hatten sie prüfen wollen, ob es auf Tahiti einen aktiven Vulkan gab. Dabei waren sie auf einer Lichtung auf einen Wasserfall gestoßen. Eine Frau hatte Früchte gewaschen, während zwei Kinder Wasser geschöpft und es in Kokosnussschalen davongetragen hatten. Sie hatten an diesem Tag die Suche nach dem Vulkan abgebrochen und sich auf einem Felsen in die Sonne gesetzt, um dem Rauschen des herabstürzenden Wassers zuzuhören.

*Nichts auf dieser Insel und den Inseln der Umgebung ist unberührt, alles erinnert an Carl. Wie soll ich hier weiterleben, wenn er geht?* Ihre Schultern schmerzten, die Glieder waren schwer. *Vielleicht habe ich mich angesteckt,* dachte sie und verspürte Erleichterung. Sie nahm die Schüssel und sah auf dem Rückweg zur Hütte sein Blut, das sich in Schlieren über die Blätter verteilt hatte.

# Tahiti, 14. Juli 1786

»Liebling, ich bin hier. Hörst du mich? Wir werden das durchstehen.«

Heiß war ihm, und sein Rücken war immer noch verkrampft. Die Schmerzen im Unterleib hatten jedoch nachgelassen. Carl drehte den Kopf und öffnete die Lider. Seine Augen brannten. Ein sicheres Zeichen seines Körpers, dass das Fieber gestiegen war. Er hatte das Zeitgefühl verloren, dem Lichteinfall nach musste es Nachmittag sein.

Ein Lächeln. Sein Herz machte einen Doppelschlag. Sie musste neben der Matte gewartet haben und hielt ihm nun die Schüssel an den Mund. Schweigend strich sie ihm die Haare aus der Stirn. Unfähig, den Löffel zu greifen, ließ er sich mit einem Früchtebrei füttern. Unfähig, sich zu erheben, ließ er sich waschen und am Ende wieder auf die Matte betten. Als sie ihm am Schluss einen Lappen auf die Stirn legte, reagierte er kaum, und die Augen fielen ihm zu.

»Bitte, bitte, bleib wach.« Ein flehentliches Flüstern. Er schlug die Augen wieder auf. Angst. In ihrer Stimme hörte er Angst.

»Carl, du musst mit mir deine Behandlung durchgehen. Schaffst du das?«

Er nickte.

»Vorhin habe ich mich gefragt, ob ich die Wickel weiterhin anlegen soll oder ob ich mit der Kälte, wie es Paracelsus behauptet, das Fieber nur verdränge, wodurch es an anderen Stellen Schaden anrichtet.«

»Nein, das ist gut so. Fahr fort damit, mir ist es angenehm.« *Du beginnst, deinen Behandlungsmethoden zu misstrauen,* fügte er in Gedanken hinzu, *und verrätst für mich deine Grundsätze. Mache das nicht, vertraue dir und deinen Fähigkeiten. Sie reichen bis zu einem gewissen Punkt, und hinter dem beginnt die Ratlosigkeit. So ist sie, die Wissenschaft: Vieles bleibt vorerst verborgen, manches vielleicht auch auf ewig. Doch all dies hat nichts mit deinen Fähigkeiten zu tun.* Gern hätte er die Hand gehoben und ihr die Strähne des Haares aus der Stirn geschoben, um dann den Bogen ihrer Wange hinabzufahren. Doch er begnügte sich damit, seinen Blick über die Konturen ihres Gesichtes gleiten zu lassen. *Mir würde es nicht anders gehen. Wärest du erkrankt, und ich müsste mich darum kümmern, dich am Leben zu erhalten, wäre es nicht besser um mich bestellt. Die Angst raubt einem die Kraft in noch stärkerem Maße als das Fieber. Sie macht uns zu Jahrmarktsbadern, blind probieren wir herum, und da wir zunehmend unsere Grenzen begreifen, klammern wir uns an jede Möglichkeit.*

»Du hast den ersten Fleck auf dem Rücken.«

Nichts geschah.

Sein Atem blieb ruhig.

Sein Herz schlug weiter.

Gleichmäßig.

Schlag um Schlag.

»Es tut mir leid«, presste sie heraus. »Ich will dich nicht erschrecken.« Sie nahm seine Hand und klammerte sich daran fest.

»Mein Engel, wir wissen es doch beide. Du erschreckst nicht mich, du erschrickst. Das Blut in meiner Haut gibt uns die Antwort: dass wir aufhören können, darüber nachzudenken, wie es mit meinem Leben weitergeht. Wie es mit deinem Leben weitergeht, wenn du allein hier zurückbleibst, darüber sollten wir sprechen. Lass uns die Zeit nicht mehr mit sinnlosen Behandlungen verschwenden. Ich denke, dass wir uns jetzt um dich kümmern müssen.« Er schloss die Augen und spürte ihre Hand, die seinen Arm berührte, ihn sanft rüttelte, damit er wach blieb.

»Soll ich dich zur Ader lassen? Oder schröpfen? Vielleicht purgieren? Soll ich Einläufe vornehmen? Was ist jetzt das Dringlichste?«

»Dass wir den Tatsachen ins Auge sehen.« Liebevoll hatte er sprechen und sie in seinen Armen wiegen wollen, doch seine Worte hatten hart geklungen. Unter zwei flachen Atemzügen hervorgestoßen, hatten sie Mary zurückzucken lassen. Nur ihre Fingerspitzen lagen noch auf seiner Haut. Tränen begannen, ihr Gesicht hinabzulaufen, keine von ihnen schien sie zu bemerken. *Wegküssen müsste ich sie dir.*

»Mary, es ist nicht nur ein Gefühl, es ist eine Gewissheit. Meine Zeit ist vorüber, lass uns über dich sprechen.«

Ihr Kopf fiel vornüber auf die Brust, sie schüttelte ihn immer wilder hin und her, und das Schluchzen ließ ihren Leib in Krämpfen zucken.

»Ich habe eine Bitte an dich. Eine Bitte, die du mir noch erfüllen musst.« Seine Stimme war nicht mehr als ein Flüstern, und er war nicht sicher, ob sie ihn gehört hatte. Doch das Schütteln des Kopfes ließ nach, und die Hand krallte sich in seinen Arm. Ein wohliger Druck, ihre Nägel in der Haut zu spüren, ein Druck, der den Schmerz in seinem Leib kurzzeitig überlagerte. Sie sah ihn an. Rote Augen, nasse Wimpern, bebende Lippen.

*Hätte ich geahnt, dass der Abschied ein so grausamer Bruder des Sterbens ist, wünschte ich, ich wäre heute Nacht von dir gegangen. Leise und unbemerkt, als du schliefst. Dann wärest du erwacht und hättest es hinter dir gehabt.*

* * *

»Wir haben etwas geschaffen, gemeinsam. Unsere Sammlung muss vollendet und dann nach England geschafft werden. Ich bitte dich, sie der Royal Society zu übergeben. Unsere Arbeit, sie ist dein Erbe.«

Die Gedanken rasten mit einer Schnelligkeit durch ihren Kopf, dass ihr schwindelte. Das Herz pumpte, und die Lungen schmerzten bei jedem Atemzug, sie schienen nicht genug Luft zu bekommen. Er sprach von ihrem Erbe. Es gab nichts zu vererben, es gab nur ein Leben, ein gemeinsames Weiterleben. Er durfte nicht vom Sterben sprechen, den Tod nicht herbeireden, nicht daran glauben. Sie beugte sich vor und schlang ihre Arme um Carl. Sie musste ihn halten, in diesem Leben halten.

Vielleicht war es der fremde, ein wenig süßliche Geruch seiner Haut, vielleicht war es die faulige Note seines Atems, vielleicht war es die Weichheit seiner Muskeln. Als sie ihn umarmte, spürte sie, was er ihr zu sagen versuchte.

Er starb.

Er hatte recht. Es war kein trügerisches Gefühl eines Fiebernden. Es war die Gewissheit des Sterbenden, die sie in ihren Würgegriff nahm. Vor ihrem inneren Auge zog alles vorbei.

Gedanken.

Blicke.

Berührungen.

Lachen.

Küsse.

Alles, was sie nicht mehr hatten miteinander tauschen können.

Ihr gemeinsames Heim, das sie nicht mehr hatten miteinander einrichten können.

Kinder, die sie nicht hatten ins Leben bringen können, um ihnen Namen zu geben.

Länder, die sie nicht zusammen hatten bereisen können, um weitere Entdeckungen zu machen.

Sie musste ihn halten. Sie musste die Arme fester um ihn schließen. Er sollte ihre Wärme spüren, das Beben ihres Brustkorbs, den Hauch ihres Atems. Reden musste sie. Leise seinen Namen aussprechen und von ihrer Liebe erzählen, dass er ihre Stimme hören konnte. Jeden seiner Sinne wollte sie erreichen. Alles in ihm sollte wissen, dass sie bei ihm war und ihn begleitete, wenn sie ihn schon nicht im Leben halten konnte. Das Gesicht in seinem Haar verborgen, spürte sie seinen Herzschlag an ihren Rippen. Erstaunlich kraftvoll, als wollte jeder Schlag ihr sagen:

Ich bin noch da.

Ich bin noch da.

Ich bin noch da.

Und so kraftvoll, wie es schlug, so abrupt schwieg es.

Die Stille war betäubend. Sein Brustkorb hob und senkte sich nicht mehr, die Glieder erschlafften, der Mund öffnete sich einen kleinen Spalt, und ein Seufzer entwich den Lungen.

Doch war noch Wärme in ihm. Sie klammerte sich an ihn. Diese Wärme, das war das Letzte, was ihr von ihm blieb.

# Teil 3

# Tahiti, 15. Juli 1786

Ob ihr Gott sie erlöst und beide zu sich genommen hatte? Owahiri hielt inne und lauschte. Er konnte keinen Atemzug vernehmen, still lagen die Körper nebeneinander. Mary hielt Carl umschlungen, sein Gesicht war zum Boden gedreht, sodass er es nicht sehen konnte. Doch ihres war ihm zugewandt, die Augen offen, der Blick starr in der Unendlichkeit verloren. Ja, der Gott, dem die Fremden huldigten, hatte sich erbarmt. Er hatte erkannt, dass diese Seelen nicht zu trennen waren.

Er hatte nie mit den beiden darüber gesprochen, aber er würde ihr Zeremoniell wählen, um sie zu bestatten. Ein schweigender Abschied, bei dem man die Toten in die Erde hinabließ oder mit Steinen bedeckte und zwei Hölzer übereinanderschlug, in Kreuzform. Einige Matrosen waren im Laufe der Jahre hier zu ihrem Gott geholt worden, die verwitterten Holzkreuze, verstreut auf der Insel, erinnerten daran.

Er wandte sich ab, um Hilfe zu holen, denn die beiden mussten aufgrund der Hitze des Tages schnell beigesetzt werden.

Unvermittelt zögerte er.

Hatte Mary gerade die Lider bewegt? Geblinzelt? Sofort beugte er sich vor. Ihre Augäpfel bewegten sich, um ihn anzuschauen. Er sah in tote Augen, die lebten. Er fröstelte.

»Mary. Hörst du mich?«

Sie nickte.

Er tastete mit der Hand nach Carls Haut. Sie war kühl. »Er ist tot, Mary.«

»Ich weiß.«

Carls Kopf bewegte sich, als sie ihren Leib fester an seinen presste und die Finger tiefer in den Stoff seiner Decke hineinbohrte. »Mein Vater hat es mir gesagt«, flüsterte sie.

*Der Gott hat ihren Körper vergessen und nur ihren Verstand mitgenommen, damit sie am Schmerz nicht zerbricht.* »Was hat dein Vater dir gesagt?«, fragte er.

Sie hob den Kopf und schaute nach rechts, dann nach links. Es war der Blick eines gejagten Tieres, das seine Beute sichert. »Dass die Wissenschaft fortwährend Opfer verlangt. Aber dass sie immer die zum Opfer verlangt, die einem am teuersten sind, das hat er mir nicht gesagt.«

*Sie haben nur einen Gott, das ist zu wenig. Er kann nicht alles im Blick behalten, sicherlich hat er übersehen, was hier gerade geschieht.*

Er kniete nieder und strich ihr über die Hand. Die Finger lockerten sich. »Komm mit mir«, sagte er und schob seinen Arm unter sie. Langsam hob er sie an, bis sie auf ihren Beinen stand. Auf ihn gestützt, verließ sie die Hütte.

Carl blieb zurück. Er lag auf dem Boden, sein Gesicht in den Sand gedreht.

Die Tage vergingen. Owahiri verließ morgens seine Hütte, um beim Versorgen der Kranken und beim Einsammeln der Leichen zu helfen.

Revanui hatte, auch wenn die Frauen wahrscheinlich gleich alt waren, Mary angenommen wie eine Tochter. Sie berichtete ihm, dass sie Mary einmal am Tag zum Fluss führte und badete. Das immer gleiche Ritual, das damit begann, dass sie einen der porösen Steine nahm und den hellen Körper schrubbte, bis die Haut rot und weich war. Anschließend führte Revanui sie aus dem Wasser, trocknete sie ab und ölte sie von Kopf bis Fuß ein. Und während sie mit Mary sprach, über die alltäglichen Dinge, auf die sie schon bald keine Reaktion mehr erwartete, richtete sie das hellbraune, schulterlange Haar und zupfte ihr die Augenbrauen. Mary rührte sich nicht, wenn Revanui ihr sagte, sie solle stillehalten, und sobald Revanui sie aufforderte, sich zu erheben, stand sie auf. Kein Wort kam über die Lippen, ihr Blick schien blind geworden zu sein. Willenlos ließ sie sich den Pareo um die Hüften und den Umhang um den Oberkörper hüllen. »Wir wollen doch deine Haut vor der Sonne schützen«, sagte Revanui jedes Mal zum Abschluss des morgendlichen Bades, bevor sie sich einhakte und mit Mary zurück zur Hütte schlenderte, um sie auf ihren angestammten Platz zu setzen. Dort saß sie noch, wenn Owahiri zurückkehrte und den Leichengeruch in der Nase und auf der Haut mitbrachte.

# Tahiti, 2. September 1786

Anderthalb Monde verbrachten sie so miteinander, und als Owahiri eines Morgens aufwachte, stand Mary neben ihm. Er konnte nicht sagen, wie lange sie neben der Matte darauf gewartet hatte, dass er die Augen aufschlug.

»Wo ist er?«, fragte sie. Eine schlichte Frage, die Stimme kräftig, als hätte sie sich in den letzten Tagen ausgeruht und wäre zu Kräften gekommen.

Owahiri erhob sich und füllte Wasser in Schalen. »Du warst lange fort«, antwortete er.

»Ich weiß, und ich bin euch dankbar, dass ihr euch um mich gekümmert habt.«

»Es war Revanui, ihr gebührt dein Dank. Ich hatte auf der Insel zu tun.«

Er sah sie an. Sie war zurückgekehrt. Ihr Gott hatte entdeckt, dass er ihren Körper vergessen hatte, und sich zu dem Entschluss durchgerungen, ihm wieder Lebenswillen einzuhauchen. Auch wenn sie schmal geworden war, stand sie doch aufrecht vor ihm.

»Bring mich zu ihm. Bitte.«

An der Lichtung beim Wasserfall stieg Owahiri auf eine Anhöhe und zeigte auf einen Steinhaufen, aus dem ein Kreuz ragte. Zwei kräftigere Äste, die mit einem Band gegeneinandergebunden worden waren. Der Schatten eines Maulbeerbaumes wiegte sanft über den Steinen hin und her.

»Er mochte diesen Ort.«

»Haben eure Priester nichts dagegen, dass er hier liegt?«

»Sie haben andere Sorgen. Der Totengeist ist kaum zu besänftigen. Einen nach dem anderen holt er sich.«

Mary nickte und schritt auf das Grab zu.

Owahiri ließ sie alleine.

* * *

Ein Steinhaufen war ein Steinhaufen. Sich vorzustellen, dass er etwas mit Carl zu tun hatte, gelang Mary nicht. Eine Weile saß sie neben dem Hügel, zählte die Steine, sah den flatternden Schatten zu und spürte das Gras, das, vom Wind gebogen, über die Haut ihrer Waden strich. Nichts in ihrem Körper reagierte auf den Anblick der schwarzgrauen Steine und das anrührend schief gebundene Kreuz.

*Dass du ein Kreuz auf deinem Grab haben würdest, das hättest du dir nicht träumen lassen,* dachte sie, als sie sich erhob und zum Strand hinunterlief.

Der Anblick der Hütte ließ Mary schlucken. Die Zunge lag trocken und pelzig in ihrem Mund. Zuerst war es ein Zupfen, ein leises Flattern im Leib, das mit jedem Schritt zunahm, und als sie vor der Hütte stand, war es zu einem reißenden Ziehen angeschwollen. Es krallte sich in den Magen, presste auf die Lunge und machte ihr Herz hart wie eine geballte Faust.

Die Decke lag auf der Matte, das zerschnittene Hemd auf dem Boden. Und auf der Kiste, die Carl als Tisch genutzt hatte, stapelten sich verschiedene Schriften. Dicht beschriebene Blätter. Es war ihre Handschrift, doch der Inhalt der Zeilen war ihrer beider Werk. Niemand hatte die Hütte seitdem betreten, alles war noch an seinem Platz, so wie sie es zurückgelassen hatten. Sicher fürchteten die Inselbewohner den Totengeist, der hier bereits einmal zugeschlagen hatte.

Mary krümmte sich. Etwas in ihr brach auseinander und zerfiel. Die Hände, die sie eben noch gegen den Leib gepresst hatte, fuhren vor. Packten das erste Papier und rissen es durch. Aus einem Teil wurden zwei, aus zweien wurden vier. Das Geräusch des Reißens brachte Erleichterung. Sie ließ die Papierfetzen fallen, fasste sofort nach dem nächsten Blatt und spürte, dass mit jedem Riss, mit jedem Schnipsel, der zu Boden fiel, mehr Luft in ihre Lunge strömte. Immer schneller riss und zerknüllte sie, was sie zu packen bekam. Eines der Bücher. Die Seiten regneten nieder, doch der Rücken des Einbandes wollte sich nicht von den Buchdeckeln trennen. Sie warf ihn gegen das Blätterdach. Ihr Arm fuhr über die Kiste, wischte die restlichen Schriften und die Tasche mit den Instrumenten zu Boden. Die Schröpfkugeln brachen, als sie diese mit den bloßen Händen zerdrückte. Blut und Glas vermischten sich, als die Splitter sich in ihre Haut gruben. Mary ließ die Scherben zu Boden fallen.

Ihr Blick wurde unscharf. Kisten, gefüllt mit Gläsern, die Gläser gefüllt mit Pflanzensamen, Erd- und Gesteinsproben. Bücher, Zeichnungen und gepresste Blüten. Larven, Käfer, Schmetterlinge. Federn, Muscheln, Werkzeuge und Waffen. Sammlungsstücke aller Art und Geschenke, die sie erhalten hatten. Zeugnisse ihres Schaffens. Tote Zeugnisse ihres Schaffens. Alles Tand, wert- und bedeutungsloser Tand. Nichts davon lebte, konnte von den Stunden erzählen, nichts davon konnte sie in die Arme schließen, nichts davon konnte sie in Wärme hüllen, die den Schmerz erträglich machte.

Sie zerrte die vorderste der Kisten aus der Hütte durch den Sand hinab zum Wasser. Die Muskeln der schlaff gewordenen Arme traten hervor, und Kräfte erwuchsen in ihr, die sie berauschten. Sie zog und zerrte, bis das Wasser ihr über die Knie reichte, sich die Wellen über dem Holz schlossen und die Konturen der Kiste verschwammen.

Die zweite Kiste war leichter und schneller zum Wasser gezogen. Ihr Atem ging stoßweise. Schneller, sie musste schneller machen und ihr Werk vollenden, um sich Ruhe zu verschaffen. Sie musste den Schmerz im Meer versenken.

Nichts hatte sie gehört außer ihrem Atem, nichts hatte sie gesehen außer den Kisten und dem Wasser. Plötzlich wurde sie gepackt, hart am Arm gepackt und mit voller Wucht in den Sand geschleudert. Zwei Hände fassten nach der Kiste, an der erste Wellen züngelten, und schoben sie auf den Strand zurück. Mary schrie auf, flehte, dass er sie dort lassen solle.

Owahiri richtete sich auf, sein Blick war bedrohlich und ließ sie auf Knien im Sand verharren. Er lief ins Wasser, dem dunklen Fleck entgegen, der sich immer weiter vom Land entfernte. Als ihm das Wasser bis zu den Schultern stand, bückte er sich, und sein Kopf verschwand zwischen den Wellen. Einen Wimpernschlag später richtete er sich auf und stemmte die Kiste in die Höhe. Wasser troff auf ihn herab. Das Holz war schwarz vor Nässe und glänzte im Licht.

Mary schnappte nach Luft. Sie hatte den Schmerz im Wasser versenkt, Owahiri holte ihn wieder heraus und trug ihn vor sich her. Direkt auf sie zu. Vor ihr ließ er die Kiste fallen, ließ die Schlösser aufschnappen und hob jedes Teil aus der Kiste heraus, wischte es mit den Händen ab und legte es behutsam in den Sand, dass die Sonne es trocknen konnte.

Ihr Schreien war verebbt, und nicht mehr als ein Schluchzen ab und an war geblieben. Das Rauschen des Windes in den Palmenblättern, ein sanftes Plätschern der Wellen. In der Ferne rief ein Vogel.

»Was tust du, Mary? Du zerstörst alles.«

Er saß vor ihr, sein rechter Fuß verschwand im Sand, feine weiße Körner rieselten die dunkle Haut hinab.

»Steine und Pflanzen, sieh hin, das ist alles kalt und tot. Was soll ich noch damit?«

»Du weißt, dass es nicht so ist.«

Er ergriff einen Umhang. Die gelben und roten Federn waren von der Nässe verklebt. *Carls Augen haben geblitzt wie blankpolierte Sterne, als er ihn in den Händen hielt.*

Eine Holzmaske tauchte vor ihren Augen auf. *Die Holzmaske hat er vor sein Gesicht gehalten und mich damit gejagt. Geheult hat er wie ein Wolf, bis wir stehen bleiben und uns die Seiten halten mussten, die vor Lachen schmerzten.*

Owahiri legte die Maske beiseite und nahm ein geflochtenes Netz heraus. *Darin hat er Früchte von einem Spaziergang mitgebracht. Er hat sie aufgeschnitten, und gemeinsam haben wir sie gegessen.*

Mary nahm eines der Vogeleier auf, wischte den Sand ab und ließ die Finger darübergleiten. *Dieses Ei hat er selbst ausgeblasen. Seine Finger haben die Schale berührt, sie gehalten.*

»Ich halte das nicht aus, Owahiri.«

»Ihr habt das zusammengetragen. Auch wenn du es wegwirfst, bleibt es bei dir.«

»Er hat mich gebeten, alles nach England zu schaffen.«

»Ja, du sollst allen Menschen davon erzählen. Ich weiß von Omai, dass die Menschen in eurem Land gern von Tahiti erzählt bekommen. Doch du hörst nur, was jedes Teil dir erzählt. Du hörst nur eure Geschichte heraus.«

Mary ergriff eines der Gläser, öffnete es und schüttete die Samen heraus. Sie waren trocken geblieben.

»Es war sein letzter Wille. Nimm ihn an. Du hast eine Aufgabe.«

Owahiri half Mary auf die Beine. Gemeinsam liefen sie den Strand entlang, der Hütte, die sie mit Carl bewohnt hatte, entgegen.

Ein Knoten bildete sich in ihrer Kehle. Sie blieb stehen und sah, dass Owahiri zwei Matten holte. Er breitete sie im Schatten aus. »Es ist heiß geworden, lass uns ein wenig ausruhen«, sagte er. Er verschwand im Dickicht hinter der Hütte und kam mit zwei geöffneten Kokosnüssen zurück.

Mary nahm einen Schluck. Süße breitete sich in ihrem Mund aus, kühl rann ihr die Flüssigkeit die Kehle hinab. Der Knoten löste sich.

Owahiri streckte sich auf der Matte aus und schloss die Augen.

*Es war sein letzter Wille. Nimm ihn an.*

Der Wind bewegte sanft die Blätter des Baumes. Ein leises Rauschen, das sich mit dem immerwährenden Geräusch der Brandung verband.

Im Sand vor ihnen zwei dunkle Flecken, zwei nasse Holzkisten und darum herum verstreute Erinnerungen.

*Du hast eine Aufgabe, Mary.*

Sie nahm einen weiteren Schluck des Kokosnusssaftes und wendete den Kopf. Die Hütte. Ohne Carl und doch mit Carl erfüllt.

*Es fehlt noch so vieles, um die Arbeiten abzuschließen, doch du hast Zeit. Niemand weiß, wann das nächste Schiff kommt, auch wenn Carl darum gebeten hat, abgeholt zu werden. Also, was fehlt, um die Arbeit abzuschließen?*, fragte sie sich und wusste sofort um die Antwort. *Wir müssen … ich müsste die restlichen Inseln aufsuchen. Einen Abgleich der Vegetation erstellen.*

Es war ein Gedanke, ein Plan, ein Hinweis darauf, dass sich ihr Geist fügte, dass er wieder seine Tätigkeit aufnahm. Es gab keinen Grund mehr, sich Carls letztem Wunsch zu entziehen.

Der Rücken wurde ihr schwer. Sie legte sich auf die Matte, spürte die Wärme und roch den Duft der Blüten.

»Owahiri, könnte ich in zwei Tagen ein Boot bekommen, um nach Raiatea überzusetzen?«

»Natürlich. Wie lange werden wir dort bleiben?«

»Du willst mitkommen?«

»Natürlich.«

»Es könnte einen, vielleicht zwei Monde dauern.«

»Gut. Sehr gut.«

# Atlantik, 4. April 1787

Sie hatte ihm nicht gefehlt.

Nur das Schreiben, das hatte ihm gefehlt.

Irgendwann hatte er bemerkt, dass er das Kratzen der Feder vermisste, wenn sie über das Papier strich, und den Geruch der Tinte, sobald er das Fass öffnete. Aber es hatte nichts mehr gegeben, was noch zu beschreiben, zu beschriften gewesen wäre, nichts, was noch hätte gezählt, vermessen oder gewogen werden müssen. Geblieben war ihm die stupide Arbeit an Deck. Wiewohl er nicht wusste, worüber er schreiben sollte, hatte er eines Abends Feder, Tintenfass und vier Blätter aus der Kiste geholt. Die Feder, das Fass und den Rest der Blätter, die Mary ihm nach Nats Tod neben die Koje gestellt hatte. Er hatte sich in die Hängematte gehockt, um ungestört zu sein, und hatte begonnen, Reisenotizen anzufertigen. Inzwischen schrieb er regelmäßig in seiner Hängematte, jeder wusste es, und niemand scherte sich darum. Die Narrenfreiheit hatten sie ihm gelassen, wenigstens die war ihm geblieben.

Vorsichtig zog er das Papier zwischen seiner Kleidung hervor und rollte das Tintenfass aus der Wintermütze, in die er es zum Schutz gehüllt hatte. Das Papier war durch die Lagerung in den Stofflagen zerknittert. Seth fuhr über eine tiefe Falte, die sich unter dem Druck seines Fingers glättete und danach sofort wieder erhob. Er wendete das Blatt, Vorder- als auch Rückseite waren dicht beschrieben. Kurz überflog er die Zeilen: *Keiner hat mehr Lust, seine Arbeit zu machen. Seit wir Tahiti verlassen haben, sehen viele so aus, als wären sie seekrank. Ich glaube aber, dass sie verliebt sind und dass sie traurig sind, weil sie ihre Liebchen zurücklassen mussten. Ich sehe auch so aus, als wäre ich seekrank, aber ich bin nicht verliebt. Ich bin immer noch wütend. Auf diese --------.*

Es war ihm untersagt, Aufzeichnungen zu machen, und er musste damit rechnen, dass man ihm am Ende der Reise die Blätter abnahm. Kurz hatte er überlegt, als er diese ersten Zeilen zu Papier gebracht hatte. Sie waren gut geschrieben. Nur das eine Wort, das hatte er vorsichtshalber entfernt. Es wusste auch so jeder, dass Mary eine Lügnerin war.

Weitere Berichte folgten. Von den menschenfressenden Maori, die sie aber nur aus der Ferne gesehen hatten. Aus Batavia, wo sie nur kurz Halt gemacht hatten, weil der Kapitän befürchtete, man könnte sich, so wie es Cook und seiner Mannschaft ergangen war, in der Enge des überfüllten Hafens Krankheiten einfangen. Die Beschreibung der Tafelberge hatte er schon in winzigen Buchstaben in die rechte untere Ecke des Papiers geschrieben, so eng, dass ihm die Tinte verwischt war. Auch die drei anderen Blätter sahen nicht anders aus.

Noch einmal ging er den Inhalt seiner Seekiste durch: die Feder, ein halbvolles Tintenfass und kein Papier. Er musste sich welches besorgen. Aber bei wem und wo? Wütend packte er seine Mütze, um das Tintenfass wieder hineinzulegen, als er eine weiße Ecke unter dem zu klein gewordenen Hemd hervorlugen sah. *Marys Brief*, fuhr es ihm durch den Kopf. Er nahm ihn in die Hand. Es war ein großer, schwerer Umschlag. Vorne sein Name, hinten ein Wachssiegel. Er brach es auf und nahm den Inhalt heraus: ein Briefbogen und ein weiterer Briefumschlag, ebenfalls versiegelt und an Landon Reed in Plymouth adressiert.

Seth hockte sich auf seine Kiste, legte den Briefbogen und den Brief an Landon Reed in seinen Schoß und kratzte das Siegel vom Papier, bevor er den mit seinem Namen versehenen Umschlag aufzutrennen begann. Es sah zwar merkwürdig aus, aber er hatte eine Seite Papier gewonnen. Zufrieden lächelte er. Dann nahm er das einzelne Blatt aus seinem Schoß und faltete es auseinander. Es war ein Brief, an ihn gerichtet, der mit den Worten »*Lieber Seth*« begann. Dicht beschrieben war er, sodass hier kein Platz für seine eigenen Notizen blieb, doch die Rückseite war leer. Innerlich jubilierte Seth. Drei Seiten, er hatte drei Seiten Papier gewonnen: sowohl die Vorder- und die Rückseite des Umschlags als auch die Rückseite des Briefes.

Kurz nahm er das Schreiben an Landon Reed in die Höhe und tastete es ab. Hierin befanden sich mindestens zwei Blätter, so sehr wölbte sich der Umschlag. Kopfschüttelnd stand er auf, legte ihn unangerührt in die Kiste und griff nach Feder und Tintenfass. Wieder setzte er sich auf seine Seekiste, kreuzte die Beine und strich das Papier glatt. *Was soll ich notieren?*, überlegte er und fühlte sich feierlich, als die Tinte feucht auf der Feder glänzte. *Wir haben vor wenigen Tagen das Kap der guten Hoffnung verlassen. Die See ist ruhig.* Das war es noch nicht, nein, das konnte er besser formulieren. Doch das Ziehen in seinem Bauch lenkte ihn ab. Jedes Mal, wenn er an zu Hause dachte, wurde ihm flau. Es gab kein Zuhause mehr, und er wusste nicht, was geschehen würde, wenn sie in England anlegten. Würde er in ein Waisenheim kommen? Würde die Royal Navy oder das Navy Board Verwendung für ihn haben? Beide Gedanken verstärkten den Druck im Bauch. Tinte tropfte von der Feder auf das Holz der Kiste, mit den Fingern wischte er sie in die Breite. Das Papier war immer noch weiß und unberührt. Nur an einigen Stellen, an denen Marys Tinte sich durchgedrückt hatte, waren schwarze Punkte zu erkennen, die sich verteilten wie Fliegendreck.

*Was hat sie wohl geschrieben? Egal,* dachte er im selben Moment. *Es ist mir gleich, was sie geschrieben hat!* Der tintenverschmierte Daumen und Zeigefinger fuhren vor, packten den Brief und drehten ihn um.

*Lieber Seth,*

*ein Brief wird mir nicht die Möglichkeit geben, Dir ausführlich zu erläutern, was mich zu der Täuschung, die ich euch zugemutet habe, getrieben hat. Vielleicht verstehst Du es ein wenig, wenn ich es mit der Schreiberei vergleiche. Wie ich weiß, magst Du das Schreiben. Versuche Dir vorzustellen, man würde Dir das Schreiben verbieten. Für immer. Würdest Du nicht auch versuchen, wieder in den Besitz einer Feder und ein wenig Tinte zu kommen, um die Worte, die durch Deinen Kopf gehen, festzuhalten? So musst Du Dir meine Lage vorstellen. Ich liebe meine Arbeit, und ich durfte sie nicht ausüben. Und so habe ich jeden Preis in Kauf genommen, um mein Ziel zu erreichen. Ich habe mein Ziel erreicht, zumindest für eine Weile, aber ich habe erst, als nichts mehr rückgängig zu machen war, einen Gedanken daran verschwendet, dass ich damit viele Menschen in meinem Umfeld vor den Kopf gestoßen habe. Zu Hause habe ich meine Lieben im Ungewissen zurückgelassen. Auf dem Schiff habe ich die Menschen, die sich blind auf mich verlassen haben, von Anfang an belogen. Ich habe viel Schuld auf mich geladen.*

*Seth, Du kannst kaum ermessen, wie leid mir all dies tut, aber ich befürchte, dass ich immer wieder so handeln würde. Ich weiß nicht, ob Du meinem Versuch einer Erklärung folgen konntest oder möchtest, aber ich bitte Dich, mir zu erlauben, Dir ein Schreiben mitzugeben. Es ist an Landon Reed gerichtet, der ein Handelskontor in Plymouth betreibt. Da der Brief viele persönliche Gedanken enthält, habe ich ihn versiegelt. Bitte versteh das nicht falsch. Wichtig für Dich ist, dass ich ihn frage, ob er Dich in seinem Kontor zur Lehre aufnehmen kann. Ich habe Deine Leidenschaft für die Schreiberei, aber auch Deine Geduld, Deine Ausdauer, Deine Genauigkeit beschrieben und betont, dass Du ein sehr aufgeweckter junger Mann bist. Ich nehme an, die Navy wird nach Deiner Heimkehr für Dich sorgen, aber ob das in Deinem Sinne ist, kann*

*ich nicht beurteilen. Eventuell nimmt Landon Reed dich in die Lehre, dann hättest Du eine Wahl.*
*Lieber Seth, ich wünsche Dir aufrichtig das Allerbeste für Deine Zukunft und danke Dir von Herzen für die gemeinsamen Stunden, die wir miteinander verbracht haben. Nicht eine davon möchte ich missen.*

*Deine Mary Linley*

Seths Kinn und Lippen zitterten. Langsam stand er auf und legte den Brief wie auch die Schreibutensilien in die Kiste zurück. Der Druck in seinem Bauch war unerträglich geworden.

# *Tahiti, 16. Juni 1787*

Konzentriert zog sie den Stock durch den weißen Sand, mit dem der Boden der Hütte ausgestreut war. In wackeligen Linien fügte sich Letter an Letter, bis der Name T-U-P-A-I-A zu lesen war. »Ist das richtig so?«, fragte Revanui und schaute Mary an.

»Ja, so schreibt man den Namen deines Sohnes in unserer Sprache.«

»Schön sieht das aus.«

»Es ist auch ein schöner Name.«

Ein versonnenes Lächeln ging über Revanuis Gesicht.

Mary sah sich um. Owahiris Haus war großzügig geschnitten, es maß knapp vierzig Fuß an jeder Seite. Die Familie hatte Platz, mehr Platz, als ihr lieb war. Seit dem Fieber fehlten drei Mitglieder. Owahiris Mutter und zwei von Revanuis Schwestern waren der Krankheit erlegen. Sie hatten mit zu den letzten Opfern gehört, die sich das Fieber geholt hatte, als niemand mehr daran dachte, dass es noch einmal aufflackern könnte. Die leeren Schlafstellen, Revanuis verweinte Augen und Owahiris dumpfes Schweigen – der Schmerz hatte für Wochen eine Schneise in die Familie geschlagen, die unüberbrückbar schien. *Aber sie haben noch ihren Sohn,* dachte Mary. *Jeden Tag können sie ihn in den Arm nehmen und den Geruch seiner sonnengewärmten Haut und seines salzverkrusteten Haares riechen. Sie können erleben, wie er heranwächst.*

Mit dem Stock zog Revanui die Linien der Buchstaben nach.

»Vielleicht sollte ich mir diese Zeichen eintätowieren. Was denkst du?«

Mary nickte nur. Ihr Herz zog sich zusammen. Dass sie nach ihrer Genesung nicht in die Hütte am Strand zurückkehrte, war außer Frage gestanden. Die Familie hatte sie aufgenommen, in ihre Mitte, und doch war sie eine Fremde geblieben. Owahiri, Revanui, Tupaia – sie hatten einander. Und sosehr Mary den Gedanken daran mied, jede einsetzende Blutung führte es ihr vor Augen: Sie hatte kein Kind von Carl empfangen, Monat um Monat wurde das Gefühl der Leere in ihr erneut aufgerissen und drang aus ihr heraus.

Flugs wandte sie den Kopf ab und hielt das Gesicht in den Wind. Die Schmalseiten des Hauses waren offen und ermöglichten einen Ausblick, der überwältigend war. Gen Norden konnte man den Strand einsehen und die türkisfarbene Lagune. Im Süden lag das Viapoopoo-Tal, in der Entfernung erhob sich der Orohena mit seinen Schluchten und grob aufragenden Felsen.

Das Schlimmste waren die Nächte, denn in ihren Träumen tauchten sie alle wieder auf. Carl, William, Henriette. Auch der Vater war ihr erschienen, und selbst von Landon Reed und James Canaughy hatte sie geträumt. Immer wieder ähnelte sich die Szene: Die Lebenden und die Toten saßen beisammen. In Plymouth, im Garten hinter dem Haus, neben dem wilden Wein. Der Tisch war gedeckt, nur ein Platz blieb frei, und gemeinsam warteten sie darauf, dass Mary zurückkam. Mehrfach war sie aus diesem Traum aufgeschreckt, auch in dieser Nacht.

Die Sonne stand im Zenit, als sie sich erschöpft erhob und zu ihrer Matte hinüberging. Eine kleine Mittagsruhe würde ihr guttun. Tagsüber blieb ihr Schlaf seltsam traumfrei. Ihr Blick wanderte am Kap Venus entlang über das Riff hinweg.

Das Schiff war noch weit entfernt. Es würde dauern, bis es die Enge in die Bucht hinein passieren würde.

Sie legte sich nieder, schloss die Augen und schlug sie wieder auf.

Ein Schiff?

Ein Schiff!

Am Horizont war ein Schiff zu erkennen!

Ein Dreimaster mit Kurs auf die Insel.

Mary sprang auf und lief vor die Hütte, um besser sehen zu können. *Egal, woher die Mannschaft kommt, sie muss mich mitnehmen. Selbst wenn sie mich in Batavia oder am Kap der guten Hoffnung absetzen, habe ich von dort immer noch mehr Chancen weiterzureisen.*

Ein ums andere Mal hatte sie den Plan im Kopf durchgespielt: Sobald ein Schiff auftauchen würde, musste sie die Arbeiten abbrechen und alles in Kisten verstauen. Sie wusste, es würde noch eine Weile dauern, bis die Mannschaft den Strand erreichte. Ihr blieb genug Zeit, ein Bad zu nehmen, das Haar zu ölen und mit einem Stab im Nacken zusammenzustecken, den beigen, bodenlangen Rock anzulegen und das Schultertuch über das verbliebene, von ihr geschonte Hemd zu werfen. Rock und Tuch hatte sie, nachdem die Reiseausstattung zerschlissen war, in Anlehnung an die englische Mode aus dem Stoff der Tahitianer für diesen Augenblick, ihre Abfahrt, selbst gefertigt.

Noch einmal blickte sie zum Horizont.

Ihr blieb genug Zeit, einen kultivierten Eindruck zu erwecken.

Als ihr Fuß die Planke berührte, wich die Besatzung der *Challenge* zurück. Schweigend rückte die Meute zusammen und nahm Mary von Kopf bis Fuß in Augenschein. Gut fühlte sie sich, und ihr Auftreten war ruhig und sicher. Ihr Blick streifte die Männer, und sie senkten die Köpfe oder sahen auf das Wasser hinaus.

*Die alten Geschichten, dass Frauen an Bord das Verderben mit sich bringen, sind lebendig und sicher im Vorfeld tüchtig beschworen worden,* dachte Mary und musterte Kapitän Fairbanks, der ihr den Arm reichte. *Ohne Frage, er ist ein mutiger Mann. Es liegt auf der Hand, dass bei der kleinsten Begebenheit die Mannschaft aufbegehren und mir, der Frau an Bord, die Schuld an allen widrigen Vorkommnis-*

*sen zuweisen wird. Flaute, raue See, verdorbenes Essen – alles werden sie mir zum Vorwurf machen. Und Fairbanks wird die Verantwortung tragen und seine Männer zwingen müssen, sich dem Auftrag, mich nach England zu bringen, zu beugen.*

Die Seesoldaten trugen ihre Musketen geschultert. Sicherlich sollten sie die Mannschaft in Schach halten, bis Mary an Bord gekommen und ihr Gepäck verladen worden war.

Eine Gänsehaut lief ihr den Rücken herab.

Es war still, zu still.

Kapitän Fairbanks führte sie auf das Achterdeck, und kaum waren sie außer Hörweite der Mannschaft, sagte er: »Ihr werdet verstehen, dass ich darum bitten muss, dass Ihr Euch in erster Linie in der Kajüte und in der Offiziersmesse aufhaltet. Das Deck betretet Ihr vorerst nicht ohne Begleitung eines Seesoldaten. Und wann diese Vorsichtsmaßnahme endet, das werde ich entscheiden.«

Mary nickte. Sie schaute aus dem Fenster. Die Palmen winkten im Wind.

# Plymouth, 7. September 1787

Leise läuteten die Türglocken, als Landon das Kontor betrat. Kurz nickend eilte er am Pult des Vorstehers vorbei, der den Kopf hob und ihm einen Brief entgegenhielt: »Entschuldigt, Mr. Reed, das hier wurde für Euch abgegeben.«

Er warf einen Blick auf die Schrift und verzögerte den Schritt. Die Bögen und die Linienführung, sie erschienen ihm vertraut. Er wendete das Kuvert. »Mary Linley« stand dort als Absender.

»Wer hat diesen Brief abgegeben?«, rief er durch das Kontor und hastete zum Pult des Vorstehers zurück.

»Ein Junge. Er wollte Euch sprechen, aber ich habe ihm erklärt, dass er wiederkommen kann, und wenn Ihr ihn dann zu sprechen wünscht …«

»Wann war der Junge da?«

»Das ist noch nicht lange her. Er hat noch eine Weile vor dem Kontor herumgelungert. Knapp fünf Fuß hoch, blondes Haar, Sommersprossen.«

Landon riss die Tür auf und sah die Straße hinab. Reisedroschken, Postkutschen, fliegende Händler und Passanten drängten sich hier aneinander vorbei. Dennoch erblickte er sofort einen Blondschopf, der nicht weit entfernt auf einer Mauer saß, die Beine baumeln ließ und dem Treiben zusah. Zwei Frauen hatten seine Aufmerksamkeit auf sich gezogen, nur kurz schaute er zum Kontor herüber. Als ihre Blicke sich trafen, riss er die Augen auf, sprang von der Mauer und zog seine Jacke zurecht. Landon winkte ihm zu.

»Landon Reed«, sagte er, als der Junge vor ihm stand.

»Seth Bennetter.« Sein Oberkörper deutete eine Verbeugung an. Wortlos drehte Landon sich um und betrat das Kontor.

Er hatte Tee servieren lassen und den Brief ungeöffnet auf den Tisch vor sich gelegt. Der Junge saß auf der äußeren Kante des Stuhles vor seinem Tisch und hielt seine Mütze in den Händen. Unentwegt kneteten die Finger den Stoff. Der Blick der auffällig blauen Augen huschte unruhig durch den Raum, zu ihm zurück, dann wieder auf den Brief, um erneut ins Zimmer zu entschwinden.

»Woher hast du diesen Brief?«

Der Junge zuckte zusammen.

»Den habe ich von Miss Linley. Wir waren gemeinsam auf der *Sailing Queen*.«

Auch wenn William Middleton von nichts anderem gesprochen hatte, auch wenn Landon unzählige Male den Gedanken durchgespielt und ihn irgendwann für möglich gehalten hatte, traf ihn die schlichte Aussage wie ein Faustschlag. Er räusperte sich. »So, Miss Linley«, er zögerte und suchte die richtigen Worte, »Miss Linley ist also mit euch gereist. Das ist ja schön, wenn eine Frau mit an Bord eines Schiffes ist, oder?«

Das Gesicht des Jungen blieb ausdruckslos. »Ich weiß nicht«, murmelte er.

»Warum? Was meinst du?«

»Naja, sie war, naja, sie war erst ein Mann. In Tahiti haben es die Wilden bemerkt.«

»Dass sie eine Frau ist?«

Ein Nicken.

Landon beschloss, den Jungen nicht weiter mit seinen Fragen zu bedrängen. Er öffnete den Brief. *William Middleton, ich verneige mich vor dir, alter Mann,* dachte er, *du kennst Mary gut. Wirklich gut.*

Er faltete das Papier auseinander. Ein zweiter, kleinerer Umschlag fiel heraus, der an Henriette Fincher adressiert war. Wenn der Junge die Geschichte kennt, kennt sie auch die gesamte Besatzung der *Sailing Queen*. Sie wird schneller durch die Salons gehen als eine Pockenepidemie durch die Stadt. Ich muss Henriette und William informieren. Er seufzte, strich das Papier glatt und erkannte die feine, steilgeschwungene Handschrift, die immer wieder in den Schriften der Wunderkammer auftauchte.

*Lieber Landon,*

*dieses armselige Papier wird nicht ausreichen, das Schuldgefühl, das ich Dir gegenüber mit mir herumtrage, in Worte zu fassen. Ich habe eine Ahnung, was ich Dir angetan habe, als ich heimlich die Stadt verließ. Doch ich musste diesen Schritt gehen, um meiner Berufung zu folgen. Tatsächlich ist es ist mir gelungen, wissenschaftlich zu arbeiten, mich durchzusetzen und für meine Leistung die entsprechende Anerkennung zu bekommen.*
*Es würde mich glücklich machen, Dir auch nur den Hauch einer Ahnung vermitteln zu können, welche Verzweiflung mich damals bewogen hat fortzugehen. Solltest Du mir nicht verzeihen können, so kann ich das verstehen, dennoch möchte ich Dich bitten, Dir kurz die Zeit zu nehmen und den Brief bis zum Ende durchzulesen. Denn ich habe, auch wenn es unverfroren und vielleicht ein Stück weit anmaßend ist, eine Bitte an Dich.*
*Du hast diesen Brief – so hoffe ich – von Seth Bennetter erhalten, der als Schiffsjunge an Bord der Sailing Queen war. Er ist aufgeweckt und wissbegierig, vernarrt in das Schreiben, ein Talent im Rechnen und hat mir bei meinen Arbeiten geholfen. Ihn zeichnen Geduld und Akribie aus, und er ist ein Junge, der mit seinem Intellekt und seiner Gutherzigkeit sicherlich perfekt als Lehrling in*

*Dein Kontor passen würde. Er hat ein schweres Schicksal erlitten: Auf der Reise verlor er Vater und Bruder. Seine Mutter verschied bereits vor der Abreise, und andere Verwandte sind ihm nicht bekannt. Auch wenn eine Laufbahn in der Seefahrt für ihn sicherlich einzurichten ist, vermute ich, dass dies nicht seinem Wunsch entspricht. Wenn Du Dir vorstellen kannst, den Jungen bei Dir in Lohn und Brot zu nehmen, dann würdest Du nicht nur mir ein großes Glück bereiten, sondern sicherlich auch ihm.*
*Davon ausgehend, dass ich irgendwann die Heimat wieder erreiche, und darauf hoffend, dass Du dann noch mit mir sprichst, verbleibe ich mit dem größten Dank für Deine Geduld, mit der Du meinen Ausführungen bis hierher gefolgt bist,*

*Deine Mary*

*PS: Würdest Du den Brief an Henriette weiterleiten oder Seth bitten, ihn vorbeizubringen?*

Seth. Seinen Namen hatte der Kleine genannt, doch er war ihm bereits wieder entfallen. Seit er den Brief geöffnet hatte, hatte sich der Junge nicht mehr bewegt, den Tee nicht angerührt und den Blick nicht von seinem Gesicht genommen.

Landon wusste nicht, ob ihm zum Lachen oder zum Fluchen zumute war. Er wusste nicht, ob er Marys Bitte als unangemessen oder schlichtweg als ungewöhnlich, aber damit typisch für sie beurteilen sollte. Nochmals blickte er auf den Jungen und seufzte.

# Tahiti, 9. September 1787

Owahiri nahm die Kokosnuss, die mit Wasser gefüllt war, und spülte seine Hände ab. Er reichte die Schale an seinen Bruder weiter, der sich ebenfalls die Hände wusch, und erst dann begannen sie, schweigend zu essen. Gebackenen Fisch mit Bananen und Schweinefleisch hatten sie sich zubereitet, ein Gericht, das beide mochten, doch heute stocherten sie lustlos darin herum. Irgendwann schlugen sie die Bananenblätter über den Resten zusammen, schoben sie beiseite und wuschen sich erneut die Hände. Noch immer hatten sie kein Wort gesprochen, es gab nichts zu sagen.

Owahiri streckte sich auf seiner Matte aus, verschränkte die Arme im Nacken und starrte in den Himmel, der sich tiefblau mit wenigen Wolken, die leicht zerfaserten, über ihn spannte. Die Kinder spielten, und der Wind zerriss ihr Gelächter. Trotz der Müdigkeit kreisten die Gedanken in seinem Kopf und ließen ihn keine Ruhe finden.

Der Abschied von Mary lag bald drei Monde zurück und setzte ihm noch immer zu. So wie ihm jeder Abschied zusetzte. Während die meisten Bewohner der Insel es begrüßten, wieder unter sich zu sein, blieb bei ihm ein schaler Nachgeschmack zurück. Auch wenn die Fremden längst außer Sichtweite waren, war immer etwas von ihnen zurückgeblieben. Die gewölbten Leiber der Frauen, denen Kinder mit hellen Augen entschlüpften, legten nach jeder Abfahrt beredtes Zeugnis davon ab.

Auch nach diesem Besuch war erneut Streit um die Mitbringsel entstanden. Erst gestern war Tupaia mit einem Schuh nach Hause gekommen, wie ihn die Fremden trugen. Immer wieder hatte der Junge seinen Fuß hineingeschoben und versucht, damit zu laufen. Als seine Knie vom Hinfallen blutig geschlagen waren, hatte Revanui ihm den Schuh weggenommen. Löcherig war er gewesen und hatte so erbärmlich gestunken, dass sie ihn wutentbrannt ins Feuer geworfen hatte. Tupaia hatte geschrien, seine kleinen Hände zu Fäusten geballt und versucht, seine Mutter zu schlagen. Owahiri wurde flau, als er das Bild vor seinem geistigen Auge noch einmal sah. Die Wut in den Augen des Kleinen hatte ihn zutiefst erschüttert.

Inzwischen sprach nicht nur Revanui davon, dass die Fremden ihr Untergang werden würden.

Ein unvorstellbarer Gedanke.

Inzwischen hatte auch er bemerkt, dass zunehmende Missgunst die Männer und Frauen seines Volkes umtrieb. Sicherlich würden die Gemüter sich beruhigen, die Mitbringsel würden irgendwann ihren Reiz verlieren und im Buschwerk landen. Auch die Kinder mit den hellen Augen würden heranwachsen wie alle anderen Kinder der Insel auch.

Ihn beunruhigte vielmehr der Gedanke daran, dass Mary und Carl Spuren hinterlassen hatten. Sichtbare Spuren wie ein mit Korallen bedecktes Steingrab und eine halb verfallene Hütte am Strand, die inzwischen von den Kindern zum Spielen genutzt wurde. Doch entscheidend waren die unsichtbaren Spuren, die sie in ihm zurückgelassen hatten. Die Leere, die er fühlte, wenn er an die kommenden Tage dachte, machte ihn ruhelos. Keine Fragen mehr, keine Wanderungen durch unwegsame Lichtungen, keine Bootstouren auf die Inseln der Umgebung. Kein Austausch mehr über die unterschiedlichen Welten, aus denen sie kamen, über den Bootsbau, die Behandlung von Krankheiten und die Zubereitung von Speisen. Nirgends mehr würde er auf Mary treffen, die, ins

Malen oder Schreiben vertieft, sein Kommen nicht bemerkte und aufschrak, sobald er neben ihr Platz nahm. Jeder Tag war anders, jeder Tag war anregend gewesen, und jetzt blieb ihm nichts als der Alltag.

Auch wenn die anderen Zeit und Ruhe brauchten, wieder in ihren Alltag zu finden, und die Götter beschworen, es mögen keine Schiffe mehr über das Meer gefahren kommen, die ihnen Krankheiten und Streit brachten, er würde warten. Darauf warten, dass erneut ein Schiff erschien, und er war sich sicher, dass eines auftauchen würde. Und wieder würden fremde Menschen die Insel betreten und seine Gedankenwelt bereichern.

Sehnsüchtig fragte Owahiri sich, was die eckigen Weißgesichter dann wieder an Anregung und Abwechslung mit sich bringen würden. Vielleicht, aber das galt es mit Revanui und Tupaia abzustimmen, würde auch er sich einmal auf einem der großen Schiffe nach England mitnehmen lassen.

# Plymouth, 10. September 1787

Sie schritten durch den Garten. Nur im Schatten ließ sich die ungewöhnliche Hitze ertragen, die der Herbst in diesem Jahr bereithielt. Selbst den Vögeln schien es zu heiß, ihre Lieder zu singen, eine brütende Stille lag über allem.

Mrs. Fincher trug trotz der ungewöhnlichen Temperaturen ein hochgeschlossenes, dunkles Damastkleid, das mit feinen Ornamenten durchwirkt war. Die Jahreszeit hatte ihren Teint rosiger gemacht, der sanfte Farbton auf den Wangen nahm jedoch nicht die Strenge von ihren Zügen.

»Was führt Euch nach so langer Zeit zu mir?«, fragte sie, während sie stehen blieb und eine vertrocknete Blüte aus einem Rosenbusch zupfte.

Kurz sah Landon sich um. Rosen, nichts als Rosenbüsche. Akkurat gestutzt und eintönig nach Farben gepflanzt. Er räusperte sich. »Mrs. Fincher, ich habe um ein Gespräch gebeten, um Euch dies hier zu übergeben.« Mit kalten Fingern zog er das Kuvert aus seinem Mantel.

An ihrem Blick sah er, dass sie die Schrift sofort erkannte. Den Brief rührte sie nicht an und zupfte stattdessen eine zweite Blüte aus dem dornigen Busch.

»Sie lebt?«

Landon nickte.

»Gut«, flüsterte sie. »Ich habe es gewusst.«

»Wenn Ihr den Brief erst einmal in Ruhe lesen möchtet, können wir dieses Gespräch auch gern zu einem anderen Zeitpunkt fortsetzen.«

»Ich möchte diesen Brief jetzt nicht lesen, ich möchte wissen, woher Ihr ihn habt.«

*Das hättest du dir ausrechnen können, dass sie dich nicht einfach gehen lässt, dass sie nachhakt. Es gibt kein Zurück, du wirst ihr jetzt die ganze Wahrheit sagen müssen.* »Ein Schiffsjunge, der auf der *Sailing Queen* mitreiste, überbrachte ihn mir. Dort hatte Mary angeheuert.«

Er zögerte. *Sag es ihr,* beschwor er sich, *du musst es ihr sagen.* Kurz sog er die Luft ein und fuhr dann fort, ohne Mrs. Fincher aus den Augen zu lassen. »Sie hat sich als Mann verkleidet. Als Gehilfe des Botanikers war sie tätig, und noch immer scheint sie sich zu Forschungszwecken im Stillen Ozean aufzuhalten.« Er spürte die Brutalität seiner Worte und wünschte, es langsamer angegangen zu sein. Über Tage hatte er im Kopf die Sätze formuliert, behutsame Formulierungen, um ihr die Wahrheit beizubringen, und herausgekommen war eine sachliche und schonungslose Zusammenfassung der Umstände.

Jegliche Farbe war Henriettes Wangen entwichen. Sie starrte auf die weißen Blütenköpfe. Auf ihrem Hals hatten sich rote Flecken gebildet. »Sie ist … Sie hat …« Kopfschüttelnd unterbrach sie sich.

»Mrs. Fincher, es geht noch weiter. Sie wurde auf Tahiti enttarnt, und die gesamte Mannschaft kennt diese Geschichte. Ich fürchtete schon, sie sei mir vorausgeeilt und hätte Euch längst erreicht.«

»Nein, das hat sie nicht. Doch das sind jetzt sehr viele Informationen auf einmal. Ich danke Euch dafür, dass Ihr mir diese Nachricht überbracht habt. Sollte ich noch Fragen haben, würde ich gern William nach Euch schicken, wenn es recht ist?« Sie trat auf Landon zu, nahm ihm den Brief aus der Hand und wandte sich ab.

William stand in der Tür zum Garten, als Landon sich dem Haus näherte. »Braucht sie etwas?«, fragte er nur.

»Zeit wird sie brauchen, um die Neuigkeiten zu erfassen.«

William nahm den Blick nicht von der reglosen Silhouette vor den Rosenbüschen. »Es ist so, wie wir es angenommen haben, oder? Sie war an Bord, nicht wahr?«

Landon nickte.

»Dann müssen wir jetzt nur noch auf ihre Rückkehr warten«, sagte William leise und lächelte.

# Land's End, 22. Mai 1788

Gnadenlos verbiss sich der Wind in der dicken Jacke und fuhr selbst noch durch die darunterliegenden Schichten wärmender Wolle. Mary schlang die Arme um ihren Oberkörper. Trotz der Kälte waren auch viele Männer der Freiwache an Deck. Englands Küste konnte augenblicklich auftauchen, und offensichtlich wollte kaum jemand die Ankunft in der Heimat verpassen.

Eines der Bramsegel riss mit einem knallenden Geräusch auseinander. Lose flatterten die Stofffetzen im Wind. Am Tag zuvor hatte der Zimmermann erst einen Bruch in der Großmars notdürftig geflickt. *Das Schiff ächzt in jeder Planke. Die Masten sind morsch, die Segel können dem Wind nicht mehr standhalten. Wie wohl der Kiel aussieht? Von Würmern zerfressen, und was noch nicht zerfressen wurde, ist durchgefault. Hoffentlich erreichen wir bald Land, dieses Schiff hat seinen Dienst getan,* dachte Mary. Vor Kälte zitternd rieb sie die Hände aneinander.

»Wir werden jeden Moment Land sehen können.« Kapitän Fairbanks lehnte sich neben sie und stützte die Arme auf der Reling ab. Der Seesoldat, der, sobald Mary das Deck betrat, stets an ihrer Seite blieb, zog sich zurück. Auch nach den Monaten der gemeinsamen Reise, in denen sich die Mannschaft ihr gegenüber vortrefflich verhalten hatte, ließ der Kapitän nicht von dieser Anordnung ab.

In springenden Wellen jagte das Wasser blaugrau am Schiff

vorbei. Nirgends waren Äste, ein größeres Stück Holz oder gar ein Baumstamm auszumachen. Sie hob den Blick gen Himmel, der sich tief herabsenkte. Kein Vogel, kein Insekt. »Woher wisst Ihr so genau, dass bald Land zu sehen ist?«

Der Anflug eines Lächelns war in den Mundwinkeln des Kapitäns erkennbar. »Diese Aussage ist das Ergebnis von Berechnungen, dem Lauf der Wellen, dem Geruch der Luft und meinem Gefühl. Vielen Kapitänen ergeht das ebenso. Sie spüren und riechen Land, bevor sie es sehen. Das bringt die langjährige Erfahrung mit sich.«

Der Segelmacher lief an ihnen vorbei, das Bramsegel unter dem Arm.

»Wollen wir hoffen, dass wir unsere Ankunft noch erleben«, sagte der Kapitän. Er zwirbelte die Spitze seines Bartes und schaute Mary direkt an. »Genug der Scherze. Dass das Schiff in einem besorgniserregenden Zustand ist, wird Euch aufgefallen sein. Doch das soll nicht Eure Sorge sein.«

Er ließ die Bartspitze los, und der Wind riss die ineinandergedrehten Haare auseinander.

»Ich möchte wissen, ob wir Euch, bevor wir in Plymouth einlaufen, von Bord bringen sollen? Vielleicht möchtet Ihr erst einmal unerkannt nach Hause reisen.« Er griff sich wieder an seinen Bart.

»Lasst mich die Frage andersherum formulieren: Möchtet Ihr, dass ich früher von Bord gehe? Ist Euch der Gedanke unangenehm?«

Der Kapitän schüttelte den Kopf. »Nein, da täuscht Ihr Euch, es geht mir um Euer Wohlbefinden.«

Vor ihrem inneren Auge sah Mary die Kisten, die im Ladedeck einen Großteil des Raumes einnahmen. Pflanzen, Samen, Insekten, Felle, Gesteinsproben, Waffen und Gebrauchsgegenstände aus ungezählten Regionen dieser Welt. Skizzen, Zeichnungen und Texte, zum Teil noch von Carl aufs Papier gebracht. Ihr wurde warm ums Herz. Kostbarstes Gut, das sie nach Hause brachte und das sie nicht alleinlassen konnte. Tag für Tag hatte sie während der Heimreise am kleinen Tisch in ihrer beengten Kajüte gesessen und weiter daran gearbeitet. »Habt Dank für Eure Fürsorge, aber ich möchte in Plymouth von Bord gehen.« *Ich werde es jetzt zu Ende bringen. Mit aller Konsequenz,* dachte sie und zuckte zusammen, als zeitgleich der Ruf erscholl: »Land in Sicht!« *Das ist das letzte Mal, dass ich diesen Ruf höre.* Sie schaute zum Horizont.

Der Kapitän legte ihr die Hand auf die Schulter, drückte sie und eilte davon.

Marys Augen brannten vom Wind und konnten doch nichts entdecken. Der Horizont blieb öde und leer.

»Da, da hinten. Es ist kaum zu erkennen.« Der Arm des Matrosen neben ihr fuhr vor und deutete in den Dunst.

Ein Schatten.

Ein farbloser Schatten, der erste Konturen annahm. Die Klippen von Land's End schälten sich mit jeder Sekunde, die verging, deutlicher aus dem Grau heraus.

Unruhe brach aus. Ein Großteil der Mannschaft kletterte in die Masten, sodass Mary fürchtete, das Schiff könnte topplastig werden. Trauben von Männern hingen in der windigen Höhe, umklammerten die Wanten und ließen den Schatten nicht aus den Augen.

Kein Gejohle ertönte, keine Mützen, die in die Luft geworfen wurden, keine Lieder, die angestimmt wurden. Regungslos schaute ein jeder aufs Wasser hinaus, der Heimat entgegen, und malte sich sein Wiedersehen mit der Familie und Freunden aus.

*Carl, was wäre gewesen, wenn wir gemeinsam die Rückfahrt angetreten hätten? Auch wenn ich weitergesammelt habe, wie viel prachtvoller wäre unsere Sammlung heute? Wie wäre es, jetzt deinen Arm zu spüren, mich gegen deinen wärmenden Körper zu lehnen. Sicherlich würden wir beide gerade jetzt gemeinsam daran denken, von nun an in der Gesellschaft als Paar aufzutreten. Sir Carl Belham und Miss*

*Mary Linley. Vielleicht würden wir beide gerade jetzt daran denken, eine Familie zu gründen und das vermutlich erste Forscherehepaar der Welt zu werden.*

Ihre Finger gruben sich in die Hosentasche, spürten das kalte Metall des Medaillons, die feinen Linien auf dem Deckel, seine ovale Form. Ihre Hand schloss sich.

*Aber so ist es nun: Wir haben keine Rückfahrt mehr angetreten. Ich komme allein, bin ohne dich schutzlos, und das werden sie mich sicher spüren lassen.*

# Plymouth, 24. Mai 1788

Sie strich noch einmal die Wäsche glatt und richtete sich auf, senkte den Deckel der Kiste und schob die Schlösser zu. Da war dieser unangenehme Druck in ihrem Hals, die Adern, in denen das Blut pulsierte, als wären sie zu klein geworden. Es war zu kühl für das tahitianische Kleid, doch sie hatte keine Wahl. Das Haar trug sie zusammengebunden, der Mode entsprechend, die sie aus der Zeit der Abreise in Erinnerung hatte.

Bei Falmouth, als sie den Hafen passierten, hatte ein Dreidecker der Königsflotte beigedreht, die Zweiunddreißig-Pfünder geladen und das weitgereiste Schiff mit Salutschüssen begrüßt. Stolz hatte Mary in diesem Augenblick erfüllt. Stolz auf die Mannschaften der *Sailing Queen* und der *Challenge* und die großartigen Kapitäne, die so anders waren als der Ruf ihres Berufsstandes. Und Stolz darauf, nach England zurückzukehren. Stolz, die Welt umrundet zu haben.

Wo war dieser Stolz geblieben? Selbst der Versuch, sich die Detonationen der Salutschüsse, das leichte Vibrieren des Schiffes in Erinnerung zu rufen, bewirkte nichts. In ihr regte sich nichts. Durch das Bullauge konnte sie den Leuchtturm erkennen.

Musik ertönte. Unzählige Menschen warteten im Hafen, winkten und suchten mit ihren Blicken das Deck nach ihren Liebsten ab.

Die Kette wurde herabgelassen, die Musik schepperte, schief

und laut, ein liebevoller Gruß, der das Herz erwärmte. Spitze Schreie von Frauen und Kindern ertönten, Männerstimmen antworteten.

*Wie soll ich den Menschen dort draußen gegenübertreten? Wenn sie schon vor meiner Abreise nicht gewusst haben, was sie von einer Frau wie mir halten sollen, wie wird es ihnen dann jetzt ergehen? Wie soll ich Moral, Anstand und Etikette noch ernst nehmen? Sieht denn niemand, womit man sich hier belastet? Mit was für Unsinnigkeiten das Leben schwer gemacht wird?*

Mary strich das Kleid zurecht und legte den Umhang um. Sie konnte nicht ewig in der Kajüte ausharren.

Kapitän Fairbanks kam ihr entgegengelaufen, als sie das Deck betrat. »Ich suche Euch schon überall«, rief er. »Darf ich bitten?« Er hielt ihr den Arm entgegen und führte sie zur Laufplanke, die mit jedem Schritt auf und ab federte. Sie atmete tief durch, reckte den Rücken und hob das Kinn. Kurz darauf berührte ihr Fuß festen Boden.

Englands Boden.

Männer, die sie nie zuvor gesehen hatte, prächtig herausgeputzt, begrüßten den Kapitän, darunter auch Männer in Navy-Uniformen. Marys Puls schlug so derb und laut, dass sie ihn in ihren Ohren spürte und dass keine der Begrüßungen sie erreichte. Sie knickste, sie lächelte, sie nickte. Das Einzige, was sie immer wieder verstand, waren Kapitän Fairbanks' Worte: »Sir, das ist Mary Linley, Ihr hörtet sicherlich bereits von ihr.«

*Das Begrüßungskomitee ist abgeschritten. Sie haben mich gehen lassen. Erst einmal. Ich habe etwas Zeit gewonnen,* dachte sie wenig später und spürte das Zittern ihrer Knie.

Der Kapitän schaute sie an. »Danke«, flüsterte sie, dann drehte er sich um und verschwand, um einen der Honoratioren der Stadt zu begrüßen.

Sie stand in der Menge, die Menschen drängten an ihr vorbei, und niemand nahm Notiz von ihr. Vielleicht hielt man sie für die

Ehefrau eines Offiziers, die man in Falmouth an Bord genommen und das Stück hatte mitreisen lassen.

Ein Mann hob einen kleinen Jungen auf seine Schultern, eine Frau weinte, lachte und winkte. Kinder drängten sich vorbei, um in den ersten Reihen bessere Sicht zu erlangen.

Müde war sie. Der Puls hatte das Rasen, die Beine das Zittern aufgegeben, und zurückgeblieben war nichts als bleierne Müdigkeit. Wieder ließ sie ihren Blick schweifen. *Niemand ist gekommen, um mich zu begrüßen. Kein Wunder, woher sollen sie wissen, dass ich auf diesem Schiff bin? Dass ich lebe? Ich bin gestorben für sie, irgendwann in den letzten Jahren bin ich für sie gestorben. Wo soll ich mich hinwenden?*

*Henriette.*

*Mehr bleibt mir nicht, auch wenn sie mir sicherlich die Tür vor der Nase zuschlägt.* Den immer noch in den Hafen eilenden Menschen entgegen, schob sich Mary durch das Gedränge.

Es waren die Augen, die sie zuerst entdeckte. Die dunklen Augen, mit dem warmen, alles durchdringenden Blick. Kurz sahen sie einander an, dann schoben sich zwei eingehakte Frauen vor ihn und nahmen ihr die Sicht.

William. Er war es.

Mary drängte zur Seite, stellte sich auf die Zehenspitzen und sah den winkenden Arm. Er hatte sie erkannt.

Den Rock angehoben, lief sie auf ihn zu. Die Falten hatten sich tief in seine Haut gegraben, das Haar war schütter geworden, und seine gesamte Erscheinung wirkte noch dünner, fast hager. Aber er war es. William Middleton. Der warme Ton seiner Stimme umarmte sie: »Willkommen, Miss Linley. Darf ich Euch bitten, mir zu folgen.«

»William. Du bist hier. Wie geht es dir?« Sie blieb vor ihm stehen, lachte und legte ihre Hände um seine und hielt sie fest. »Wo fahren wir hin?«

Das letzte Mal, dass sie Henriettes Haus besucht hatte, war zur Beisetzung des Onkels gewesen. Viel verändert hatte sich seitdem nicht. Der Eingangsbereich hatte etwas Rustikales, etwas Warmes, Gemütliches, so wie es der Onkel in seiner Bodenständigkeit gern gemocht hatte.

William nahm ihr den Umhang ab, und sein Blick blieb an ihrem Kleid hängen.

»Das ist selbst gefertigt. Etwas anderes hatte ich nicht dabei.«

»Ich weiß«, sagte William, und Mary spürte, wie sich das Schuldgefühl warm in ihrer Magengrube ausbreitete. Dann schritt er zur Flügeltür am Kopf des Flures. »Bitte, tretet ein.«

Henriette saß vor dem Feuer, in einem Sessel. Keine Handarbeit, kein Buch auf dem Schoß.

*Sie hat unsere Ankunft erwartet.*

*Nein. Sie hat auf mich gewartet.*

Mary knickste. *Was soll ich sagen? Wie geht es dir? Nichts als eine Phrase, so hohl und leer. Das kann ich nicht machen. Was erwartet sie von mir? Was erhofft sie sich zu hören?* Nach wenigen Schritten blieb sie unschlüssig im Raum stehen.

»So, da bist du wieder. Setz dich bitte zu mir«, sagte Henriette und winkte Mary heran. »William, gern würden wir einen Tee zu uns nehmen.«

Er nickte, schob den Stuhl zurecht und wartete, bis Mary Platz genommen hatte. Erst dann verließ er das Zimmer.

Es war ein unangenehmes, ein betretenes Schweigen, das sich ausbreitete. Ein Schweigen, das sie nur mit ihren Blicken zu füllen vermochten. Eine Ewigkeit erschien es Mary, in der die eine das Gesicht der anderen abtastete und dann doch nichts zu sagen hatte. Henriette war Henriette geblieben, und Mary war als Mary zurückgekehrt.

Irgendwann senkte Henriette den Blick und schaute auf ihre Hände, die sie, wie zum Gebet ineinander verschränkt, im Schoß liegen hatte. Ohne den Kopf zu heben, ergriff sie das Wort: »Viele Menschen, die dir nahestanden, haben sich große Sorgen gemacht. Aber was sage ich dir? Du bist eine kluge Frau, du wirst darum gewusst haben, und du hast es in Kauf genommen. Das war der Preis, den wir zahlen mussten. Ich hoffe nur, dass du erreicht hast, was dir wichtig war.«

»Ich werde das erklären können und mich darum bemühen, wiedergutzumachen, was ich angerichtet habe«, warf Mary eilig ein, und ihre Wangen begannen vor Scham zu brennen. Armselig klangen ihre Worte.

»Du wirst nichts wiedergutmachen müssen«, warf die Tante ihr müde hin. »Ich habe jedem, der nach dir fragte, erzählt, dass du bei Verwandten in Colchester lebst. Und bei dieser Version möchte ich bleiben: Du bist gerade wieder aus Colchester angereist.«

»Jeder wird erfahren, dass ich an Bord eines Schiffes war.« Mary sprang auf.

»Niemand wird sich dafür interessieren, was ein paar versoffene und verdreckte Matrosen in ihren Kaschemmen von sich geben.«

»Nein, Henriette, es geht nicht darum, was ein paar Matrosen erzählen werden. Ich war an einer großen Forschungsarbeit beteiligt, und überall, auf bald jedem Bogen, taucht auch mein Name auf. Man wird das nicht ignorieren können. Außerdem habe ich die Aufgabe, die Ergebnisse dieser Arbeit der Royal Society zu übergeben, und das werde ich tun.«

»Also geht es wieder nur darum, was du willst?«

»Nein, das ist ein letzter Wunsch, den ich jemand anderem erfülle. Dem auf der Reise verstorbenen Botaniker Sir Carl Belham. Du hast mich gefragt, ob ich erreicht habe, was ich wollte. Ja, Henriette, ich konnte von Vater Abschied nehmen. Ich habe so viel erlebt und so viel gelernt und auch, was meine Arbeit betrifft, mehr erreicht, als ich mir je hätte träumen lassen. Aber ich habe auch ebenso viel verloren. Auch ich habe meinen Preis gezahlt. Das Leben ist so vergänglich, es ist so kostbar, zu kostbar, es mit

Lügen zu verstellen, ich wäre in Colchester gewesen.« Sie biss sich auf die Lippen und fühlte ihr Herz hämmern.

Henriette blickte noch immer auf ihre Hände und schwieg.

»Ich werde nicht leugnen, wo ich war. Das kann ich nicht. Dafür ist zu viel geschehen.«

Die Tür öffnete sich und William kam herein. Er trug ein Tablett, auf dem zwei Gläser mit goldbraun schimmerndem Tee standen und einen Hauch Behaglichkeit verbreiteten.

Henriette sah auf. »Gut, dann wäre ja alles gesagt. Lass mich nachdenken. William wird dir derweil dein Zimmer zeigen. Erfrisch dich bitte, im Schrank findest du Wäsche und Kleider.«

*Es hat sich nichts geändert,* durchfuhr es Mary. Ihr wurde kalt.

# *Plymouth, 27. Mai 1788*

Als das Schiff am Horizont aufgetaucht war, hatte sich, wer laufen konnte, auf den Weg zum Hafen gemacht, um die Ankunft mitzuerleben. Beständig legten Schiffe in Plymouths Hafen an, auch weitgereiste. Selten war eines davon ein Grund, es mit besonderer Aufmerksamkeit zu bedenken. Doch ein Schiff, das von einer Expedition zurückkehrte, war eine Sensation, vielmehr ein Versprechen, dass in der Stadt über Wochen der Gesprächsstoff nicht ausging. Was hatten die Seefahrer nicht ein ums andere Mal an Geschichten mitgebracht? Hinter vorgehaltener Hand Gerauntes von den ungezügelten Leidenschaften der Wilden im Pazifik, entsetzliche Details aus der Cannibal Cove der Maori, die Menschenfleisch verspeisten, oder kaum Fassbares über Kapitän Cooks grausamen Tod auf Hawaii. Kein Anwohner Plymouths wollte sich die Ankunft entgehen lassen, und Landon konnte es niemandem verdenken.

Auch in sein Handelskontor war ein Junge gestürzt, laut hatte er die Neuigkeit ausgerufen, um sofort weiterzueilen. Schweigend hatten seine Angestellten zu ihm, dem Direktor, geschaut, hatten auf ein Wort gehofft, auf eine Schließung des Kontors für einige Stunden. Die Blicke hatte er kaum ertragen, hatte die Korrespondenz ergriffen, und ein jeder hatte die Geste richtig gedeutet. Die Köpfe hatten sich gesenkt, und die Arbeit war wieder aufgenommen worden.

Er hatte sich an seinen Schreibtisch zurückgezogen und doch immer wieder den Blick aus dem Fenster geworfen. Aufs Wasser, auf den Hafen. Er hatte das Schiff gesehen, die Briefe festgehalten und sich nicht gerührt. Lange hatte er überlegt, warum er nicht imstande war, die wenigen Schritte hinüberzulaufen. Wenige Schritte, die es bedurft hätte, um sich zu überzeugen, ob Mary Linley auf der *Challenge* mitgereist und wohlbehalten angekommen war. Es war keine Wut in ihm, aber auch das Gefühl, das damals so drängend in ihm gebrannt hatte, war erloschen.

Der Schmerz war verschwunden und mit ihm die Leidenschaft. Er war sich nicht sicher, was zurückgeblieben war. Freundschaft? Vorwürfe?

Warum sollte er riskieren, gut verheilte Wunden wieder aufzureißen?

Er konnte nicht sagen, wie viele Stunden er über den Büchern der Linleys verbracht hatte, wie sehr ihn die Materie begeisterte. Dieser Aspekt erschien ihm unstrittig, hier wusste er sehr wohl, dass er Mary jeden erdenklichen Respekt zollte. Doch der Hafen, das Gewühl, der Lärm und die freudigen Begrüßungen erschienen ihm nicht als der richtige Rahmen, ihr zu sagen, dass er ihren Scharfsinn und ihr Wissen bewunderte.

Vielleicht hatte ihn auch die Angst abgehalten, dass sie mit einem Mann zurückkam, dass sie ihn nicht erkannte oder dass sie vor aller Augen abgeführt wurde. Es gab zu viele Ängste in seiner Brust, die Unruhe wäre unerträglich gewesen. Das Wissen, dass William Middleton ihn aufsuchen und berichten würde, hatte seinen Teil dazu beigetragen, im Kontor zu verharren und sich nicht zu rühren.

Und da stand er nun, der alte Mann. Direkt vor ihm und wartete darauf, seinen Bericht beginnen zu können.

Landon nickte ihm zu.

»Mr. Reed, Miss Linley geht es gut, sie lässt Euch herzlichste Grüße ausrichten …«

Leise öffnete sich die Tür. Seth kam herein, mit vorgestreckten Armen trug er ein Tablett, auf dem zwei Tassen Tee standen.

William sah kurz auf und fuhr fort. »Sie ist bei ihrer Tante untergebracht.«

Die erste Tasse wurde auf dem Beistelltisch neben William abgestellt, und der silberne Löffel klapperte auf der Untertasse.

Landon lehnte sich in seinem Sessel zurück und versuchte, den Abstand zu William zu vergrößern. Aufmerksam musterte er ihn. *Dieser alte Mann und ich, wir haben im Laufe der Jahre ein Verhältnis aufgebaut, das merkwürdig ist. Warum lasse ich mich immer wieder auf ihn ein?*

Seth trat hinter den Schreibtisch und stellte die Tasse auf den Tisch. Die Köchin hatte Kekse gebacken und auf jeden Tellerrand einen gelegt. Landon griff danach, biss zu und ließ William nicht aus den Augen. Der Mann saß aufrecht und rang die Hände.

*Ihm geht jede Boshaftigkeit ab. Er handelt nach seinem Gefühl und vergisst dabei die Etikette. Ich könnte boshaft sein und denken, er vergisst sie absichtlich. Vielleicht ist der Anstand ihm schlicht egal, wenn es um Mary geht. Ob er eigene Kinder hat? Erwähnt hat er nie welche.*

William räusperte sich. »Soweit die guten Nachrichten. Die schlechte Nachricht hat uns jedoch gleich heute am frühen Morgen erreicht: Miss Linley ist aufgefordert worden, vor der Royal Society zu erscheinen.«

Der Junge stand immer noch neben seinem Stuhl. Landon nickte ihm zu und beugte sich zur Schreibtischplatte vor. »Wann?«

»In drei Tagen. Man will ihr genug Zeit für die Anreise lassen. Ihr wisst, was das bedeutet?«

Eine Ahnung durchlief Landon, doch er schüttelte den Kopf. Seth rührte sich noch immer nicht von der Stelle, vielmehr starrte er William unentwegt an.

»Wenn die Royal Society ihre Arbeit nicht anerkennt«, William griff nach der Teetasse und umschloss sie mit den Händen, »wird sie sich vor der Royal Navy verantworten müssen.«

Landon seufzte. Er hatte nicht einmal eine Vorstellung, welcher Taten man sie bezichtigen würde. Einen Anwalt konnte er empfehlen, aber das hatte Henriette Fincher sicher schon bedacht.

Sein Blick fiel auf den Jungen, der mit seinen dürren, zum Körper unverhältnismäßig langen Beinen zur Tür schlich und sie behutsam schloss. Landon wandte seinen Blick ab, stutzte und sah noch einmal zur Tür. Sie war wieder einen Spalt geöffnet worden und blieb angelehnt. *Der Kleine lauscht,* stellte er erstaunt fest und konzentrierte sich auf William. »Auch wenn sie wieder in der Stadt ist«, sagte er, »können wir nicht viel für sie tun. Richtet den Damen bitte aus, dass ich im Zweifelsfall einen guten Anwalt empfehlen kann.«

William erhob sich und zog aus seiner Brusttasche einen Umschlag. »Mrs. Fincher bat mich, dies bei Euch abzugeben. Sie möchte Euch in der kommenden Woche zum Dinner bitten. Zu Marys Begrüßung.«

Landon starrte auf den Umschlag und hob die Augenbrauen in die Höhe. »Verzeiht die Indiskretion. Aber wie kommt es zu diesem Sinneswandel? Letzthin schien sie mir noch recht ungehalten über das Verhalten ihrer Nichte zu sein.«

William wiegte den Kopf. »Verstehe einer die Frauen. Vielleicht bleibt ihr nicht mehr, als die Flucht nach vorne anzutreten?« Spitzbübisch lächelte er. »Verzeiht den Scherz. Wenn Ihr ernsthaft nach meiner Einschätzung fragt, würde ich sagen, sie hat ihr gefehlt. Es war einfach zu still im Haus.«

# Plymouth, 28. Mai 1788

Mrs. Finchers Haus war hübsch anzusehen. Roter Backstein, Fenster mit Butzenrahmen, die in Weiß erstrahlten, und eine gelbe Eingangstür, über der sich ein gläserner Fensterbogen wölbte. So ein Haus hatte sich seine Mutter zeitlebens gewünscht. Seth entdeckte, dass die Kutsche bereits angespannt war. Er verfiel in einen Laufschritt, als sich die Tür öffnete. Abrupt bremste er ab und blieb stehen. Er spürte, dass er die Augen aufriss und dass der Mund ihm offen stand. In Tahiti hatte er sie das letzte Mal gesehen, mit kurzem Haar, in Hemd und Hose. Jetzt trug sie ein Schultertuch über einem hellen Kleid. Eine Haube bedeckte ihren Kopf, unter der seitlich dunkle Locken hervorsprangen. So fremd sie ihm erschien, sie war es. Er setzte an, wollte sie rufen, bevor sie den Wagen bestieg. Doch immer noch wollte ihr Name ihm so schwer über die Lippen.

»Mary«, rief er, »Mary, warte!« Doch seine Stimme sackte weg. Er sog die Luft ein und brüllte mit aller Kraft: »Marc!«

Alle blickten zu ihm herüber. Der alte Mann, der am Tag zuvor im Kontor aufgetaucht war, und die Frau, die in der Tür auf die Abfahrt wartete. Sie musste Mrs. Fincher sein. Und Mary. Sie wirbelte um ihre eigene Achse. Ungläubig schaute sie ihn an, einen Wimpernschlag lang, bis sie einen Schrei ausstieß und ihm entgegenlief. Die Arme geöffnet, kam sie auf ihn zu.

Seth schloss die Augen und ertrug ihre Umarmung. Dann

machte er sich frei und trat einen Schritt zurück. Sie war viel blasser, als er sie in Erinnerung hatte, und sie war geschminkt. Nur ein wenig, aber sie hatte Farbe auf den Augenlidern, den Wangen und den Lippen. Seth runzelte die Stirn, er hasste Schminke noch immer. Aber Mary war trotzdem hübsch anzusehen, trotz der Schminke und des Grübchens im Kinn. Er konnte sich kaum noch vorstellen, dass er an ihrer Seite um die halbe Welt gereist war. Irgendwie erschien sie ihm verkleidet und fremd.

»Was machst du hier? Arbeitest du bei Landon? Geht es dir gut? Wie war eure Heimreise? Seit wann bist du wieder in England?« Ihre Fragen prasselten auf ihn ein, und erstaunt bemerkte er, dass er ihre ungeteilte Aufmerksamkeit ein klein wenig genoss. Immer noch lagen ihre Hände auf seinen Armen. Sie schien ihn nicht loslassen zu wollen und musterte ihn eingehend. »Himmel, was bist du gewachsen, du bist fast so groß wie ich. Ein stattlicher Mann wirst du werden.«

Seth wurde rot und trat einen Schritt zurück. *Jetzt reicht es,* dachte er und strich seine Jacke glatt. Wenn er etwas mehr hasste als Schminke, dann waren es Komplimente. Als er den Kopf hob, sah er, dass der alte Mann auf sie beide zukam. Die Zeit wurde knapp, Seth wusste, er musste sich beeilen.

Er zog den zinnernen Reiter aus seiner Tasche. »Ich habe ihn dir … Ich habe ihn dir geklaut. Das tut mir so leid, aber er hat mir viel Glück gebracht, und jetzt brauchst du ihn.«

Mary starrte auf die Zinnfigur und schloss die Finger darum. Dann blickte sie auf, und er sah die Tränen in ihren Augen.

Ihm wurde heiß. »Wirklich, ich schäme mich, bitte verzeih mir. Ich bin kein Dieb. Ich war wütend, ich wollte dich mit irgendetwas ärgern.«

Mit der Ecke ihres Umhangs tupfte sie sich die Augenwinkel trocken und lachte. »Ich freue mich so, dich zu sehen! Danke, dass du gekommen bist, und danke für den Glücksbringer. Er ist von Owahiri, und er wird mir helfen. Da bin ich sicher.«

Seth nickte und atmete auf.

»Wir müssen aufbrechen, wenn wir rechtzeitig ankommen wollen.« Der alte Mann war neben Mary getreten, hatte seine Hand auf ihre Schulter gelegt und schaute streng. Ob er ihn wiedererkannte, fragte Seth sich und wich den durchdringend blickenden Augen aus.

»Komm, bring mich schnell zur Kutsche und erzähl mir, ob du bei Landon lernst«, sagte Mary und eilte dem alten Mann hinterher.

Mit zwei großen Schritten war er neben ihr. »Ja, der Direktor ist sehr nett. Er lässt mich schon sehr viele Aufgaben übernehmen, und ich habe eine eigene Kammer, in der ich wohne.«

Sie lächelte. »Ich wusste es. Auch wenn er nicht mehr mit mir redet, er ist ein guter Mann.«

Ohne nachzudenken, beugte Seth sich vor. »Versprich mir, dass du mich nicht verrätst, ja?«, flüsterte er.

Neugierig kam Mary näher.

»Er hat deine Wunderkammer aufgekauft und viele deiner Bücher gelesen«, flüsterte er ihr zu. »Ich habe es gesehen. Erst lagerten die Kisten im Schuppen, später ließ er sie in den Keller des Kontors bringen. Dort bin ich hinuntergeschlichen und habe heimlich nachgeschaut. Dein Name stand in vielen Büchern. Es gibt viele Belege, so wie die, die wir auf der Fahrt angelegt haben. Sie sind gut erhalten, und die Kisten sind voll mit Sammlungsstücken aller Art.«

Ihre Augen wurden rund. »Was sagst du da?«

Er nickte heftig. »Freust du dich?«, fragte er, und seine Augen glänzten.

Die Kutschentür stand offen, doch Mary rührte sich nicht.

Flugs schaute Seth zu dem Mann und beugte sich erneut vor. »Bitte, glaube mir, er ist dir nicht böse.«

Ihre Arme flogen in die Höhe und schlossen sich um seinen Hals. Er spürte die kalten Hände, die sich in seinen Nacken legten und seinen Kopf vorzogen. Ihre Lippen kamen näher, um ihm einen Kuss auf die Stirn zu geben. Er schnappte nach Luft und schaute zu dem Mann, dann zu der Frau in der Tür. Ob sie das gesehen hatten?

Wortlos drehte Mary sich um und bestieg die Kutsche, die anfuhr. Sie schaute aus dem Fenster, hob die Hand, und ihre Finger deuteten ein Winken an.

»Ich wünsche dir Glück, Mary«, flüsterte Seth und tastete nach seiner Stirn.

Es war Mittag, als er das Kontor betrat. Der Vorsteher verlor kein Wort, sah ihn nur an, hob den Daumen und zeigte hinter sich, auf das Büro des Direktors.

Seth hatte gewusst, dass sein Fehlen nicht unentdeckt bleiben würde. Er hatte gewusst, dass es Ärger geben würde, und trotzdem fürchtete er sich nun, dem Direktor gegenüberzutreten.

Mit gesenktem Kopf betrat er das Zimmer und blieb neben der Tür stehen. Seine Mütze hielt er hinter dem Rücken, und die Finger kneteten den weichen Stoff.

»Du weißt, dass ich dich dafür sofort auf die Straße setzen kann?« Mr. Reeds Stimme war ruhig und gelassen und ließ Seths Herz noch schneller schlagen.

*Warum kann er mich nicht anbrüllen und mir eine runterhauen?*, fragte er sich.

»Jetzt komm schon her, oder willst du da hinten Wurzeln schlagen?«

Bis zum Tisch trat er vor, doch aufzuschauen traute er sich nicht. »Es tut mir leid«, sagte er leise.

Mr. Reed lachte auf. »Das will ich hoffen. Wo warst du?«

Ihm wurde heiß. Er hatte sich keine Ausrede einfallen lassen. Was war er für ein einfältiger Stümper!

»Wo warst du? Ich erwarte eine Antwort. Von ihr wird das Strafmaß abhängen.«

»Ich war bei Mrs. Fincher. Also, bei ihrem Haus.«

»Verdammt noch mal, jetzt schau mich an, wenn wir miteinander reden. Was hast du da gemacht?«

»Ich wollte Miss Linley sehen.«

»Wie bitte?«

»Ich hatte noch etwas von ihr. Das wollte ich ihr wiedergeben.«

»Heute morgen? Du hättest es ihr nicht heute Nachmittag oder in drei Tagen vorbeibringen können?«

Seth bemühte sich, Mr. Reed in die Augen zu schauen, und spürte, dass seine Hände feucht wurden. Noch fester packte er seine Mütze. »Nein, sie musste es haben, bevor sie nach London abreiste. Es sollte ihr Glück bringen.«

»Glück bringen?«

»Bei ihrer Vorladung, bei der Royal Society.«

Der Direktor ließ ihn nicht aus den Augen. Er lehnte sich zurück, langte nach der Schreibfeder und biss auf ihr herum. Das Schweigen war schlimmer als die bohrenden Fragen.

»Du magst sie?«

Seth nickte. »Sie war immer gut zu mir.«

Die Feder flog auf den Tisch. »Verschwinde, wir sprechen uns später.«

Seth glättete Bestell- und Warenlieferscheine, kontrollierte Bogen um Bogen, zählte nach, hakte ab. Doch die Zeit dehnte sich, und das Warten schien kein Ende zu nehmen.

Als der Vorsteher an ihm vorbeilief, wieder den Daumen hob und wortlos in Richtung des Büros zeigte, verspürte er grenzenlose Erleichterung. Sofort sprang er auf, krempelte die Ärmel aus, strich das Haar zur Seite und öffnete die Tür.

Mr. Reed stand am Fenster. »Ich mag es nicht, angelogen zu werden«, begann er. »Doch ich verstehe deine Begründung, denn ich hätte dir wahrscheinlich keinen freien Vormittag gewährt.«

Mit gesenktem Kopf lauschte Seth seinen Ausführungen.

»Da ich dein Verhalten nicht dulden kann, möchte ich wissen, was du als angemessene Strafe ansehen würdest?«

*Warum kann er mir nicht einfach wie Vater eine runterhauen? Warum ist das so schwierig mit ihm,* fuhr es Seth erneut durch den Kopf. *Was soll ich denn jetzt sagen?* »Den Pferdestall«, platzte er heraus. »Ich könnte den Pferdestall ausmisten. Der ist groß, da habe ich zu tun. Nach dem Feierabend, meine ich natürlich.«

Der Direktor wiegte den Kopf hin und her. »Das ist gut. Sag dem Stallburschen, dass er dann frei hat. Die Pferde kannst du gleich mitversorgen, wenn du ohnehin da bist.«

Ob er jetzt gehen durfte? Ob es damit schon ausgestanden war? Die Schultern sackten ihm vor Erleichterung nach vorn, als er sie sah, die winkende Hand, die ihm andeutete, das Zimmer zu verlassen. Er hastete zur Tür und fasste die Klinke.

»Seth, was machst du kommende Woche, am Mittwochabend?«

»Nichts, Mr. Reed.«

»Ich bin bei Mrs. Fincher und Miss Linley eingeladen. Willst du mich begleiten?«

»Ich? Euch begleiten?« Ihm brach die Stimme. Ein Kloß rutschte durch seinen Kehlkopf.

»Ja, ich denke, Miss Linley wird erfreut sein. Du musst ihr wichtig sein. Jedenfalls wird sie schon einen Weg finden, ihre Tante davon zu überzeugen, dass ein Gedeck mehr aufgelegt wird.«

»Danke. Danke. Ich …«

»Nun mach dich wieder an die Arbeit, und zieh dir an dem Tag ein frisches Hemd an, ja?«

Vor der Tür lehnte sich Seth gegen die Wand. *Mittwoch werden wir gemeinsam an einem Tisch sitzen und zu Abend speisen. Wir werden uns an die Reise erinnern. Das wird schön, Mary.* Seine Beine wankten, als er ins Kontor lief.

Kaum, dass er sich über seine Bestellscheine beugte, wurde ihm siedendheiß. *Wer sagt denn, dass sie noch einmal nach Hause kommt? Was ist, wenn sie inhaftiert wird?* Seine Hand zitterte, und ein Tintentropfen fiel von der Feder. Kreisrund sog ihn das Papier ein. Kurz blickte Seth sich um und legte die Feder ab. Bedächtig faltete er die Hände und schloss die Augen. *Lieber Gott, bitte hilf uns. Beschütze Mary, dass sie nicht ins Gefängnis muss, ja? Ich werde dir auf dem Heimweg auch zum Dank in St. Andrew's eine Kerze anzünden.*

# London, 30. Mai 1788

Sie hatte die Welt umrundet. Hier, in England, hatte sie nie zuvor auch nur den Weg von Plymouth nach London zurückgelegt. Nun zogen Straßen um Straßen am Fenster der Kutsche vorbei, vom Regen verschwommene Bilder. Im Hintergrund, rechter Hand, konnte Mary bald die Themse als silbern glänzendes Band erkennen. Linker Hand überragte die bleierne Kuppel von St. Paul's das Dächermeer. Dreihundertfünfundsechzig Fuß hoch, für jeden Tag des Jahres einen Fuß, von einem verschwindend kleinen Kreuz in sanftem Gold gekrönt.

Langsam ließ sie sich zurücksinken. *Du hast eine Aufgabe,* beschwor sie sich. *Du wirst hineingehen und ihnen deine Erkenntnisse präsentieren. Die werden sie dir nicht nehmen können.*

Der Wagen hielt an. William öffnete die Tür, und Mary erblickte das Somerset House. Ein Palast, ein weißschimmernder Palast des Wissens, aus grobem Portlandstein gebaut. Unüberschaubar mit seiner kaum endenden Längsfront und dem mittig platzierten Eingangsportal samt seinem flachen Spitzgiebel, dessen darüberliegende Fensterfront von Säulen eingefasst war. Der Wind umarmte sie, als sie aus dem Wagen stieg.

William nahm ihre Hand und hielt sie für einen Moment fest umschlossen. Seine Augen waren schwarz und glänzend, als hätte er Fieber. Gern hätte sie ihre nassen Finger noch einen Augenblick in seiner Hand gewärmt, doch sie durfte nicht zu spät erscheinen.

Sie versuchte, ihm ein Lächeln zu schenken, bevor sie sich dem Wind überließ, der sie kraftvoll dem Portal entgegenschob und ihren Rücken stützte.

Ein junger Mann nahm sie in Empfang und führte sie durch das Entree, dem Gang auf Gang und Tür auf Tür folgten. Menschen eilten ihnen entgegen und verschwanden.

Vor einer Flügeltür hielt der Mann inne. Erst jetzt bemerkte Mary, dass er aussah wie der kleine Bruder von Ebenezer Stone, dem Portier des Navy Board. Mit ebenjenem wässrigen Blick zeigte Ebenezer Stones Ebenbild auf die Flügeltür. »Die Herrschaften erwarten Euch bereits«, sagte er. Dann legte er die in einem weißen Handschuh steckende Hand auf die Klinke und schwang die Flügeltür auf.

Mary rührte sich nicht. Ein Saal lag vor ihr, so groß, wie sie noch keinen gesehen hatte. In U-Form angeordnete Tische, in der Mitte, weitmöglichst von der Stirnseite entfernt, ein Stuhl. Am Tisch Männer jeden Alters, fünfundzwanzig, vielleicht auch mehr. Über den Männern wieder Männer, die von ihren Porträts auf die Szenerie herabschauten.

Der Mann neben ihr hüstelte. Mary betrat den Saal und hörte das Klappern ihrer Absätze auf dem glänzenden Parkett und das Schlagen der Flügeltüren, die hinter ihr geschlossen wurden. Sie blieb stehen, fasste in den Stoff ihres Rockes, hob ihn leicht an und machte einen Knicks.

Die Männer erhoben sich, nickten ihr zu und sanken wieder in ihre Stühle. Unergründliche Blicke, die sie musterten, flogen durch den Raum. Der Mann, der mittig der Stirnseite seinen Platz hatte, blieb stehen. »Miss Linley, seid gegrüßt. Wir möchten Euch bitten, Platz zu nehmen.«

Diese Stimme kannte sie. Sir Joseph Banks. Er war persönlich erschienen, um über ihr Schicksal zu befinden. Hoffnung keimte in Mary auf. Er würde die Tragweite der Arbeit verstehen, er würde die Ergebnisse zu schätzen wissen. Die unzähligen Belege des

Herbariums, die Insektensammlung, die Gesteinsproben, das erweiterte Vokabularium, selbst in Fragen der Grammatik waren sie vorangekommen. Gemeinsam hatten sie Sir Banks' Wörterbuch mit nach Tahiti genommen, und nun würde sie es ihm erheblich ausgebaut wieder überreichen. Auch die Aufzeichnungen zu den Ritualen der Völker auf den Inseln des Stillen Ozeans waren umfassend. All das würde sein Interesse wecken. Sie atmete tief durch. *Vielleicht wird alles gut,* dachte sie.

Sir Joseph Banks wies auf den Mann zu seiner Rechten, der eine dick gepuderte Perücke trug, die tief in seine Stirn hing. Eine Stirn mit einer Falte, die aussah, als wäre sie mit dem Messer zwischen die Augenbrauen gezogen.

»Jetzt möchte ich das Wort Sir Wellington übergeben«, sagte Banks und lehnte sich in seinen Stuhl zurück, legte die Arme über seinen Bauch und faltete die Hände. Für einen Wimpernschlag sah Mary ihn in der Loge eines Theaters in genau jener Position darauf warten, dass der Vorhang sich hob und das Schauspiel des Abends seinen Lauf nahm.

»Miss Linley«, sagte Sir Wellington und machte eine Pause. »Miss Mary Linley. Die Tochter von Francis Linley.« Er schob seinen Stuhl zurück, erhob sich und verschränkte die Arme hinter dem Rücken.

Wo sich eben noch Hoffnung ausgebreitet hatte, machte sich mit einem Schlag Entsetzen breit. Marys Hände, die auf ihrem Schoß lagen, begannen so stark zu zittern, dass sie das leise Rascheln des Damast-Rockstoffes unter ihnen vernahm.

»So, so«, murmelte Wellington und lief links hinter den Beisitzern entlang, bog dann nach rechts, ohne den Blick von ihr zu lösen. Für einen Moment verschwand er aus ihrem Blickfeld, dann tauchte rechts neben ihr sein massiger Leib auf. Er schlug einen Bogen, umrundete sie, blieb an der inneren Stirnseite des Tisches stehen und lehnte sich gegen die Platte. Die Arme verschränkte er vor der Brust. »So sieht also die Frau aus, die König Georg, die

Royal Navy und natürlich auch uns zum Narren gehalten hat. Die sich unter Vortäuschung falscher Tatsachen, ohne eine Qualifikation den gut dotierten Posten eines Zeichners erschlichen hat, um«, Wellington atmete tief ein, »ja, um was? Was hatte eine Frau an Bord eines wissenschaftlichen Expeditionsschiffes zu suchen?«

Er schwieg und blickte auf Marys Finger, die sich in den Stoff ihres Beutels gruben und die Form des Medaillons und der Zinnfigur erspürten. *Soll ich etwas sagen? War das eine ernstgemeinte Frage?* »Sir«, setzte sie leise an, »mir ist bewusst, dass ich …«

»So, Euch ist etwas bewusst? Euch ist das ganze Ausmaß Eures Handelns bewusst? Euch ist bewusst, dass sich die Royal Society der Royal Navy gegenüber wird erklären müssen?« Wellington stieß sich vom Tisch ab und lief hinter sie.

»Und Euch ist bewusst, dass Ihr das Ansehen eines renommierten Forschers und seines Gehilfen, der auf dem besten Weg war, ein neuer Stern am Firmament der Wissenschaft zu werden, beschmutzt habt? Dass Ihr, man möge mir den Ausdruck verzeihen, zwei Narren aus ihnen gemacht habt, die offensichtlich nicht in der Lage waren, Mann von Weib zu unterscheiden?«

Die Hand war nicht nur nass, sie war eiskalt, als Mary sich damit über die Stirn fuhr. Wellington schwieg, und kurz hoffte sie, er wäre ans Ende seiner Schmähungen gekommen. Sie wagte nicht, sich umzudrehen und ihn anzusehen.

»Ihr habt die Männer der Lächerlichkeit preisgegeben. Das wisst Ihr?« Er war nähergetreten, leise erklang die Stimme, dieses Mal direkt hinter ihr.

Sie schloss die Augen, und ihr Rücken fiel in sich zusammen.

»Habt Dank für Euren Vortrag«, ertönte die Stimme von Sir Joseph Banks, »ich hätte da auch noch gern einige Aspekte erläutert.« Die Arme auf den Tisch gestützt, wartete er, bis Sir Wellington wieder neben ihm Platz nahm. »Miss Linley, gehe ich recht in der Annahme, dass Sir Belham nicht darüber informiert war, dass Ihr eine Frau seid, als man Euch anheuerte?«

Sie schaute auf den Boden und nickte.

Sir Wellington schnaufte auf. »Sag ich's doch. Eine Betrügerin ist sie«, rief er in den Raum.

»War Sir Belham«, fuhr Sir Joseph Banks unbeirrt fort, »darüber unterrichtet, dass Ihr eine Frau seid, als er mit Euch die Arbeit auf Tahiti aufnahm?«

Sie nickte. »Ja, das war er«, sagte sie, erleichtert, dass ihre Stimme in dem riesigen Saal nun deutlich zu vernehmen war.

»Warum, meint Ihr, nahm er Euch mit? Er hätte Euch auch unter Kapitän Taylors Obhut wieder gen Heimat reisen lassen können.«

»Sir, sicherlich wird Euch die Antwort verwundern. Er versicherte mir mehrmals, er würde meine Arbeit schätzen.«

»Worin bestand Eure Arbeit?«

»Durch meinen Vater erfuhr ich eine umfassende Ausbildung zum Botaniker ...«

»Wollt Ihr damit sagen, Ihr seid ein Botaniker?«, lachte Wellington auf.

»Nein, Sir, genaugenommen möchte ich damit sagen, dass ich Botaniker*in* bin.«

Wellingtons Kinnlade klappte herunter. Einige der Beisitzer hatten sich zueinandergebeugt und flüsterten miteinander.

»Vertraut mit den Systema Naturae«, Mary hob ihre Stimme, um die Unruhe im Saal zu übertönen, »und mit dem Verfertigen von Skizzen und dem Anlegen eines Herbariums, aber auch mit den Grundkenntnissen der Medizin versehen.«

Die Falte auf Wellingtons Stirn hatte sich vertieft, und erneut lachte er boshaft auf.

Sir Banks erhob die Hand, ließ sie flach auf den Tisch fallen und brachte die Männer der Versammlung zum Schweigen.

*Nie hätte ich gedacht, dass ich mich einmal so darüber freue, dass diese Hand auf einen Tisch fällt.* »Bei einer Überprüfung der mitgebrachten Sammlungsstücke könnt Ihr Euch gern davon überzeugen«, fuhr sie fort. »Alle Schriften, Zeichnungen und Belege des Herbariums, die meiner Tätigkeit entstammen, sind mit meinem Namen gekennzeichnet. Auch die von mir zusammengetragenen Sammlungsstücke sind mir zugeordnet. Darauf legte Sir Belham wert.« Sie legte ihre Hände auf die Lehnen des Stuhls.

Wellingtons Kopf schoss vor, dass sein faltiges Kinn von einer Seite zur anderen schwappte. »Ihr hattet genug Zeit, auf der Rückfahrt alles so vorzubereiten, um auch uns zu täuschen.«

Sir Banks wiegte den Kopf. »Langsam, langsam. Wir sollten erst einmal in Betracht ziehen, dass Sir Belham diese Frau mit sich nahm. Wir sollten in Erwägung ziehen, dass dies sein Entschluss war. Zudem«, er lächelte, »kann ich mich daran erinnern, dass Miss Linley eine, nennen wir es ungewöhnliche erzieherische Aufmerksamkeit seitens ihres Vaters erhielt.«

Das Blut schoss Mary in den Kopf, und ihre Wangen wurden heiß.

Zwei Männer lachten auf, und Sir Wellington kreuzte die Arme vor der Brust.

»Ja, ich halte es durchaus für denkbar, dass Miss Linley von ihrem Vater eine für Mädchen ungewöhnliche Förderung erfuhr. Deshalb würde ich gern von den Anschuldigungen abgehen und zu der Aufstellung kommen, die der Royal Society von Euch vorgelegt wurde, in der Ihr die Sammlungsstücke in einer Übersicht kategorisiert.«

Ihr Atem wurde flach, und das Bild verschwamm vor ihren Augen.

»Die Herren«, Sir Banks sah sich um, »wenn außer mir noch jemand Fragen hat, bitte ich um Wortmeldungen.«

Mary folgte seinem Blick. Ein Arm hob sich, ein zweiter folgte. Sie richtete sich auf und bat um ein Glas Wasser. Während sie einen Schluck nahm, erhob ein Mann, der unweit von ihr entfernt am linken Ausläufer des Tisches saß, seine Stimme. »Miss Linley, mein Name ist Alexander Warden, Experte für landwirtschaftliche Fragen. Mich würde Eure Einschätzung zur Bedeutung der Brotbaumfrucht für die Landwirtschaft in den Kolonien interessieren.«

Sir Banks lehnte sich interessiert vor.

Mary nahm noch einen Schluck. *Sie fragen mich, sie fragen mich um meine Meinung? Die gelehrten Herren sprechen mit mir über die Arbeit und fragen nach einer Interpretation der Ergebnisse?* Die Gedanken flogen durch ihren Kopf, sprangen im Takt ihres Herzschlages und waren nicht zu bändigen.

*Ja, ich werde ihnen davon berichten.*

*Carl, ich habe die Ergebnisse unserer gemeinsamen Arbeit nach Hause gebracht. Jetzt ist der Moment, deinen Wunsch zu erfüllen. Man hört mir zu. Nun werde ich allen von unseren Erkenntnissen berichten. Das ist unser Erbe.*

# *Plymouth, 3. Juni 1788*

»Es wird Zeit aufzustehen. Du kannst unmöglich den halben Tag verschlafen.« Henriette öffnete das Fenster und sperrte die Holzläden auf. »Das Frühstück ist angerichtet, und die Zeitung wird dich interessieren.«

»Warum?«, fragte Mary und drehte sich auf die Seite. Die Anspannung der letzten Tage lag wie Blei in ihren Gliedern.

»Es wird über die Sammlung des Botanikers Sir Belham berichtet, die seine Gehilfin Miss Mary Linley nach seinem Tod nach Europa überführt hat.«

Mary fuhr in die Höhe, und die Decke rutschte auf den Boden.

Henriette hob sie auf, legte sie neben Mary und setzte sich an den Tisch, der gegenüber dem Bett vor dem Fenster stand. »Da werden so einige Damen und Herren recht erstaunt sein, wenn sie diese Zeilen lesen werden. Doch was soll es dich scheren? Dich wird beruhigen, dass niemand ein Wort darüber verliert, dass du noch von der Royal Navy gehört werden sollst.«

»Sir Banks wird diese Frage mit dem First Lord der Admiralität, einem Richard Howe, besprechen. Sie sind gute Freunde, und sie gehen am Wochenende gemeinsam angeln. Howe angelt gern. Und Sir Banks versicherte mir, dass eine Vorladung dann nicht mehr vonnöten sein wird«, sagte Mary und zog sich fröstelnd die Decke über die Beine.

»Männer und ihre Seilschaften, doch in diesem Fall wären sie zu begrüßen. Und wie wird es weitergehen?«

Mary musterte Henriette. Entspannt saß sie auf dem Stuhl, die Hände auf der Tischplatte abgelegt, und hielt ihrem Blick stand. Keine Ablehnung war in ihrem Gesicht zu erkennen, dennoch war Mary einen Augenblick lang versucht, der Frage auszuweichen und die Tante mit einer schwammigen Antwort hinzuhalten. Die Worte lagen ihr schon auf der Zunge, leicht würden sie ihr über die Lippen gehen. Dass sie nicht abschätzen könne, wie die kommenden Wochen aussehen würden. Früh genug würde Henriette noch sehen, dass die Ankunft in Plymouth nicht das Ende ihrer Arbeit bedeutete. Die Kisten waren im Lager von Landon Reeds Handelskontor eingelagert worden. Sie mussten Stück um Stück geöffnet und gesichtet werden. Hatten die Sammlungsstücke die Reise wohlbehalten überstanden? Waren sie alle entsprechend erfasst und katalogisiert? Für diese Arbeit würde sie einen Raum suchen müssen, der ihr Platz bot, einen hellen Raum mit trockener Luft, um ideale Arbeitsbedingungen zu haben. Erst nach Abschluss der Überprüfung konnte sie die Belege, die Sammlungs- und Schriftstücke der Royal Society übergeben.

»Ich werde in den kommenden Monaten noch viel Zeit darauf verwenden, die Sammlung fertigzustellen«, sagte sie und wusste nicht, was sie dazu veranlasste. »Es sind noch längst nicht alle Sammlungsstücke ordnungsgemäß beschriftet und katalogisiert.«

Zu Marys Erstaunen nickte Henriette, als hätte sie ebenjene Antwort erwartet. »Nun gut. Das werden wir sehen. Genug geschwätzt, heute Abend erwarten wir Gäste. Und auf uns wartet vorab in diesem Haus jede Menge Arbeit.«

»Gäste?« Mary schwang die Beine aus dem Bett.

»Gäste, die dich gern begrüßen möchten, Menschen, die sich freuen, dich wieder bei uns zu haben.« Henriette öffnete die Tür und hielt inne. Sie zögerte. »Sag mal, du hast so viele Dinge von deiner Forschungsfahrt mitgebracht. Hast du dabei möglicherweise an ein paar Samen für unseren Garten gedacht? Das wäre doch hübsch, einige exotische Pflanzen zu ziehen.«

*Unseren Garten. Sie hat »unseren Garten« gesagt.* In ihrem Rock aus derbem Wollstoff, den Hut zum Schutz gegen die Sonne tief ins Gesicht gezogen, sah Mary die Tante im Garten stehen. Sah, wie sie Furchen in die Erde zog und die Samen darin verschwinden ließ. Wie sie die Furchen schloss und Mary antrieb, die Saat zu wässern.

*Wir werden gemeinsam im Garten arbeiten.*

Der Knoten im Hals, gegen den Mary anschlucken musste, war groß.

Zu groß, um Worte passieren zu lassen.

Sie nickte und lächelte.

# *Anhang*

# Nachwort

Inspiriert von der Biografie der französischen Botanikerin Jeanne Baret, die im Jahre 1740 geboren wurde und wahrscheinlich 1803 starb, wurde die Geschichte der Protagonistin Mary Linley entwickelt.

Auch wenn die Erlebnisse der Romanfigur Mary Linley abenteuerlich wirken, wurde bei der Verarbeitung der historischen Fakten darauf geachtet, stets im realistischen Rahmen zu erzählen. Die Begebenheiten, seien es etwa die Reiserouten, die Lebensbedingungen an Bord oder auch der Stand der wissenschaftlichen Erkenntnisse, sind genauestens recherchiert, um ein Bild des Lebens im 18. Jahrhundert und vor allem ein Bild von den Entdeckungsfahrten dieser Zeit zu vermitteln.

Das Leben der Jeanne Baret ist in Deutschland so gut wie unbekannt. Auch wenn ihr Schicksal in Frankreich geläufiger ist, lässt sich feststellen, dass sowohl ihr Verdienst um die Wissenschaft als auch ihr Mut dem Vergessen anheimgefallen sind. Der Roman hat es sich zur Aufgabe gemacht, der Leserschaft eine Vorstellung davon zu verschaffen, welche Risiken diese Frau auf sich genommen hat, um ihren Traum zu leben. Und somit steht die Geschichte der Jeanne Baret stellvertretend für die Biografien von Frauen, die im 18. und 19. Jahrhundert den gesellschaftlichen Vorstellungen vom klassischen weiblichen Rollenmodell trotzten und ihr Leben der Forschung widmeten.

## Porträt Jeanne Baret

1768 sticht das Schiff des französischen Kapitän Bougainville in See, um den Südpazifik zu erkunden. An Bord befinden sich viele Wissenschaftler, darunter auch der Botaniker Commerson in Begleitung seines Assistenten Jean Baré. Was keiner ahnt: Jean Baré ist eine Frau. Sie ist ausgebildete Botanikerin, doch nur in Männerkleidung ist es ihr möglich, wissenschaftlich zu arbeiten und die Welt zu erkunden.

Obwohl sie über Monate auf engstem Raum mit den Wissenschaftlern und Seeleuten zusammenlebt, mit ihnen die Mahlzeiten, Quartiere und Sanitäreinrichtungen teilt, gelingt es ihr, die Täuschung aufrechtzuerhalten.

Auf Tahiti wollen die Eingeborenen Baré »die Ehren der Insel erweisen«. Die begleitenden Matrosen befürchten schlichtweg, dass der Kollege vergewaltigt werden soll. Sie verteidigen ihn und müssen erstaunt feststellen, was die Tahitianer sofort erkannt haben: Baré ist eine Frau.

Kapitän Bougainville zitiert Baré zu sich, die sich als Jeanne Baret vorstellt. Doch ihn beeindrucken der Ehrgeiz und der Wille dieser Frau. In seinen Aufzeichnungen stellt er fest: »Sie wird die Erste ihres Geschlechtes sein, die den Globus umsegelt.«

Das Schiff reist weiter, und wenig später nehmen Commerson und Baret Abschied von der Mannschaft, um ihre Forschungen auf Mauritius und Madagaskar fortzuführen. Knapp fünf Jahre später verstirbt Commerson, vermutlich an einem Fieber, im Alter von vierundvierzig Jahren auf der Insel Mauritius. Sein Testament bringt zutage, dass er Jeanne Baret selbst ausgebildet hat. Er stellt ihr sein Haus und die finanziellen Mittel zur Verfügung, um die naturhistorische Sammlung zu ordnen und dem königlichen Cabinet des Estampes zu übergeben.

Jeanne Baret erfüllt seinen letzten Wunsch. Sie lässt die Sammlung nach Frankreich verschiffen, vollendet sie und schafft damit einen der wichtigsten Beiträge zur Botanik im 18. Jahrhundert. Die Ehren werden posthum Commerson, aber auch – was ungewöhnlich war – Jeanne Baret, einer Frau, zuteil.

# Glossar

*Achterdeck* Hinterdeck des Bootes, meist ein Aufbau, in dem sich die Offiziersmesse befand

*Aderlass* Ein seit der Antike angewandtes Heilverfahren, das seine Bedeutung erst im 19. Jahrhundert verlor. Entsprechend der Viersäftelehre glaubte man, das Gleichgewicht der vier körpereigenen Säfte (Blut, schwarze und gelbe Galle sowie Schleim) durch einen Aderlass wiederherstellen zu können.

*Amaryllis belladonna* Diese Pflanzenart gehört zur Familie der Amaryllisgewächse, die aus Südafrika stammt.

*Back*

1. Esstisch der Mannschaft
2. große Schüssel aus Holz oder Zinn
3. Aufbau auf dem Vordeck
4. Leute, die an einer Back zusammen essen

*backbrassen* Beim Backbrassen werden die Segel eines Schiffs so in Stellung gebracht, dass der Wind von vorn auf ihre Fläche trifft. Dies verlangsamt die Fahrt des Schiffs.

*Backsvorsteher* Vorsteher einer Back, also der Männer, die sich einen Tisch und meist auch einen Topf zum Essen teilen

*Banks, Sir Joseph* 1743–1820, englischer Naturforscher, der Cook bei seiner ersten Weltumsegelung begleitete. Er leitete die Königlichen Gärten in Kews und war Vorsitzender der Royal Society.

*Bark, Kohlenbark* Ursprünglich ein Segelschiff mit drei Masten, das insbesondere im 18. und 19. Jahrhundert als Frachtschiff genutzt wurde

*Bootsmann* Der Bootsmann war verantwortlich für die Überwachung des Zustandes der Segel, des Tauwerks und der Anker.

*Bougainville, Louis Antoine de* 1729–1811, französischer Offizier, Seefahrer und Schriftsteller. Umsegelte als erster Franzose die Welt, sein Buch *Reise um die Welt* macht das idealisierte Bild der Südsee-Insulaner als »Edle Wilde« populär.

*Bugspriet* Eine über den Bug und das Galion hinausragende Spiere (Rundholz), die zum Abstützen des vorderen Mastes genutzt wird

*Chinarinde* Der Chinarindenbaum (Cinchona) stammt aus Südamerika. Man sprach der Rinde des Baumes lange Zeit heilende Wirkung im Kampf gegen Malaria und Fieber zu.

*Cochenille* Farbstoff, der aus der in Mittel- und Südamerika lebenden Cochenille-Schildlaus hergestellt wurde. In Europa wurde die Farbstoffmischung aus Kermes-Schildläusen gewonnen.

*Cook, James* 1728–1779, englischer Seefahrer und Entdecker, der drei Forschungsreisen befehligte, bei denen er den Pazifik vom südlichen Polarkreis bis zur Beringstraße erkundete.

*Drehbasse* Ein Geschütz mit kurzer Reichweite, das auf Schiffen eingesetzt und oft mit grobem Schrot, selten mit Vollkugeln geladen wurde

*Faden* Ein in der Seefahrt noch genutztes Längenmaß. Ein Faden entspricht 1,82 Meter.

*Fockmast* Der vorderste Mast zwei- oder mehrmastiger Schiffe

*Fockrah* Erste Rah am Fockmast, Rundholz, das quer zur Fahrtrichtung am Mast angebracht ist

*Forster, Georg* 1754–1794, deutscher Naturwissenschaftler und Ethnologe, der James Cook bei seiner zweiten Weltumsegelung begleitete

*Forster, Johann Reinhold* 1729–1798, deutscher Naturwissenschaftler und Ethnologe, der James Cook zusammen mit seinem Sohn Georg bei der zweiten Weltumsegelung begleitete

*Fregatte* Im 18. Jahrhundert werden Schiffe mit Vollschiff-Takelage als Fregatten bezeichnet.

*Fuß* Eines der ältesten Längenmaße, das heute mit 30,48 Zentimeter gleichgesetzt wird

*Galion* Eine Plattform, die über den Bug hinausragte und von der aus ein Blinde-Segel bedient werden konnte

*Glasen* Die vierstündige Wachschicht unterteilte sich in acht Glasen, die mit der Glasenuhr, häufig eine Sanduhr, gemessen wurde. Ein halbstündiger Glockenschlag gab die Zeit an, beim achten Glasenschlag war Wachwechsel.

*Glasphiole* Ein Gefäß in Birnenform mit länglichem Hals

*Gouache* Eine Maltechnik, bei der deckende und eher matte Farben aufgetragen werden

*Großmars* Der Mastkorb am Hauptmast

*Großrah* Die unterste Rah am Großmast bzw. Hauptmast

*Heberden, Thomas* 1703–1769, Mitglied der Royal Society, Arzt und Botaniker, arbeitete u. a. auf Teneriffa und in Funchal auf Madeira

*Herbarium* Eine Sammlung von getrockneten Pflanzen und Pflanzenteilen für wissenschaftliche Arbeiten. Einzelne Pflanzen bzw. ihre Teile sind dabei als Einheit auf einem Bogen erfasst, der auch »Beleg« genannt wird.

*Howe, Richard* 1726–1799, englischer Flottenadmiral, der später First Lord der Admiralität der Royal Navy wurde

*Hydrographie* Teilbereich der Vermessungskunde, die sich mit Gewässern beschäftigt

*Jolle* Bezeichnung für kleinere Ruder- oder Segelboote. Die Jolle gehört zu den kleinsten Beibooten auf Schiffen.

*Kabelgatt* Lagerraum für Werkzeug und Tauwerk

*Kalfatern* Das Abdichten der Plankenfugen mit Werg

*Kalmus* Eine aus Asien stammende Sumpfpflanzenart, die zur Gattung Kalmus gehört

*Kaltweh* Schüttelfrost

*Kattun* Festes Gewebe aus Baumwolle in Leinwandbindung, abgeleitet vom englischen Wort »cotton«

*Kava* Eine im Pazifik entdeckte Pflanzenart aus der Gattung der Pfeffer. Die Inhaltsstoffe aus den Wurzeln und der Rinde sollen unter anderem Angstzustände mindern und eine schmerzstillende Wirkung haben.

*Kombüse* Küche auf einem Schiff

*König Georg III* 1738–1820, König des Vereinigten Königreiches Großbritannien und Irland. Wegen seiner Naturbegeisterung erhielt er den Beinamen »Farmer George«.

*Königliche Gärten von Kews* Einer der ältesten botanischen Gärten der Welt in der Nähe von London

*Krähennest* Plattform oder auch Mastkorb an der Mastspitze

*Krängen* Wenn sich das Schiff auf die Seite neigt, spricht man von »krängen«.

*Kriegsartikel* Benennen die Führung von Offizieren und Seeleuten

*Linienschiff* Schiffe, die im Gefecht hintereinander in einer Linie segelten, um gleichzeitig eine Breitseite feuern zu können

*Linné, Carl von* 1707–1778, schwedischer Naturwissenschaftler. Die Grundlagen der modernen Taxonomie (Linné'sches System) sind auf ihn zurückzuführen.

*Lot*

1. Einheit der Masse, die zwischen 10 und 20 Gramm schwankte
2. in der Schifffahrt ein Gerät zum Messen der Wassertiefe

*Mantelrock* Knielange, enge Herrenjacke

*Masson, Francis* 1741–1805, schottischer Botaniker, der im Auftrag der Königlichen Gärten in Kews auf Forschungsreisen ging. Er reiste u. a. im Jahr 1772 mit Kapitän Cook bis nach Kapstadt, um dort zu Sammlungszwecken ins Landesinnere aufzubrechen.

*Muskete* Gewehr mit langem Lauf, findet im 18. Jahrhundert häufig Verwendung bei den Fußtruppen (Musketiere)

*Navy Board* Das Navy Board war u. a. für den Bau und die Ausrüstung der Schiffe sowie für den Betrieb der Werften in England verantwortlich.

*Niedergang* Treppe, die von einem Deck ins daruntergelegene führt

*Offiziersmesse* Aufenthalts- und Speiseraum der Offiziere. Auf kleineren Schiffen ist der Kapitän Mitglied der Offiziersmesse. Bei den Forschungsfahrten stand die Messe auch den Wissenschaftlern zur Verfügung.

*Paracelsus* 1493/4–1541, Theophrastus Bombast von Hohenheim, bekannt als Paracelsus, Arzt, Alchemist, Laientheologe und Philosoph. Er kritisierte die Viersäftelehre nach Galen.

*Pelargonie* Gehört zur Familie der Storchschnabelgewächse, der Geraniaceae, weshalb sie im Volksmund auch als »Geranie« bezeichnet wird.

*Pier* Kaizunge, die im rechten Winkel vom Kai aus ins Wasser reicht, um mehr Anlegeplätze für Schiffe zu schaffen

*Pinasse* Ein mit acht Einzelrudern, auch »Riemen« genannt, ausgestattetes, 10 bis 12 Meter langes Beiboot. Die Pinasse war das zweitgrößte Beiboot auf Segelschiffen.

*Pomeranze* Eine Zitrusfrucht, die durch die Kreuzung von Pampelmuse und Mandarine entstand

*Porridge* Ein Getreidebrei, der aus jedem beliebigen Getreide gekocht werden kann. Am häufigsten ist jedoch die Zubereitung als Haferbrei.

*Protea cynaroides* Protea stammen aus Südafrika und gehören zur Gattung der Zuckerbüsche.

*Purgieren* Von lateinisch »purgare« für reinigen, einen dünnflüssigen Stuhlgang haben oder ihn medikamentös verursachen

*Reinschiff* Gründliche Schiffsreinigung, die erst als beendet galt, wenn der Kapitän mit den Arbeiten zufrieden war

*Rigg* Bezeichnung für die Takelage

*Rousseau, Jean-Jacques* 1712–1778, aus Genf stammender Schriftsteller, Philosoph, Naturforscher und Komponist. Er gilt als prominentester Vertreter der Ideen zum »Edlen Wilden«, dem Idealbild des Naturmenschen, der unverdorben fern von der Zivilisation lebt.

*Royal Navy* Die Kriegsmarine Großbritanniens

*Royal Society* Eine Gelehrtengesellschaft, die 1660 zur Förderung der Wissenschaften und der Forschung in London gegründet wurde

*Scharpie* Ein bis Anfang des 20. Jahrhunderts verwendetes Verbandsmaterial

*Schnepper* Auch »Schröpfschnepper« genannt, ein Gerät zum Anritzen der Haut

*Schraubentourniquet* Um 1700 findet das Schraubentourniquet das erste Mal Anwendung: zum gezielten Abdrücken der großen Arterien während der Amputation.

*Segelmacher* Fertigt, repariert und wartet Segel und Planen von Segelschiffen

*Senkblei* Ein Handlot, mit dem die Wassertiefe bestimmt werden konnte

*Skorbut* Eine Erkrankung, die durch Vitamin-C-Mangel entsteht. Bis in das 18. Jahrhundert hinein verlief die Krankheit oft tödlich.

*Smutje* Spitzname der Schiffsköche, der sich vom Niederdeutschen »smutt – Schmutz« herleitet

*Solander, Daniel Carlsson* 1733–1782, schwedischer Botaniker, der an James Cooks erster Reise teilnahm

*Spiere* In der Seefahrt jede Art von Rundholz, hiervon ausgenommen sind nur die Schiffsmasten

*Strelitzie* Gehört zur Familie der Strelitziengewächse und wurde 1773 aus Südafrika in Europa eingeführt

*Südwester* Kopfbedeckung der Seeleute, getragen zum Schutz vor Regen und Seewasser

*Systema Naturae* Das Buch ›Systema Naturae‹ von Carl von Linné erschien 1735. Es begründet die biologische Systematik.

*Takelage* Gesamtheit der Segel und Masten mit komplettem Zubehör zur Anbringung, Befestigung und Bedienung der Segel

*Topplastig* Sobald der Schwerpunkt eines Schiffes zu hoch liegt, spricht man von »topplastig«. Ein topplastiges Schiff kann schneller kentern.

*Toppsgast* Matrosen, die ihre Arbeit in den Masten verrichten

*verschalken* Das Abdichten von Schiffsluken

*Waffendrill* Eine Übungseinheit zur Waffenhandhabung bei Soldaten

*Wallis, Samuel* 1728–1795, englischer Marineoffizier, der bei seiner Weltumsegelung Tahiti entdeckte

*Wanten* Taue in quadratischer Anordnung, die die Masten nach der Seite abstützen

*Werg* Aus altem Tauwerk gezupfter Faserstoff, der zum Abdichten von Hohlräumen zwischen den Holzplanken genutzt wird

*Wunderkammer* Im Barock entstehen im privaten Besitz Schatz-, Wunder-, Kuriositäten- bzw. Naturalienkammern. Die Sammlungen aus allen Bereichen der Natur und Kunst gelten als Vorläufer der heutigen Museen.

*Zwischendeck* Das unter dem obersten durchlaufenden Deck befindliche Deck

# Danksagung

Dass das Schreiben kein einsamer Prozess ist, habe ich bei der Arbeit an >Vom anderen Ende der Welt< erfahren dürfen. Großartige Menschen haben die Entstehung des Romans auf vielfältige Weise begleitet, sei es als Freunde, Testleser oder mit ihren dramaturgischen Kenntnissen, ihren schriftstellerischen Erfahrungen, mit ihrer Kompetenz auf den Fachgebieten der Botanik, der Gesellschaft im 18. Jahrhundert, der Medizin, der Medizingeschichte wie auch der historischen Schifffahrt. Jeder von ihnen hat auf seine Art seinen Teil dazu beigetragen, dass der Roman zu dem wurde, was er ist.

Deshalb möchte ich mich an dieser Stelle ganz herzlich bei Frank Adam, Christiane Bär, Ines Barth, Stella Billert, Axel Breiter, Lisa-Marie Dickreiter, Matthias Ehrlicher, Monika Griffin, Faik Hasenfuß, Loni Heinze, Katrin und Carsten Knobloch, Lisa Kuppler, Charlotte Lyne, Dr. Birgit Mory, Iris und Clemens Oeltjen, Kerstin Richter, Isabella Schmid, Barbara Slawig, Maike Stein und Jenny Zeller bedanken.

Auch meiner wunderbaren Agentin Dr. Astrid Poppenhusen möchte ich danken und den vielen engagierten Mitarbeitern des dtv, vor allem aber Hannelore Hartmann und Bianca Dombrowa, die dieses Buch erst möglich gemacht haben.

Abschließend möchte ich meiner gesamten Familie, das heißt meinem Mann und meinem Sohn, meinen Eltern, meiner

Schwester und ihrer Tochter sowie meinen Schwiegereltern und Großeltern danken, denn ohne ihre Liebe, ihr Vertrauen und ohne ihren einzigartigen Rückhalt wäre das Schreiben nicht denkbar.